经典与解释(60)

斯威夫特的鹅毛笔与墨水谜语

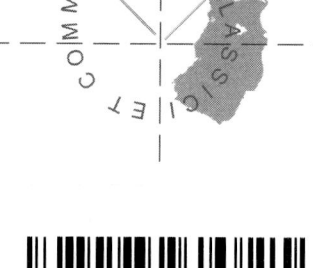

■ 古典文明研究工作坊 编
顾问／刘小枫 甘 阳
主编／娄 林

华夏出版社

古典教育基金・蒲衣子资助项目

目　录

论题　斯威夫特的鹅毛笔与墨水谜语（崔嵬　策划）

- 2　斯威夫特与疯狂的现代性 …………………… 麦琪
- 26　真正智慧的考验 …………………………… 鲍尔斯
- 47　自傲、讲坛雄辩与斯威夫特的修辞术 ……… 布拉德
- 80　斯威夫特与讽刺的主体 …………………… 马多克
- 112　斯威夫特：作为策士的讽刺作家 ………… 特雷德韦尔

古典作品研究

- 140　《克力同》中的守法与正义 ……………… 张遥
- 179　《威尼斯商人》中的犹太人问题 ………… 姚健

思想史发微

- 203　政治策略与经义分歧 ……………………… 秦行国
- 220　乾隆间《御纂诗义折中》的编纂及其
  四书学特色 ……………………………… 周春健　许慧芳

252 尼采思想中的俄罗斯隐喻 ……………………… 弗兰克

旧文新刊

267 《尚書·周誥·梓材》篇義證 ……………………… 程元敏

评 论

292 评《海德格尔、哲学和政治：海德堡会议》 ………… 谢尔
301 评茨维德瓦特《公共艺术》 …………………… 奥班农

论　题

斯威夫特与疯狂的现代性

麦琪(Erin Mackie) 撰
黄玲丹 译 崔蒐 林凡 校

本文讨论斯威夫特如何反对他所处文化中的模仿弊病,并基于下述视角展开全文:将斯威夫特本人所谓的"疯狂的现代性"(Mad Modernity)这一评价,与20世纪对启蒙现代性的批评联系起来。在斯威夫特死后的几个世纪,他"不可思议地预见"的危机[1]爆发了——学者们以年代错乱的主观解读,发现了斯威夫特的这一预见,并竭力将他拉入自己的意识形态阵营。此外,斯威夫特的预见之所以可能,还源自他涉猎范围之广,包括哲学、政治、社会文化以及经济等方面相关的观念、方法论和制度——正是这些内容界定了他的现代

---

[1] 凯利(Ann Cline Kelly)在讨论斯威夫特的文化先知身份时用了"不可思议的预见"(uncanny prescience)这一短语,参 Ann Cline Kelly, "Myth, Media, and the Man," *Jonathan Swift and Popular Culture* (New York, 2008), p. 181。罗森(Claude Rawson)辛辣地讽刺了那些说斯威夫特拥护当代事业的解读,参 Claude Rawson, "Barbarism and the European Imagination," in *God, Gulliver and Genocide 1492 – 1945* (Oxford, 2001), p. 16。

世界和我们自己的现代世界。博伊尔（Frank Boyle）将斯威夫特视为"现代性的讽刺作家"来研究，并从这一视角做出了精辟的总结：

> 关键点当然不在于斯威夫特当时的"现代"就是我们的"现代"，而在于我们在过去几十年里对现代性的重新评估，都是基于斯威夫特讽刺的重点——新哲学的规划。

博伊尔发现，"斯威夫特甚至在现代社会形成之际就展现了现代性本身固有的危机"，[1]同样，霍斯（Clement Hawes）也发现了斯威夫特对现代性之兴起的内在批判，尤其在殖民主义行动上。这一视角启发我们去思考斯威夫特与现代性本身独特的变革条件，而不是把他讽刺的对象置于他或他笔下角色那混乱的个体灵魂之下，或置于堕落人性的悲剧性缺陷之下，或置于政治、科学、哲学、经济或者社会文化各个领域的愚蠢之下。斯威夫特以冷峻的目光审视把世界搅得天翻地覆的矛盾，在人们普遍把现代性视为一种进步的情况下，他的作品记录了现代性的多重意义上的衰退，也记录了从盲目的信念到毁灭性的失败这一轻率进程。斯威夫特讽刺作品所批判的晚期现代性，可归结为工具理性、物化知识、集体自恋、去人性化、殖民主义剥削、种族灭绝，以及——这一点并非偶然——对模仿的抑制。

布朗（Laura Brown）在其三部重要作品中探讨了18世纪英国文学和文化中有关现代性意识形态的作品，他特别强调，斯威夫特超越了现代帝国主义和依赖于差异与他者性（alterity）的现代范式。[2]

---

[1] Boyle, "Modernity and its Satirist," p. 119; Clement Hawes, *The British Eighteenth Century and Global Critique* (New York, 2005), pp. 139 - 168.

[2] Laura Brown, "Women and Ideology in Early Eighteenth - Century English Literature," *Ends of Empire* (Ithaca, 1993), 尤见 Chapter 6; "Literature and Culture in the English Eighteenth Century," *Fables of Modernity* (Ithaca, 2001), 尤见 Chapter

和布朗一样，霍斯强调英国在18世纪处于统治世界的地位，他仔细考察了《格列佛游记》和《一项温和的建议》（*A Modest Proposal*）中斯威夫特与殖民现代性的缠斗。① 霍斯认为，《格列佛游记》把主人公塑造成了一个渐趋糊涂，最终因"不断殖民"而精神错乱的受害者形象，从而，这部小说挑战了"现代的进步"可以达到"普遍福祉"的说法，强调现代性的"殖民暴力，并且通过大量关于谎言和犯罪的指控推翻了现代性的合理性"。根据霍斯的解读，格列佛自甘沦为殖民者的奴隶，这使他精神失常，对慧骃马的模仿更是使他跌入"同化失败"的谷底。②

殖民主义者的模仿是本文所研究的模仿之病的模式之一，也是陶西格（Michael Taussig）《模仿与他者性》（*Mimesis and Alterity*）的主题，本文将围绕这部作品提出的诸多问题展开讨论。③ 此外，本文还研究人类认知与自我认同的机械性物化（reification）问题。复制机器作为现代性器械，锻造了知识的客观性及其表现（representation）。正如新哲学揭示的思想体系所言，复制机器将话语和观念转化成脱离语境的文本，剥离了它们的起源和行为主体。④ 在逼

6；以及 "Humans and Other Animals in the Modern Literary Imagination," *Homeless Dogs and Melancholy Apes* (Ithaca, 2010)，尤见 Chapter 2。

① Hawes, *The British Eighteenth Century*; Cf. "'Gulliver's Travels: Colonial Modernity Satirized', Introduction," and "'Gulliver and Colonial Discourse', *Three Times Round the Globe*," "'Gulliver's Travels' and 'Other Writings', *in Jonathan Swift*," ed. Hawes, New Riverside Editions (New York, 2004), 2–31, 438–501.

② Hawes, "Three Times Round the Globe," 457; and "Introduction," 3.

③ Michael Taussig, "A particular History of the Senses," Taussig, *Mimesis and Alterity* (New York, 1993).

④ 关于脱离语境的文本（decontextualization），参 Toulmin, "*Cosmopolis: The Hidden Agenda of Modernity*," p. 75–81；关于笛卡尔身心二元论的观念影响，参 Toulmin, "*Cosmopolis: The Hidden Agenda of Modernity*," p. 107–117。

真即复制品的要求之下，机械性复制的对象不仅包括模仿性的作品，还有工人的身份。在斯威夫特所处的现代世界，市场上充斥着印刷品，人们依赖媒体，斯威夫特对此感到不安，这刺激了他想要掌控大众媒体的想法。

凯利（Ann Cline Kelly）记录了斯威夫特如何利用现代媒体的力量，并挖掘其对文化、社会、政治和人类心理的影响，而斯威夫特也同样抵制这些影响。总的来说，这与我在本文的观点不谋而合，但凯利的研究更加实证且文献详实。斯威夫特摧毁了马尔伯勒（Marlborough）的事业，并巧妙地设计了一个与自己互不相容的神话角色，以此"肆无忌惮"地利用大众印刷媒体。① 斯威夫特探索了大众印刷媒体带来的麻烦及其在现代性中的作用。20世纪的学者们以此为例，总说斯威夫特有"不可思议的预见"。

罗森（Claude Rawson）在研究欧洲种族屠杀的修辞和概念定义时，阐述了奥威尔（George Orwell）早年的观察，即慧骃国的雅虎似乎等同于纳粹德国的犹太人。② 罗森仔细斟酌了其骇人的观察结果，即"斯威夫特以令人不安的细节在幻想中预测了纳粹的实际行径"。③ 尽管罗森乐此不疲地将斯威夫特的黑暗想象与布雷顿（Andre Breton）在20世纪提出的美学概念"残酷游戏"和"黑色幽默"联系起来，但他并未像博伊尔和霍斯那样，对斯威夫特时代与我们时代之间重要的文化联系作出界定（同上，页15–16、212、279–

---

① Ann Cline Kelly, *Jonathan Swift and Popular Culture* (New York, 2008), p. 75.

② Rawson, *God, Gulliver and Genocide*, ix, 13–15, 256–298; George Orwell, "'An Examination of Gulliver's Travels', *Politics v. Literature*," in "Shooting an Elephant" and *Other Essays* (London, 2003), p. 268.

③ Rawson, *God, Gulliver and Genocide*, p. 15. [译按] 中译参罗森，《上帝、格列佛与种族灭绝》，王松林等译，上海：上海外语教育出版社，2012，页9。

287；中译页9、92、143–147）。虽然罗森早在《上帝、格列佛与种族灭绝》一书中就开始密切关注斯威夫特何以成功"预言"之后的环境和诸多事件，但他还是极力避免某种诸如现代性之类的文化理论范式，即便这种范式能够证明斯威夫特早有"预见"（同上，页7、1；中译页6、1）。

　　罗森并不"断言或辩驳现代性"，他主张只需记录该作品在"知识史"中的"代表性地位"（同上，页7；中译页7）。与罗森的观点截然相反，赛义德（Edward Said）认为斯威夫特的作品是历史世界中"极端偶然的"事件。而在罗森看来，斯威夫特并没有将他作品中的内容等同于现实事件，它们甚至与现实事件毫无关系，他只是描述了"欧洲知识史上最令人不安的道德梦魇：战争、帝国侵略和种族灭绝的冲动"。①

　　这样说来，不仅斯威夫特的作品，还包括作品中描述的现象，都概述了萦绕在欧洲噩梦中的幻影。因而，虽然罗森的解读包含丰富的事件背景，但他的分析并没有历史性。例如，他在总结关于种族灭绝及殖民主义进程的讨论时，说这揭示了"某种思考的普遍性"：斯威夫特最终的对象是（永恒的）人性本身及"人类的劣根性"。②

----

① Edward Said, *The world, the Text, and the Critic* (Cambridge, 1983), p. 56.
② Rawson, *God, Gulliver and Genocide*, p. 249, 310。我只是不赞同罗森对《一项温和的建议》和《格列佛游记》第4卷中有关讽刺作品的对象、动因的分析。在我看来，他总是回避论及他在《上帝、格列佛和种族灭绝》中使用过的素材，拒绝讨论轰动一时的历史事件和文化理论的含义，对此我感到失望。罗森蔑视他所处的时代——具有"自由敏感性"的"后-博士时代"和大量的批判理论，这在某种程度上侵蚀了他的感觉的敏锐度。或许他即便付出努力，也难有深刻的收获（页16）？［译按］中译文参罗森，《上帝、格列佛与种族灭绝》，前揭，页105、157。

目前来看，正反两方均无新意。因此，本文将采用语境化的方法，简要关注最近的一些斯威夫特研究。这类研究的主题不仅与笔者论题交叉，还突显了现代性视野给学者带来的阐释上的优势，因为现代性视野有助于他们解释斯威夫特的魔力。

一 作为疾病与解药的模仿

斯威夫特是《木桶的故事》(*A Tale of a Tub*) 中"疯狂的现代作家"，是《一项温和的建议》中冷峻无情的策士，是经验丰富、善于模仿马的格列佛，斯威夫特激越地——有人会说这种激越令人厌烦——运用讽刺作品里模仿的变形力量；也有人会说，斯威夫特其实榨干了这种变形的力量，当时这些讽刺作品针对的是17世纪末至18世纪初期认识论上的成见。就所有这些讽刺作品均为戏仿而言，就所有这些仿造之作（counterfeits）都在仿制通过具体形象而消化（assimilate）其能量的其他想象文本而言，它们都生发于对原作的扭曲，而它们在展开的过程中不断脱离某些范畴——正是在这些范畴的基础上才会形成确定的惯例，而如果不基于确定性，思考就没有可能。具体来说，这些范畴就是：自我与他人、本源与复制、古代与现代、动物与人、灵魂与身体、精神与物质、身体与人工、人与商品。因此，正如人们所说，斯威夫特让我们不知如何思考；此外，他笔下的模仿者经常在完全失去理智的情况下，在并不知晓的情况下展现这些壮举。

但这种认识论上的混乱不完全属于认识问题；斯威夫特的讽刺非常直接，他的模仿能使人立刻头晕目眩，生理不适。这样，斯威夫特的讽刺就拒绝了笛卡尔身心分离的说法以及随之而来的死寂的抽象思维。[1] 通过解读，我们可以看到斯威夫特的讽刺作品利用模

---

[1] Toulmin, *Cosmopolis*: *The Hidden Agenda of Modernity*," n. 2, n. 8.

仿攻击了启蒙现代性的前提，而且我们可以把他所用的模仿理解成一种解药，可以治疗现代性前提的影响。从批判理论的视野来看，人们可能会说，在启蒙知识或权力带来压迫的时刻，斯威夫特只能通过模仿来召唤出模仿本身的力量，调用模仿的力量来对抗启蒙压迫的机制——工具理性、量化、技术化与商品化。① 斯威夫特的戏仿是一种模仿的形式，意在对孕育了现代性的虚构性进行祛魅。本文意在探讨，斯威夫特对现代性的虚构进行祛魅的行为，如何证实了这种［虚构］表现（representation）② 的压迫人体、生命以及历史的力量。所以，虽然斯威夫特显然在隐瞒甚至毁灭安稳的立场，他的讽刺作品也因此而"臭名远扬"，但是，他的讽刺至少传达了一种坚定的信念：超乎寻常地承认模仿的神奇性。

斯威夫特的讽刺如同一剂强效药，虽不会激起人们的想象力，却能让人全身战栗。斯威夫特的讽刺从认识论的混乱出发，借助认知的冲突，旁及道德的恐惧，长驱直入我们的神经纤维、五脏六腑，激发起我们对自身之表现的终极依赖。斯威夫特的戏仿通过分解这些东西，将不可辩驳的必然性现实化，进而凸显了我们的实在性

---

① 关于现代性和启蒙的评价，参 Taussig, *Mimesis and Alterity*, p. 45; Max Horkheimer and Theodor Adorno, *Dialectic of Enlightenment: Philosophical Fragment*, ed. Gunzein Schmid Noerr, trans. Edmund Jephcott (Stanford, 2002)。霍斯在阐释斯威夫特作品时，接受了"内在批判"（immanent critique）的方法，他把阿多诺和霍克海默带到了"文学主义"（literalism）、"不合时宜主义"（anachronism）和"欧洲中心主义"（Euro-centrism）的任务中（Clement Hawes, *The British Eighteenth Century*, p. 203-205）。

② ［校按］表现（representation）是本文最关键的词语，一方面，它是对所呈现对象的再现，依此可译为"再现"；但同时根据文意，斯威夫特的"表现"除了再现之外，显然还有一种表现这一现代性再现过程机制内在困境的意图，尤其是其所"再现"的内容要替代乃至消灭原初的模本。所以，本文译为"表现"是想综合这两种可能性。

(reality)的建构和虚构本质。斯威夫特的讽刺作品以恶作剧般的模仿和揭露方式,席卷我们脚下的大地,使我们一头栽进令人眩晕的漩涡里,我们才得以想起,关于表现的各种竞争之间有着致命的危险。

人类学家陶西格在《模仿与他者性》中提到了阿多诺(Thedor Adorno)和霍克海默(Max Horkheimer)。后面这两人在《启蒙辩证法》(*Dialectic of Enlightenment*)中对启蒙遗产持悲观看法,陶西格用文化碰撞的例子详细阐述了他们的看法,并在一定意义上解答了他们对启蒙遗产的质疑。阿多诺和霍克海默这样假设:启蒙运动要想否定自身真理的虚构特性,就要抑制模仿或表现,从而使其成为一种绝对封闭和不可变的"神话"。[1] 启蒙运动的工具理性使自然客观化,也使客观自然化。陶西格特别留意复制机器在这场运动中的关键作用,他认为,复制机器在逼真的要求下抹去了模仿的痕迹,这就导致针对表现本身所要求的客观性。本雅明(Walter Benjamin)对机械性表现方式的解读启发了陶西格,陶西格认为,这些相同的复制机器会对模仿产生去崇高化的影响,并会以模仿的魔力再次令世界入魅。在陶西格的设想中,复制机器的出现再次表明,

> 模仿机制是文化用来创造第二自然的自然,具有复制、模仿、建模、探究差异的能力,还能融入或成为他者。模仿的奇妙之处在于,它通过复制吸收了原作的特征和力量,甚至到了可以假设能表现出那种特征和力量的地步。用一句老话来说,这是一种"同情的魔法",我相信在认知的最终过程里这是必要

---

[1] Horkheimer and Adorno, *Dialectic of Enlightenment*, p. 7。[译按]中译参霍克海默和阿多诺著,《启蒙辩证法》,渠敬东、曹卫东译,上海:上海人民出版社,2006,页14。图尔明也有这样的主张,参 Toulmin, *Cosmopolis: The Hidden Agenda of Modernity*, p. 75 – 81。

的，如同在身份的建构和后续的归化中一样必要。(《模仿与他者性》，页xiii)

我们知道，印刷机器是一台复制装备。斯威夫特用其创造模仿品，抓取原初之物的特征和力量，但目的是为了消灭原初之物。就在印刷技术变得普遍，语言变得具体化，文字及其所含的知识变得商业化的这个时刻，斯威夫特发挥了他可怕的模仿特长，运用印刷科技的仿制能力，揭示并抵制这种科技对世界的影响——对文化、智识、认知和社会的影响。

我们的表现的终极力量——即陶西格所说的模仿的魔力，能把一个（构建的）世界变为真实的形象。正是这种魔力驱使我们"行动且不得不行动，就仿佛真实的王国是那么坚不可摧，也不会发生恶作剧"（同上，页xvii）。《模仿与他者性》开头就承认"建构性"理念存在不足，并已成为学术思想的陈腐教条：

> 我们应如何利用这种古老的观察力？如果生活是被建构的，为什么它看起来一成不变？为什么文化显得如此自然？(《模仿与他者性》，xvi)

问题的关键似乎不是我们高估了"建构"，而是低估了它——

> 我认为，我们应该给予建构更多的尊重；我们不能指名道姓地将它逐出（或纳入）存在，我们不能嘲笑和羞辱建构，使其屈服于它自身的力量。(同上)

陶西格认为，我们"仅仅""知道"被建构的东西，而它们带来的感觉是那么自然。因此，他关注人类生活的方式，在这种生活方式中，人们即刻就会对"自然之物"（natural）有感觉，对这种自然（the nature）的构造性观念有感觉，他也重视低估这两者的模仿能力所带来的危险。文化用这种自然创造了第二自然（second nature），与这种自然一样，模仿不仅是虚拟性认识的产物（它只是一个复制品），它还能够被感知和体验的真实的东西。要么假设我们的诸种表现（representations）的自然性（naturalness），要么假设我们的建构是空洞无力的，否则任一错误都会腐蚀我们的健康和理智。

陶西格曾问道，如果我们不主动忘记世界本身是被建构的，那么将会出现什么情况呢？我们能想象吗？或者反过来说，如果我们尝试"想象一下，我们正居住在一个各种符号（signs）皆属'自然'的世界之中，这又会发生什么"？陶西格评论说，这种想象中会隐约出现"一些令人作呕的东西"（同上，而 xvii）。它会让人感觉难受——心烦意乱、反胃恶心，这也是斯威夫特的讽刺产生的效果，他富有想象力地描绘出一个死亡的、熵的世界，这个世界由空洞的物质和机械化的表现组成（比如《木桶的故事》），或者像慧骃国一样，是一个令人忧愁的乌托邦，理性的动物生活在一个由各种自然符号构成的虚构世界。①斯威夫特创造了模仿的怪物，既在实际过程中，也在观看过程中，再现了人们所经历的痛苦——心智的、精神的与身体方面的痛苦。

斯威夫特全面地讽刺了这种疾病。在《一项温和的建议》中，斯威夫特将灭绝婴儿的计谋表现为某种政治经济学，从而引起读者的厌恶；作者还借用格列佛的形象展现了因否认模仿而引发的癫狂；在《木桶的故事》中，作者将读者置身于复制与无限回归的漩涡之中，令其眩晕。斯威夫特的戏仿讽刺，总是同时在表现与反应这两个层面引人不适。模仿的能力控制着表现与反应之间的联系，就像

---

① 参 Terry Catle, *Essays in Literature* 7: "Why the Houynhnhnms Don't Write: Swift, Satire, and the Fear of the Text," no. 1 (1980): p. 31 – 44。

表达的对象与捕获该对象的手段之间的联系一样,这位疯狂的现代作家向读者建议:

> 任何读者若渴望彻底了解作者的思想,那么对于他写的每一重要段落,最好的方法就是将自己置于作者的生活环境和生活态度之中,这使读者与作者之间的观念达到一致。因此,为了在有限的篇幅内尽可能帮助勤勉的读者处理这一棘手问题,我回忆了一下,记得书中最为敏锐的部分构思于阁楼的床上;其他时间(由于我自己最清楚的原因),我认为可以用饥饿改进创作;总之,整部作品从开始到结束,我一直药不离口,而且穷困潦倒。①

这一邀请将读者吸引入无限复制的漩涡,这种漩涡席卷了《木桶的故事》全文。他的思想只是他所吸收之物的残乱复制品,而他自己的文本则是混乱思想的复制,现代的入侵者会使读者模仿他,承认他头脑中的"特征与力量",而他的头脑仅是复制的文本的复制品,并令人作呕地(ad nauseam)复制下去。斯威夫特相信,用复制品模仿现代的行为会让我们感到厌恶。这正是斯威夫特的希望,通过模仿现代使我们厌倦复制品。

二 令人作呕的尸体

斯威夫特通过模仿展现了人为地犯错会产生什么后果。在《一项温和的建议》中,政治策士(political projector)展现了他强大的

---

① 参 Jonathan Swift, *A Tale of a Tub and Other Works*, ed. Angus Ross and David Woolley (Oxford, 1986), p. 20.[译按]中译文参斯威夫特,《图书馆的古今之战》,李春长译,北京:华夏出版社,2015,页100。

算术能力和盲目积极的态度。斯威夫特笔下的策士以现代政治家为原型,通过对他的模仿暴露了其人认知上的直接缺陷,并向我们传达了一种思想:有问题的认知会带来一系列的道德罪恶。现代策士提出以工厂化的方式养育爱尔兰婴儿的计划,而恰恰因为他本人对这个建议没有丝毫的憎恶,就更让我们恶心难受。可怕的是,他不能区分婴儿与野兽的差别,这不仅反映出他对道德范畴的划分把握有误,也反映出这种划分对人的具体的直接影响;我们确实能"在这种想象中隐约可见一些令人作呕的东西"。策士之所以在区分上失败,是因为他试图采用抽象、量化的方法消解野兽和婴儿的差异。

我计算过了,[策士向我们保证道]养育一个穷人孩子的养育费用(包括所有的农场主、工人和五分之四的农民在内)每年大约是两先令,包括了他们的破衣烂衫。我相信绅士们都会愿意花上十先令去买一副肥嫩的孩子的胴体,正如我说过的,当款待贵客或和家人一起吃饭时,用一副胴体可烹饪出四道营养美味的菜肴。这样,乡绅可成为好地主,并受到佃户们的好评;而母亲将摆脱养育婴孩的负担并净赚八仙令,她可以一直工作到怀有下一胎。①

斯威夫特戏仿策士,揭露了殖民势力对政治、经济的残酷剥削:

按一个两岁以上儿童每年不少于10先令的抚养费计算,这会减少10万多名儿童的抚养费的支出,国家每年也会增加5万英镑的股票投资金。(同上,页27)

虚拟的数字构造就像基尔克(Circe)一般,杀戮了这些有知觉

---

① 参 Swift, *Satires and Personal Writings*, ed. William Alfred Eddy (London, 1932), 19-31, 24-25。

的"孩子",为了减少"十先令"的支出,将孩子做成"四碟丰盛的菜肴"。正如斯威夫特的讽刺,可怕的不是肉体本身,那些试图根除和消灭身体,把人类当作农产品且量化人类的行为,才无情得让人害怕。

与《一项温和的建议》相比,《格列佛游记》也毫不逊色,它夸张地混淆了人类、动物和事物的区别。① 格列佛与策士明显不同,他对人体的敏感程度似乎已达到病态的地步。格列佛跌跌撞撞,一头扎进马的幻想之中,进入一种零和式理性状态,实质上已失去理智,身犯重病。此时无论他碰到谁——不仅是遇到雅虎,还有遇到人——他都一律认作雅虎:

> 一到家,我的妻子就把我抱在怀里,跟我接吻。因为,我多年没有接触过这个可厌的动物,所以她这样一来我就昏晕倒地,差不多过了一个钟头才苏醒过来。②

斯威夫特说慧骃马代表了"理性的动物",这个小玩笑彻底打破了人类、家畜和野兽之间的界限,这比《一项温和的建议》表现得更加夸张、怪异,完全颠覆了人们的认知。他盲目依赖一套经验标准和传统分类,忽略了人与动物之间的差别——雅虎看起来更像人类,马看起来更像慧骃;慧骃像人一样说话,雅虎像野兽一样嘶叫

---

① 关于斯威夫特混淆了人类在现代性中形成的类别,参 Brown, *Homeless Dogs and Melancholy Apes*, chapter 2, n. 4;以及 Philip Armstrong, *What Animals Mean in the Fiction of Modernity*(New York, 2008), p. 5 - 98。关于格列佛作为失败同化的受害者、殖民地的落伍者,参 Hawes, "Three Times Round the Globe", n. 5。

② 参 Swift, *Gulliver's Travels*, ed. Albert j. Rivero (New York, 2002), p. 244。[译按]中译文参斯威夫特,《格列佛游记》,张健译,前揭,页264 - 265。

——格列佛的余生都在和马讲话,像马一样说话,糊涂得发了疯。可悲的是,格列佛将自己最具人性的一面即他的模仿能力导向了人性的消退。

这一点很清楚:格列佛建构了一个由(天真的)经验主义和(隐藏的)理性组成的世界,这个世界使得他身心俱疲。在格列佛眼里,人类就是雅虎,他十分厌恶与他们接触:"多年没有接触过这个可厌的动物,她这样一来我就昏晕倒地。"虽然格列佛宣称自己已多年未接触过雅虎,但这种说法最终被证实是虚假的,就像他的许多其他说法一样。在与他妻子令人作呕的拥抱之前约七页的地方,小说详细记录了他建造独木舟和之后离开慧骃岛的过程,在这过程中他曾多次接触雅虎的身体:

> 我成功制造一艘印第安式的小艇,不过比一般的要大得多,同时我还要用亲手搓的麻线把几张"雅虎"皮密密地缝起来搭起凉棚。我利用我所能够找到的小"雅虎"皮制成了一面帆,因为大"雅虎"的皮太粗太厚了。(同上,页237;中译,页256)

那么,格列佛所谓的"多年"没和雅虎联系,会不会只是他一时的健忘?还是说,他认为人类(他的妻子)和雅虎(独木舟的皮)之间存在一点细微的不同,而这进一步侵蚀了他对这两个类别的理解?

格列佛似乎真的不清楚什么叫人类。因此,他认为当人类堕落为肮脏、可憎的动物时,就可以把人类当作雅虎。但是,用雅虎的皮制造小船这种不经意的细节令人作呕,让我们不舒服,斯威夫特以这样的细节使读者想起,人的类别已经消失在了格列佛的想象里。这就将等式推向了另一个方向:如果人类是(像)雅虎,那么雅虎也就是(像)人类。

斯威夫特的讽刺令人作呕的转向，释放出了抑制模仿的效果，也就是在所有这些等式之中，"像"一词均被省略了——雅虎像人类，人类像雅虎，慧骃像马，马像慧骃，此结构造成了格列佛式的反乌托邦：在那里，人是雅虎，而马是慧骃。这样的省略使他者性不复存在，相互关系则变得不可能。这种不可能性体现于慧骃全体代表大会的一场大论辩："辩论主题：是否应该在大地之上消灭雅虎"，或者阉割雅虎（《格列佛游记》，页228-230）。无论是哪种情况，像雅虎这样的东西，如格列佛一样，迟早都会从慧骃国消失。物种间的差异应该精准、果断和彻底地消除，就像调整他者性一样。

这种对模仿的抑制，在《格列佛游记》中有多种形式的模仿，且明显采取了与语言使用与语言产生有关的形式。在慧骃国的世界里再次出现这个问题，由于"不存在的事物"无法表现，于是任何虚构都不存在。慧骃们既不能说谎，也不能写作，更不能通过模仿与他者性建立任何关系。格列佛模仿慧骃——这是他作为人的典型标志，因为慧骃们没有模仿能力。他模仿慧骃，像他们一样恐惧雅虎、凶残地蔑视雅虎，甚至像他们一样感到恶心。格列佛效仿慧骃的理性表现，试图抹去模仿的痕迹，排除"像""仿佛"的可能性。这种对人性（包括他自己）的毁灭，与"策士"的抹杀举措如出一辙，策士曾论及孩子与其他死去动物的差别：一笔钱，一份白汁肉块，都被转变为"一具尸体""十先令"和"一盘肉"，从而消失。于是，这些最现实、最理性的慧骃们亦根据一种虚构而生活，即各种虚构本身——如谎言、模仿与表现——根本就不存在〔的虚构〕。在雅虎与爱尔兰人的命运之中，这些虚构的种族灭绝色彩已然明显。模仿这种虚构的影响就是，在格列佛所经历并引发的恶心之中，显著的模仿已不再存在。在斯威夫特笔下，身体再一次成为受害者和救赎品：失序的身体，紊乱的感觉，昭示了痼疾，而有人会希望这些内容能使我们吐出那些我们已接受的有害观念。

三 印刷预言

对于斯威夫特来说,随着商业印刷文化的空前繁荣,思想的能力达到了可怕的顶点——它创造了一个无虚构的幻象世界,建构了一个无模仿的世界,用表面上完美、逼真的模仿魔法抹去了"像"(like)。在这场"整合"(consolidation)中,起作用的因素之间的关系错综复杂。本文将着重介绍一些对本次讨论不可或缺的因素。印刷机暗示了一个语言的世界,一个思想的宇宙,被单一的技术空间包裹。也可以称之为"还原":语言被还原为一个封闭的、可互换的部分;知识由文本(物质对象)组成,文本本身也由可互换的文字混排、重组创作而成。

17 世纪末的"印刷文化"已发展成一门繁荣的商业活动,通过印刷手段,印刷品的商业地位得到极快提升。印刷是最早使用大规模生产方式的技术之一,印刷品呈现出一致的图样,相同的物质材料凸显了商品具有等价性和可交易性。和文本对象一样,甚至作者也冒着很大的风险进入了这个交换活动:发行量越大,贬值幅度越大。斯威夫特曾在他的摘录簿中写道:

> 保存在柜子里的诗集副本,只给几个朋友看时,它就像一个备受追捧和钦佩的处女;但一经出版,它就像一个普通的妓女,任何人只要花上半个克朗就能买到它。①

印刷使语言具象化成为可能,文字征服了精神。这个世界已经

---

① 参 Swift, *Thoughts on Various Subjects*, *Prose Works of Jonathan Swift*, ed. Herbert Davis and Louis Landa, vol. 4, (Oxford, 1957), p. 249。

失去了灵魂、感觉和意义。印刷文本的目标并非交流与传播思想，而是浪费纸张，并终将湮没。哈蒙德（Brean Hammond）曾强调过，"语言物质主义"（linguistic materialism）是现代生活的特征，斯威夫特和他的伙伴斯克里布亚兄弟（Scriblerians）认为这是现代生活的"关键特征"。① 现代文化的产物一旦被大量印刷，就容易被替代、腐烂、消亡以及"陷入万物的深渊"。② 因此，在《木桶的故事》中，作者以《致后世君主》为序，极力宣称现代智慧与知识的真实性，反对那些认为它将不复存在的所谓证据。

> 写那么多书必定用了大包大包的纸，那些纸现在状况如何？它们也能完全被毁灭了么？并且像我所说是突然毁灭了么？对这个令人反感的异议，我能说什么呢？我们相距太远，不适于安排您到厕所、火炉、妓院窗口和肮脏的灯笼那里去眼见为实。书像其作者一样，来到尘世只有一条路，但离开尘世的不归路却有千万条。（同上，页20；中译，页94）

印刷术与从单一技术空间产生的语言和思想宇宙关系紧密，这与现代启蒙思想中广为人知的特征——"封闭系统"（closed system）十分相似。所以，霍克海默与阿多诺揭示了现代性的昏暗前景，认为它最终将走向极权主义：

> 对于启蒙运动来说，只有那些能够被统一包含的东西，才具有与存在或事件相同的地位；它的理想是形成一个包罗万象

---

① 参 Brean Hammond, *The Yearbook of English Studies*: "Scriblerian Self Fashioning," 18 (1988): pp. 108 – 124, p. 110。

② 参 Jonathan Swift, *A Tale of a Tub and Other Works*, ed. Angus Ross and David Woolley (Oxford, 1986), p. 15。[译按] 中文参斯威夫特，《图书馆里的古今之战》，李春长译，前揭，页92。

的体系。① (《启蒙辩证法》,前揭,页4)

文献学者肯纳(Hugh Kenner)在他的作品《廊下派喜剧人》(*The Stoic Comedians*)中,从一种不那么悲观的立场出发,研究了从斯威夫特到乔伊斯等一批作家,探讨他们如何将封闭的启蒙思想体系等同于他们的制作、印刷技术的主要中介。启蒙运动中出现了这么一批人,他们

> 过分讲究通用语言……这是皇家学会早期的一个项目,曾一度使我们伟大的牛顿犯愁。印刷商统一拼写,采用词典编纂者语言与接纳百科全书派观点,以此让后人享受便利,用可交流的内容形成文字、感情与概念。②

在《木桶的故事》中,正如肯纳所述,斯威夫特之所以不断提到印刷术,是因为它代表并体现了现代性,是"对这本书作为书的戏仿","对古腾堡时代弊端的讽刺",并"利用那个时代提供的技术设备"完成了对现代性的揭露。《木桶的故事》看似由"无名小卒"所写,实际上却由一台"匿名的图书编纂机"完成,它就是一篇在拉加多学院粗制滥造的文章(同上,页37、40、38)。慧骃们虚构的内容是,根本不存在什么模仿;《木桶的故事》虚构的内容则在于,这个世界只有模仿,只有复制,原作与复制品、人与印刷品之间的差异已经消失。慧骃们缺乏与他者性的关系,因为它们通过抑制模仿消除了差异;"疯狂的现代作家"缺乏自我与他人联系的能力,因为那个自我迷失于模仿的洪流。

---

① Max Horkheimer and Theodor Adorno, *Dialectic of Enlightenment*, ed, 4
② Hugh Kenner, *The Stoic Comedians: Flaubert, Joyce, and Beckett* (Berkeley, 1974), xvi.

正如《木桶的故事》戏剧化表现出的那样，在斯威夫特看来，印刷出版已经成为封闭的现代思想体系的技术对应物，而封闭的现代思想体系又被斯威夫特等同于专制政治、普遍化的哲学与科学体系。他憎恶各种封闭的、绝对的哲学和政治体系。他视这两种体系为疯狂，根源于不可一世的自我授权，像神学策士一样——

> 对于神志正常的人而言，谁会认为自己有权力把所有人的思想在长、宽、高方面都精确地简化到和自己的一样？然而，这是所有创新者在理性王国首先要做的简单的国家设计。①

哈蒙德写道：

> 在斯威夫特笔下，任何一种系统思想都与好战、恐吓有关，包括人类智识系列中任意一件产品，如系统语言。②

斯威夫特把普遍知识的计划等同于机械化的语言生产，其影响力尤为显著，格列佛在拉加多学院发现的语言机器便是一例。这类以及其他生产和学习语言的手段借用学院传播，为模仿的失败提供例证，而我们发现这种失败与实用主义者及现代性的技术逻辑相关。从外表上看，拉加多的语言机器像是印刷机和花球桌的混合体。建造它是为了"利用实际的、机械的方法改善思辨知识"。③ 有了这样一种装置，

---

① 参 Jonathan Swift, *A Tale of a Tub and Other Works*, p. 20。[译按] 中译文参斯威夫特，《图书馆的古今之战》，前揭，页94。

② 参 Brean Hammond, *The Yearbook of English Studies*："Scriblerian Self Fashioning," 18（1988）：pp. 108 – 124, p. 109。

③ 参 Swift, *Gulliver's Travels*, p. 154。[译按] 中译文参斯威夫特，《格列佛游记》。前揭，页159。

最愚蠢的人只要支付相当的费用，做一点体力劳动，就可以写出关于哲学、诗歌、政治、法律、数学和神学的书籍。他们并不需要什么天才和学力。①

将所有的词汇加载到这台机器系统中，机器模具一边"无序"地自我旋转，一边生产出大量的一串串单词。然后，这些单词再拼凑组成"断句"，进而被编写成一本本小册子（同上，页155；中译，页158）。

这个"机器"只能产出"不存在的东西"：文字沦为纯粹的物质，不再对应任何的认知指称。只剩下能指，所指义消失了。另外，学院的另一派策士提出了"完全废止一切文字的计划"，进一步使语言具体化。他们认为

既然词只是事物的名称，那么在谈某一件事情的时候，把表示意见时所需要的东西带在身边，不是更方便？（同上，页157；中译，页161）

所指代替能指的做法就像慧骃的话语一样，抹杀了模仿的可能性，事物只能代表它自身。

在现代学院，模仿的消失不仅影响了人们对口头文字的使用，还影响了数学语言的发展，因为这种情况会混淆心智与身体的差异，模糊认知吸收与身体消化之间的界限。这确实也会让人不舒服。就好比拉加多学院的学者们，与其说他们是在研究数学命题和演算，不如说他们是在消化。他们"用一种由头孢类酊剂制成的墨水"在薄饼上写字，然后让学生们"空腹"吞下这些薄片，他们认为"饼

---

① 参 Swift, *Gulliver's Travels*, p. 80。[译按] 中译文参斯威夫特，《格列佛游记》，前揭，页168。

干消化之后，色彩就带着命题走进了脑子"。正如格列佛所述，这种创新并不成功，学生们往往在薄饼消化之前，就会吐出"这一团恶心的大药丸"（同上，页158；中译，页162）。

现代作家（Modern Author）在《木桶的故事》中设计了一种类似的、能有效获取知识的方法。在获取知识的过程中，会用到一张写着普遍知识的"配方"，上面写满了大量的中世纪炼金术的术语——这不仅像拉格多对待数学的方式那样混淆了心智与物质的差别，还掩盖了作者作为现代知识创新者的意图：

> 你适当地拿出几本书，用牛皮包好，背面写上所有现代艺术和科学门类，语言任你选定。你把它们放在坩埚里提纯，同时注入罂粟精华，需要多少放入多少，再加上三品脱忘河水，此水需向药剂师购买。之后，小心清除残渣，使所有挥发性物质蒸发掉……你把它密封保存在玻璃瓶中二十一天。然后你开始创作放之四海而皆准的著作，同时，每天早上禁食，只服（事前摇匀）三滴这种万灵药，服时用鼻子把药猛吸入鼻腔。①

在我们所说的"魔术"与所谓的"科学"之间，炼金术产生了，它综合了魔术的精密与实验的精准。用这个普遍知识的配方，斯威夫特模仿魔术与实验，以确定两者之间的相似之处。不可思议的是，他的做法似乎与陶西格描述的模仿魔力不谋而合，"在这种情况下，复制品获得了它的表现对象的力量。"② 在这个炼金术配方中，这些完全字面化、具体化的例子和"清晰正确的复制品"都被赋予了它们所表现的文本的所有力量。这也是斯威夫特在《木桶的

---

① 参Swift, *A Tale of a Tub and Other Works*, p.60。［译按］中译文参斯威夫特，《图书馆的古今之战》，前揭，页145-146。

② Cf. Taussig, *Mimesis and Alterity*, p.16.

故事》中始终贯穿的观点之一，印刷实现复制品和原作之间的空间闭合，就像模仿成了消化。文本以这种奇妙且具体的方式实体化，并通过大脑扩散开来，而大脑作为无意识复制链中的另一个环节，获得了文本的力量，因此，

> 你立刻在头脑中察觉到无穷无尽的摘要、概要、汇编、摘录、文集、要点、选集等等之类的东西，所有一切都自动井然有序，可以直接写入著作。①

现代作家成功的秘诀就是一种对过程的模仿——或一种表现——该过程依赖于模仿、复制，被视作模仿的永恒化，以及更多复制品的生产过程。这些过程从根本上损害了人们精神和肉体上的健康。精确、机械的复制逻辑统治着现代系统，绝对地掌控人们对知识的获取和传播，消灭了自我和他人之间的所有差异。炼金术的秘诀在坚持具体的、有形的复制品的力量过程之中，这会让人想起作者提议过的其他极为具体的模仿过程。我们回想一下作者的主张：最好的读者是那些对作者的思想有最透彻理解的人，也"是最好的模仿者"。这种读者

> 若渴望彻底了解作者的思想，对于他写的每一重要段落，最好的方法就是将自己置于作者的生活环境和生活态度之中。（同上，页20；中译，页100）

他要使自己与作者病态的身心之间达到"高度一致"。这是一种对疾病的模仿。

这两个建议，一者关于写作，一者关于阅读。也许，现代作家

---

① 参 Swift, *A Tale of a Tub and Other Works*, p. 60。[译按] 中译文参斯威夫特，《图书馆里的古今之战》，前揭，页 146。

至少会遵循陶西格关于完美模仿的公式：

> 通过相似之处掌握某些东西。这是复兴模仿能力的关键，涉及模仿的两层理念——复制或模仿，以及在感知者和被感知者的身体之间可察觉、可感知的联系。（《模仿与他者性》，前揭，页20）

即使斯威夫特列举了这些现代作家熟练掌握模仿的实例，我还是觉得，斯威夫特之所以最后提出模仿魔力的概念，是要以此证明这是他的发现。或许，在某种程度上，蒲伯（Pope）塑造了贝琳达（Belinda）的过人之美、极度魅力，以将他们作为自己审美造诣的产物，斯威夫特也以此呈现了现代作家的模仿能力，既警告人们小心现代想象力，又宣称最终的再现魔法属于"作者"的作者——即斯威夫特本人。用陶西格的话来说，斯威夫特运用模仿来反对现代作家的模仿"本身"。用斯威夫特自己批判现代性的话语来说，他猛烈批判对模仿的文学化和具体化的运用，因为这类模仿瓦解了心灵与物质、自我与他人、复制与原初、古代与现代之间的差异。

此外，这样的模仿过程似乎在重复陶西格于20世纪晚期对模仿的激进看法，后者强调模仿对象的自主能力，在斯威夫特的文本中，我们也能看到他善于运用这种能力，他甚至做得更加彻底，直接抹去了人类能动的想象力。由此可知，斯威夫特对模仿的模仿是一种差异化的复制。陶西格谈到魅力十足的模仿对象能吸收想象力的能量，斯威夫特则认为模仿对象（复制品）能够超越大脑。比如，陶西格十分欣赏本雅明"把对象翻译成文字"的非凡才华，而斯威夫特本人却哀叹现代性喜欢把文字翻译成对象（同上，页2）。陶西格谈到，模仿是他者性的产物，而斯威夫特笔下的现代作家则梦想着有一种模仿，它能够消除他者性、消解主体与对象之间的差异，同时，辩证的动力也能借此形成模仿的力量。在这个最早的实例化

(instantiation)阶段,斯威夫特以这些方式阐明了现代性对表现强加了哪些条件,而这些条件在他的讽刺作品中又如何遭遇其辩证对手——我们所希望读者在晚期的现代性批判之中注意的,正是这些辩证对手[对那些强加条件的批判]。

真正智慧的考验
——斯威夫特的鹅毛笔与墨水谜语

鲍尔斯(Luke Powers) 撰
韩明宇 译 林凡 校

斯威夫特乐于突破新古典主义诗歌的规范。反讽的是,他认为高雅的风格是将"恰当的词放在恰当的位置",① 而在实际创作中却常常反其道而行之。例如,在《描述一场城市中的淋浴》(*A Description of a City Shower*)中,他成功地"将词语放在了不适当的地方"。这首诗以犀利的语词和粗犷的城市生活景象嘲弄了田园牧歌式的优雅表达。该诗富于狂欢意味的结尾也足以表明它在"违抗"新古典主义的规则:

> 屠宰场的垃圾,粪便,内脏和血液
> 溺死的小狗,发臭的小鹿,都被泥巴淋透了

---

① 参 "The Letter to a Young Gentleman Lately Entered into Holy Orders," in *The Prose Writings of Jonathan Swift*, ed. Herbert Davis et al., 14 vols. (1939 – 1968; various reimpressions, sometimes corrected, Oxford, 1957 – 1969) 9:65。

死去的猫和萝卜头顺着洪水倾泻而来。①

我们在注释中可以发现对这首冗长繁复的亚历山大体诗歌的褒奖：

> 这种亚历山大式诗体和以三句为一节的诗歌形式，得自查理二世统治时期的德莱顿和其他诗人。它们往往是一些诗人为赚钱而匆匆赶制的未经雕琢的作品；自这种韵文（verses）诞生之时起，优秀的诗人就对其不屑一顾。(*Poems* 1：139-140n)②

尽管斯威夫特强烈否认自己不通诗艺（poetry）而只能写几行韵文，但这条似乎由诗人亲笔写的注释却表明，他自己愿意认真履行"韵文创作者"的职责。这篇匿名注释宣称斯威夫特简直是"韵文叛徒"（Verse Rebel），③ 他用韵文的现实本质颠覆了"诗艺"这一极度膨胀的概念。显然，《描述一场城市中的淋浴》不仅仅是对布莱克莫尔（Richard Blackmore）等新古典主义诗人的戏仿与嘲弄，更是以韵文反叛整个诗歌传统（因为斯威夫特的创作方式相当"现

---

① 参 *The Poems of Jonathan Swift*, 2nd ed., ed. Harold Williams, 3 vols. (Oxford：The Clarendon Press of Oxford UP, 1958) 1：139。

② 在 *The Works of Jonathan Swift* 第二卷，福克纳编辑的斯威夫特诗集中，注释的作者身份问题目前仍有争议。有些注释看起来明显是福克纳写的，而另一些则像是斯威夫特本人所作。学界一般认为《描述一场城市中的淋浴》的注释是斯威夫特所写。皮克（Charles H. Peak）为这种说法提供了一些有力的证据，参 "Swift on Poets and Poetry," in *Swift and His Contexts*, ed. John Fischer, Hermann Real and James Woolley (New York：AMS Press, Inc., 1989), pp. 97-111。通过引用斯威夫特与蒲柏、盖伊（John Gay）和杨（Edward Young）等诗人的通信，皮克指出，斯威夫特"发起了一场运动，反对将亚历山大三连体引入对句诗的不良行为"（105）。

③ ［校按］"韵文叛徒"，通过上下文，我们可以理解，此处含义不是背叛韵文的叛徒，而是说背叛诗歌、写作韵文的诗歌叛徒。

代"），这种诗歌传统反对将低级的意象与高级的诗歌形式相结合。

康伦（Michael Conlon）将斯威夫特的诗（poem）视为一种戏仿，意在"模仿并嘲弄"新古典主义的文学传统。①因此，一方面，康伦表明《描述一场城邦中沐浴》嘲弄了风暴诗（poeticatempestas）中的古典主义概念——维吉尔（Virgil）第一首《牧歌》（Georgic）并没有这种表达，这个概念出现于模仿维吉尔的新古典主义者的作品，例如布莱克莫尔的亚瑟王史诗。然而另一方面，康伦坚持认为，斯威夫特的诗旨在恢复其最终源头即第一首《牧歌》的精神：

> 与维吉尔同时代的读者更容易感受到诗人对于乡村暴雨意象出色的把握能力，从而获得阅读快感，而18世纪的读者则倾向于通过威廉姆斯（Raymond Williams）所谓的接受形式、"寓言的面纱"和宫廷诗体的绮丽语言来欣赏一种新的田园诗。在这个意义上，斯威夫特另辟蹊径，他蔑视宫廷诗歌的非自然语言，采取怪诞、戏仿的文学形式。（页229）

当然，斯威夫特并非唯一一个新古典主义的"叛逆者"。我们也许还会把德莱顿的《麦克伏莱克诺》（*MacFlecknoe*，1682）和蒲柏的《群愚史诗》（*The Dunciad*，1728—1743）看作低级意象与诗歌的高级或史诗形式的混合，比如《麦克伏莱克诺》：

> 无名的作家们从破败的商铺中走来，
> 饿殍与流浪汉的遗体横躺在地上：
> 海伍德、雪莉、奥格比，

---

① 参 Michael Conlon, "Singing Beside-Against: Parody and the Example of Swift's 'A Description of a City Shower'", in *Genre*, 16 (1983): 219-232.

路过的喜剧作家们目瞪口呆。

这段诗歌的意象与斯威夫特"粪便、内脏、血液"的怪诞风格相近，整体上也与斯威夫特诗歌的反叛意味相契合。因此，当我们说斯威夫特背叛了整个诗歌传统时，我们所假设的这一"传统"并非德莱顿、斯威夫特和蒲柏的诗歌，而是沙特韦尔（Shadwell）、布莱克莫尔和西伯（Colley Cibber）的作品。德莱顿、蒲柏以及一定程度上的斯威夫特对他们那个时代的诗歌都产生了重大影响，但是，从他们针对同时代诗人的辛辣的讽刺作品中可以看出，他们自觉"寡不敌众"（也许潦倒文人最为典型、固执且极端的例子正是《愚人志》中的格拉布街［Grub Street］）。

斯威夫特也从另一个极端上来颠覆古典诗歌的法则——混合高级的意象与低级的形式。福克纳（George Faulkner）编辑整理的斯威夫特《诗集》（*Poems*；1735）是权威版本，书中有八则关于新古典主义诗歌的谜语。福克纳在注释中说他并不愿印刷这些谜语，① 同时对谜语的出版表示歉意：

> 大约九年或十年前，一些有创造力的绅士和斯威夫特的朋友们，写谜语自娱自乐，并把它们寄给斯威夫特和他们的友人，这些谜语的副本四处流传，其中一些在本书中和英国都有印刷。而斯威夫特在闲暇时间也沉迷同样的娱乐，虽然据说他认为它们没有什么用处和娱乐价值。然而，斯威夫特极为尊重某些人的建议，正是这些人高兴地送给我们副本。鉴于我们之前已印过两三则谜语，且确属斯威夫特亲笔所写，现谨在此付印以下几则谜语，因为我们知道，几个很有品位的批评家对这类作品

---

① 我并不同意 Harold Williams 的观点，他把这个谜语的注释归之于福克纳，而不是斯威夫特。

饶有兴趣。(Poems 3：914)①

注释采取了警示故事的形式：福克纳把斯威夫特描绘成一个被游手好闲的同伴引诱去玩猜谜的文学爱好者。似乎是为了对这些谜语的"亚文学性"进行辩解，福克纳解释说，谜语只是斯威夫特和同伴们之间的一种游戏——某种属于演说领域而非文学领域的游戏。福克纳坚持认为，谜语是为特定的"受众"（斯威夫特的某些朋友）而不是一般的文学读者设计的。显然，对福克纳来说，趋近于口语的起源在某种程度上败坏了谜语，他必须"冒险"突破文学的经检审的真正道路，印刷出这些谜语。尽管如此，在他克制住自己的轻率之前，显然他已经印出不少谜语了。

《描述一场城市中的淋浴》这首诗的注释把斯威夫特描绘成一个写作韵文的反叛者，一个新古典主义的敌人，但谜语的注释却牢牢植根于奥古斯都式的（Augustan）审美，这种审美认为，（大写的）文学须彰显高尚的价值观，并具有娱乐、教化和实用意义。谜语确实能愉悦身心，也可能在某种程度上予人启迪，但它是否能够同时做到这两点？考虑到谜语这种天生粗俗的文学形式，福克纳对此持保留态度。

福克纳对斯威夫特谜语的态度相当矛盾，不过与斯威夫特一些文学上的朋友的反应相比，似乎还算得上积极。1726 年 12 月，也就

---

① 正如信中所说，我们无法确定福克纳整理出版的所有谜语都是斯威夫特所写。斯威夫特确实曾与朋友们多次通信，写作谜语并猜谜。然而实际上，在 17 世纪 20 年代末，公认的谜语文学代表人物是同为谜语爱好者的德莱尼博士，而并非斯威夫特（见 Poems 3：914 中的注释）。然而，1735 年，斯威夫特在创作中再次使用了谜语的形式。正如威廉姆斯所言，"注释中的'genuine'暗示福克纳第二卷中的所有谜语都是斯威夫特所写（3：914）。"另外，正如威廉姆斯所说，斯威夫特曾帮助福克纳整理他的诗集 Work 第二卷（1735 年）中的作品，但斯威夫特却不太可能同意福克纳出版他没有写过的诗。

是斯威夫特创作其大部分谜语的两年中的最后一段时间,他致信蒲柏(Alexander Pope)说:

> 尽管您瞧不上谜语,但我还是很想寄一个自己印刷的作品,和书商做一笔小买卖。①

我们并不清楚,斯威夫特所言只是给蒲柏的正统文学观制造麻烦,还是如罗杰斯(Pat Rogers)所说,是在"想方设法"(angling)让蒲柏把他创作的谜语收进即将出版的《杂文集》中。② 也许是为了讨好蒲柏,斯威夫特本人在文学正统方面罕见地做出了让步的姿态:若是谜语作品遭到蒲柏的拒绝,他就让它们"另外印刷"(printed by themselves)——等于说不配收进正统的文学集子里。

对于这项稀奇的提议,蒲柏唯一的回应是礼貌的缄默。而对斯威夫特谜语的直接批评来自他的另一个文学朋友——奥利勋爵(Earl of Orrery)。尽管承认斯威夫特的谜语非当时流行(或"粗俗")的文学谜语可比——"不仅在流畅度和完成度方面,而且在思想的严密性方面"——奥利勋爵最终还是将斯威夫特的谜语比作"[画家]提香的(Titan)草稿"。③这个比喻揭示了更多关于新古典主义文学规则的预设,远超斯威夫特的谜语所能揭示的内容。对奥利勋爵来说,草稿不是"艺术",就像谜语不是"文学":两者都缺乏一种符号性的持久性,一种与事物共同秩序不同的意义。确实,按照奥利

---

① 参 *The Correspondence of Jonathan Swift*, ed. Harold Williams, 5 vols. (Oxford: The Clarendon Press of Oxford UP, 1965 – 1972) 3: 372。

② 参 *Jonathan Swift: The Complete Poems*, ed. Pat Rogers (Harmondsworth, Middlesex: Penguin, 1983), pp. 757 – 758, and notes。

③ 参 John Boyle, Earl of Orrery, *Remarks on the Life and Writings of Dr. Jonathan Swift*, 3rd ed., corr. (London: A. Millar, 1752), p. 130。其影印本后来再版于 *Swiftiana*, No. 11, (New York: The Garland Press, 1974)。

勋爵的说法，谜语不"属于"文学的原因，正在于其瞬时性。谜语一旦被解开就"结束"了——它没有持久的娱乐性或实用性。

斯威夫特去世后，德莱尼（Patrick Delany）重新发现了他的谜语，此人是与斯威夫特交换谜语的"天才绅士"之一。德莱尼反驳了奥利勋爵的讽刺，他说："斯威夫特的谜语不逊色于任何一幅画……它可以和霍加斯（Hogarth）众多的讽刺文学作品比肩。"① 德莱尼进一步为这些谜语的用途辩护：

> 勋爵大人，谜语不是无谓的涂涂抹抹；它们是严格有序的、属于智者的恰当游戏……和学院派的作品一样，不仅可供娱乐，还有助于健康和力量，[是]严肃和重要创作的适当准备。（楷体强调为笔者所加；同上，页223）

为了强调谜语的正当性，德莱尼做了进一步理论化的阐述，认为现代谜语是古典奥秘的传承。但他也对二者做了区分："现在它们是智慧（wit）的游戏，古时候它们则是智慧的作品。"（同上）

尽管德莱尼为斯威夫特谜语所做的辩护值得关注，但他在几个方面没有抓住要点。第一，斯威夫特希望用他的谜语来冲破——而不是赞同——新古典主义的正统。第二，人们不必回到古代去寻找斯威夫特谜语的原型。它们更容易与来自口头传统（也许还有盎格鲁-撒克逊的谜语文学传统）的英语谜语，而非与辛波修斯（Symphosius）和塔特温（Tatwine）之类的古典拉丁谜语产生联系。最后，人们会疑心，斯威夫特未必会接受"智慧的游戏"与"智慧的作品"之间的完全对立。实际上，斯威夫特正是通过谜语把"智

---

① 参 Patrick Delany, *Observations upon Lord Orrery's Remarks on the Life and Writings of Dr. Jonathan Swift*, (London: sold by W. Reeve and A. Linde, 1754), 222; 其影印本后来再版于 Swiftiana, No. 12 (New York: Garland Press, 1974)。

慧的作品"变成了游戏。在以韵文为形式的谜语中，诗的最重要的方面——诗的主题——缺失了。韵文在愉悦读者的同时，也在作为谜语考验着读者真正的智慧，读者必须自行寻找并填补隐匿的主题——"完成"这首诗。

蒲柏、奥利勋爵甚至德莱尼的观点都预先假定了"真正的智慧"（true wit）和"简单的智慧"（mere wit）之间存在差异。尽管学者们将复辟王朝早期至18世纪上半叶的阶段称为"智慧的时代"，但在这一时期，"简单的智慧"在文学上受到了前所未有的攻击。正如哈兹里特（Hazlitt）的《论智慧与幽默》（*On Wit and Humor*）所记载，这种偏见一直延续到19世纪。在讨论"智慧的时代"的喜剧作家时，哈兹里特根据18世纪的价值观定义了"简单的智慧"——它似乎是一种几近新古典主义的恰当的文学概念：

> 与理性的判断或论证相反，简单的智慧力求辨清一些偶然或部分的巧合……事物的本质，或者一些冗余的修辞，比如双关语、谜语、头韵等等。在上述所有情况下，笑话都致力于模仿身份或名义上的相似，这种相似是由单一词语的多义性所建立起来的，而语言表面显得如此只是它本身的宿命，有简单智慧者便可以利用它，以一种近乎恶作剧的形式来表情达意。①

谜语也表现出这种"语言的宿命（fatality）"，正如词语本身具有阻碍并颠覆正常交流的潜力，谜语通过倒置的描述，把事物精确地指向自身的反面。例如，斯威夫特把一支笔变成了一个有施虐和受虐狂倾向的女性，把金子变成了一个"统治地上一切的暴君"，把厕所变成了一个形而上学的深渊或"吞噬人类领地的巨口"（Cf.

---

① 参 William Hazlitt, "On Wit and Humour," in *English Romantic Writers*, ed. David Perkins (New York: Harcourt, Brace & Jovanovich, 1967), 650–651。

Poems 3：916，921）。显然，哈兹里特已经看清来自新古典主义的偏见，从而肯定斯威夫特的谜语。尽管发掘了语言的"宿命",哈兹里特还是认为斯威夫特"迷人的难题"是"对真正智慧的考验"。正如哈兹里特所说,"与简单的文字游戏或幻想相比,没有什么比斯威夫特的谜语更加严肃而风趣的了"。①

"谜语"一词来源于盎格鲁-撒克逊语的动词raedan,意为"给予建议"。"谜语"（riddle）一词的词尾 - le,字面意思是"一个小建议"。在斯威夫特以前,谜语文学经常流于庸俗的消遣,少有启迪性的、真正富于智慧的作品。而斯威夫特的谜语作品则证实了"谜语"一词的词源学意义——"给予建议"。比如这篇他的亲笔作品：

谜语（写于1724年）

少年时代的我,或驰骋于云端,
或在嬉戏于水涧;
自然赐予我快乐,
为我披上一袭白衣,
我挺拔瘦削,
两鬓间风度翩翩;
直到我被僭主发现,
他把我从母亲身边掠走：
难怪我如今如此消瘦;
僭主撕开我的皮肤：
剥去我的皮,割断我的发;
我的身体在下陷,从头到脚：

---

① 参 William Hazlitt, "On Wit and Humour," 前揭, p. 652。

心变得如磐石般坚硬，
从我的骨头里，他吸去骨髓。
更为恼火的是，他把我变成怪胎，
割掉我的舌头，让我说话：
然而，奇妙的是，
我不向耳朵说话，而向眼睛说话。
他经常把我乔装打扮，
逼我讲出一千个谎言。
我在他的信任中给予，
我取悦他的恶意，他的欲望，
他却无法向我隐藏任何秘密；
我看清他的虚荣和骄傲：
我的愉悦就是将其揭露，
他最大的敌人则是愚蠢。
我支配所有语言，
又抹杀所有意义。
没有我的援助，哪怕是神明，
也将陷入无知：
律师必将忘记辩词，
学者休想一展才华。
人类啊，我的主人，是我的奴隶；
我有权任意杀赦；
我大可挥金如土，
让乞讨的孩子成为贵族。
我挥洒生命，肆意无比，
我在加速自己的灭亡。
我的舌头变黑，嘴唇卷曲，

说不出一个词语。

我沉默地死去,被人遗忘;在那些粪堆上,与草木俱腐。
(*Poems* 3:915-916)

斯威夫特的这篇谜语是福克纳整理出版的《诗集》(1735年)的序言,开启了《诗集》中谜语文学的初章。与后面的其他谜语作品一起,这则谜语也被视为对读者智慧的考验。斯威夫特将简单的智慧(mere wit)转化为真正的智慧(true wit),这使他的谜语文学具备"持久的娱乐"效果,在这样的作品中,内在的"宿命"不仅存在于语言之中,更进一步地上升到了广泛意义上的人性层面。

斯威夫特可能采用了一个流行的文学谜语或一个口头谜语,作为创作其书面谜语的模型。它延续了传统书面谜语的常见结构:首先,它以自传体的方式讲述了一只鹅毛羽茎成为墨笔所必须经受的痛苦;其次,斯威夫特在描述谜底之物的功能时,常常只用一行浓缩的诗文,比如"我让国王们和平相处,让真爱的情侣两情相悦"。[1] 泰勒(Archer Taylor)指出,这一特别的书面谜语的欧洲传统最早或可追溯至13世纪的抄件,并最终把其源头确定为古代波斯。经泰勒所考证的六个手抄版本中,下面这个版本与斯威夫特的最相似:

我曾在母亲的身边茁壮成长,
直到有天他们把我掠走,
当我逐渐长大成人,
他们竟砍去我的头。
我无比愤懑,

---

[1] 参 Archer Taylor, *English Riddles from Oral Tradition* (Los Angeles: U of California P, 1951), p. 245。

> 他们予我的吃食仅是清汤寡水,
> 但这却能使国王们和平相处,
> 恋人们两情相悦。(同上,页247)

不过,这个版本的谜语经斯威夫特之手改进,变得更加精炼,也更加粗犷。泰勒所发现的源自口头传统的谜语作品,粗暴地把鹅毛羽茎这一自然客体拟人化了,关于鹅毛笔的性别身份问题也还不明确(尽管作品中"母亲的身边"可能代表着女性)。[①] 斯威夫特则把这个农夫的鹅毛羽茎化成一个超自然的生物:先是一个长翅膀的仙女,后又幻化成一个沐浴的仙女。一方面,仙女的典故为斯威夫特切入新古典主义的诗歌传统提供了一个隐蔽而机巧的突破口,成功的解谜者会发现,仙女纤细的腰肢和无瑕的皮肤不过是只鹅毛羽茎;另一方面,暴力变形的主题被巧妙地引进仙女的典故——仙女作为一支自然人性化形象的鹅毛羽茎为男人所"侵犯"(violated)。

而且,斯威夫特笔下的仙女是作为强奸犯男人性欲和权力压迫的对象,这进一步背离了口头谜语传统。口头谜语只隐晦地提到暴力:成年后,鹅毛羽茎悲叹"他们把我从我母亲身边掠走";而斯威夫特作品中的仙女却不仅仅是失去母亲的庇护这么简单,她是被一位"僭主"拖走——在后文对于强奸的隐晦描写中,斯威夫特浓墨重彩地渲染了暴君肢解仙女身体的残忍行径,从而突破了口头谜语传统和新古典主义文学正统。奥维德(Ovid)笔下的仙女通常会将身体转变成某种大自然的形态来逃脱厄运:例如,达芙妮(Daphne)

[①] 尽管谜语中并未明确鹅毛笔的性别,但作品的基本冲突是男性和女性的对立。鹅毛笔是"从母亲身边"被掠走的,代表一个自然的、"女性"的世界,它被肢解后就为严苛的"男性"社会秩序服务(受"国王"统治)。如果斯威夫特对泰勒所考证的口头谜语传统有一定了解,那么他写作这篇谜语或许正是为了突出男性和女性之间潜在的对立。

变成了一棵月桂树,而阿瑞忒(Arethusa)则变成了一条小溪。斯威夫特没有把这等好运赠予他笔下的仙女,他以动态的、富于攻击性的词语描述仙女的痛苦:她被"肢解"(stript)、被"剥皮"(flay'd)、被"割裂"(cropt)、被"砍断"(lopt)、被"剔骨"(pick't),并以一种"皮开肉绽、被撕成长条"(slit)的怪诞形象完成了她的宿命。在暴力的层面上,泰勒所考证的六个版本的谜语无一可与斯威夫特企及。斯威夫特颠覆了传统,在作品的结尾加上一个残忍的描述,用鲜血代替了传统的毛笔墨汁,而营造这种意象的途径则是割开仙女的舌头。

益格鲁-撒克逊人的《埃克塞特书》(*Exeter Book*)中也有两个关于鹅毛笔的谜语,它们创作于7至11世纪之间,在结构上与斯威夫特的谜语不同,但在风格和构思上则异曲同工。尽管两篇谜语在内容上都没有触及强奸或肢解,但它们都以一种"反崇高"(mock-loftiness)的桀骜态度对待诗歌的主题(仍然比斯威夫特更温和)。第73则谜语描绘了一个"金发女王"(feaxharcwene),像斯威夫特笔下的仙女一样,"和鸟儿一起飞翔,在水中游泳"(fleah mid fuglumond on flodeswom)。① 第93则谜语亦向我们介绍了一种血统高贵的鹅毛笔:"我是一个领主,为君主所知晓。"(Iceomindryten and eorlumcuth 同上,页224)

相比之下,传统的口头谜语并没有把鹅毛笔比作女王或君主,而是将其描绘成乐于助人的仆人:

> A)我也曾出生、长大,
> 却天生为人类服务

---

① 参 F. H. Whitman, *Old English Riddles* (Ottawa, Canada: M. O. M. Printing, 1982), p. 213。

B）没有主人的意志，
我便一事无成①

与一种来自民间文化的期待相符，这个谜语把鹅毛笔比作仆人，而非主人。尽管这个仆人有时可能会行使一些近乎王者的权力，如"使国王们和平相处"，但我们也可以推测，它更多是做些庸常的工作，比如"让恋人们两情相悦"。

然而，斯威夫特的鹅毛笔既没有盎格鲁-撒克逊人作品中的高贵血统，也并非民间口头谜语中的忠诚仆人。她就像一个极权主义的独裁者，咆哮道：

人类啊，我的主人，是我的奴隶；
我有权任意杀赦；
我大可挥金如土，
让乞讨的孩子成为贵族。

相比之下，盎格鲁-撒克逊人作品中的鹅毛笔与主人就像领主与君主之间，保持着一种皇家的互惠式关系。上文提到的口头谜语也体现出一种等级关系：谦卑的仆人——鹅毛笔，善良的主人——写作者。在这两种情况下，鹅毛笔想要脱离主人的掌控是不可思议的，反之，主人也不能离开鹅毛笔而单独存在。然而，这正是斯威夫特的作品要求读者去打破的。斯威夫特的鹅毛笔颠覆了它与主人之间的等级秩序（最有代表性的一处：让"乞讨的孩子成为贵族"）。在他笔下，变化无常的等级秩序——"奴隶变成主人，主人变成奴隶"——没有意义，斯威夫特的鹅毛笔是独立的，它以一种前所未有的方式保持着自己"阴险的"（sinister）思想。

---

① 参 Archer Taylor, *English Riddles from Oral Tradition*, p. 246。

在斯威夫特的作品中，鹅毛笔的"独立宣言"无疑十分令人震惊。无论是笔，还是作为其延展的印刷机，都不再是作者思想的传声筒——印刷也好，书写也罢，文字不再拥护作者，而是维护自己的权威，它得以自我主宰（self-begotten），奉自己为沉默的圣像。在这一点上，斯威夫特的叛逆前无古人。例如，《埃克塞特书》的第93则谜语认为文字的这种"无声的演讲"（silent speech）是一个奇迹。谜语最后总结道："我把智慧传递给许多人，却不会说一句话"（icmonigumscealwisdom cythan no thaer word sprecath）。① 然而，斯威夫特完全颠倒了它的意义：

> 然而，奇妙的是，
> 我不向耳朵说话，而向眼睛说话。

斯威夫特使用这种"奇迹"（wonder），并不是对鹅毛笔叛逆行动的总结性评价，而是过渡到一种与笔墨之字相对的修辞术的尖锐形式。

写作作为"无声的演讲"，看似美妙，实则为一种虚假的表象。借助诗歌韵律的力量，斯威夫特消除了这一虚假的表象。例如，只向"眼睛"（eyes）说话——狡猾的作者很容易用"伪装"（disguise）来欺骗读者。如尾韵所暗示，这种"伪装"（disguise）即是"谎言"。同样地，"信任"（trust）化作了"欲望"（lust）。书面文字表面的中立性"隐藏"（hide）了作者的"骄傲"（pride）。然而，反叛的鹅毛笔也可以像对待读者一样，轻易地对作家造成伤害：它把作家的真实面目"揭露"（expose）给他的"敌人"（foes）。在民间谚语中，我们可以找到这种关于鹅毛笔对写作者反向掌控的描述：

---

① 参 F. H. Whitman, *Old English Riddles*, p. 224。

"你是未言之语的主人,却是已言之语的奴隶。"①

《书籍之战》(*The Battle of the Books*)每一卷都探讨了这个问题。在他的谜语作品中,文字本身成了战斗者。毋庸置疑,这与《埃克塞特书》中对于文字所唱的天真赞歌相去甚远。例如,第93则谜语认为,在一个以口头文学占主导地位的文化背景下,写作是增长知识的绝佳途径。然而,在斯威夫特的谜语中,我们可以见出他对于书面写作的态度极其悲观。斯威夫特生活在书写占主导地位的年代,这意味着,口头文化的"纯真"(simplicity)已经消逝了,那时,一个人(说出)的话则可以是一种关联。当然,这并不是说斯威夫特认为口头文化要比基于书面文字的文化更加诚实。相反,他认为,通过写作,人们创造了一种新的极其精妙的说谎方式:写作为说谎成性的作家披上了一层以权威和隐匿为名的外衣。

为举例说明口语纯真性的丧失,斯威夫特描绘了书面文字邪恶的三位一体(Unholy Trinity)。牧师和神父使用书面语言,不为穷人和悲苦者申言,甚至不恳求他们主的恩典,而只是为了他们干瘪的、象牙塔里的"灵修"(learning)。事实上,牧师似乎依赖写作逃离他所处世界的严酷现实。布莱克莫尔之类的新古典主义诗人们也是一样,他们正是利用附庸风雅的文学作品来逃离《描述一场城市中的沐浴》中所描述的丑陋却真实的伦敦。同样,律师也是文字的奴隶:讽刺的是,他们只有在学会写作之后才能够进行辩护与争论。最后但并非不重要的是,学者是文字语言的祭司。当学者炫耀他的阅读时,他便把文学变成了一个可自我主宰的偶像(self-begotten icon);此外,若他以非生产性的评论式自淫想象来呈现自己的傲慢,后果则是墨水飞溅。通过这些毁灭性的方式,书面文化完全颠覆了

---

① 出自田纳西州孟菲斯的莫尔黑德(Robert Morehead),我对此表示感谢。

口头文化之前的主导地位。

斯威夫特的墨水谜语与他的鹅毛笔谜语相辅相成。墨水谜语一共有十三首，出自斯威夫特的八卷本《作品集》（1746），由福克纳整理编撰。虽然福克纳在注释中对集子里第二部分的作者尚存疑虑，但从作品的主题来看，它们似乎确实出自斯威夫特之手。① 同鹅毛笔谜语一样，墨水谜语揭示书面文字如何篡夺了原本属于口头文化的权威。它还以谴责牧师、学者、律师为诗歌作结：

> 我可以飞越遥远的地方，
> 只需给我纸制的翅膀。
> 我会讲述一个理由，
> 关于国王们为何而争吵。
>
> 当博学的医生们开始争论，
> 我将传达上帝的话语，
> 并指出他们可以被轻易驳倒。

---

① 参福克纳的注释："作者和他的朋友们经常以猜谜作为消遣，其中一些作品已经印在了《作品集》的第二卷中，并广受好评，以下便是我们期待已久的这些作品，尽管目前还不能确认其作者的身份。"（*Poems* 3：926-927）。威廉姆斯粗略地将第二部分谜语创作的时间追溯至"1724年及以后"，然而，斯威夫特似乎仅在1724年至1726年涉足谜语创作，由此，人们猜测墨水谜语（如果其真为斯威夫特所作）也属于这个时期。它与鹅毛笔谜语的相似之处——无论是其严肃的主题还是对于写作与谎言的区别的论争——似乎都指向了斯威夫特的作者身份。斯威夫特在同一时期创作了《格列佛游记》（1726），这一事实似乎也支持了我对墨水谜语创作时间的大致推测。《格列佛游记》中的慧骃国是一个没有文字的理想社会，这似乎戏剧化地表达了斯威夫特对于他所处的书面文化社会的态度。

让律师们痛哭流涕吧，
这是大地传达的讯息。
剥去他们客人的外衣，
不，把他们的灵魂也一并送走。（*Poems* 3：930）

斯威夫特谜语中的鹅毛笔只是助长了"不公正"（injustice），墨水却不加掩饰地以化身恶魔为乐。就像《木桶的故事》中的教皇诏书"能快过任何一只鸟"（*Prose* 1：69），墨汁飞行起来更像是一个魔鬼，而不是未被玷污的天使一般的鹅毛笔。事实上，在谜语的前面部分，它就被描述为"深渊之子，黯灭之夜"（*Poems* 3：929）。然而，无论是白鹅还是魔鬼，都只是在世俗间飞行。对斯威夫特来说，书面文字不能荣登天堂，即上帝真言——或为口头语言——之家。墨水的危害就像鹅毛笔一样，它只局限于世界的表面与种种表象（正如墨水自己所吹嘘的那样，它能在此时使魔鬼变圣人，又在彼时使圣人变魔鬼；参 *Poems* 3：930）。

泰勒收集了从 15 世纪的法国到 20 世纪的阿巴拉契亚地区有关墨水的谜语。来自阿巴拉契亚地区的墨水谜语包含了几个不同类型的变种：

土地是白色的，
种子是黑色的，
会有一个博学者，
为我解开这个谜语。[1]

斯威夫特笔下的墨水是一种超自然的邪恶意象，而上面这个口头墨水谜语则在歌颂一种自然的、不断生长的"种子"（seed）：它

---

[1] Archer Taylor, *English Riddles from Oral Tradition*, p. 438.

在白纸上生根发芽，茁壮成长。毫无疑问，斯威夫特会从这种"不协调"（incongruity）中汲取灵感：口头谜语对书面文字给予了无条件的赞扬，而斯威夫特的文学谜语只会对书面文字嗤之以鼻。

在写作《格列佛游记》（1726年）的同时，斯威夫特创作了他的鹅毛笔谜语，或许墨水谜语也在同一时期创作。这当然不只是巧合。正如麦克卢汉（Marshall McLuhan）所言，书面文字非自然地凌驾于口头文字之上——斯威夫特尤其关注这一现象，且这种关注体现于《格列佛游记》，尤其是格列佛在拉加多岛的大学院的经历。①

在学院里，语言哲学家们设计了一个由许多印有文字的木块随机排列而成的大矩阵，这是斯威夫特对于印刷机的噩梦般的想象。此外，这些抽象的科学家就像斯威夫特谜语中的鹅毛笔和墨水一样，希望用打字机器完全废除口语。这一切都与乡下朴实的慧骃国形成了鲜明对比——在慧骃国，口头文化仍占据着文化生活的主流。格列佛知道"慧骃国没有字母，因此他们所有的知识都是传统的"（*Prose* 11：235）。

同《格列佛游记》一样，斯威夫特的鹅毛笔谜语和墨水谜语也从玩笑转向严肃。斯威夫特将文学谜语的"小人国"（Lilliputian）的形式拔高至"大人国"（Brobdingnagian）的高度。在他笔下，谜语文学本不起眼的形式被显著地拔高了，这无疑突破了古典主义文学的界限。在谜语文学形式巨大膨胀的同时，语词格调却骤然堕落。显然，斯威夫特的这种谜语，其功用正在于很好地揭示了双重性的"语言宿命"。首先，正如上文我们所提到的，书面写作与口头言语不同，书写行为将文字与其［原初的］"作者"（author）分离。书面文字被赋予了独立性，它可能会对其昔日的"主子"（lord）——

---

① 参 Marshall McLuhan, *The Gutenberg Galaxy*: *The Making of Typographic Man*, (Toronto: U of Toronto P, 1962), p. 304.

即作者——做出致命的反叛。进一步来说，书面文字大可以趁作者的"不在场"（absent）而颠倒作者的信息——有时候甚至将作者暴露为傻子。其次，更重要的是，人类生来即带着缺陷与败坏，人类的语言也是如此。斯威夫特不屑于平淡的新教教义中那种肤浅的乐观主义，对于文学符号与逻各斯（logos）之间的界限，他始终保持警惕。

诗性正义助长了鹅毛笔的肆心（hubris）：鹅毛笔的自传最终变成了它自己的讣告。它在书写自身的同时逐渐陨逝，并在粪堆上得到了最后的安息——这就是人类智慧与知识的总和，是经典的斯威夫特式意象。写作变成了一种虚荣性的表达，而印刷则是对不朽的一种虫蛀式的图谋。《书籍之战》的作者预言了鹅毛笔谜语的悲惨结局，文中叙事者否认了文学的不朽（immortality）：

> 每一名勇士生前的斗志都被巧妙地灌注到这些书中并保存下来，而死后，他的灵魂也转世到此，让它们充满生机，至少，这是较为普遍的看法。一些哲学家断定，在墓地中，有某种他们称之为肉体（Brutumhominis）的精魂在碑石上空游荡，直至尸体腐烂化作灰尘，或被蠕虫分解，而后消失。（*Prose* 1: 144）[①]

通过以腐尸的假说取代传统的文学末世论，斯威夫特的鹅毛笔谜语证实了他的信念——与任何一种理想性的精神相比，古今作家遗留在书本中的"肉体"对于写作的侵扰显得更为深刻。

关于"真正的智慧"，斯威夫特的鹅毛笔谜语和墨水谜语为读者

[①] Angus Ross 将斯威夫特对"肉体"（Brutumhominis）一词的使用与伯顿（Robert Burton）联系起来。参 Angus Ross, "The Anatomy of Melancholy and Swift," in *Swift and His Contexts*, p. 235。

设计了一道精妙难解的考题。斯威夫特对写作和印刷的媒介提出了质疑，这导致读者在猜谜过程中面临着一个深刻的困境。一旦读者猜出了正确答案，就会发现写作与真理相悖——至少对斯威夫特来说如此。借用印刷反对印刷，斯威夫特使读者体验到一种极端的不和谐感。他在另外一些诗作中指出，谜语诗的本质即智慧的矛盾性：智慧中的罪恶时时与智慧本身产生冲突（sins of wit against wit），能平衡好这对关系的读者实在"少之又少"（参 Poems 2：579）。真正的智慧正在于能够彻底看穿人类智慧与理解力的表象。

斯威夫特呼吁读者们武装起来，反对一种自负的文学观念，该观念提倡"正统"（或文学的"作者决定论"）却忽视了一个事实——人类的本质更像雅虎而非慧骃。的确，斯威夫特的谜语质疑了一种人文主义文学的整个观念基础，这一人文主义文学让神圣的（传统的、口头文化的）启示臣服于人类的智慧，而后者仅留存于不值一提的文字涂鸦中。斯威夫特的谜语作品兼具价值（Merit）和实用，它们让读者意识到，人类的智性是永恒的笑柄，而非关于秩序的笑话的破坏者。读者的智慧如果经受了斯威夫特的考验，就会觉得自己再也不会以相同的方式去阅读。

自傲、讲坛雄辩与斯威夫特的修辞术

布拉德（Paddy Bullard） 撰
周安馨译　隋昕校

讽刺作家斯威夫特在传统修辞术史上寂寂无名。确实，人们有理由忽视他。[1] 在斯威夫特的通信集及出版作品中，只有少部分在评论修辞术问题，这些评论大多都显示出他愤慨地蔑视雄辩术和那些自诩从事雄辩术的人。《格列佛游记》中男主人公及他与尊贵的皇帝利里普特（Lilliput）的初遇便是典型的例子。书中的利里普特是有一定地位的演说家：

> 看上去他是个中年人，身材比跟随他的另外三个人都

---

[1] 有关斯威夫特作品中所使用的古典修辞学术语的详细解读，参 Martin Price, *Swift's Rhetorical Art*: *A Study in Structure and Meaning* (1953; reissued Carbondale: Southern Illinois University Press, 1973); Charles A. Beaumont, *Swift's Classical Rhetoric* (Athens, GA: University of Georgia Press, 1961), 尤其见于页 15-43; 以及 John R. Clark, *Form and Frenzy in Swift's Tale of a Tub* (Ithaca, NY: Cornell University Press, 1970), p. 3-36。

要高,其中一个像是跟班,身材比我的中指略长些,正在替他牵着拖在身后的衣裳;还有两个人分别站在他的两旁扶持着他。他十足表现了演说家的气派,可以看得出他用了许多威胁词句,同时又许下不少诺言,以表示怜悯和宽厚。

格列佛心甘情愿地顺从这个花言巧语、对他指手画脚的小人,这是读者最早感到他容易被骗的一个地方——尽管斯威夫特允许格列佛以"我想要食物"为缘由原谅自己的精神不振。的确,斯威夫特认为,大多数演说听众即使受到最精妙的劝导所感化,其决心还是完全受其消化道(digestive tracts)支配。斯威夫特在《致一位近来荣膺圣职的年轻绅士》(*The Letter to a Young Gentleman*, lately entered into Holy Orders, 1721)中写道:

> 我十分坚信,这种[感人的]最强有力的雄辩也不会给我们的精神留下什么深刻印象能撑到第二天早上,或者更确切地说,可以撑到下一餐饭。(PW, ix. 69)

本着同样的精神,在《论在教堂酣睡》(*Upon Sleeping in Church*)这篇布道辞中,斯威夫特谴责了在周日午餐后涌向圣帕特里克大教堂(St. Patrick's Cathedral)的大批会众:

> 人们把时间分配给上帝和他们的肚子,饕餮之后,他们的意识昏昏欲睡、木然呆愣,于是,他们退居于上帝的殿(God's House)中,沉睡一下午。(PW, ix. 218)

相比之下,聚集在不从国教的教堂中的那些会众较为贫穷,聆听布道者演说时则带着一种对雄辩术的肤浅渴望,这种强烈的欲望与渴望适度的精神食粮毫无关联。因此,在《木桶的故事》中,

"几个集会者"聚集在一起去听演说——演说者使用某种木质的"演讲装置",即不从国教派的牧师的讲坛、绞刑架梯子、巡回舞台——并根据本性受到教导:

> 张大嘴巴站着……这样,若观众围得密不透风,每个人都可以带回家一份,基本上什么东西都不会落下。

听众在呆头呆脑的被动状态中,有了饥荒袭来时那种饥馑和悲伤的感受。

鉴于这种雄辩术和人体基本功能有联系,且修辞术史家们无视了斯威夫特,那么,一旦发现斯威夫特对18世纪修辞术理论的发展产生了决定性影响,人们自然惊讶不已。"雄辩术运动"背后的推动力继而主导了18世纪后三分之一时期英美两国修辞术的传授,这一推动力的起源似乎就是斯威夫特。① 谢里丹(Thomas Sheridan)是一位演员兼教育家,为普及雄辩家的修辞术做出了极大贡献;他从小就认识斯威夫特(斯威夫特和他父亲是密友),后来还为斯威夫特写了传记。当谢里丹1735年开始在都柏林三一学院学习时,斯威夫特问他:

> 他们教你英语吗?
> 不。[谢里丹回答道。]
> 他们教你怎么说话吗?
> 不。

---

① 关于这一运动的考察,参见 G. P. Mohrmann, "The Language of Nature and Elocutionary Theory", *Quarterly Journal of Speech*, 52 (1966), 116 – 124。

那么他们什么也没教你。①

谢里丹对教授作为一门本土演说科学（science of vernacular elocution）的修辞术产生了兴趣，而他将自己产生兴趣的缘由溯源至这段对话。斯威夫特这番评论与他对英国神职人员经常性的控诉一致，即他们忽视雄辩术基本的、非语言的（non-verbal）要素。② 谢里丹从斯威夫特的点拨中发展出雄辩法别具一格的特征，而那正是强调演讲时传递的肢体信息——演讲者的动作、声音和态度——但他几乎完全忽视了修辞的语义和形式部分。③ 犬儒学派（Cynics）可能会将其看作格列佛那种不可理喻的讲坛侏儒的雄辩，它可以作为一种技艺来传授。

关于公众演讲中手势动作和雄辩技巧（elocution），18世纪有两种最早且最常用的说法，有证据表明其背后也隐藏着斯威夫特的间接影响——即斯威夫特曾经的朋友艾迪生（Joseph Addison）和辉格

---

① Thomas Sheridan, *An Oration Pronounced before a Numerous Body of the Nobility and Gentry*（Dublin, 1757）, 19-20；也许斯威夫特在这里所提到的"演讲"（speaking）是指消除爱尔兰口音，他认为这让英国人期待的东西除了"吹嘘（bulls）、疏忽（blunders）和讽刺时事（follies）"之外，别无其他（"On Barbarous Denominations in Ireland,"appendix"h", *PW* iv. 281）；到1762年，雄辩术成为谢里丹修辞术的关注焦点。

② Swift, *PW*, ix. 65；参见伊查尔德（John Eachard）关于这一点的经典论述，*The Grounds & Occasions of the Contempt of the Clergy and Religion*（1670；8th ed., 1672）, 33-34。

③ 要了解这场运动对身体的关注及其对表演理论的借鉴，参见Paul Goring, *The Rhetoric of Sensibility in Eighteenth-Century Culture*（Cambridge：Cambridge University Press, 2005）, 11-12, 91-113；对其学术方面的批评见W. S. Howell, *Eighteenth-Century British Logic and Rhetoric*（Princeton：Princeton University Press, 1971）, 145-258；以及"Sources of the Elocutionary Movement in England, 1700-1748," in Raymond F. Howells（ed.）, *Historical Studies of Rhetoric and Rhetoricians*（Ithaca：Cornell University Press, 1961）, 139-158.

派（Whig）散文家兼诗人休斯（John Hughes）发表在《旁观者》（Spectator）上的两篇文章。① 在《旁观者》第 407 期（1712 年 6 月 17 日）中，艾迪生谈到英国到处都是令人无望的死板的演说家，并给了他们如下建议：

> 适当的手势、大量运用声音……这些能让观众保持清醒，并将他们的注意力集中于想要传达给他们的信息上，同时也使演说家表现得诚恳认真。②

休斯在《旁观者》第 541 期（1712 年 11 月 20 日）中进一步谈了这个主题。他认为演说的动作规则对学习舞台表演艺术的学生来说也同样有用，他提出，

> 动作是通用语言。所有人都受同样的激情支配，因此也都知道别人身上有同样的标志，他们自己也运用这些标志动作来表达自己。（iv. 432 – 437）

《闲话报》（The Tatler）杂志第 66 期（1709 年 9 月 10 日）上早先发表了一篇文章，名叫《雄辩术和优雅行动》（Eloquence and

---

① 要了解斯威夫特和艾迪生，参 Irvin Ehrenpreis, Swift: The Man, His Works, and the Age, 3 vols. (London: Methuen, 1962 – 1983), passim; 斯威夫特在休斯作品抄本的扉页上留下笔墨：Poems on Several Occasions, 2 vols. (1735), 现藏于克拉克纪念图书馆（William Andrews Clark Memorial Library）："作者是一位平庸的诗人（mediocris Poeta）。但似乎是一个诚实的人。"然后，在这一页之后他写道："总的来说，这位作家在他的两卷书中没有表现出一个诗人的品质。" Dirk F. Pässmann and Heinz J. Vienken, The Library and Reading of Jonathan Swift: Part 1: Swift's Library, 4 vols. (Frankfurt: Peter Lang, 2003), ii, 931.

② The Spectator, ed. Donald F. Bond, 5 vols. (Oxford: Clarendon Press, 1965), iii. 520 – 523.

Graceful Action），艾迪生和休斯的两篇文章是对这篇文章的细致加工。该文托斯蒂尔（Richard Steele）之名而作，但几乎可以肯定，这是作者从斯威夫特的笔记或"暗示"转写而成。①《闲话报》的小说编辑比克斯塔夫（Isaac Bickerstaff）（这个名字也借自斯威夫特）记录了吕山德（Lysander）在威尔（Will）的咖啡店发表的长篇大论，大意是说：

> 身体的仪态（Deportment），眼睛的转动，每一处措辞所对应的合适的声音，都是在表达，它们必须全都合为一体，才能共同造就一个技艺高超的演说家。②

这就是雄辩术要义的纲要，从咖啡馆那个明显象征着斯威夫特的人物谈话伊始，这一要义就已显露出来。斯威夫特/吕山德特别关注英格兰圣公会（the Church of England）的神职人员——

> 我相信，他们是当今世界上最有学问的人，然而，他们完全忽视了这种演讲的技艺，连同对声音和动作的适当美化。（The Tatler，i. 454）

我们应该看到，在《致一位近来荣膺圣职的年轻绅士》和其他几篇偶然之作当中，斯威夫特回到了吕山德在讲坛上给雄辩术开出

---

① 虽然斯威夫特并没有特别提到《闲话报》第66期，但经常提到他给斯蒂尔和其他人准备的"暗示"，见 Journal to Stella, ed. Harold Williams, 2 vols. (Oxford: Clarendon Press, 1948), eg. i. 56, 79, 100; 参 James McLaverty, "Swift and the Art of Political Publication: Hints and Title Pages, 1711–1714," in Claude Rawson (ed.), Politics and Literature in the Age of Swift: English and Irish Perspectives (Cambridge: Cambridge University Press, 2010), 116–139.

② The Tatler, ed. Donald F. Bond, 3 vols. (Oxford: Clarendon Press, 1987), i. 453–461, at 453.

的有用药方：对文本的识记；情感服从于理性；恰当表达布道者的"本土的……思想和情感"。

斯威夫特的这些观念预示了雄辩术理论的发展，但这些观念并不是他关于修辞术和布道演说术的广泛思考中最有趣的特质。斯威夫特关于布道技艺（Ars Praedicandi）的评论体量庞大，内容多样，其论辩的连贯性令人印象深刻。本文共有三重目标：首先，粗略勾勒出当时布道演说术伦理的观点体系，该体系与斯威夫特对这一问题的著述一致；第二，展示斯威夫特道德讽刺中两个经久不衰的话题——即自傲这一讨厌的恶习和伪善这一实用的恶习——如何借助上述观点而得以传达，以及斯威夫特的处理方式；第三，展现斯威夫特关于修辞和布道的思想的连贯性如何延伸到他作品里一个更被忽视的领域中，即十一篇现存的布道辞，这些作品可以确信出自斯威夫特之手。[1] 通过论证斯威夫特布道修辞思想的完整性，我希望能进一步揭示其讽刺文学的道德目的。

斯威夫特对雄辩术所作的评论，尤其是对讲坛雄辩术的评论，有一个标志性特点，即他坚持认为演讲者应该对听众保持敏锐的专注。这一建议似乎与斯威夫特讽刺作品中常常出现的奥古斯都式（Augustan）无个性的理想背道而驰，但它却是斯威夫特思考作为一种潜在工具的演讲和写作的核心。斯威夫特认为，演讲者应该意识

---

[1] 不像兰达（Landa）（PW ix. 97），我已经摒除了题为《认识自己之难处》（*The Difficulty of Knowing Oneself*）的布道辞，这篇完全不在我的考虑范围之内：多兹利（Dodsley）和福克纳（Faulkner）都非常确信其真实性，并在第四版印刷时做出了补充：《布道辞三篇》（*Three Sermons*）在 1744 至 1755 年以斯威夫特的名字出版（*Teerink - Scouten*, items 70 and 71），但（18 世纪文献集成网络计划）ECCO 的研究发现，这是 1743 年由沃恩福特（Richard Warneford）在纽约首次出版的作品：*Good Works. the Proper Fruit of Good Will in Sermons on Various Subjects*, 2 vols. （York, 1757）。

到观众的特征偏好（他对社会地位和受教育程度特别敏感），还应该考虑这些观众怎样代表他们那个时代的道德品质，更宽泛地说，怎样代表其国家或人类的道德品质。斯威夫特对应该用自己的布道演说术说服哪一部分听众有着异常精准的认识，其中也包括他的讽刺作品所针对的同一种人。

值得注意的是，斯威夫特并不打算对他所憎恨的人当中的那些独特的（并非斯威夫特不憎恨他们，如无神论者柯林斯［Anthony Collins］，政治骗子沃顿勋爵［Lord Warton］，辉格党编年史学家伯内特［Gilbert Burnett］）主流人物宣教。事实上，人往往在一定程度上与最根深蒂固的敌人一致。斯威夫特的目标也不是说服大多数并无恶意也不固执己见的人，他只需要安抚和支持这些人，他希望，

> 教士的布道有助于保护在追求美德的过程中向善的人，但它很少乃至从不会感化那些邪恶之徒。（PW, i. 246）

相反，斯威夫特要与之战斗的是一类特殊人群，他们桀骜不驯、胡言乱语，是咖啡馆里的演说家，每天高谈阔论——他们造诣一般却自尊心膨胀，见惯了各种蛊惑人心的损人话。故此，斯威夫特的布道雄辩术常以反修辞著称。斯威夫特所推崇的谦逊、简单的风格，既是对傲慢无礼者虚假雄辩术的谴责，也是与之抗争的武器；既是在谴责无礼的自傲之人的虚假雄辩术，又以此作为攻击他们的武器。

这一武器背后的力量是斯威夫特对其敌人道德假设的分析，尤其是他们对于"信念"的修辞效力的信心——针对这一点，斯威夫特提出了自己对所谓"伪善"的辩护之辞，他甚至详细推测了这种说法可能导致的冒犯。虽然斯威夫特对待讲坛演说术这些事情的方式相当奇特，但他的道德和神学原则植根于有关神圣雄辩术的同时代评论中，尤其是17世纪晚期法国作家的努力，他们塑造了一种修

辞术伦理，让曲高和寡的布道者不陷入自傲的诱惑之中。我现在要讲的就是这些内容，下面，我将指明他们与斯威夫特本人在这一主题上的著作的相关性。

17世纪修辞学家对布道问题的评论，对斯威夫特的读者来说很有价值，因为它们有助于解释斯威夫特布道辞的两个核心悖论，这种悖论也在他的讽刺作品中再度出现。首先是"彼此顺服"的悖论。在题为《论彼此顺服》(On Mutual Subjection)的布道文中，斯威夫特将这一悖论追溯到使徒主题中：

> 乍看起来，这似乎有点不同寻常：是的，你们所有人，[圣彼得]，你们要彼此顺服。因为，说两个人彼此顺服好像不太合适，顺服只能是上级对下级的服从。①

斯威夫特认为，使徒在这里谈论的不仅仅是礼貌的伪善这一普遍准则：

> 我们的上级乐于告诉我们他们是我们谦卑的仆人，但他们明白我们是他们的奴隶。

斯威夫特认为，使徒建议的也不是单方面的谦卑（PW, ix. 141-142）。根据斯威夫特的理解，彼此顺服涉及更有益于个人卓越性的问题，也涉及"人类的骄傲与虚荣"意识（包括自己），这并

---

① PW ix. 141；见《以弗所书》5.21："又当存敬畏基督的心，彼此顺服"；格劳秀斯 (Grotius) 和其他自然法学家对这一节的政治含义的认识，见 Jean Le Clerc, *A Supplement to Dr. Hammond's Paraphrase and Annotations of the New Testament* (1699), 437, 以及 Samuel Pufendorf, *Of the Law of Nature and Nations*, tr. Basil Kennett (Oxford, 1703), 79；爱尔兰爱国人士对此的借用，见 William Molyneux, *The Case of Ireland's being Bound by Acts of Parliamentin England Stated* (Dublin, 1698), 150。

不仅仅限于等级问题,因为,

> 如果有学问的人不会偶尔向无知者屈服,智者不偶尔向愚者屈服,温柔者不偶尔向乖僻者屈服,老一辈不偶尔向新一辈的弱点屈服,那么,世界上就只有永恒的差异。(*PW*, ix. 143)

这是一场对道德卓越的列队点名,排除了权力、优势、地位和财富。对它们的轻视表明,那些谦虚而有美德的中间阶层,包括斯威夫特本人在内,可能会经常发现自己在道德或智力方面,对那些炫耀之人——即他们社会的上层人——表现出居高临下的态度,即使当他们的上级在其他方面对他们居高临下时也一样。彼此顺服和深思熟虑的雄辩之间有一种隐秘的联系,比较这篇布道辞与斯威夫特一些偶得的关于谈话和风格之伦理的评论,这种联系就变得显而易见。根据斯威夫特的观点,好谈话就像好演说一样,都在"对各人自己来说都非常重要"的范围内展开,都涉及如何控制随之而来的、几乎是普遍存在的"发号施令和自作主张"的冲动。① 当然,在神圣雄辩术中,布道者对会众的支配地位不可避免,但演讲者可以对既定观众最喜欢的内容另外给予关注,从而弥补这一点。因此,《闲话报》中的"吕山德"描摹了一位特别具有影响力的布道者——斯蒂尔认为他是斯威夫特的朋友阿特伯里(Francis Atterbury),时任罗切斯特的主持牧师:

> 他非常尊重自己的教众,他把要对他们说的话都铭刻在了记忆里;他的举止如此温柔优雅,一定会引起你的注意。(*The*

---

① Swift, "Hints towards an Essay on Conversation," *PW* iv. 89, 90;参见第213页《论有礼》(*On Good Manners*),其中谈到三个不同等级的人互相迁就——"我们的上级,我们的平级,和那些低于我们的人"。

Tatler, i. 455)

斯威夫特有关彼此顺服的悖论，涉及一种相呼应的修辞伦理学，它摒弃了谦逊的利己主义，代之以一种强健而友善的尊严。

第二个悖论，借博林布鲁克勋爵（Lord Bolingbroke）给斯威夫特所起的著名绰号（据谢里丹所言）来说，是"颠转的伪善者"。① 这个短语是一种特别巧妙且紧凑的"戏谑玩笑"——这种雄辩术被斯威夫特自己定义为一种明显的批评，"意想不到、令人惊讶地转向智慧，总是以赞美结尾"。② 人们通常认为，博林布鲁克的这番评论是指斯威夫特在其密友间的好名声——掩饰自己的美德，这是极度厌恶虔敬的伪善的表现。③ 比如，他的朋友德莱尼曾声称，斯威夫特住在伦敦时只参加清晨的教堂礼拜，不是因为害怕显得虔诚，而是害怕显得在求取虔诚的名声：

> 世界上没有什么比伪善更使他深恶痛绝的了，因此，他最为害怕的就是人家如此怀疑他。这自然使他有时太接近于另一个极端：使他常常隐藏自己的虔诚，比别人掩盖他们的恶行时还要小心。

这是一种与"颠转的伪善者"相关的冲动，正是这种冲动使斯威夫特下定这样的决心——看起来好像是博林布鲁克强迫他在1710

---

① Thomas Sheridan, *The Life of the Rev. Dr. Jonathan Swift* (1784), "Introduction," A2r-v.
② "Hints towards an Essay on Conversation," PW iv. 91.
③ 然而，斯威夫特的"颠转的伪善者"悖论并没有延伸到展示（虚假或真实的）道德上的失败（如《格列佛游记》第四卷或《一项温和的建议》中所暗含的残酷）；斯威夫特认为，那些"虚荣心十足地说出他们的缺陷"的人"是世界上最奇怪的人", PW iv. 89。

年冬天于安妮女王面前布道时的做法：

> 如果真这样，这附近所有狂妄自大的小伙子们都会蜂拥而来，听我言说，盼着绝妙的内容，还会懊恼地暴跳如雷，因为我要讲的是朴实无华的道理。

事实上，这是斯威夫特典型的显白风格，其功能是掩盖影响它的修辞能量。但是，就像所有最精彩的奥古斯都式（Augustan）的戏谑一样，博林布鲁克的评论很容易再度变为责备。尽管发生了这样的颠转，斯威夫特仍然是一个伪善者，看样子他只是假装表现出那些恶习——厌世、对年轻女性朋友的垂涎、对教会职责的忽视——至少与其他隐藏在善良诚挚之中的无名恶习重叠。1726年，笛福否认了斯威夫特讽刺作品的邪恶性，并含蓄地将其与"伪善"联系起来：

> 我很乐意把它［伪善］归之于博学的S博士［译按：即斯威夫特］，因为他能在早晨布道、祷告，在下午写滑稽的东西，戏谑天堂和宗教，又在晚上写渎神的东西；第二天早上又开始祷告和布道，如此在极端之间循环往复；对我来说，把不悦之泪变为一首歌谣更为合适。

这正赋予斯威夫特颠转的伪善一种特别的战栗感（frisson）：当然，没有办法区分隐藏的美德与隐藏的邪恶，斯威夫特确实因混淆二者而招致笛福这般指责。斯威夫特在《卡德努斯和范妮莎》（Cadenus and Vanessa，1726）中，引用了他的情人万霍姆里（Hesther Vanhomrigh）一句关键的个人座右铭来描述自己：

> 那种美德，乐于被揭示，/它不敢拥有的，它便一无所知；/它还能使我们无所畏惧地向仇敌敞开内心深处的秘密。

这则座右铭捕捉到了一种混杂的冲动：既对解释与澄清敞开，又充满抗拒。① 斯威夫特遵循一种谦逊的原则，拒绝明确表露自己的道德品质，且又保持着伪贵族式的骄傲姿态，漠不关心这种姿态会被怎么解读。在沉默与蔑视、谦逊与傲慢这些特质的混合之中，"颠转的伪善"这一主题与彼此顺服的悖论之间产生了联系，其特性则表现为与傲慢的对抗。1717 年或 1718 年的 2 月 28 日，米斯主教、辉格党忠诚分子、斯威夫特的敌人埃文斯（John Evans）记述了一次拜访圣帕特里克大教堂（St. Patrick's Cathedral）的经历：

> 斯威夫特在那里进行了一次奇特的布道宣讲，它有点像蒙田随笔，使我们所有等级和所有类型的人都感到十分自在。勋爵们，主教们：掌权者，所谓的主题是骄傲和羞辱———一位勋爵在教堂告诉他———丑陋的教师（Turpe est Doctori &c.）……

埃文斯的总结表明，他所听到的是"有关彼此顺服"的布道，以及他所记述的那身份不明的勋爵的评论———他提到的是中世纪教科书《加图格言集》（*Disticha Catonis*）中的格言："教师言行相悖便为可耻。"这表明斯威夫特被当成伪善者，他反对骄傲的恶行，但他自己显然就犯了这种恶行。② 埃文斯和那位领主在《论彼此顺服》的布道文中所觉察到的奇异感或许反映出，尽管斯威夫特在宣称他

---

① Jonathan Swift, *The Complete Poems*, ed. Pat Rogers (Harmondsworth: Penguin, 1983), 146 (lines 616 – 619).

② Daw (Swift's "Strange Sermon," 225) 表明该条格言来自 Seneca's *Epistle* XXIV (*turpe est aliud loqui, aliud sentire*), 但是这位不具名的领主更像是在暗指那部中世纪教科书的作者加图（Marcus Porcius Cato），参见 Marcus Porcius Cato, *Catonis Disticha: recensuit et apparatu critico instruxit Barcus Boas*, ed. J. H. Botschuyver (Amsterdam: North – Holland, 1952), liber I. xxx: "*quae culpare soles, ea tu ne feceris ipse: Turpe est doctori, cum culpa redarguit ipsum*"。

对他们的支配地位，但他们不愿领会其中的讽刺意味，虽然斯威夫特看着像在说反话。埃文斯记叙道，整个"政府"（the state；主要是指都柏林以辉格党为主的政治、社会和宗教机构）都和他一起身处大教堂之中。斯威夫特被他最强大的敌人们包围着，他用这种奇怪的屈尊俯就的谦卑姿态来讽刺他们。

斯威夫特表达了自傲、伪善与其布道之相关性的矛盾思考，更广泛地说是与其修辞术之相关性的思考，独树一帜，自成一格。毫无疑问，这种精心编排既是为了表现他风格的独特性，也是为了深化他的道德原则。但这并不是说他的观点没有来龙去脉。在整个17世纪，具备说教技艺的修辞家和理论家都在关注古典的"说话艺术"（ars dicendi）——包括其全然的世俗性和道德上的可变性在内——如何能够适应基督教福音传道的目的。人文主义者对这个问题并不是特别感兴趣，他们对修辞术教学大纲的改革更多侧重于把雄辩术削减为学术场景下的练习。① 这对于准备在文艺复兴时期的王孙宫廷里谋生的学生来说非常有用，在那里，斟酌和论辩主要是形式上的事情，但是它并不适用于其他公共目标，这一点很快就变得明显了。

因此，从培根开始，17世纪的修辞学家面临的主要挑战，就是要建构一个更加现代、更有感染力的说服学体系，这一体系也要与基督教仁爱和谦逊的美德兼容。古代修辞学家在这项任务上并非特别有用。亚里士多德就像在他之前的伊索克拉底（Isocrates）一样，强调了有说服力的演说家不仅要展现以演讲者为核心的智慧和美德

---

① S. J. Walter Ong, *Ramus, Method, and the Decay of Dialogue* (Cambridge, Mass.: Harvard University Press, 1958), pp. 277 – 279, pp. 288 – 292；不过这一说法最近受到了质疑，参 Mordechai Feingold, "English Ramism: a reinterpretation," in *The Influence of Petrus Ramus*, ed. Mordechai Feingold et al. (Basel: Schwabe, 2001), pp. 127 – 176.

的品质，还要展现彼此的善意（eunoia）——这是一个总括性的术语，表示能够激发听众善意的品质，尤其是友谊和仁爱。[1] 罗马修辞学家很少发展这些不崇高的主题。例如，昆体良（Quintilian）将亚里士多德关于演说者品质（ethos）的论证与更具安抚性的情感联系在一起，也将其与一种消解了崇高、自傲和庄严的风格联系在一起（*Institutio Oratoria*, VI. ii. 9, 19）。

与之相比，源自教父神学文本的中世纪讲坛修辞传统则更有助于建立之前所说的说服学体系。奥古斯丁的《基督教教义》（*De Doctrina Christiana*）第四卷以一场引人注目的、有关说服力的讨论作结，他在那里讨论的是，要以上帝和听众为中心，而非以演讲者本人为中心。根据奥古斯丁的观点，我们根本不需要解释为什么不应当让一个雄辩但邪恶之人撰写布道文，也不应当让一个善良但缺乏创造力的人来传达——如果这篇布道文是真实的上帝圣言。

> 当这种情况发生时，一个人就从他自己身上转移了不属于他自己的东西，且一个人就从另一个人那里接受了属于他自己的东西。

所有道德上的考虑，甚至包括布道者的精神状态，都服从于基督教教义之目的。奥古斯丁也不反对基督徒研习异教徒的雄辩术，他在皈依基督教之前也曾教授过这类异教雄辩术。只有传教士才应该"在成为一个善于言辞的人之前，先成为一个会祈祷的人"——随着他演讲时刻的临近，他应该忘记其所掌握的西塞罗学说，带着

---

[1] Eugene Garver, *Aristotle's Rhetoric: An Art of Character* (Chicago: University of Chicago Press, 1994), pp. 142 – 154; Jacqueline de Romilly, "Eunoia in Isocrates; or, the Political Importance of Creating Good Will", *Journal of Hellenic Studies*, p. 78 (1958), pp. 92 – 101.

谦卑态度后撤,去仰望圣灵。① 西塞罗曾把风格的标准(谦卑、温和、严肃),素材的重要程度(小、中、大),演讲者的阶级、品格或职责等与得体(decorum)联系在一起,但奥古斯丁一下斩断了这种联系。② 对于基督教布道者来说,最卑微的主题(若以使徒为例,还有最卑微的演讲者们),都会因为神圣雄辩术的神圣目的而变得光辉灿烂。奥尔巴赫(Erich Auerbach)称之为"崇高的卑微",它也体现于奥古斯丁自己的"粗陋言辞"(sermo humilis)中。③

在许多17世纪修辞术理论家的著作中,亚里士多德式温和、安抚人的修辞术,与奥古斯丁传福音的神圣雄辩术的谦逊结合在一起。今天,人们公认,法国耶稣会士考辛(Nicolaus Caussin)的专著《神圣雄辩与人性平等》(*Eloquentiae Sacrae et Humanae Parellela*,1619)博学丰赡地综合了教父神学传统和异教传统,这也是第一部详细阐述关于演说者品质之精妙修辞术的现代修辞学著作。④

然而,与奥古斯丁相比,考辛更加拒斥西塞罗的得体原则,他认为基督徒的"谦逊"本身就是人类最崇高的品格,因此也最适于

---

① Saint Augustine, *On Christian Teaching*, tr. R. P. H. Green (Oxford: Oxford University Press, 1997), p. 121 [IV. xv 32].

② 有关风格的标准,参 Cicero, *Orator*, xxi. pp. 69-72。

③ Erich Auerbach, *Literary Language and its Public in Late Latin Antiquity*, tr. Ralph Manheim (London: Routledge, 1965), 39-50, at 43.

④ 见 Marc Fumaroli, *L'Age de l'Éloquence: Rhétorique et《Res Literaria》de la Renaissance au Seuil de l'Époque Classique* (Genève: Droz, 1980), 279-298, 354-379; Stephen F. Campbell, SJ, 'Nicolas Caussin's "Spirituality of Communication": a Meeting of Divine and Human Speech', *Renaissance Quarterly*, 46 (1993), 44-70; Daniel M. Gross, "Caussin's Passion and the New History of Rhetoric," *Rhetorica*, 21 (2003), 89-112, at 106 ff.; 然而,令人好奇的是,如下文献只对考辛进行了粗略的论述, in chapters by Pierre Laurens, Bernard Beugnot and Philippe-Joseph Salazar in Marc Fumaroli (ed.), *Histoire de la Rhétorique dans l'Europe Moderne*, 1450-1950 (Paris: Presses Universitaires de France, 1999).

一种宏大而庄严的风格。① 这类讨论在英国仍在继续，例如，格兰维尔（Joseph Glanvill）同意奥古斯丁的观点，即认为没有必要仅仅因为古典演说家的自负虚荣（vainglory）而拒斥他们，其理由参见《论布道》（*An Essay Concerning Preaching*, 1678）：

> 当他们受到赞扬时，他们就获得了奖赏。但我们的目标更为远大、更为高贵，因此我们说话，不为悦人，而为悦神；正如在关乎上帝荣耀的事情上，那些设法以严肃而庄重的态度、劝服人们的人一样。

格兰维尔是英国皇家学会（Royal Society）的成员之一，也是"朴实、实用、有条不紊、有感染力"风格的重要倡导者之一（Glanville, *Essay*, 11）。他对听众极度重视，关注演讲者的雄辩对听众的影响，这使他特别现代——然而，他最热切的愿望是听众不再提出各种各样的要求：

> 因为这样的话，传道士们就不会受到诱惑，也就不再会迎合听众的兴趣了。

布道者必须对演讲对象的品性极其敏感，然而他又必须以耐心和谦逊来摆脱他们的赞美之影响。另一个综合了这些关切的重要著作是拉米（Bernard Lamy）的《修辞术》（*Port-Royal Rhetoric* 或 *De l'Art de Parler*, 1675），该书英译本即为《说话的艺术》（*The Art of Speaking*, 1676）。在所有的新古典主义修辞学家中，拉米最充分地探索了昆体良所描绘的那种谨慎、调和、以演说者品质为驱动力的

---

① Nicolas Caussin, *Eloquentiae Sacrae et Humanae Parallela* (2nd ed.; Cologne, 1626), lib. Xiv, 'Theorhetor, sive de Maiestate Sacrae Eloquentiae', discussed by Campbell, "Caussin's 'Spiritual Communication'," 66–67.

修辞术的潜质,这是一种"暗中影响我们听众情感的技艺"。① 拉米以《劝说的艺术》("Art of Perswasion")一文收束全书,并阐述了现代演说者品质的问题:

> 基督教迫使那些布道者努力在他们听众的思维中赢得[道德]权威地位。这同样的福音又禁止虚荣和炫耀,要求我们的善行有意地放送光芒,叫别人看见我们的善行,就可以让神得到荣耀……

这里引用的圣经经文——由拉米作品的英译者、托利党教士简(William Jane)插入——来自"登山宝训"(《马太福音》5:16:"你们的光也当这样照在人前,叫他们看见你们的好行为,便将荣耀归给你们在天上的父")。公共演说家无论多么谦虚,有时仍不得不维护自己的声誉,否则就会进入论战名单——然而,一个谨慎的演说家永远不需要为自己美言。这一精神原则对于宗教演说家和其政治职责来说同样重要。②

拉米在法国的许多同侪——如皇家港(Port Royal)修道院的逻辑学家帕斯卡尔(Pascal),尤其还有年轻的费讷隆(Fenelon)都强烈地感受到,需要一种雄辩的概念,让演讲者超越自傲或自爱之情,

---

① Bernard Lamy, *La Rhétorique: ou l'Art de Parler*, ed. Christine Noille Clauzade (Paris: Champion, 1998), 404: "les moyens de s'insinuer dans les coeurs de ceux que l'on veut ganger";有关拉米对性情(ethos)的相关论述,参 Gilles Declerque, "La Rhétorique Classiqueentre Evidence et Sublime," in Fumaroli (ed.), *L'Histoire de la Rhétorique*, 629–706, at 684–685 and 691–692;1676 年英译,最近由哈伍德(John T. Harwood)编辑成现代平装本,删去了《真实的生活》(*livre cinquème*)中关于真理的说服力的关键章节 6–9,因此改写并曲解了法文原文。

② 见 David Fordyce, "The Eloquence of the Pulpit," in *Theodorus: a Dialogue Concerning the Art of Preaching*. (3rd ed., London, 1755), 166。

而这些法国修辞学家的英国读者既吸收了他们的关切,也吸收了他们所涉及的道德悖论之意识。当帕斯卡尔在《思想录》(Pensées)中试图总结他所理解的善(honnêteté)的概念时,这一无法翻译的法式美德囊括了正派、有礼与真诚,他下意识的本能促使他将其普遍性与附加的但在交际中令人印象深刻的雄辩美德加以对比。

我们谈到好人(honnête homme),不是说他是布道者或雄辩家,而只能说他好:

> 我们千万别想到他谈得很好,除非确实是谈得很好的时候,唯有这时候我们才可以这样想。

对雄辩的追求与自傲之情的交织,往往会让演讲者陷入一种卑鄙的伪善:"谈论谦卑,这对于自傲者乃是自傲的材料,对于谦卑者则是谦卑的材料。"① 观众和演讲者之间的话语关系改变了一切,对斯威夫特来说也是如此。他说帕斯卡尔"对真正修辞术的了解比任何人都多"。皇家港修道院的逻辑学家们在《思想的艺术》(L'Art de Penser, 1661)中,对自我-指涉和第一人称话语做出了规定,阿尔诺(Arnaud)和尼科尔(Nicole)论述道:

> 在这个问题上,他(帕斯卡尔)习惯如是说:基督教式的虔诚使人类的"自我"无效,而人类的文明则隐藏并压制了这个"自我"。

这种态度极其吸引斯威夫特往昔的朋友艾迪生,他那几篇在《旁观者》上发表的论文,就显示出他对谦逊的交际功能和劝说功能产生了浓厚兴趣。《旁观者》第562期涉及皇家港的绅士们和他们对

---

① Pascal, *Oeuvres Complètes*, 1135(Pensées, 187[437])。[译按]中译文参帕斯卡尔,《思想录》,前揭,页168。

第一人称话语的厌恶,

> 由于虚荣和自负……他们用自我主义之名来标榜这种写作形式——古代修辞学家不会这么干。(The Spectator, iv. 519-520)

但是,年轻的费讷隆最为深入地追求一种修辞术,这种修辞术可以帮助基督教演说家在保持说服力的同时达到忘我的境界。在他的《演说对话录》(Dialogues on Oratory;写于1679年,出版于1718年,1722年译为英文)的三篇文章中,第一篇所涉及的问题就是,演说家以某种卓越品质作为公共演讲目标是否合适。演讲者B认为,演讲者A(代表作者的声音)所要求的雄辩这一更大的公共目标,比如对美德和虔诚的疗愈,这与积极的模仿、对名利的追求以及随之而来的财富并不矛盾。演讲者A回答说,演说家应该是"什么都不需要且忘我的人",并论证说,演讲者B所捍卫的争强好胜的演说家只会练习"用烩菜来抚慰病人的技艺"(Fénelon, Dialogues,页77、81)。

此外,费讷隆反对理想化的忘我,他不仅反对自尊这样的道德品质,而且反对品格刻画的文学实践。演讲者可以激烈谈论道德而不累及他们的野心,演讲者B为了证明这一点而引拉罗什富科(La Rochefoucauld)和拉布吕耶尔(La Bruyère)这两位法国道德家很受追捧的模仿者为例——他们很受斯威夫特的推崇:

> B:……你能看到比现在时兴的道德肖像画更严厉的东西吗?人们一点也不觉得冒犯——他们以此为乐。而那些创造它们的人也会以此在世上飞黄腾达。
>
> A:当道德肖像既没有原则也没有良好实践的支撑时,它们没有转变的力量……你聆听演讲就像阅读讽刺文学;你把演讲

者看作是一个表现出色的喜剧演员；你更相信他所行而非所言。①

观众只相信自傲的演说家的雄辩，而不相信他的德性，尤其是当观众发现他并没有放弃自己宣扬人应该放弃的那些东西时。对于一个布道者来说，这些缺陷有可能削弱会众对教会的信心。费讷隆强调忘我的艺术意蕴，《演说对话录》第二篇有进一步论述，他尤其将谦逊的原则与有关朗吉努斯（Longinus）修辞术的观念联系在一起：隐喻性语言必须隐藏自己才能生效。朗吉努斯关切的是一种不可避免的怀疑，即巧妙的语言技艺是否可以自立。他展示了一个人物形象如何通过崇高和激情，隐蔽在自身的光芒之下。② 费讷隆面临的特殊问题是，如果技艺是可以辨识的，那么这种技艺似乎就显得"笨拙而可鄙"，所以他需要使用一种更为微妙、以更合乎道德的方式来思考的隐蔽的技艺。他转向早期的希腊权威寻觅这一方式：

> 柏拉图，他比大多数演说家都更好地审视了所有这些东西，他向我们保证，在写作中，一个人必须隐藏自己，使自己被遗忘，只揭露那些他希望展现在读者眼前的人和事物。（Fénelon, *Dialogues*, 96）

费讷隆认为，柏拉图在《王制》卷三和卷十中一定程度上摒弃了摹仿诗，也就是那些表现了各种各样的人性而非只表现表现美德的诗歌。费讷隆提及《王制》时有趣的地方在于，他重述了柏拉图

---

① Fénelon, *Dialogues*, 77–78；这些话显然是针对一个描摹人物绘画的布道者说的，尽管他身份不明；史蒂文森（Stevenson）在他1722年的英译本第四页（页4）中表明，此人就是弗莱希埃（Esprit Fléchier）主教。

② "Longinus," *On the Sublime*, tr. W. H. Fyfe, rev. Donald Russell, in Aristotle, *Poetics*, Loeb (Harvard, 1995), 231 [16].

的拒斥，将其与一种自我隐蔽的强制道德律令结合起来，要求作者"使自己被遗忘"。柏拉图没有直接提出这一主张，尽管包括亚里士多德在内的许多人可能会这样认为；柏拉图的这一主张隐含在其苏格拉底对话的反讽形式中。① 柏拉图谴责肃剧和史诗中对不完美人物的模仿，然而在《王制》中，我们听到了忒拉绪马霍斯、格劳孔、阿德曼托斯和其他普通人的声音。费讷隆在这部作品中通过采用对话的形式，通过他的文学体裁隐藏了自己，但对于他的目标读者，即那些需要用固有角色来演讲的布道者来说，则需要更为崇高的自谦策略。

这些有关神圣雄辩术的法国式道德评论，转向了基督教的谦卑美德与谦虚礼貌的社会风雅之间的联系。然而，正如斯威夫特有关彼此顺服的训诫一样，守礼永远只是谦卑灵魂的外在表现。费讷隆进一步暗示的是，作者自我隐蔽的已经缓和的伪善如何与最崇高的雄辩术达成协调。当演讲者隐匿时，圣言便出现了。

与斯威夫特同时代的英国作家沙夫茨伯里伯爵三世（the third Earl of Shaftesbury）的思想与这些主题最为接近——尽管对比而言，正如亚当·斯密（Adam Smith）在斯威夫特去世不到十年时所作的《修辞学和纯文学讲座》（Lectures on Rhetoric and Belles-Lettres）中所指出的一样，斯威夫特和沙夫茨伯里对这些主题的处理方式存在

---

① 费讷隆的句子中最后一个从句引用了《王制》第三卷的内容（III. 395），其中，柏拉图只允许模仿勇敢者、自制者、正义者、自由者等等，但没有在《王制》中发表有关隐藏自己之义务的声明。费讷隆可能在斟酌亚里士多德《修辞学》第三卷（III. 1418b）中关于抑制演说者品质（ethos）的建议，亚里士多德在那里接着就区分了讽刺者和小丑（III. 1419b7），并在《尼各马可伦理学》（1127b22-6）中重复使用苏格拉底作为讽刺者的实例。

明显差异。① 沙夫茨伯里的散文杂集《人、风俗、舆论和时代的特征》(*Characteristicks*, 1711) 中，收录了论文《独语：对作家的忠告》(*Soliloquy: or, Advice to an Author*)，他在此文谈到了多年前费讷隆所讨论过的柏拉图式的作家自谦，并对此感到极度苦恼。然而，他所关切的并非神圣雄辩术。② 沙夫茨伯里建议，年轻的批评家和哲人应该把苏格拉底对话作为自我分析诊断的镜子。苏格拉底那些相对普通的对话者的话语和思想，将反映出他们自己（迄今为止）没有修养的性格。沙夫茨伯里写道：

> 这些片段不仅仅讨论一些基本的道德问题，并在最后点出人物的真实特征和性格，这些人物表现得栩栩如生，不仅教导我们如何去认识他人，更主要的是，它们最大的价值就是教导我们认识自己。③

然而，除了这些可辨认的"第二"特征之外，读者还会意识到苏格拉底被遮蔽的形象：

> 他本身有一种完满的特征，但在某些方面却显得含蓄模糊，粗心的考察者所见到的，往往与其真实面目相去甚远。

---

① Adam Smith, *Lectures on Rhetoric and Belles Letters*, ed. J. C. Bryce (Oxford: Clarendon Press, 1983)，尤其是 lectures 8 (40–47) 和 9 (48–52)。

② 沙夫茨伯里的文学生涯开始于自由主义宗教学者惠科特（Benjamin Whichcote）的《精选布道集》(*Select Sermons*; 1698)，但是他在这卷书的序言中直言不讳地对如下问题表达了怀疑态度：无论是对于神职人员还是会众而言，神圣雄辩作为道德改革工具是否真的有效（A2v）。

③ Anthony Ashley Cooper, Earl of Shaftesbury, *Characteristicks of Men, Manners, Opinions, Times*, 3 vols. (1711; 2nd ed. 1714) [III. i. 3], i. 194。[译按]中译文参沙夫茨伯里（夏夫兹博里），《论人、风俗、舆论和时代的特征》，董志刚译，上海：上海三联书店，2018，页96。

沙夫茨伯里既指出苏格拉底在对话中掩饰自己的智慧，也指出他那饱受议论的、萨图尔一般的外表和他那严于律己的灵魂之间的不协调。① 然而，沙夫茨伯里这种讨论的更为重要的目的，是帮助读者把他本人隐晦的、强烈的利己主义风格理解为现代人对苏格拉底反讽的重塑。

尽管他们似乎有着共同的文本背景，但沙夫茨伯里"独白"（Soliloquy）中的利己主义式自谦与斯威夫特颠转的伪善形成了鲜明对比。沙夫茨伯里在廊下派式的自我满足中追寻道德稳定性，斯威夫特却反对自傲的心灵，他意识到了隐藏和外在伪装的危险——尽管他推崇这两种方法。沙夫茨伯里自我隐藏的方案，就是找到一个私人领域，来沉思和培养道德品质。相比之下，斯威夫特在反"廊下派"的布道文《论基督教的卓越》（On the Excellence of Christianity）中曾提醒他的教众：

> 我们不应该把我们没有的美德公诸于世，而应该隐藏我们真正拥有的美德，甚至是就我们自己而言，也不要让我们的右手知道我们的左手所做的事情。②

这个反对自傲和伪善的双重训诫，对应了基督在"登山宝训"里反对虚伪仁慈的警告，这一训诫体现出了斯威夫特在这些问题上

---

① *Characteristicks of Men, Manners, Opinions, Times* 194–195；关于讨论情况的调查，见：Alexander Nehemas, *The Art of Living: Socratic Reflections from Plato to Foucault* (Los Angeles, CA: University of California Press, 1998), 46–69, and passim；有关沙夫茨伯里请参见：Michael Prince, *Philosophical Dialogue in the British Enlightenment: Theology, Aesthetics, and the Novel* (Cambridge: Cambridge University Press, 1996), 47–73。［译按］中译文参沙夫茨伯里（夏夫兹博里），《论人、风俗、舆论和时代的特征》，前揭，页96。

② *PW*, ix. 248；关于斯威夫特反对廊下派，见 i. 244–245。

的基本思想。① 宣扬一个人的美德（或说实际上是一个人对美德的看法）与自我意识在成就美德时的作用直接相关。用修辞术的术语来说，说服他人的最大风险在于必须首先说服自己。对于斯威夫特来说，正是这种强制的自我确信的过程，即一个人右手对左手发号施令的过程，才导致了各种最有害的错误。斯威夫特颠转的伪善之要点在于，它展示了一种原则性（就其本身而言，就是修辞术原则），拒绝用任何修辞来表现自我信服或自我满足。对于斯威夫特而言，雄辩是对听众的支配，包括一种特别不善的顺服，因为演说家必须做到己所不欲勿施于人。这就是斯威夫特将"确信"（positiveness）作为[一种品质]的原因：

> 对于布道者和演说家来说，这是一种很好的品质，因为，无论谁想要把他的思想和理性强加于大众，如果他看起来已经说服了自己，那么他将更加能够说服别人。②

矛盾的是，斯威夫特愿意接受法利赛主义（pharisaism）的外观——即一个人外表看起来不太相信自己所说的话，这种意愿强调的是，在他的基督教意识中，尤其将伪善视为内心和个人层面上特别有害的恶行。在《木桶的故事》中，伪善在个人层面的含义被推到极致，那个写作的叙述者建议他的读者去想象"跨过理性"，因为在这样做的过程中，

> 在他手中第一个变节的是他自己。一旦这一步完成，把别人拉过来就没那么困难了，因为强烈的错觉能够起作用，常常

---

① 《马太福音》6：3："你施舍的时候，不要叫左手知道右手所作的。"
② "Thoughts on Various Subjects," *PW*, i. 241, with my emphasis.

是由于内因与外因同等有力。①

疯狂（Madness）是自我说服所倾向的最终形式。② 斯威夫特的逻辑很容易地将这一原则扩展到疯狂、自我信服和更普遍的劝说欲望之间的类比。

正如上文所述，斯威夫特的反伪善言论中最令人困惑的一个方面是，他对这种恶习在个人道德和精神领域的影响特别敏感，这种敏感导致他在一些社会性、非个人的影响方面含糊其辞。他将伪善视为自我欺骗，故而厌恶伪善，这导致他进而把伪善之恶弱化为欺骗他人。通常情况下，我们很难衡量这一举动所涉及的刚愎自用、挑衅和真实意见的确切比例。斯威夫特以两种方式弱化了伪善对公众生活的影响：首先是一种否定的方式，他认为，反伪善的"良心的柔弱"与不从国教的新教徒一致，并断言这种"良心的柔弱"在道德上很荒谬；其次，他暗示了一种外部的强制的伪善，这种伪善可能具有某些宗教和政治上的好处。这里的第一个论点对他修辞术的影响，在《柯林斯先生论自由思维》（*Mr. C—n's Discourse on Free-thinking*, 1713）中有最为明显的体现，斯威夫特让"作者的朋友"即小册子的叙述者提议：

> 一个自由的思想者不可或缺的责任是，努力迫使全世界的

---

① *CWJS*, i. 110; 斯威夫特在此重复了介词"来自"（-from），可能是为了让他的格言更易被铭记，但却造成了一处明显的语义含混：是传教者还是皈依者被"来自外界"的错觉所操纵？［译按］中译文参斯威夫特，《木桶的故事》，李春长译，北京：华夏出版社，2015，页171-172。

② 参《关于自由思维的一些想法》（"Some Thoughts on Free-Thinking"），其中理智（sanity）被定义为半伪善（semi-hypocritical）的自我谴责能力：理智健全的人"只表达这样的想法，因为他的判断指引他进行选择，让其他的想法在他的记忆中消逝"，*PW*, iv. 49。

人都像他那样思考，并通过这种方式使他们也成为自由的思想者。(*PW*, iv. 36)

斯威夫特是在回应并夸大哲学家柯林斯（Anthony Collins）的一种习惯，即把反正统的自由思想描述为基督徒的一种责任或义务。① 这也许是斯威夫特的一个痛处，因为柯林斯在《论自由思维》中最夸张的笑话里，把他列入"热心的神职人员"之列，同时还提到高教会派（high-churchmen）的阿特伯里（Francis Atterbury）、斯马里奇（George Smalridge）和希更斯（Bevil Higgons），这些人应当受到鼓励，履行这一职责：成为在天涯海角传播英国圣公会教义的布道者——这样也有助于"在国内止息派系斗争"。② 此后，斯威夫特坚持认为，正如他在《论良心的见证》（*On the Testimony of Conscience*）这一布道文中所说，所谓自由思想，"不仅被理解为信仰人所爱之物的自由，而且也包含努力宣传这种信仰的自由"。③

具有讽刺意味的是（尽管没有颠倒），自由思想家们的伪善之处在于，他们执意强迫其他人接受自由思想——可以说，他们是暴力的反修辞术者。显然，正是他们对这一矛盾那种自大、不放在眼里的感觉引起了斯威夫特的反感。然而，斯威夫特解决这个问题的最引人注目的建议，出自一本早期的小册子。斯威夫特在1709年的《宗教发展和礼仪改革计划》（*Project for the Advancement of Religion and the Reformation of Manners*）中提出，所有国家机构都应只为公开

---

① Anthony Collins, *A Discourse of Free-thinking, Occasion'd by the Rise and Growth of a Sect call'd Free-thinkers* (1713), 32-33, 38-44; cf. Collins, *A Discourse of the Grounds and Reasons of the Christian Religion* (1737), iv-ix.

② Collins, *Free-thinking*, 43.

③ *PW*, ix. 151; cf. "The Advantages Proposed by Repealing the Sacramental Test" (1732), *PW*, xii. 244.

宣称信仰正统的虔诚信徒提供就业机会。斯威夫特承认，关于这样的措施——

> 我真的相信它可能会让我们变得更加伪善。但是，如果每二十个人中就有一个人因为这种或类似的方法而变得真正虔诚，而其他十九个人只是伪善者，那仍然巨大有好处……宗教常常如此，爱也是如此；经过许多掩饰，它终于变得真实。(PW, ii. 56–57)

这一提议与斯威夫特对伪善的公开憎恨之间有矛盾，批评家们很难解决这个问题，但外部的强制和自发的劝说之间的区别至少表明，斯威夫特有多容忍前者，就有多蔑视后者。① 斯威夫特所想象的良知在他的方案中运作，超出了理性和劝说的范畴；它们需要一种更有力、更客观的干预。对于斯威夫特来说，一个出于特殊目的的基督教修辞学传统的重要性在于，它为他提供了这种非个人化的、道德论证秩序的模范。

斯威夫特在《宗教发展和礼仪改革计划》中设想了强制性的伪善体系，其特点是，它既是一个严肃的提议，也是一种挑衅和政治幻想。这也与斯威夫特在他的布道文中探索的一些重要观念一致。这个方案极端地体现了斯威夫特的一种普遍意识，即布道者必须更深入地思考听众的心理，尤其当他们的听众是理性主义者和不从国教者的集合，而不会被动地接受劝说时。斯威夫特在《论宗教》(Thoughts on Religion)中写道，"如果另一个人的理性完全说服了

---

① See Judson B. Curry, "Arguing about the Project: Approaches to Swift's *An Argument against Abolishing Christianity and A Project for the Advancement of Religion*", *Eighteenth-Century Life*, 20 (1996), 67–79; Jenny Davidson, *Hypocrisy and the Politics of Politeness: Manners and Morals from Locke to Austen* (Cambridge: Cambridge University Press, 2004), 18–24.

我，它就成了我自己的理性"（*PW*, ii. 56 - 57）——但是，即使是出于个人的理性的提升冲动，也是一种个人责任，任何人都不能受他人责任的约束（*PW*, ix. 262）。此外，被说服的经历是一个过程，而不是一个确定的修辞上的事件，而且随着时间的推移会有出错的风险。正如我们所看到的，在会众心中，最雄辩的布道也很少会比他们的下一顿美餐让人印象更深。斯威夫特暗示，听众需要的，是为这些正在进行的深思熟虑的过程做好心理准备，以及为他们自己的论辩树立模范。他们需要一些有关错误和信仰的建议，因为，

> 一个人如果勉强有点理性和一些经验，并且愿意接受指导，就可能意识到他将陷入一种错误的观点，虽然他的整个心路历程和个人倾向会说服他相信这是真的：他也许确信自己犯了某种错误，尽管他不知道谬误之所在。①

对斯威夫特来说，信念和承诺最令人满意的状态是在推理和怀疑的过程中产生，人完全可以达到这种完满的状态。

关于［这种推理和怀疑］过程的修辞的否定方面，斯威夫特在《致一位近来荣膺圣职的年轻绅士》中有清晰的阐述，并警告人们不要在讲坛上发表任何临时性的"动人话语"。② 至于其积极的一面，斯威夫特的布道文中多有展现。斯威夫特在布道文《论基督教的卓越》中反对古代哲学流派，认为这些流派围绕着冲突和对智识卓越的渴望而建立。只有基督教

> 教育我们所有的性情，使我们和蔼可亲、谦恭有礼、温文尔雅、和蔼可亲、友好宽容，不带任何骄傲或虚荣之忧郁，而

---

① "Sentiments of a Church of England Man," *PW*, ii. 15.
② 尤参 *PW*, ix. 69 - 70。

这是大多数异教徒的路数。(*PW*, ix. 248)

它同时提供了一个道德行动的杠杆,即未来的"幸福、与人的灵魂相称"的奖赏,以一个超越人类自傲、激情、理性的锚点来支撑——"像阿基米德一样,提供另一个可以立足的支点"(*PW*, ix. 245)。

在布道辞《论良心的见证》(*On the Testimony of Conscience*) 中,斯威夫特重申,英国圣公会反对世俗的、新廊下派关于"荣誉"和"道德诚实"的观点:从它们当中衍生出的美德"不可能长久地或一直延续……因为荣誉的存在本身,依赖于人们的呼吸、见解或幻想"。(*PW*, ix. 153)

相比之下,虔诚的基督徒秉持一个不变的原则,正如斯威夫特在《论三位一体》(*On the Trinity*) 中所说:

> 信仰的伟大卓越之处在于,它影响了我们的行为:如果我们信赖一个人的真理和智慧,我们当然会更愿意听从他的忠告。因此,不要让任何人认为没有信仰也一样能过善良的道德生活。(*PW*, ix. 164)

在每一段陈述中,斯威夫特都为他的教众提供了一种保持道德一致的方法、一种捍卫道德一致的立场。而基督教教义作为一个稳定的阿基米德式支点,能够让人在自傲和激情的不确定性中站稳脚跟,这对神圣演说家自己来说这也同等重要,斯威夫特在他的《论宗教》中写道:

> 作为上帝指派之人,我以布道者的身份自居,捍卫上帝分配给我的职位,并赢得尽可能多的敌人。(*PW*, ix. 262)

斯威夫特的布道本质上是防御性的,这是不争的事实。但是,为什么斯威夫特只是要赢得"敌人"呢?又赢得了他们的什么呢?斯威夫特的回答是,他们之被赢得,是说他们获得了对信仰的忠诚,并不是说他们被真理击败。

斯威夫特关于布道的思考有潜在的假设,即会众将神圣雄辩的具体行为体验为某种更为广博的宗教对话的一部分。每一位会众,就其仍旧在聆听而言,总想要进一步阐述讨论一个既定的论点。作为个人,他们希望通过与自己争论,来处理自己对特定问题的意见,而且很有可能他们希望与其他人多讨论自己的看法。斯威夫特修辞术的独特之处在于,他对这个更广泛的过程产生了焦虑,除非能够对言辞进行某种控制,否则言辞行为的后果仍然完全不可预测。在《论在教堂酣睡》这篇布道辞里,斯威夫特在回应那些反对基督教布道的自由思想家们时,提醒他们注意每个会众具有的道德复杂性:

> 他们有没有考虑过,每一个会众的品位和判断可能每天都不同,他们的品位和判断不仅彼此之间不同,而且与他们自己的也不同,这是一件多么复杂的事情?如何计划出一套完全适合他们所有人的言辞,这超出了人类理性、知识或创造力的力量和范围。(*PW*, ix. 213)

斯威夫特认为,对于聪明的观察者来说,很显然,这种困难有其如此明显的政治类比,以至于可以说,它赋予了教会会众自身一系列义务。

诚实的教会信徒的首要职责是,他们应该面对那些碰巧不是一流演说家的布道者,或者那些只宣讲"朴素诚实之物"的人。这不仅仅是因为"机趣和雄辩此类耀眼的品质,上帝在很大程度上只将其赋予极少数人",也因为他们应该明白,谦逊的基督教演说家"只是为了信仰和理性而工作"。斯威夫特继续说道:

所有其他的雄辩都是完美的欺骗手段，只会激起人们反对真理和正义的激情，而其目的只是党争罢了。①

一个明智的教会应该相应地调整自己的期望。耀眼的能力在演说家中十分罕见，可能和真正的智慧在诗人中一样罕见，但耀眼这个说法为斯威夫特提供了一个有用的意象，即使是普通的布道者，也应该在集会中统一扮演激励人心的角色。斯威夫特在布道前按照惯例祈祷："让你的牧师点燃这光芒，并使其闪耀，便能说服反对者，拯救他人和自己。"

第一句回应了基督有关施洗约翰的话语。② 布道者大放异彩的形象具有令人惊讶的微妙特性——不为雄辩所支配。但这种祈祷最引人注目的一点是，它把"反对者"作为劝说的核心目标。布道者斯威夫特最关心的是，如何与那些意欲反驳的听众交流——他们自以为拥有某种近似修辞术的东西。斯威夫特在《杂思》(*Thoughts on Various Subjects*) 中写道："很少人有在同伴中闪耀的能力，但大多数人都有接受的能力。"他们通常不是因为理解的失误而无法做到，而是由于"自傲、虚荣、劣根性、矫揉造作……或者一些其他的恶习，以及错误教育的影响"(*PW*, iv. 244)。

因此，诚实的会众的第二项职责，是锻炼自己接受的能力(agreeability)，在彼此顺服中与传道者半路相遇，会众要认真对待他

---

① *PW*, ix. 213, 214；参 "A Letter to a Young Gentleman", *PW*, ix. 70 关于这个论证的详细说明。

② 见 "Biographical Anecdotes," in Nichols's *Supplement to Dr. Swift's Works*, volume II (1779), 371；这段祈祷文也出现在里昂原始笔记的更常见的抄本中，现存于宾夕法尼亚大学图书馆，见 A. C. Elias jr., 'Swift's *Don Quixote*, Dunkin's *Virgil Travesty*, and other new intelligence', *Swift Studies*, 13 (1998), 27-104, at 88；《约翰福音》5：35："约翰是点着的明灯，你们情愿暂时喜欢他的光。"

们作为倾听者而不是演讲者的角色。斯威夫特在自己的讲坛上演讲的主要目的之一，就是要营造这样一种情境：不合时宜的演讲者被转换成专注的、参与其中的会众。故而，斯威夫特在他的布道辞《论在教堂酣睡》中特别关注会众回避布道者的方法：

> 因为，既然睡眠、说话和欢笑都足以导致批评，最卑贱和最无知的人也都可以设置论题，并且和比他们更好的人一样在这方面获得了成功。(*PW*, ix. 215)

在布道辞《论兄弟之爱》(*On Brotherly Love*) 中，斯威夫特格外关注这类人：

> 上帝赋予了温和文雅的性情的人，他们认为，有必要让自己显得喧闹、暴力而恶毒，这就在自己的脾性上添加一种力量，使自己与众不同。①

大致回顾，斯威夫特的雄辩术主要针对这种生性平和、脾气温和的中产阶级。他劝说的主要观点是，这些人应该专注于倾听，而不是专注于轮到他们自己时就去用诱人的雄辩术。在《论基督教的卓越》中，斯威夫特希望与这类会众分享如下观点："来自上天的智慧，首先纯洁，然后和平、温和且易于治愈人。"(*PW*, ix. 247) 斯威夫特关于神圣雄辩的布道辞及其著作中最为一致的特点，就是都强调和解与互相关注——他许诺说，人若摒除了自傲和伪善，这些美德就会大放光彩。

---

① *PW*, ix. 175；参 "On the Excellence of Christianity," *PW*, ix. 242, 那里论到同一个群体中的错误学习。

斯威夫特与讽刺的主体

马多克（Elizabeth Maddock）撰
易思琳 译 隋昕 校

拙文的主体是斯威夫特，但也可看作关于拉康（Lacan）《无意识中文字的动因或自弗洛伊德以来的理性》（the Agency of the Letter in the Unconscious, or Reason Since Freud）的研究。以此周知读者诸君，绝非掩人耳目，而是为指明研究鹄的所在。然而如我这般揭露言辞可能已引起误会，因为我想说，主体（subject）恰恰是通过隐藏的方式来暴露自身。斯威夫特的讽刺自称为捉迷藏的游戏，他将最终带领我们抵达既隐藏又显露的主体领域——带领我们与作为主体的斯威夫特相遇，带领我们在文学主体性的诡计中找寻文字的动因。

一 黄金标准

1710 年，斯威夫特在《闲话报》（*The Tatler*）中刊登了这样一篇文章：在一个女仆的"故事书"中读到"一个狮子永远也不会伤害真正的贞女"之后，斯威夫特便开始想象着自己在某个世界苏醒，在这个世界中,新娘必须在结婚之前公开接受一次与"圣狮"(Parish Lion)共处的考验。新娘如若贞洁,则不会在同狮子的共处中损伤丝毫;反之,则立即被狮子肢解,接着狼吞虎咽地吃掉。斯威夫特这样叙述道:

> 我梦见,按照以前亘古不变的法则,各片教区都养了一头雄狮并将其安置在教堂附近:任何一个少女(Fair Sex)如果坚称自己是处女之身,就须在结婚那天穿上礼服,独自一人前往狮子的洞穴参加仪式并和放出来的狮子共处一个小时,为此还要特意斋戒一天。在洞穴上方合适的高度上有一些长廊对所有观众开放,方便这对年轻夫妻的亲人和朋友观看。没有人强制要求少女和狮子共处;但如果她拒绝了,和她结婚会是一种耻辱,而且每个人都有权利称她为荡妇。我想着,围观圣狮的娱乐活动就和我们看戏剧或者歌剧一样寻常。地方安置在教堂附近也很方便,如果少女通过了这次审判,就可以在教堂结婚;而如果狮子像平常那样吃了她,就埋葬她被狮子嚼剩的尸骨。[1]

梦里,斯威夫特和朋友结伴去看了一次圣狮活动当消遣。值得注意的是,没有一个人能毫发无损地逃脱审判,尽管有些新娘因卖弄风情或"过分亲昵"(dangerous familiarities)只是落下了残废。

我认为,斯威夫特的梦可以看作为一种认识论的幻想。有了圣狮证明真相,女人的言语或名誉这类不可靠的证据就不再是她贞洁的唯一标志。的确,在斯威夫特的梦里我们可以看到这种证据是多么可疑:那些看起来最纯洁的女人最后总会隐藏着一段性爱史。因而我们可以看到,一个"假正经的女人"不复存在,"她的胳膊肘

---

[1] Jonathan Swift, *The Prose Works of Jonathan Swift*, ed. Herbert Davis, 14 vols. (Oxford: Blackwell, 1939 – 1962), II: 179 – 180.

被钉在身体两侧"。另外一个美丽的少女在狮子撕咬她的时候喊出了萨福（Sappho）的名字。圣狮有能力揭露那些竭力掩饰的欲望和女同性恋者。这种验证童贞的方式中隐藏着真理——可以说是黄金标准——借助某种暴力的震慑，人们总能接近真理。这一标准反过来又可成为价值的保障。在揭示真相的关键时刻，女人或成为新娘，或在神圣的教堂之中化为骸骨。

但是，该如何阅读这一文本？这一文本是幻想还是对幻想的讽刺？我们应该在何种意义上阅读斯威夫特（这也是斯威夫特总是迫使我们提出的问题）？虽然斯威夫特将整个场景称为一个"梦"，但他在文章开头表示，他已经在文本上加了双重标题"梦"和"用心良苦之作"。他还指出，这会"在结尾处引发矛盾"。因此，从一开始，这部作品的措辞和界限就都受到了质疑。斯威夫特呈现给我们的作品要么是思虑过多的，要么是未经思虑的，他一直都声称有双重标题。事实上，确切地说，斯威夫特在自己措辞上的费心所带来的不确定性，使我们的阅读如入云雾。如果文末仍然模糊不清，很明显斯威夫特的梦表明了一个极度令人不安的问题。实际上，文本围绕着"如何知道一个人是否受骗"这一问题展开，这个问题需要标记每一个阐释行为，包括我们对斯威夫特文本的阐释。

但也许我们可以更准确地提出这一问题，毕竟我们知道如何解读谎言——知道如何解读隐藏在表面下的东西。也许我们应该问一下如何取舍，是像被欺骗那样阅读，还是像获知真相那样阅读。面对这一困境，圣狮的优点就在于，它们有能力揭示女人是否应该被认为是撒谎的人。在斯威夫特的梦中，外表的贞洁总是为内心的真实所掩盖。但真相必定和表象悖反吗？在斯威夫特的梦中，情况似乎是这样的：每个女人都在隐瞒着什么；没有一个女人的话与内心的真实相符。但是如果女人总被看作撒谎的人，贞操如何能被证明呢？如果一个女人声称自己是处女，狮子就会揭示她的自相矛盾。

但拒绝面对狮子的女人同样值得怀疑。按照斯威夫特文中所言,这样的女人不能娶(因为很有可能她们不是处女),而是必须成为修女。斯威夫特不无讽刺地总结:

> 我姑且认为淑女的这种行为是对童贞许下的誓言,因为她们并不贞洁;我的梦告诉我,整个王国都充满了出于同样原因而修道的修女。(Ⅱ,180)

在斯威夫特梦境所示的检验下,女人并不能够证明自己的贞洁,因为"是"意味着"不是","不是"也意味着"不是"。从理论上说,一个真正的处女既可以宣称自己的贞洁,也能够通过圣狮的考验:这似乎可以看成黄金标准在证明内在价值时的意义。但是,我们必须注意到,斯威夫特从未向我们举出这样的例子。一方面,斯威夫特给了我们一个黄金标准的幻想,这会引导我们发现名副其实的真理;而另一方面,这一幻想仅仅表明该种情况并不会发生。斯威夫特似乎既希望存在检验真理之标准,又希望符合标准之真理并不存在。我们也需要注意,斯威夫特的认识论幻想中充斥着暴力和对女性的贬斥。在此处以及斯威夫特作品中的其他地方,女性形象既是黄金屋的幻想,又是内在糜烂不堪的异象。事实上,考虑到斯威夫特是在一个用女性身体置换非真理的传统之中写作,那么女性形象奠基了斯威夫特的认识论,这对我们来说也就一点也不稀奇了。①

---

① 我这里指的是西方文学和哲学传统中对"男性中心主义"(phallogocentric)的偏爱。尽管在这个话题上存在许多批评,但我想指出的是弗洛伊德有关遏抑母权制的讨论,讨论中他尤为清晰地诠释了女性身体对父权制知识体系构成的威胁。在研究鼠人(Rat Man)案例的一个脚注中("Notes Upon a Case of Obsessional Neurosis," *Three Case Histories*, ed. Philip Rieff, New York: Macmillan, 1963, p.88),弗洛伊德称女性形象表明了父权制建立自身的认识论的失败。他认为,一个人永远无法绝对确定自己的父亲是谁。尽管如此,父权

然而，与其将这种矛盾的幻想解读为真理性别化的例证，我更愿意抵制斯威夫特的这种移置（displacement）行为：这种冲突最终不能被斯威夫特归结为女仆、女同性恋者以及淫荡的老处女的问题。相反，圣狮之梦中的暴力行为可能指向了斯威夫特自己渴求真理试金石的欲望中的暴力。事实上，正如我接下来要探讨的，这种欲望反复出现，这是很难读懂斯威夫特的原因之一。

有关真理试金石或黄金标准的描写在斯威夫特作品的架构中频繁出现，特别是在那些斯威夫特用看似真诚的口吻而非用开玩笑的方式叙述的作品之中。①

例如，《布商的信》(The Drapier's Letters) 直截了当地围绕着金本位制问题而展开。这些信件抗议在爱尔兰发行的一种新型半便士铜币，理由是这种新型货币是由廉价金属制造而成。斯威夫特认为货币必须和其所代表的价值等价。因此，斯威夫特敏锐地意识到从金币到金币代替物这一发展过程中潜伏着价值侵蚀的危机。事实上，斯威夫特从未想过价值能与自身分离。

尽管斯威夫特明确指出，货币必须要有货币的价值，但当人们认为英国对爱尔兰施加的标准与它自己使用的标准不同时，他的论点也许更具说服力。因此，斯威夫特的担忧似乎很有道理，因为黄

制将把父权的推论转换成确定性的知识，并以此树立自己的开创性姿态。因而非真理既被置换给了女性，也压抑了她们。斯威夫特在圣狮之梦中以及《木桶的故事》中描写被剥皮的女人时（下文会有提及），都表现了这种姿态的形式之一——内在的暴力倾向。

① 当然，把斯威夫特的作品分为直抒胸臆的和讽刺作品，这种区分本身是成问题的，准确地说，因为这一区分提出了一个问题——我们是为了谎言还是为了真相而阅读。本文最终希望能够缩小这种区别，或者至少阐明，不可能给这一区分下结论。如果只是为了指出这是我们阅读斯威夫特的方式，对斯威夫特的严肃作品和讽刺作品进行区分就行之有效；的确，从某种程度上来说，这是我们理解斯威夫特必须尝试的方式。

金标准是英国法律的标准，而不是一个只参照其自身的标准。此外，人们可能会注意，随着英国奥古斯都时代（Augustan age）英格兰银行的创立，这段时间内人们对货币标准的总体理解无疑处于修正的过程之中。

斯威夫特对语言本身的思考中也出现了类似对价值侵蚀的恐惧。1712 年，斯威夫特在《关于纠正、改进和规则化英语的建议》（*A Proposal of Correcting Improving and Ascertaining the English Tongue*）中对英语现有的腐化状态遗憾不已，并建议政府任命专员小组来"修复和判断"英语。

斯威夫特想要抵制语言上的变化、对象上的变化，尤其是抵制缩写单词的风俗以及按发音拼写单词的流行习惯："这就如同用身体来适应服装，而不是用服装适应身体一样'明智'。"（IV，11）按照斯威夫特的说法，拼写变化会抹去单词的词源谱系。没有书写在正字法中的历史，文字的内在价值和意义将会受损。此外，无休止的败坏也随之拉开帷幕。在后续的嘈杂之语中，语言不仅各自有别，还自相矛盾：语词无法证明自己，因为它们的价值将迷失在一个不可触及的源头。随着文章的展开，斯威夫特所承担的风险变得清晰可见：如果语言本身并不承载意义，那么写作总会遭受时间性的损失。如果语言是固定的，那么"根据其内在价值，旧书永远有价值，并不会因为难以理解的单词和短语而被抛弃。"（IV，15）斯威夫特说的是他自己的后代；他想要抓住语言的意义以便"作者能得此机会永垂不朽"。

虽然我们知道斯威夫特是一个讽刺作家，但很难得一见，他提及"后代"的时候没不停地用双关语，即将"后代"（posterity）与"后面的人"（posterior）① 这一抽象概念联系起来，因为对斯威夫特

---

① ［校按］后面的人是指位置上的后，在某人身体后面的人，与"后代"这个时间概念不同。

来说，抽象概念往往不会沦为渣滓浊沫。例如，在《木桶的故事》中对后代君主的献词中，斯威夫特暗示，格拉布街（Grub Street）创造出的众多妙趣横生的作品不会流传于后代，只会被后来者当作厕纸。斯威夫特还就"后面的人"写过一个谜语：

> 我生来失明
> 明智地选择了走在后面
> 然而，为了避免丢脸
> 没有人能看清我的脸
> 我的话很少，但皆出于理智
> 然而我的言辞总会冒犯别人……①

事实上，这次斯威夫特自己所造成的双关语的偏差恰恰侵蚀了双关语的本来意涵，词源学则旨在保证其合理性。② 但斯威夫特在1738年一篇题为《礼貌对话》（*Polite Conversation*）的论文中，将这个特殊双关语的缩影表现得更为片面。斯威夫特在文中化名为瓦格

---

① 参 *The Poems of Jonathan Swift*, ed. Harold Williams (Oxford: Clarendon, 1966)。雷德芬（Walter Redfern；*Puns*, Oxford: Blackwell, 1984）也注意到了这一现象，列举了诺克斯（David Nokes）的例子（"Hack at Tom Poley's: Swift's use of Puns," *The Art of Jonathan Swift*, ed. C. Probyn. London: Vision, 1978, 46-47）：可想而知，斯威夫特许多最尖锐的双关语都是建立在这一基础之上。如果……末世论（eschatology）和粪便学（scatology）是近亲，因为二者都涉及事物的终极问题，那么斯威夫特的贡献就是在《有关最后》（*Regarding The End*）中提到的聪明人法则，即"对短语中可能具有的一切可能含义——从对道德的沉思到擦屁股——运用自如"。

② 卡勒（Jonathan Culler）在 *On Puns: The Foundation of Letters* (Oxford: Blackwell, 1988) 中指出了词源学和双关语之间内在的相似性："词源，可以说，给予了我们可观的双关语，赋予双关语以科学权威，甚至真理权威那样的效果。"（2-3）

斯塔夫（Simon Wagstaff），他列了一份完整的清单，声称尽可能列出了礼貌交谈所需的每个"精确"短语。为了有利于长久的礼貌交谈，他指点读者牢记这篇论文的全部内容。虽然斯威夫特告诉我们他的谈话录是完整的，但这篇文章显然质疑了"完整"这一观念。例如，文章告诉我们，铭记书中每个短语能够防止我们在交流中误入"不知所云"的窠臼，也告诉我们要学会正确地管理肢体和面部的每一处，否则"无穷无尽的荒谬将不可避免地接踵而至"（IV，103）。然而，随后列出的一系列为达到目标而必须具备的技能表明，实现目标如同痴人说梦：

> 例如，在下面的对话中几乎没有一句礼貌的话不需要在眼睛、鼻子、嘴、额头、下巴上做一些特别优美的动作；或是适当的头部摆动，每只手都有特定的位置；女士们摇扇子的每个动作，须同她们所说的每个字的力量相契合；绝不能忽略声音的抑扬顿挫、身体的扭动以及各样的仪态；女士们每天须在镜子前练习几种不同层次的笑容，并找她们的侍女参谋。（IV，103）

斯威夫特总结道，如果这种技能能够教授，就不再需要文字和书籍了。因而从某种意义上来说，语言的行为维度——我的意思是说，参照上文，语言作为纯粹行为——似乎完全是认知维度的某种空虚。[①]

不言而喻，一旦［语言的］行为维度在谈话中起作用，语言景观就完全改变了。例如，斯威夫特认为，正字法应该模仿发音，而

[①] 从本质上来说，这是言语行为上的德曼式（De Manian）典型。按照德曼的说法，语言作为纯粹的声音，用以实现特定的目的，将与只能用来传达认知意义的语言相抵触，而这种语言能与给定的能指相联系。例如，德曼在《解读的寓言》（*Allegories of Reading*）中，提到卢梭使用"玛丽恩"（Marion）一词

且单词应该缩写,以便于交流。然而,尽管他现在称赞自己早期论文中所批判的那种做法,但他也清楚地表明,缩写单词的过程会丢失认知意义。因此,斯威夫特建议使用一系列不可理喻的缩写词,"这样可以节省很多时间,在通往对话的大道上少走好多英里。"(IV,114)为了尽快交流,语言的认知维度被切除了。因此,完整的对话系统能够通过清空语言的意义来覆盖整个交流领域:正是于杳冥之中才有至臻之言,这一方式会让人们的联系畅通无阻。谈话本身不是理解现象世界的一种手段,而是作为一种目的,现在,谈话成为斯威夫特所关注的"实质和精髓"。事实上,斯威夫特会告诉《礼貌对话》的读者,他整理的大多数短语在任何社交场合都可以"独立"使用(VI,119)。因而,在对话中避免"不知所措"的一种方法,就是对世界本身完全无所指涉。不过,我们可能注意到斯威夫特正努力让身体适应服装,而不是让服装适应身体——这恰恰是他在1712年的文章中所奚落的情况。

接着,在他的第二篇论文中,斯威夫特构建了一个体系,这同他几年前提出的严肃主张惊人地相似。但斯威夫特并没有用他的讽刺性描述对该体系的意图进行盲目的嘲讽,而是以一种特有的方式着手实现该体系的目标,即让这些目标完全失去它们以前的价值。如果语言能像《礼貌对话》中设想的系统那般稳固,那么,我们将闭口不言,尽管我们有能力无休止地谈论。实际上,斯威夫特充满敌意地攻击了他在第一篇论文中宣扬的确定性语言,尽管他确实给剩余的空壳赋予了一种新的价值。因而虽然两个文本之间存在矛盾,

---

表达"借口"的意思。德曼有关语言的使用的观点与奥斯丁(Austin)完全不同,因为对德曼来说能指的施行维度和认知维度不可共存,这一点令人久久不忘。在这篇论文中,我认为,语言的认知维度在斯威夫特讽刺作品中屈从于其使用维度,尽管我并没有严格按照德曼的路数进行研究。

但讽刺文本用了和1712年信件十分相似的语调结尾：瓦格斯塔夫告诫他的读者，每次借用他书中记载的短语时，请提及瓦格斯塔夫的名讳。事实上，瓦格斯塔夫也想宣扬这个名字，而这个名字在他早前的信件中与斯威夫特有关。因而，讽刺文本提供了另一种手段来达到同样的目的，即在语言上坚守自身：但不同于有意义来源的名字——正如按照内容给书起名的过程，瓦格斯塔夫的名字只会以保留语音的方式绵延千古而不携带任何意义。事实上，根据第二篇论文的逻辑，在一个意义无法为主体提供保障的世界里，这可能是让自己永垂不朽的唯一方法。

两篇论文让我们看到了两个截然不同的斯威夫特。不难想象，虽然斯威夫特坚信他在第一篇论文中的观点，第二篇论文却表现出一股不可思议的能量，破坏了前一篇所仰赖的逻辑体系。事实上，第二篇论文铺展了自己的逻辑，不能与前一篇论文的主张共存。正如圣狮之梦一样，斯威夫特关于语言的文本呈现出一种深刻的矛盾，但就他对语言的探讨而言，对迷失的恐惧并没有置换到女性身上，相反，语言保留意义的能力既关乎斯威夫特本人，也关乎他自己凭借语言来获得一席之地的能力。

二 讽刺的腐蚀力量和智慧

我们所研究的上述论文表明，尽管斯威夫特严格地批评了自己的前后不一致，但他从根本上就不一致。在斯威夫特极力想要避免内在差异时，为什么他会自相矛盾？根据黄金标准的逻辑，价值必然产生于同一性（identity）。在这一模式中，语言应该有一个内在的、基于逻辑的价值。但讽刺形式本身似乎就与这种价值观念大相径庭。讽刺，顾名思义，是寄生物（parasitic）。它的原理不同于标准模式。①

  无论讽刺是本末倒置——正如农神节上主人和奴隶等级的倒换一样，还是一场差异在于系统内部而非外部条件的、更具颠覆性的运动，讽刺总是扎根于悬殊迥异。因而或许我们可以问问斯威夫特究竟为什么选择讽刺这一文类。为什么斯威夫特——倾心古代价值胜过现代观念的牧师、大臣、批评家——会选择通过讽刺这一自相矛盾的文类来表现自己？

  有人说，斯威夫特对文体类型的选择受历史环境的影响。根据文学史的描述，英国奥古斯都文学时代的人主要是通过讽刺文体表现自己。但是为什么王政复辟时期——一个安定蓬勃、秩序井然、回归古典文学价值的时代——能够让讽刺占据上风？为了便于讨论，下文略述英国奥古斯都时代的历史。即便没有对相关问题进行深入的历史学研究，也可知奥古斯都时代绝不是向着秩序回归，这一点似乎是显而易见的。斯威夫特在自己的作品中描述了科学领域、文学的商业化以及经济和政治权力的转换等事件，鉴于对这些事件的描述中所表现出的动荡，我们似乎有理由认为，有关秩序回归的话语掩盖了深刻的变化。此外，我提出的有关语言观和认识论的历史性转变的观点也表明，停滞不是这一时期的标志。根据一些批评家

---

① 有人可能把贺拉斯（Horace）《讽刺诗集》第二卷第七首看作这方面的典范。这部讽刺作品讲述了贺拉斯和奴隶达乌斯（Davus）在农神节（Saturnalia，又叫萨托纳里亚节）时发生的冲突，达乌斯指责贺拉斯反复无常。在农神节期间，达乌斯可以一反常规，可以数落主人。他批评贺拉斯总是自相矛盾。在这篇讽刺作品中，达乌斯列举了主人贺拉斯犯下的一系列伪善行为。因而，讽刺可以通过这一质问（charge）来定义："为什么你和自己如此不同？"这正是斯威夫特在这篇修正英语的论文中以哀歌的形式反复强调的质问。［译按］农神节是古罗马人纪念朱庇特之父萨图努斯（Saturnus）的节日，每年12月17日开始，持续一周。其间奴隶享有很多自由，以纪念萨图努斯统治下没有主奴之分的黄金时代。

的观点,讽刺是一种抨击失序而倡导有序的手段。奥古斯都时代的人们认为语言既可以恰如其分地描述客体对象,也能够与主体坦诚相待。因此,那个时代写作的特征是:

> 典型的奥古斯都式的言简意赅以及一种自信,即在任何语境中这些文字的含义与乍一看所呈现的意思别无二致……奥古斯都时代的精确性指的是语言与事物或观念之间清晰的对等。①

文学不仅能够清晰地描绘事物,而且还能表达自然秩序的普遍真理:

> 顺应自然——理解生命并且用成熟而且令人信服的语言表达关于生命的永恒真理——是一种身负重任的理想。因此,文学也是一门身负重任的技艺。(同上)

文学这一新的身负重任的理想带来的结果是,批评和讽刺突然成了规模,可以用来监管任何偏离这一模式的行为。据汉弗莱(Humphreys)的说法,奥古斯都时代的人们认为:

> 文学必须永远接受批评,正如社会习俗必须永远接受讽刺一样,因此,就同讽刺一样,批评理论和实践变得异常重要。(同上,页 53)

由此看来,讽刺极具道德说教意味。一些批评家认为奥古斯都时代痴迷于秩序是焦虑而非自信的表现,但即便这类批评家也把讽刺看作是一种确保秩序而非导致失序的手段。因此,讽刺作为一种

---

① A. R. Humphreys, "The Social Setting" and "The Literary Scene," *The Pelican Guide to English Literature*: Vol 4., ed. Boris Ford, Middlesex: Penguin, 1970, p. 43.

标尺，用来衡量和纠正那些偏离了"自然秩序"等公认标准的行为。然而，一旦讽刺开始监管那些偏离轨道的行为，它可能会发现差异多得出乎意料——讽刺可能会影响它意在建构的标准的同一性。斯威夫特在《书籍之战》(The Battle of Books)中独具慧眼，将批评称为"邪恶之神"，这一称呼表明，讽刺那矫世励俗的力量也能焚巢捣穴。我认为，斯威夫特成功的讽刺作品之下隐含着某种苦涩的失败感：矫世励俗的能力让位于焚巢捣穴的力量，直到它彻底摧毁所有标准。

在这一点上，一个著名而有教育意义的例子是奥古斯都时代对"智慧"（wit）的定义。这一时代初期，智慧似乎指表达真理的能力。从词源上看，wit 源于古英语 witan，意为"知道"。更具体地说，我们可以把智慧看作是发现某种相似之处的能力：witan 源自希腊语的 eido，意思是"看见"。因此，智慧是一种知识模式，基于可见的相似性。根据汉弗莱的说法，英国奥古斯都时代的人们通常将智慧与"敏锐"（perspicuity）或"清晰、全新地领会与表达代表性真理"（同上，页 55）的能力联系在一起。德莱顿（Dryden）将智慧定义为："适用于主体的各式文字以及思想之规范。"①

因此，智慧正是通过正确和充分的语言让主体与客体相得益彰的过程。然而这一过程可能会引发一些问题，特别是当主体的理念似乎与客观事实不符的时候。一旦智慧涉及雅致地表现真理而不只是准确地表达真理的问题，这时智慧的焦点就会转向语言本身，而语言也不再是透明的表达媒介。语言可以含有特定的厚度——它内在的自身价值——而不只是连接人和真理的透明纽带。因而，蒲柏（Pope）对智慧的定义是"词不及意"，约翰逊（Johnson）批评这个

---

① John Dryden, quoted in J. W. H. Atkins, *English Literary Criticism*: 17th and 18th Centuries (London: Methuen, 1951), p. 163.

定义是"纯粹的语言的快乐"而非思想的力量（同上，页163）。艾迪生（Addison）也认为语言会干扰智慧："真正的智慧在于找寻思想的相似，而虚假的才智只汲汲于语言的雷同。"[1] 准确传达真理的渴望受到有文无实地表达真理的渴望的威胁。因此，奥古斯都时代的智慧理念容易误入"虚假智慧"的陷阱之中。的确，为了定义自身，智慧几乎只得参考它那种不正当的用法——貌似智慧本身按其定义就带有被滥用的可能性。

因而，智慧作为一种认识论范畴是站不住脚的。为了保有它作为知识的地位，智慧必须一分为二：美好的智慧必须自始至终同虚假的智慧划清界限。如果不能明晰这一界限，智慧将被迫屈从于另一种知识的诉求。事实上，这一时期发生的事正是如此：判断取代了智慧一跃成为理性的根基。因而，洛克在《人类理解论》中强调智慧必须同判断泾渭分明：

> 因为智慧只在于观念的集合，只在于敏捷地把各式各样的相似相合的观念配合起来，在想象中作出一幅快意的图画、一种可意的内观。至于判断，则正与此相反，它只在于精细分辨各种观念的微细差异，免被相似性所误，错认了各种观念。[2]

洛克的区分充满了英国奥古斯都时代的话语特色：理性是基于相似性还是基于差异性？如果艺术作品仅仅是一个复制品或是空想的、不严谨的相似性之集合，那美学范畴该如何保有其价值？因而在奥古斯都时代，智慧总是处于被经验主义贬斥的边缘地位。

---

[1] Joseph Addison, *The Spectator*, ed. Donald Bond（Oxford：Clarendon, 1965), p. 265.

[2] John Locke, *An Essay Concerning Human Understanding*（New York：E. P. Dutton, 1917), p. 102.［译注］中译参洛克，《人类理解论》，关文运译，北京：商务印书馆出版社，1959，页123。

然而，这种区分在智慧的定义中所起的作用既包括认识论的转变，也包括对语言本身理解的转变。根据福柯（Foucault）的观点，17世纪中叶的标志是知识的形式发生了根本性变化。差异性取代相似性而成为知识的基础：

> 相似性不再是知识的形式，而是谬误的原因，是当一个人并不检验诸多含混之混杂场所时所冒的风险。①

与之形成对比的是，文艺复兴时期符号因与事物的本性相似而能表现世界，科学的知识则需要谨慎地判断相似性：

> 精神的活动……因而不再在于使事物相互接近，不再在于着手追求可以展示事物内部某种类似性、吸引或者秘密地共享的本性的任何事情，而是相反，在于**识别**，即在于确立事物的本性，以及与一个系列的所有连续程度的关联的必然性。（同上，页58）

虽然福柯巧妙地区分了相似性（resemblance）和识别力（discrimination）的运行机制，但我们必须记住：任何形式的知识都必然立足于同一性和差异性这两种领域，因为同一性的产生离不开差异性，反之亦然。因此，正如福柯所指出，科学强调区别，也以对尺度的迷恋为标志——这些尺度需要一个共同的同一性单元作为识别的根基，还需要差异单元的比较性秩序。因而识别的过程并没有消除相似性，而是坚持区分有价值的相似性和没有价值的相似性。

其中一个非常关键的相似性将不再有效，即能指和所指之间的

---

① Michel Foucault, *The Order of Things*, New York: Vintage, 1973, p.51. [译注] 中译参福柯,《词与物：人文科学的考古学》，莫伟民译，上海：上海三联书店，2016，页53。

相似性。福柯认为，在 17 世纪之前，"语言并不是一个任意的系统；它被置放于世上并成为世界的一部分"（同上，页 37）。但新型的科学认识论却认为，在语言内部或在语言与世界之间发挥作用的相似性，产生于偶然而非根植于意义。语言代表真理，但它并不像真理。因此，必须避免语言中发生偶然的相似性；这些相似性并不能与真理等同。福柯总结道：

> 文本不再是符号和真理形式的组成部分；语言不再是世界的形式之一，也不是有史以来就强加在事物上面的记号。……译解这个真理正是词的任务；但是，词不再有权被当作真理的标记。语言已从存在物本身中间退隐了，以进入其透明和中立时期。（同上，页 59）

在新的角色之中，语言必须保持透明。当语言容纳任何物质时——当它开始坚持自己与事物并无差别时——应当对其抱以怀疑。因而智慧将在这一系统中没有容身之处。我们可以把智慧看作语言形式之外的东西，在这种语言形式之中，相似性确实举足轻重。但随着语言透明度重要性的增加，智慧的价值有所降低。从今往后，只有当我们能够透过语言、洞穿隐藏在语言背后的真理时，知识才会显露出来。

事实上，我们得重新定义透明的语言，以此表明现在语言是通过与真理的分离来运作的。要表明真理就必须与众不同（不落入虚假相似性的窠臼之中）；这需要语言站得远远地指向一个真理的领域，语言本身并不涉足那一领域。洛克的唯名论包含新的语言理论，他坚持那些在今天看来是老生常谈的东西，即在能指和所指之间并没有天然的联系。

洛克细致区分了名义的本质和实在的本质。名义的本质指的是通过在泛名中"捆绑上"截然不同的特性来排序、分类、给物体命名。实在的本质是指物体的本质存在于纯粹的特性之中，而这一纯粹的特性远非人所能触及。在洛克看来，把名义的本质错当成实在的本质是对语言的滥用。因此，洛克的唯名论是透明式语言的典范。根据这一典范，人给自己的每一种观念赋予或"附加"一个词，这样思想就得以在人们之间传播。

当洛克开始讨论命名所涉及的原动力时，他遇到了困难。他认为，既然所有语言的最终目的都是交流，那么语词必须清楚地传达思想。为了做到这一点，每个人在给自己头脑中的理念附上一个词之前，这一理念必须清晰。因此，词语必须经由主体的中介来附着于事物之上，洛克尤其强调，命名是单独的主体的行为。但是如果每一个主体都极力创造语言，那语言又如何能够普遍使用呢？事实上，语言随意性的本质恰恰衍生出了误解的可能性：

> 它们［文字］所指示的是人们的特殊观念，而它们的含义完全可以随人意而转移，因为我们虽然以为它们是某些观念的标记，可是有时我们竟然不能用它们来在他人心中刺激起那些观念来。任何人都有一种不可侵犯的自由权利，任意使各个字眼来表示自己心中的观念，因此，别人虽与我们用同一的字眼，可是我们并没有权力来使他们在心中发生那些字眼所表示的同一的观念。（《人类理解论》，前揭，页389）

虽然洛克认为，可以通过避免一系列会造成误解的滥用而治愈语言，但他极力主张主体在语言创造中发挥的作用，这似乎将沟通障碍作为构成语言的一种可能性。事实上，人们可能会将唯名论的模式看作解码的过程——每个主体必须用清晰可见的声音来给自己的想法编码。因此，理解语言将是一个解码的过程——为了理解别人的叙述，我们必须参照说话者而不是参照所指来解码语言。

我认为，洛克提及了语言中的两种深刻变化：第一，"谎言"现在已经被映射到语言的核心——语言现在通过脱离实在的本质来发挥作用；第二，现在理解语言将包括解码他人使用的"谎言"。用斯威夫特的话来说，洛克告诉我们人类语言建立在一种能力之上，正如《格列佛游记》告诉我们的，这是一种"讲述不存在之事"的能力。理想化的慧骃国（Houyhnhnms）把人们说的谎言消极地描述为"说不存在的事情"，因为他们的语言中没有用来说谎的词。

然而，慧骃国的语言从某种程度上来说几乎无法想象，它并不按照隐藏和揭露的态势来运作。这或许可以解释，我们为什么会对慧骃国有种奇怪的感觉，认为它们空洞乏味、冷漠无情，根本不值得格利佛崇拜：因为它们无所遁形，似乎不存在那种我们视为人类本质的典型的内在性。慧骃国以一种消极的方式展示了洛克的语言模式在某种程度上建立一个内部空间的可能性。但矛盾的是，洛克试图保留的那个不明本质的空间仅由分离，即由谎言的机制构成，现在，谎言成了人类主体的真理。反过来，智慧的真理地位不再被承认，由于它无法分离，因而会对语言的透明性构成极大的威胁。人们可能会说，智慧最终会从知识的舞台上销声匿迹，因为它标志着语言变得不再透明。①

---

① 以康戈尔德（Stanley Corngold）的论点为例，他认为康德通过将判断置于理性之上，成功地将智慧从理性话语中驱逐出去（"Wit and Judgement in the Eighteenth Century: Lessing and Kant," *Modern Language Notes* 2, [1981], pp. 461-482)。康戈尔德自己严厉谴责智慧，显然是因为他将智慧同德里达的"存在的形而上学"相联系。事实上，康戈尔德认为康德驱逐智慧的做法同海德格尔、维特根斯坦、本雅明、卡夫卡以及德里达的做法如出一辙，他们都用"严谨的思想实验……攻击相似性，以此作为真理的根基"（p. 481)。在我看来，智慧远比康戈尔德所认为的那样要模棱两可，而恰恰是这种矛盾心理——或者我们将此称之为把智慧从真理之乡放逐出去——赋予智慧以新的力量。

三　作为写作主体的斯威夫特

斯威夫特的《木桶的故事》显然与智慧息息相关。《木桶的故事》以其精巧的层次首先讽刺了17世纪末英国"才子们"创作的文本。1695年，限制印刷出版的《出版许可法》（Press Licensing Act）失效并且没有再度施行。结果，格拉布街创造出来的作品铺天盖地，斯威夫特的文章直指这里出产的文本。在某种程度上，这个故事可以说是基督教在欧洲发展历史的寓言，由三个儿子（分别代表天主教、英国国教和清教）演绎，他们忙于（错误地）阐释亡父留下的遗愿。但是，这个寓言就其本身来说由五个单独的部分（辩词、出版商致读者、两篇献词、一篇序言）引入，因五篇散记而中断。

这五篇散记对格拉布街所产生的文本及其反响进行了深思。此外，我们还得知，文章的标题借用了水手们在遇到鲸鱼时常用的技巧——往水里扔一个木桶来转移鲸鱼的注意力，以免它攻击船身。通过类比的手法，斯威夫特的文章旨在转移"才子们"的注意力，以免他们攻击共同体这个"船体"。因此，《木桶的故事》采取了一种蛊惑人心、声东击西的方式，目的是为了抵消"由于才子们不断提出的新要求而时时增加的威胁"（Ⅰ, 24）。① 因而斯威夫特的文章既讥嘲了这一文类，其本身也属乎其中——但鉴于智慧不牢固的地位，他这篇文章必须辨别真假智慧用以保有讽刺的主旋律，因为讽刺在行文过程中可能有逐渐削弱自己的权威的风险。

我们以为斯威夫特必定会维护他自己智慧的权威，但他却欣然接受了讽刺的腐蚀性力量，反复确保文章能损毁掉权威所可能存在

---

① [译注] 中文参斯威夫特，《图书馆里的古今之战》，刘小枫编，李春长译，北京：华夏出版社，2015，页97。

的每一个位置。《木桶的故事》充分讨论了妙趣横生的文本的产生及其阐释,而三兄弟的寓言故事本身就是对这一终极阐释过程的讽喻。然而,《木桶的故事》文本的多重层次并非通过区分严肃话语和讽刺话语来互相彰显。例如,作者在辩词里展开的评论,从不可靠的叙述者(批评家称其为汉克[Hack])视角展开,这种视角存在于角色之外,人们可能认为这样会封闭文本——举个例子,这样一篇辩词可能意味着汉克的言谈纯属子虚乌有,而作者的陈述才千真万确。与之相反,辩词却对一切阐释的可靠性提出了质疑。此外,用汉克口吻写作的几篇散记质疑了写作的本质,三兄弟的寓言也讽喻了阐释的整个过程。每个"部分"——都变成了文本中的一个元话语——看起来似乎都将进一步引导我们阅读文本,并提供解决疑难困惑的关键,但事实上它们反而增添了解释上的困难。从结构上来看,斯威夫特似乎想要告诫读者,阅读本身就是伪命题。

汲汲于建构文本表现了阅读的焦虑,人们可能会认为这是被迫在洛克的语言王国中进行交易不可避免的后果。或许我们还记得圣狮之梦——斯威夫特幻想出了一种可以证实其本质的语言,然而他并未设想出任何一条可通达此处的路径。因而,按照洛克的说法,斯威夫特尽管痛苦不堪,但他似乎能充分感觉到自己嵌套进了语言之中。因而从文本的第一部分开始,《木桶的故事》就讽喻了误读的各种惨状。这位佚名作者为自己所做的一切道歉。他宣称自己对手稿没有最终解释权,因为出版商发行了一部半成本,作者的一位朋友未获作者授意就将其交给了出版商。事实上,文本早已不受控制——可以说,授权文本的签名从一开始就受到质疑。此外,误释如同幽灵邪魅不断动摇摧毁文本的意涵。作者告诉我们,木已成舟;对此前版本进行反驳的批评家显然已经将讽刺的要点抛诸脑后:

> 这位反驳者因为在十几段话中挑出了毛病而甚感得意。原

作者不愿费功夫辩护，仅向读者保证，这个满口诽谤的人所言绝大部分完全错误，至于他强加给的那些意义，作者想所未想；作者也不知道，是不是哪位有品位的正直读者想到了。（《图书馆里的古今之战》，前揭，页79）

因而，作者告知我们，对这一文本的理解将会变成如何对其进行正确阅读的问题；更确切地说，作者告诉我们，他"仅写给那些具有才智和品位的人看"（同上，页85）。

然而，我们可能会注意到这一争论中有着弗洛伊德所谓的"破釜逻辑"（kettle logic）：这本书写得不清楚是由于出版商没有发行正确的版本，而我们弄不清楚文本是因为没有才智和品位。一方面，我们被要求以一种信任的态度进行阅读：将自己置入作家的精神意图之中就能发掘作品中的思想并以此证明自己同样拥有智慧。另一方面，作者故意站在隐晦的位置，使得这一切将变成无稽之谈——这不仅是因为出版商和将原稿交付给出版商的那位朋友在构建文本时发挥了作用，还能从文本附录里看出来，附录怒斥了作者给文本增补的一系列注释。这些注释以沃顿（Wotton）的笔名发表，加入了一系列之前的文本注释；虽然这些注释与文本拉开了一定的阐释距离，但双组注释正如多重层次所具备的功能一样，进一步让文本意义变得支离破碎。此外，一般的看法是斯威夫特自己写了两组注解并将其纳入了正文之中。因而，从多个方面看，作者的身份于文本各个层次之中避影敛迹了。事实上，似乎没有人能够全权支配文本。

但是，既然我们没有一个主体来担保文本，那么也许文本本身可以提供一些担保。事实上，大量的引导性话语以及离题话中所做的评论不计其数，这表明作者将不会通过他的所言所述来发声；相反，他所言所述的形式将为他发声。此外，调用这些形式正是为了说明虽然它们没有囊括真理，但一直发挥着作用。因而书商为萨默斯男爵（Sir John Sommers）所作的献词是通过批评以往献词中长篇累牍的赞美而写就：书商声称自己将放弃赞美之辞，并且在书前署上萨默斯的大名，因为他知道这会让此书热卖。尽管这篇献词依旧空洞无物，但它恰如其分地表现了一篇献词所具备的传统功能，暂且不论其内容何如。同样，汉克告诉我们，为了让人们记住我们的思想，把字词传达给底下的观众时，我们需要拔高自己（他提出，讲坛、绞刑架和流动舞台能发挥很好的作用）来增强言语的冲击力。为这种现象提供合理解释的是这种传递的形式，而非思想本身所囊括的内容。汉克总结道，不是自己写作的内容而是这种形式有望于承载意义：

> 作家有某些众所周知的特权，其好处我相信毋庸置疑，特别是在没人明白的地方可以断定说，其背后隐藏着某些非常有益、十分深刻的东西。另外，无论什么字和句，只要印刷成不同的字体，人们就认为其中包含了与众不同的东西，要么机趣，要么崇高。（同上，页101）

形式本身承载着某种意义，它默示着内容暗藏于其中。无论斯威夫特怎样批驳形式难以传达既定的内容，这一形式都保留了一种能力，能对隐藏有意义的内容施加影响。

一方面，我们可以认为文本将通过洛克唯名论中所采取的分离方式来运行。读者正透过语言的形式找寻其所凭靠的真理。另一方面，作者不能陈述真理，因为文本的形式早已不再涉及内容。有人可能会说，整个《木桶的故事》解开了设置在文本开头几页的阐释谜题，或者从不那么乐观的角度来看，可以说整个文本粉碎了我们苦苦觅求的任何解决之道。尽管如此，作者还是告知了我们两种阐释策略作为可能的解决之法：解剖（incision）和注释（exegesis）。

在《木桶的故事》第一章，汉克告诉我们，写作是被误解的，因为人们不会对其意义追根究底。他责备那些"无法被说服去透过现象看本质"的读者（同上，页113）。因此，汉克声称自己已准备详细解释"我们学会的一流作品……我将把它们一一解开，要么抽出立起，要么切割展示，使其公布于众"（同上，页113）。

当然，汉克创作出来的成果是三兄弟的寓言，而寓言只是寓言，根本没有敞开天窗说亮话——这种令人费解的文本或许会归类到无用之书：

> 它们除了依赖自己的机趣和风格提供一些稀松平常的娱乐之外，对人类没有其他任何用处和价值。（同上，页115）

注释的过程依赖于这样一个假设，即内在的真理可以公之于众——文本的隐藏内涵可借由注释彰显。然而，一开始三兄弟的寓言故事就是对解经过程的戏仿。这个寓言围绕着一位父亲展开，他给三个儿子每人一件外套，还显白地指导他们怎么穿、怎么打理。注解称，"外套"这个词首次出现时有两个相斥的含义。而且，"外套"这个词本身就含有外在和内在的隐喻——也就是斯威夫特本人在那篇有关英国语言的论文中所提出的衣服和身体的对立。但更复杂的是，这个寓言意味着衣服什么也遮蔽不了：汉克描绘了一套精美绝伦的宗教体系，在这个体系中衣服被认为是为普遍真理奠基的隐喻。与将身体视为实质、衣服视为表面或遮蔽的隐喻相反，在此，衣服成了人首要的而非次要的本质：

> 其他一些专业人员……认为，人是由两套服饰组合而成的动物，一套自然服饰，一套天国服饰，也就是肉体和精神；精神是外在服饰，肉体是内在服饰……把二者分开，你会发现，肉体只是令人讨厌的、毫无知觉的躯壳。总之，外在服饰显然

必须是灵魂。(同上,页120)

在这一体系中,表面就是内在。而注释在它手忙脚乱试图找寻表面之下的意义时,只会在外衣之下发现一具残破不堪的尸体。

正如注释一样,解剖的方式很快显得可疑。注释只是发现了尸体残骸,而解剖则可能会被指控为制造出了尸体。斯威夫特通过大量的画面表明,一旦解剖揭露出有意义的内在或者是内在的意义,这尸体或无用的遗骸实际上就什么都不剩了。汉克解释道,

> 我……曾解剖人性的臭皮囊,关于其不同的互相包含的部位,我阅读了大量的有用讲稿。最后,这具臭皮囊味道变重,无法再保存下去。(同上,页144)

斯威夫特的讽刺往往通过这种文学化的过程来消解隐喻性语言。人性的皮囊在这里十分文学化——事实上,它十分腥臭。在一个更血腥的这类文学化画面中,汉克陈述道:

> 我在此处认为应当告知读者……我所了解的大多数肉体凡胎在外表上人见人爱,内心却令人目不忍睹,最近的试验让我更坚信这一点。上周我看到有个女人被剥皮,你简直不能相信这使她有多难看。(《图书馆里的古今之战》,前揭,页172)

因而,展示内在就变成了一种残忍而无意义的行为。在这种情况下,就像圣狮之梦一样,斯威夫特借用血腥暴力的画面宣称内在未能为真理提供证据。在某种程度上,我们并没有对斯威夫特亦步亦趋并将其暴力置换到女性身上,斯威夫特的暴力似乎直接指向错误的揭示或斯威夫特语言中的错误。

虽然《木桶的故事》赞同洛克的语言观——我们得知必须透过语言、超越文本来找寻真相——但这一语言观也被证实具有毁灭性

的后果，尤其对主体或者有其特殊性的主体而言。这一文本似乎永远也无法表达任何明确的内容，而只能指向文本中敞开的裂缝，这些裂缝控制着文本的意义。永无止境的注释和解释只会让这些裂缝更显白。由于发现了"分离"真理之结构而带来的造尸效应（corpse-creating effect），斯威夫特似乎得出结论：智慧比判断更能为人类服务。汉克分析了剥女人皮的实验，决定舍弃解剖和解释，以智慧取而代之，他以此给实验作结：

> 由此我得出了自己的结论：任何哲学家或创办人若能够发明焊接技术，弥补自然的缺陷和瑕疵，那么他将更有益于人类，也将传授给我们一门更有用的科学；相比而言，加剧和暴露这些缺陷的人，虽然在当今广泛受到尊重，却用处不大。（同上，页172）

像双关语这种机趣形式刚好契合上述说法：语言发挥的相似性能让我们弥补在探究意义内部时导致的难以承受的损失。斯威夫特对智慧的拥护赞扬似乎表明洛克的唯名论并不能维护语言的主体。尽管如此，汉克的结论是，回归智慧可能会导致其从真理之乡被永久放逐：

> 这是幸福的崇高与精致之处，即上当而浑然不觉的状态，或傻瓜在一群骗子中所具备的恬静状态。（《图书馆里的古今之战》，前揭，页172）

我们得知，如果智慧不能使人昭昭，那么除了这种快乐之外还有一种选择，那就是无休止的阅读，从而无休止地探寻能赋予意义的不可能的行为。汉克认为读者可以分为三类——肤浅的读者、无知的读者和博学的读者。肤浅和无知的读者会被文本逗得发笑：

我主要是为了真正博学的读者的利益,才在别人睡眠时保持清醒,在别人清醒时进入梦乡,而他在此处将找到自己足以用后半生去研究的材料。(同上,页179)

　　斯威夫特明确表示,无论阅读时间多长,我们的阐释性努力都不会在文本之下找到一个主体。我们发现一具尸体或残骸就不错了——腥臭满天的人类尸骨。如果停止了无休止的阅读,我们会认识到自己有一种病态的选择,如同格列佛从慧骃国回来一样:我们可以忽视这一知识,即根据人们所具有的"讲述不存在之事"的能力来定义人类,或者我们可以直面一个事实,即只有不可言说的部分才是构成语言的根基,而这取消了我们对人类的关注。

　　《木桶的故事》最终对语言主体的相关问题作了以下解释:身为作者,斯威夫特只能通过分离的方式来明确自己的身份;但是这种身份让他无法定义自己,或者说,只有用其不可表征性——排泄物或不可言说的部分——他才能界说自身。因而,他从未支持过语言的黄金标准这一幻象,这对建构语言产生了一定的影响:尽管黄金标准产生了实际影响,但它终究只是幻象。正如坡(Poe)的红色死亡面具和齐泽克(Slavoj Zizek)对意识形态幻象的描述一样,斯威夫特让我们置身于一个表面即现实的世界,因为这暗示着会有一个内在,而它可以产生其想要隐匿遮蔽的现实之幻觉。我们可以引用齐泽克的观点,即意识形态幻象是能够产生实际效用的面具,因而它比它所隐藏的东西要更加真实。出于此种原因,理解意识形态不仅仅需要揭露:

　　　　意识形态不仅仅是审视(seeing)事实(即社会现实)的问题,而是"就是"(really are)的问题,并非只要抛弃被扭曲的意识形态景象就可以宣布大功告成;关键在于理解这一点:为什么现实不借助所谓的意识形态的神秘化就不能重造自身。

面具不仅仅掩藏事物的真实状态；意识形态的扭曲已经融入成为它的本质。

面具掩盖不了真实——却创造了一种真实的假象，只有面具自身才是我们能够长久拥有的唯一实在。在斯威夫特试图揭示主体的过程中，他只会制造出更多的表象。深度被当作表面不断揭示出来，而这只会促使我们根据表面/深度这一范式更深入地理解揭露的逻辑。从这种意义上来说，博学的读者阅读斯威夫特的文本将是一个真正永无止境的过程。既然真相即分离，自我在它的实在里只能表征为不存在。一旦经由审讯追问，我们不难发现自我只有表面而没有深度。自我并不能决定或者宣称自己在语言中的深度，而语言确实决定了自我的不存在。挽回这种损失将使人放弃对真理的追寻，为了自我而放弃对自我的探求，为了系统内部的有效完整而散播所有空无一物的名称。看来瓦格斯塔夫的想法十分正确。

拉康的理论有助于理解我们在斯威夫特讽刺中遇到的主体。虽然跟着拉康走需要一段蜿蜒曲折的过程，但接下来的余论将会带领我们直奔主题，因为事实上斯威夫特已经给我们展示了一个拉康式的主体——一个于虚构之中创造、被迫接受语言结构之矛盾的主体。按照拉康的理论，主体虚假的本质在众所周知的镜像阶段中形成：主体在镜子中看到了自己之后形成了自我的形象或者是自我认同。但是镜子给我们呈现了什么呢？镜子表面平滑光亮，（对动物或者婴孩来说）在这表面之下似乎隐藏着某种东西；因此婴孩会伸出手去触摸在玻璃背后的另一个婴孩，然后才认出镜中的幻象是自己。

同样，斯威夫特的《木桶的故事》呈现给我们一种能指，它似乎有一个直接在其背后支撑的所指，事实上，它只是一种假象——

一种由意指链（signifying chain）产生的效果，一种虚构。因此，只要主体参照那个想象的空间——参照镜子里面的自我——来了解自己，那么主体就于虚构中形成了。① 反过来，语言也能通过参照所指来发挥作用，只不过所指既存在也不存在于能指背后。

然而，像斯威夫特一样，拉康明确表示上述虚假的确定性立场站不住脚。他认为这是一种严格意义上的语言困境。拉康在论文《无意识中文字的动因或自弗洛伊德以来的理性》中坚持认为，正是这种语言困境界定了主体。② 但是拉康把主体放置于语言学中的意图是什么？起先，拉康想让我们明白，能指与意指过程而非所指相关联。意义通过能指之间的差异而产生，而非经由能指和所指的对应关系来确定。因此，拉康告诫我们：

> 如果我们不摆脱能指完成了代表所指的功能这类错觉，或者说，不摆脱能指以其存在而作某个意义的名称这类错觉，那么我们就不能继续这个探索。（同上，页 428）

在这里，拉康引用斯威夫特的文本来作为一个语言的例子，即这种语言只有在内部分化中才能有所作为：小人国（Lilliputians）爆

---

① 拉康在这个图式中加入了一条曲线：尽管自我相对于镜像而构成，但主体构成的下一步需要镜像我（specular I）向社会我（social I）的偏转过渡（*Ecrits*, 5）。用拉康的术语来说，这一节点标志着主体进到象征界（symbolic）或者说进到语言中。我们或许会将这一过渡视为用大他者形象来取代镜子背后的"我"的过程：从今往后，主体自身的任何观念都被大他者调控，而不仅仅是被它自己的镜像调控。故此，大他者（l'autre）所在的位置是知识的理想位置。我还想说，正是由于这个缘故，我们期待在斯威夫特文本之下寻找到一个完整的主体，因为只有统一的他者才会回归自身的形象。

② Jacques Lacan, *Ecrits: A Selection*, trans. Alan Sheridan（Norton: New York, 1977）, p. 146 – 178。［译注］中译参拉康，《拉康选集》，褚孝泉译，上海：上海三联书店，2001，页 423 – 462。

发公民内战，起因是鸡蛋该从哪端裂开。虽然斯威夫特可能指责的是战争的无意义，但这里拉康所用以讨论的是意义的纯粹差异：从一端或另一端打破鸡蛋的行为在本质上别无二致，只有大端派（Big-Endians）和小端派（Little-Endians）的分庭抗礼。只有能指之间的差异才能说明问题。

然而，如果拉康声称意义是能指的事情，因而它显而易见也是主体的事情。既然语言与能指中的意义无关，而与意指链中包含的意义有关，那么我们就可以借由破译的过程来探求意义。我们假设语言有一个作者：想要理解语言，需要我们占据他者/作者的位置。按照拉康的观点，这是意指中的他者/作者的位置，也是意义约定俗成的地点：从他者所在的位置上来说，意指过程等同于意义。寻找意义不是通过参照所指，而是通过参照他者在意指过程中的位置来解读其具有的功能。事实上，解码破译的过程只不过是上述洛克向我们揭示的语言所具备的那种为人熟知的效果。

但是，拉康坚持认为我们清楚这一公式的悖反之处：这一解码的过程所带来的结果是，只有人类才能够被真理左右。我们可以参考拉康引用的弗洛伊德的笑话，更为明晰地理解这个问题：犹太人责备他的朋友，"为什么你告诉我你要去克拉科夫（Cracow）好竭力让我相信你要去利沃夫（Lvov），而实际上你要去克拉科夫？"因此，我们对真相的看法与语言中他者的地位息息相关，而同纯粹客观的描述无关。因此，破译语言与其说是寻找意义，倒不如说是试图占领拉康所说的"意义约定俗成的地点"（同上，页458）。

这种占领的方式可以描述成典型的弗洛伊德式的句子："我们必须达到那个所在之处。"同这种知识立场一样极具诱惑力的是，拉康指出，我们不能从此在到达那个所在：弗洛伊德所发现的真相即如下问题是不可能的，"人所面对的是自己和本身的完全的不同的中心性（ex‑centricity）"（同上，页456）。拉康提出了下面这个有关不同的中心性问题：

> 我作为能指的主体所占据的位置与我作为所指的主体所占据的位置是共有中心的还是各具中心的？这就是问题所在。（《拉康选集》，前揭，页448）

按照拉康的说法，既然自我不可能在同一位置上存在和思考，笛卡尔式的"我思"这个古老的命题被一分为二。因而，拉康对哈姆雷特这一著名命题进行修正，将其归结为"存在"（l'être）和"文字"（la lettre）之间的选择。他还总结说，"存在"的位置上仅仅包含了两个选择。那这里的两个选择具体指什么？能指的主体意味着在语言内部中表征自身。而成为所指的主体将置身于语言之外。从哈姆雷特的角度来考虑这个问题：要么哈姆雷特必须将自己置入整个意指链中——假设他是儿子和继承人，报杀父之仇，因而通过成为复仇剧中的一个角色减轻了他悲悼的怪异色彩。要么，他必须坚持"在滑动中显现"，并保有对那个不可言说的内在性的真实，不通过言语或者行为来显现它。拉康认为，我们在"存在"（在哈姆雷特的例子中，他坚持自己内心的不可表达性——并且丧失了任何意指的能力）和"文字"（对于哈姆雷特来说，进入意指链中会变得平庸无奇而非独树一帜）之间被撕裂。对认同的渴望（这就是哈姆雷特的渴望）引导我们参与到对自我的编码之中——为了成为他者而隐藏在字里行间，但这仅仅让我们的愿望受挫。因而，他者通过其谎言能帮助我们认知自我（即真理）。拉康总结道："这整个游戏……一直到其终结，在它进行的领域里我不存在，因为我无法身处其中。"（同上，页449）我们永远也无法占据他者的立场实现

"存在"和"文字"的和解。①

因此，主体并未置身于语言之中，只不过在语言内引起了错位与替代。这正是斯威夫特在《木桶的故事》中所留下的东西。然而，根据拉康的说法，自我采取了特定的辩护措施来弥补这一损失。事实上，拉康告诉我们，自我的辩护机制不过是一系列的修辞（tropes）：

> 迂回说法，夸张，省略，悬念，预示，收回前言，否定，打岔，讽刺，这些都是修辞手法，……在称呼这些机制时这些名词还是最恰当的。（同上，页453）

所有这些修辞都是辩护的手段，以面对主体无法触及自身的知识。因此，相似性的修辞手法再一次充当了补缀的角色，有助于我们在被语言弄得七零八落之后重新找回主体。在这种情况下，修辞手段则用来在主体性经验之外形成一种连贯叙事。然而，拉康则将这些试图建构崭新主体的努力看作根本上的背信弃义之举。语言的困境才是主体的真理。因此，我们不应该让自我通过讲述它如何自我－控制（self－mastery）来隐藏真理：

> 弗洛伊德的发现在人身上揭示出其裂缝的彻底的他主性，这个他主性再也无法掩盖起来，除非你竭尽欺诈之力。（同上，页457）

但是，如果必须面对这个事实，我们也可以效仿斯威夫特，使用一种特殊的修辞手法——双关语——它从不说老实话，但仍然在

---

① 拉康接下来将会告诉我们，不仅我们自身无法占有这个位置，连他者（Other）也不能够独占鳌头。从自身的缺失来看，他者和主体一样，分离且封闭。因而主体并不能够通过参照他者的幻象来克服自身的分离状态：主体和他者之间毫无半点友好关系。正如拉康在那篇有关主体的颠覆性的论文中所指出的那样，并不存在他者的他者（Other of the Other）。

语言窘境中进行着我们需要的补缀工作。当拉康坚持让我们面对主体的分离本质时，他的主张其实是主体的无意义——主体与意义的不一致——本身是有意义的。有鉴于此，他认为我们必须放弃"认识你自己"这一格言，以使我们见证自己的任性使气、怪癖、恐惧以及迷恋——这就是我们的无意义所发挥的作用。因而，拉康通过弗洛伊德给我们提供了一种新的知识，一种新的非理性的知识形式。事实上，拉康十分清楚自己理论中的认识论本质，尽管他认为弗洛伊德才是这些理论的滥觞：

> 这是因为只要稍微触及了一下人与能指的关系——在那时是注释过程的改变——你就改变了历史的进程，移动了人的存在的泊位。（同上，页459）

因而，我们可以说，斯威夫特将我们推向了一种癫狂状态，这是弗洛伊德了解的癫狂，也是被拉康转变为一种新的主体的认识论的癫狂。

从这个角度来看，斯威夫特双关语（pun）的优点就在于，双关语从某种程度上来讲放弃了对知识的探求，因为它宣称自己是谬误。反过来，这也催生了另一个真相。根据弗洛伊德的观点，机趣语这类用法的相似之处迷惑了我们内在的审视力量，允许在玩笑的掩护下说出那些难以启齿的话。然而，在这种情况下，双关语可能只是让我们揭示了我们自己的不可言说性的悲剧——也就是说，我们能够无休止地说话而不指涉任何事物，我们能够无休止地阅读而不放弃在语言中找寻主体的欲望。作为批评者，我们要在文字的表面之下找到斯威夫特，因为这会让我们能够让他的文本有意义。但是，就像斯威夫特自己嘲笑的"博学的"读者一样，我们被赋予了无穷无尽的任务。最终，我们无法在与斯威夫特的镜象关系中重塑自己，因为正如他不断提醒我们的那样，他并不在那里。

斯威夫特：作为策士的讽刺作家

特雷德韦尔（J. M. Treadwell） 撰
陈晓瑜 译　林凡 校

> 我的贵人向朋友称道我是一位崇拜发明，好奇而轻信的人；他这话的确不无道理，因为在青年时代，我自己也是一个策士之流的人物。
> ——《格列佛游记》①

为了验证斯威夫特讽刺的独特对象，批评家们已经对《格列佛游记》第三卷研究颇多，也卓有成效。他们尤其关注了其中臭名昭著的拉格多（Lagado）设计学院，逐次研究了每所房间的意义，产生了丰硕的成果。早在20世纪30年代，尼克森（Nicolson）教授和莫勒（Mohler）教授就发现，拉格多学院把皇家学会（Royal Society）的那些更可疑的行为放进学院研究室内；十年后，凯斯（Case）按"策士"（projectors）一词所提及的要点，发现这个词正是与南海

---

① ［译按］斯威夫特，《格列佛游记》，张健译，页159。

公司泡沫（South Sea Bubble）相关的许多投机者的隐秘身份。① 但自相矛盾的是，我们对讽刺手法理解上的进展，并没有推动对第三卷的进一步解释，或使我们进一步明确它在这本作为一个整体的著作中的位置。尽管文献汗牛充栋，但问题仍是如何讽刺知识和经济生活中的弊端；这样的讽刺可与对大人国国王及慧骃国航程的那种粗野的总体性讽刺相媲美。

这个问题至少在某种程度上无法解决，因为我们无法否认，在四次航行中，第三次航行始终最令人不满意。学界也公认，深入探究和理解第三卷的讽刺可以为阐释讽刺在这部作品中的作用打下基础。我尤其确定"策士"这一概念至今未得到充分理解，相应地，我们也就不能鉴别这一术语在多大程度上适用于斯威夫特本人。当我们理解了这些，就能清楚斯威夫特以个体和讽刺作家的身份成了第三卷和第四卷讽刺的重要目标。第三卷，尤其是学院那章的重要性在于它开始将那些理智、有善意但有些自满的人列入讽刺之列，而在第四卷结尾，这种讽刺进而被用于读者、讽刺作家以及所有人。

一

"策士"的概念非常复杂，这个词在 16 世纪晚期在语言中出现，后来在斯威夫特的《格列佛游记》中着重使用，这期间词义有很多改变。它的原初含义指那些有计划或者规划的人，但是在人们对创新仍然很谨慎的时期，初步规划很快就变成了方案，而"策士"一

---

① Marjorie Nicolson and Nora H. Mohler, "The Scientific Background Swift's Voyage to Laputa" and "Swift's 'Flying Island' in the Voyage to Laputa," *Annals of Science* 2 (1937): 299 - 334, 405 - 430; Arthur E. Case, *Four Essays Gulliver's Travels*, Princeton: Princeton University, 1945, p. 80.

词很早就带有了强烈且至今未消失的贬义。因此,在当代找一个中性的定义几乎不可能,正如海伍德(Heywood)所言:

> 鸨母、龟公、皮条客、策士,所有这些职业中人都讨厌被人直呼其[职业之]名,尽管他们都热爱自己的行当。①

策士在詹姆斯一世时期(Jacobean)普遍活动在经济领域,而在这个领域自身当中,要化解同时代保守人士的怀疑也还是颇为艰难。但在根本上,策士们的目的才是争议的焦点,这在詹姆斯一世时期最著名的一位策士——市议员考凯恩(William Cockayne)爵士的案例中能看得很清楚。② 考凯恩的计划是在垄断的保护下推进英国的染布工业,其目的是防止半成品布匹出口。这个看似有价值的目的遭到了时人最愤世嫉俗的对待,至今仍受质疑。正如威尔逊(Charles Wilson)所写:

> 推动者们宣称,他们的目标是摧毁当前商人冒险家对半成品布匹出口的实际垄断,并由新的公司代替。这样就可以出口价值更高的染布成品,从而创造更高的出口价值和更多的就业机会。到底这就是他们的真实目的,还是说他们想借此肆无忌惮地用新垄断组织替换掉旧组织,仍是未解之谜。③

假如考凯恩的计划取得了成功,后来的判断也许会趋向宽容,然而,这实际上是一场彻底的灾难,人们也认定这是最糟糕的事情。

---

① "As He lately appeared to his deare Sons, the Moderne Projectors," *Machiavel* (London, 1641), B3r.

② 关于考凯恩,参 Astrid Friis, *Alderman Cockayne's Project and the Cloth Trade*, London: Oxford Univ. Press, 1927。

③ Charles Wilson, *England's Apprenticeship* 1603 - 1763, London: Longmans, 1965, p. 54.

如果说考凯恩的案例存有疑问,那么最臭名昭著的詹姆斯一世时期的策士蒙佩森(Giles Mompesson)爵士则无可争议,他关于旅馆和酒馆执照垄断的项目,意图不过是谋取国王和他自己的利益。① 蒙佩森的贪婪通过马辛格(Massinger)笔下的角色过分爵士(Sir Giles Overreach)后来也为人们所熟知,到詹姆斯一世结束统治时,策士被普遍视为投机者和骗子,他们的唯一动机是贪婪,只是他们暂且把贪婪隐藏在他们对公共利益的主张之下。

一旦人们得出策士的计划只是为了赚钱这一结论,这些计划本身就不那么引人注目了。乔森(Jonson)在《魔鬼是头驴》(*The Devil Is An Ass*)中通过描写策士梅拉克雷夫特(Merecraft),巧妙地总结了詹姆斯一世时期人们对策士的普遍观点,这个梅拉克雷夫特把所有计划根据财务潜力贴上标签,然后放在麻袋里。那些现实生活中的计划,如考凯恩的染布计划、曼塞尔(Mensell)的玻璃制造计划,以及达德利(Dudley)各种用煤冶铁的尝试,在当时引起的不过是冷嘲热讽。其中的例外形式是垄断,它真正引起了当时人的强烈[反对]。

当然,在理论上,新的制造玻璃的方法只是计划,而垄断只是这个过程可以利用的工具,但策士们马上意识到,利润本质上来自垄断而不是玻璃制造——尤其当工艺尚未完善时。因此,他们也开始直接将目标朝向垄断,即使他们还不知道自己孜孜以求的可以提供些什么新的东西。他们通过垄断全面控制国家经济生活的其他方面,而对于詹姆斯一世时期的策士来说,他们获取利益靠的是在一些相当传统的经济活动中获得控制权,乔森笔下的梅拉克雷夫特的牙签垄断计划正是讽刺这一点。在内战之前,策士和垄断者的身份

---

① 关于蒙佩森,参 Robert Hamilton Ball, *The Amazing Career of Sir Giles Overreach*, Princeton: Princeton Univ. Press, 1939, pp. 3–19。

已经完全确定了，对他们的讽刺变成了谩骂。在1641年，海伍德（Heyhood）如此描述策士：

> 他们承诺用"蒙主隆恩"（Carolus Dei Gratia）［垄断专利的传统开放］这几个字来改革国家的一切弊端，就像江湖郎中说的，一药包治百病。①

在王朝复辟（Restoration）时期，垄断者实际上已被消灭，鉴于策士与垄断者的紧密关联，他们竟然还能幸存，这着实令人惊奇。虽然变了很多，但幸存的策士证明了这种企业家类型人物的坚韧性。王朝复辟后，策士的新活动中工商业成分比以前少了，更多的是纯粹的金融活动，这些新活动将在未来一百年中占据主导地位：银行、保险，最重要的是通过股份公司来组织经济生活。无论当时的主要盈利活动是什么，至少同时代人在谴责策士的"计划"上是一致的。新一代策士的代表人物巴尔本博士（Dr. Nicholas Barbon），他的活动包括投机建筑、保险和银行业务；尼尔（Thomas Neale），即"策士尼尔"，他娶了一位据说家产八万英镑的寡妇，他后来的事业包括建筑、银行、采矿、寻宝和彩票。② 巴尔本的建筑业和保险业很大程度上归功于伦敦的大火，尼尔在银行和彩票上的计划源于17世纪90年代政府迫切的财政需求，但两个人主要还是参与大量筹措股票的活动，尤其是那些与银行业有关的活动。斯图亚特王朝后期（Late Stuart）的策士，像詹姆斯一世时期的前辈一样有着特殊的计划和创意，但是正如詹姆斯一世时期策士的特征是垄断，他们的特征则是

---

① Heywood, *Machiavel*, C2r.；另参 Thomas Brugis, *The Discovery of a Projector*, London, 1641。

② *Dictionary of National Biography* 中关于巴尔本和尼尔的条目应当谨慎使用。关于尼尔的婚姻，参看 Latham and Matthews, *The Diary of Samuel Pepys*, 11 vols, London: G. Bell and Sons, 1970 - , V, 1, 184。

公司推广。复辟后不久,讽刺作家就注意到了这种新的"计划"方向。威尔逊(John wilson)的戏剧《策士》(The Projectors)描画了原始的股票买卖;巴特勒(Samuel Butler)笔下的"策士"(A Projector),解释了策士如何"在那些失败的计划和成功的计划中得到一样多的财富……因为当他吸引冒险家(Adventurers)来购买股份时,计划越早停止,对他越有利"。[①]

新的推销型策士,连同他的帮凶股票经纪人,在整个17世纪末越来越重要,但他们第一次变得举世瞩目是在17世纪60年代的投机浪潮中。英国经济史上这关键的十年里发生的大多数事件都可以追溯到威廉国王(King William)与法国的战争,而不是光荣革命(正如斯威夫特所暗示的那样),[②] 这场战争对经济的影响也许可以很快总结出来。本质上说,战争在长期内对海上贸易造成了灾难性破坏,使得英国与传统商品和原材料供应商的联系中断,同时释放了大量之前与航海及海外贸易有关的风险资本。尤其是在缺乏资金的国内市场上,这些资本在一系列高度投机的项目中被重新配置,这是那时专利申请和合资企业大量涌现的最重要原因,同时也为17世纪90年代赢得了"计划时代"(The Projection Age)的称号。[③] 1690年至1695年,英国共有93家公司,其中只有28家在1698年仍有还债能力,[④] 这揭示了当时经济的繁荣及随后的崩溃程度。欺

[①] 巴特勒的角色写于17世纪60年代,但直到很晚才发表。参看 Samuel Butler, *Characters*, ed. Charles W. Daves, Cleveland: Case Western Reserve Univ. Press, 1970, pp. 166 - 167。

[②] 见下一条注释,Project for the…Reformation of Manner, 1708, p. 453。

[③] 这个词出自 Defoe, *Essay on Projects* (1697),但这个词比较常用。斯威夫特在"Project for the… Reformation of Manner (1708)"中用到这个词。

[④] W. R. Scott, *The Constitution and Finance of … Joint - stock Companies to 1720*, Cambridge: Cambridge University, Press, 1910 - 1912, I, 356.

诈性破产的公司数量可能并不多，但失败者并不会去理会它们是不是欺诈公司。在繁荣时期，从事高端金融业不可避免地使策士获得了尊重，但在公众对他们欺诈、贪婪和腐败的谴责声中，他们的声誉又降到最低点。

在这一时期的大部分时间里，斯威夫特都密切注视着英国的形势，因而，在《木桶的故事》中，他借助一个名叫彼得（Lord Peter）的人物抨击策士的计划就毫不奇怪了。彼得"最终变成了策士"，例如，他的火灾保险计划不仅使人们变得放纵，而且还与从巴尔本的原始计划中衍生出来的许多现代保险计划密切相关。斯威夫特以一种完全个性化的方式，将罗马教会的高阶欺诈与策士的低阶欺诈联系起来，并通过对计划的强烈讽刺来强调这两者的相似性。它们"都给承办人带来了极大的好处，对公众来说，二者毫无区别。"① 尽管斯威夫特毫不意外地将讽刺的细节建立在更近期的，甚至是更大的投机热潮——南海泡沫事件上，但《格列佛游记》更新并强化了这种对投机型策士的攻击。

战争的结果是使策士比以往任何时候都更加臭名昭著，他所能获得的任何名誉都已全然毁掉。到处都有像笛福这样古怪的声音为一些"诚实"的策士辩护，这些策士的目的只是为他的计划谋取利益，但在公众眼里他们都是骗子，他们的计划都是骗人的，他们的利润来自掠夺不谨慎的投资者。然而讽刺的是，战争的第二个影响是通过突出一种新的策士类型而成就的，这种类型赋予"策士"一词以全新的意义，大家普遍认为策士的动机是高尚的，他们对经济利益毫无兴趣。我称之为"仁慈"的策士，正是以这种方式出场的。战争，尤其是它的巨额成本，有一个重要的影响，那就是凸显了英

---

① *The Prose Works of Jonathan Swift*, ed. Herbert Davis, 14 vols. Oxford: Basil Blackwood, 1939 – 1968, I, p. 67.

国货币、税收以及公共财政制度的长期缺陷。这场危机的最终结果是 1695 年的大复兴（Great Recoinage），以及诸如英格兰银行（Bank of England）和国债（National Debt）机构等经久不衰的经济机构的成立。然而，最直接的结果是针对国家经济各个方面的空前辩论。如 1693 到 1694 年关于重新征税及制定消费税的系列辩论，这场辩论也采取了正式的议会辩论形式，其公众化的表现形式是一系列的小册子宣传，尤其在 1695 年《许可法》失效之后，这种宣传达到了令人难以置信的程度。一个现代权威机构计算得出，仅在 1695 年和 1696 年这两年，就有 250 多份出版物只靠着这一主题就可以生存。①

由于金钱是这场辩论的最终根源，因而毫不奇怪，传统的策士很早就开始运行一系列计划，这些计划集国家利益和策士利益于一体。只需列出最臭名昭著的尼尔、布里斯科（Briscoe）、巴尔本和张伯伦（Chamberlen），他们总共出版了 75 份以上的出版物，其中大部分都与设立银行有关。然而，如此广泛的辩论吸引的不只是贪财者，从洛克（Locke）和达文南特（Davenant）这样的知识分子和经济学家，到未曾青史留名的人，有几十个人参加了这场辩论，他们根本不考虑个人利益。当然，尽管他们声称自己是真心实意地为大众谋福利，"策士"这个名字还是与他们联系在一起，而他们的计划可能带来的唯一回报就是满足他们策士的虚荣心。这些仁慈的策士确实是有钱和地位的人，他们非常鄙视传统的投机型策士，他们所以提出自己的计划，只是单纯相信自己比同胞更了解如何解决国家的复杂问题。这类计划中隐含的骄傲有目共睹，也使这类策士受到

---

① J. Keith Horsefield, *British Monetary Experiments* 1650 – 1710, London： G. Bell and Sons, I960, p. 37。除了研究银行业和再投资项目，Horsefield 还提供了当代经济文献的宝贵参考书目，参看 William Kennedy, *English Taxation*, London： G. Bell and Sons, 1913。

了嘲笑。

使他们受嘲笑的另一原因是计划本身的疯狂。一位作家——他承认自己的目的是为了牟利——为了解决铸币的问题，提出要把王国里所有剪边币都封在小铜盒子里，① 而在一个尝试征收婚姻税的时代，稍稍设想一下，就会将许多建议斥为不切实际。当然，比起金融计划上的欺诈，所有这些"慈善"计划并不都是愚蠢的，但相对理智的人所得到的并不比愚蠢的人多，因此，策士不是在浪费别人的时间就是在浪费自己的时间。如果说所有的投机型策士都是无赖，那么所有的慈善型策士就都是傻瓜。因此，当时的人把"策士"一词用在这两个非常不同的群体上，虽然内涵不同，但都有贬义——这一事实对讽刺作品非常重要，因为它解释了策士的形象如何体现对傻瓜和无赖的奥古斯都式（Augustan）讽刺，他们贪婪、骄傲而愚蠢。

笛福最清楚地表现了17世纪90年代的计划热，他在1697年的《计划论》是关于这一现象的经典著作。在《计划论》中，笛福不仅解剖并追溯了计划的历史（他追溯到挪亚方舟），而且还列出了一系列具体的计划，种类之多，令人难以置信。计划的范围从普通银行业到保险业，从女子学院到一系列军事学院，再到英国铁路系统的彻底改革和海员的劳务交换。其中一些计划的细节很可笑，但是其背后的改革动力却使人印象深刻。尽管笛福对银行业很感兴趣，也坚决维护投机型策士，但显然，笛福基本上属于"慈善"那类人——他是傻瓜，而不是无赖。诚然，灵猫（civet

---

① Herbert Davis, *The Drapier's Letters*, Oxford: Clarendon Press, 1935, p. 189；有种说法认为是 William Wood 提议的，这种说法听起来很有道理，但是由于 Davis 只提供了作者姓名的首字母"W, W"而伍德当时还是一个年轻的外省铁器商，所以这种说法值得怀疑。

cats）事件①的推测比许多讽刺作家编的故事更为怪诞。但从《计划论》中的计划来看，笛福计划的根本与其说是对利益的渴望，倒不如说是改革本身。笛福的作品展示了各种各样现在可以称之为"计划"（projects）的改革方案（plan），②但任何熟悉他职业的人都认为他是策士。

另一方面，坦普尔（William Temple）爵士是我们应该想到的最后一类策士，在 1701 年斯威夫特编辑并发表的《民众的不满》（*Of Popular Discontents*）第二部分，坦普尔透露了他也屈从于这个时代的计划精神。③ 此外，他的计划与笛福的计划没有什么明显的不同。坦普尔也有自己偏爱的土地银行和穷人救济计划，如果说他丰富的政治经验使他关于一人任一职和改革上议院（House of Lords）司法职能的计划可以受到尊重，那么，至少他通过对单身汉征税来解决人口不足问题的提议则和笛福那些建议一样愚蠢。但与笛福不同，坦普尔对自己扮演的角色表现出了后来斯威夫特表现出的自我意识。他的结论带有明显的格列佛风格："因此，我已经完成了这些无聊的政治幻想"——我们尤其回想起在早些时候的同一篇文章中，他将在人类事务中追求完美与 17 世纪最臭名昭著的计划

---

① Defoe 作为猫饲养员的灾难性经历，参看 T. F. M. Newton, "The Civet – Cats of Newington Green: New Light on Defoe," *Review of English Studies*, 13 (1937), pp. 10 – 19。

② 17 世纪 90 年代有很多道德改革计划，其中一些如友好社会计划在财务方面有可疑之处。参看 David Ogg, *England in the Reigns of James II and William III*, Oxford: Clarendon Press, 1955, pp. 530 – 537。

③ Homer E. Woodbridge, *Sir William Temple*, New York: Modern Language Assn., 1940, p. 222。这篇文章最初的写作年代大约在 1683 年到 1686 年，但斯威夫特在他的序言中评论说，这篇文章是"他自己修改并校订的；并设计为《第三杂记》（*Third Miscellanes*）的一部分，使我们可以想象其在 17 世纪 90 年代后期的最终修订"，我认为，至少坦普尔的一些项目是在晚些时候完成的。

做了对比:

> 一个完美的政府计划,犹如寻找万能药或哲人石(Philosopher Stone),遥遥无期且徒劳无益——那只是我们的想象,我们从未真正拥有。①

而格列佛很可能注意到了这个警告。

二

我专注于这个慈善型策士群体,因为斯威夫特本人有时属于——他意识到自己属于——这一群体。以尼尔和巴尔本为代表的传统投机计划对斯威夫特毫无吸引力,但他经常支持类似于坦普尔或笛福的那种改革计划。正是这样,他成了一个我所谓的"慈善"型的策士,他本人则认为他是"政治"(Political)型的。斯威夫特是慈善型策士,这可以从他在英国从政生涯的细节中——或者更确切地说,从他关于爱尔兰的著作中找到证据。他对自己策士的角色有深刻的自我意识,这种自我意识在他的作品中留下了印记,不仅体现在宣传册中的歉意上,而且在《格列佛游记》中成为重要的讽刺元素。②

无论是在他自己的改革规划里,还是在对待别人的计划上,斯威夫特都有弱点,这个弱点使他在职业生涯屡受挫折,值得注意的是,他最早发表的作品就是当时一个最愚蠢的计划的颂歌。此即邓顿(John Dunton)的《雅典墨丘利》(*Athenian Mercury*)计划,邓

---

① Sir William Temple, *Miscellanea*. The Third Part, London, 1701, pp. 94, 20.

② 在其他地方有证据,其中最重要的在 *A Modes Proposal*,斯威夫特在这里明显担任了设计家的角色,但我这里只限于讨论《格列佛游记》。

顿本人讽刺性地称之为"问题计划"。这是一份由神奇的雅典协会（Athenian Society）编写的期刊，年轻的斯威夫特称赞协会成员是"伟大、无名而崇高的人"，遗憾的是，成员中就包括持有异议的书商本人和他雇佣的两个姐夫。① 斯威夫特起初怀疑这"不过是适应时代的新蠢行"，结果这一怀疑被灾难性地证实了，使事情变得更糟的是邓顿公开采用"策士"的头衔，并将他的出版事业都称为"计划"。虽然是斯威夫特自己的错误，但他在《木桶的故事》中报复了邓顿，邓顿不仅名字出现在书中，他古怪的野心也被纳入出版计划中。如果说这一事件有什么教训的话，那就是斯威夫特就像哈雷政府（Harley ministry）那样，在有着最高的动机和最大的野心公共事务上一直存在弱点。仅仅将此视为早期斯威夫特在学术上的弱点，未免太客气了。

斯威夫特放弃诗歌而转向讽刺散文之后，就再没有写过像《雅典颂》（Ode to the Athenian Society）这样天真且热情的作品了。但是，这样的作品并没有完全消失，其中最糟糕的可能是1709年的《宗教发展和礼仪改革计划》（Project for the Advancement of Religion and the Reformation of Manners），这本小册子不仅自称是一项计划（斯威夫特唯一一次在标题中使用这个词），还在第一句中强调了这个事实：

> 我忧伤地注意到，在这个计划时代，却从未向公众提供改善他们宗教和道德方面的计划。

我知道有人认为这本小册子是《一项温和的建议》的前身，但

---

① 关于邓顿的计划，参见 The Life and Errors of John Dunton, London, 1705。关于《雅典墨丘利》，参见 Gilbert D. McEwen, The Oracle of the Coffee House, San Marino, Calif.：Huntington Library, 1972。

这无法令人信服。① 斯威夫特的抗议，如"我现在没参与疯狂的投机计划，但是这样的计划可能更容易被执行"确实带有讽刺意味，表明作者对策士身份的犹豫，但无可怀疑的是，书中的具体措施与他策士的偏好很接近。其核心是一条简单而危险的建议，即建议女王任命她仆人中有道德的人来推进宗教和礼仪改革。

就斯威夫特本人而言，他不会这么轻率地以为可以解决人类的罪恶问题，但这是慈善型策士的典型做法，他们的主要特点就是致力于寻找道德上的灵丹妙药。在那个时代，人类改革了礼仪，推广了基督教知识，在国外传播福音，当然会比我们这个时代更相信能够通过简单手段（如立法）改善人类道德，但即使在那时，斯威夫特的计划也以乐观著称。斯威夫特的《宗教发展和礼仪改革计划》含蓄地批评了辉格党，但这没有减轻他对自己一项特别愚蠢计划的愧疚感，这部作品也成了斯威夫特最沉闷的作品之一。

如果说斯威夫特用"为了获得青睐而做的愤世嫉俗的努力"来为这个计划辩护，那么，他同时期另一主要计划的小册子《关于纠正、改进和规范英语的建议》则不需要这样的辩护。建立一个英语学院的计划是这个方案的核心，这本身不愚蠢，似乎也切合实际，斯威夫特采取了此前几乎从未尝试过的做法，即将这个规划纳入自己名下，这标志着他对此完全负责。尽管这个学院提案没有遭遇斯威夫特的道德计划必然会遭遇的反对，但它仍可能被贴上"计划"的标签，它的提出者也会被当成策士而受到攻击。首先，这个计划并不新颖，笛福在《计划论》中将其列为几十个可疑的计划之一；

---

① 比如 Maurice Quinlan, "Swift's Project for the Advancement of Religion and the Reformation of Manners", *PMLA*, 71 (1956), pp. 201–212; Leland D. Peterson, "Swift's Project: A Religious and Political Satire," *PMLA*, 82 (1967), pp. 54–63; Philip Harth and Leland D. Peterson, "Swift's Project: Tract or Travesty," *PMLA*, 84 (1969), pp. 336–343。

其次，这个计划再次出现是在 1712 年，在托利党首席宣传员给托利党财务大臣（Tory Lord Treasurer）的一封信里。于是，这封信被当成政党宣言而遭受批判，其中宣扬的无私也备受嘲笑。斯威夫特意识到他可能会惹人不快，但他在总结小册子时的否认太过三心二意，甚至于只强调了他的策士身份：

> 但是我忘了我的身份。我发现自己无意中成了一个策士，尽管这是我最不愿意在阁下面前显露的角色之一。

当然，**辉格党毫不留情地攻击这一点**，例如奥尔德米克森（John Oldmixon）针对这个计划写的《反思》（*Reflection*）就屡次回到对计划的指责上。其实，对他来说，建立学院只是托利党一系列计划中的最新一个。他写道："他们建立一个学院的计划，是一种类似于在月球上定居或进行贸易的空想。"他也几乎不加掩饰地提到了托利党南海公司（Tory South Sea Company），同时代的人不会忽视这一点。但是，在奥尔德米克斯使用的所有贬低性术语中，最能说明问题的一定是"空想"（chimerical）这个词。斯威夫特在《关于纠正、改进和规范英语的建议》中署名，认为自己虽然会被当今的辉格党当成策士攻击，但以后一定会被尊为开国元勋。"策士"作为一个标签经常被恶意地贴在提出新建议的人身上，但这个标签在他们的想法得到实施后就会消失。"策士"的实质是他们的计划一无所获。笛福是一个策士，他的计划只能在书页打印出来而已，但学院的建立则会使斯威夫特成为公众的恩人。学院的建立会让他证明自己，并使他在与辉格党的斗争中笑到最后。不幸的是，学院计划最终必然落空，这将证明辉格党嘲笑他为"空想"策士是对的。人们知道斯威夫特一定很害怕这种嘲笑（也知道之前有多少关于学院的讨论），他们很难相信他在没有得到哈雷（Robert Harly）的保证之前就提出了他的建议。倘若如此，他就是受到了残忍的背叛。

我强调《关于纠正、改进和规范英语的建议》这一案例，不仅仅因为它明确无误地展现出斯威夫特的策士身份，还因为它可能总体上代表了他的政治经验。建立学院是一种理想主义的计划，这对斯威夫特很有吸引力，而他是在一个后来背叛了他的政府部门的鼓励下，公开地、真诚地接受了它。在他参与牛津公爵内阁（Oxford ministry）的整个过程中，这种模式一直在重复；他们鼓励斯威夫特接受和宣扬那些既理想化又简单的政治观点，而这些观点最终又被事实证明不可相信。只是因为他缺乏经验，而那些领导人更加愤世嫉俗，斯威夫特才持有这些观点，但当他在他的著作中将这些观点强加给国家时，他实际上扮演了危险的政治型策士的角色。

哈雷的天才部分体现在，他使斯威夫特相信（也许正如他使斯威夫特相信学院的创建迫在眉睫），他领导的温和的托利党高于所有党派，是一切有思想的英国人的联盟，是斯威夫特所坚持的教会和国家的所有原则的体现。这当然是一个神话，但这是一个斯威夫特拥护的神话，他在《审查者》（*Examiner*）杂志上、在一本又一本的小册子里宣扬这种神话。哈雷是他解决国家弊病的万灵药（Universal Elixir），很少有庸医能超越斯威夫特宣扬其政治万灵药时的热情。不幸的是，哈雷只给斯威夫特为他树立的大量理想提供了微不足道的支持。斯威夫特在1711年称赞哈雷这位大臣"用已被遗忘的职责和尊重对待他的君主"，但女王却抱怨说，"他对她举止粗鲁，不礼貌，不尊重"，因此，这位大臣在1714年被解雇了。

无论如何，到1714年，斯威夫特的理想政治破灭了。这个"高于党派的党派"已经闹出了一连串乱子，斯威夫特自己也放弃了这毫无希望的事业。那些小册子的作者一直在真诚地否认辉格党对托利党詹姆斯党（Jacobitism）的指责，对于他们来说，博林布鲁克（Bolingbroke）逃往法国似乎是最后的打击。接下来斯威夫特在政府部门中做了什么？在将近四年的时间里，他一直在宣扬他认为的新政治计划和政治理想。其中一些，像托利党吹嘘的他们对汉诺威王朝（House of Hanover）的忠诚，现在被揭露为根本不切实际，其余的只能说，就像他的学院计划那样，没有任何结果。斯威夫特的敌人自然认为他有政党意识，并把他的所作所为当成托利党的罪行，而斯威夫特知道自己的行为完全是出于好意，并他其实也是一个上当受骗的人，这个认知对他来说是一定是一个小安慰吧。斯威夫特将自己看成政治型策士，因为他像这类策士一样，宣扬复杂问题的简单解决方案，而理想的实现却遥遥无期。

"上当受骗的"（Dupe）和"策士"是两个很重的词，但我相信它们准确地反映了斯威夫特自我意识的一个方面。他以一种更为乐观的情绪看待牛津公爵内阁，因为它在激烈的反对下赢得了伟大和平；也正是因为这种乐观情绪，斯威夫特继续为牛津公爵做贡献，还写出了如《女王最后四年的历史》（*The History of the Four Last Years of the Queen*）等公共宣言。不过，更重要的是一种更黑暗的情绪，不仅仅因为它在斯威夫特职业生涯中占更大比重，更因为正是这一点，而不是斯威夫特自以为是的乐观正义感，出现于18世纪20年代的讽刺作品中。

《格列佛游记》对政治型策士的讽刺，以斯威夫特作为托利党在安妮女王统治下的政治经历为基础，更值得注意的是，他在1714年之后并没有放弃制定计划。实际上，他首次公开参与爱尔兰事务就是一项相当明确的计划，即《1720年关于普遍使用爱尔兰产品的提议》（*The Proposal for the Universal Use of Irish Manufacture of 1720*）。这本关于计划的小册子是斯威夫特在经济领域的第一篇文章，作品猛烈攻击了辉格党政府，从斯威夫特后期作品中不断重复这些提议可以看出，这是一项严肃的计划。这本小册子从历史和法律的角度详尽阐释了他的计划，斯威夫特敦促爱尔兰人在自由受到限制的情况下采取对他们有利的行动。这个计划只要求它的读者具备常识，但这个计划过于乐观以至于彻底失败，斯威夫特可能面对的不仅仅是起诉（就像他的印刷商那样），还有嘲笑。

他持久而痛苦的失败感在《布商的信》第一封第一段中有明显的体现：

> 大约四年前，我写了一本小书，提议人们穿上乡土产品（Manufactures of this our own Dear Country）；没有别的意图……可怜的印刷商被起诉了两年，受到了最大程度的暴力侵害。这是为那些织工写的书，他们甚至也出现在陪审团中，认定他是有罪的。当好心受到无视甚至招致了痛苦，任何人都不会竭力帮助他人了；当他能想到的只有他本人的危险（danger to himself），被罚款和监禁，也许他这个人就毁了。

尽管这段雄辩式的文字体现了斯威夫特的挫败，但《布商的信》整体上证明了他在自己计划上的强烈冲劲。斯威夫特再一次感到自己比同胞更擅长处理公共事务，并且他不得不把这事告诉他们，因为文中接着说："然而，我不得不再次警告你，如果你不照我说的做，等着你的显然是毁灭。"讽刺的是，这个德拉皮埃（Drapier）与伍德（William Wood）之间的战斗故事，是"慈善型"策士和传统盈利型策士的斗争。令人震惊的是，斗争以前者的胜利告终，但假如没有这个至关重要的成功，斯威夫特是否还能在《格列佛游记》以讽刺的眼光看待自己的灾难性计划呢？

三

我相信我对计划"慈善"的一面已经说得够多了，斯威夫特对它的矛盾态度再次体现在《格列佛游记》第三卷。在巴尔尼巴比

(Balnibarbi)，尤其是在格拉多大学院（Grand Academy of Lagado），我们看到斯威夫特描述了那段历史，并剖析了所有计划，从辉格党对国家的大规模欺诈，到斯威夫特那个可笑的、无关紧要的"政治"计划。正如笛福在《计划论》中写的那样，他以计划兴起的时代为开端：

> 大约40年前，有人因为有事，也许是为了散散心，到勒皮他（Laputa）上面去了。他们在上面住了五个月，虽然只带回来一点一知半解的数学常识，却从那高空地区沾染上了十足的轻浮之风。这些人回来以后就对下方一切事物不喜欢起来，他们开始计划为艺术、科学、技术另创新的规模。①

由于凯斯②认为大学院代表皇家学会，他把这一段误认为是1660年皇家学会成立时的写照。但是，斯威夫特文中的日期暗指威廉玛丽（William and Mary）登基的日期，③他1712年《联盟的行为》（*The Conduct of the Allies*）更进一步揭示了讽刺的意义。谈到光荣革命的后遗症，斯威夫特写道：

> 大约在这个时候，我们开始有了不顾利息借数百万元的习惯，人们认为一两次战役之后战争就会结束，税率很低，合同中的债务可以在几年内就轻松偿还，不会增加负担。但是，采取这一权宜之计的真正原因是新君主还没有坐稳王位。人们受到高额溢价和利息的诱惑愿意放贷，这也使他们愿意维系他们

---

① ［译按］斯威夫特，《格列佛游记》，张健译，页158。
② Case, *Four Essays*, pp. 87-88.
③ ［译按］1688年，英国光荣革命；次年，议会罢黜了国王詹姆斯二世，宣布詹姆斯二世的女儿玛丽二世（Mary II）和她的丈夫威廉三世（William III）正式成为英国的共治君主，确立君主立宪的政治制度。

的钱财所信托的政府。这是个可憎的计划,据说提出计划的人现在还活着,他活着就是为了看到这项计划一些致命的后果,而他的子孙辈却看不到结局。①

这是斯威夫特最珍贵,最常被提及的理论之一,他在另一个地方接着指出"提出计划的人"及其想法的出处:

> 据说是现任索尔兹伯里主教[博内特(Gilbert Burnet)]发现的那种权宜之计(这是他在荷兰学的),以税收为担保来筹集资金,而这笔资金只够支付一大笔利息。②

勒皮他在这里暂时充当斯威夫特一直讨厌(想想那艘斯威夫特命名为"安博伊纳"[Amboyna]的船只)的联合省,对他来说,这里是共和国所有计划的源头。辉格党计划设立国家债务(National Debt)机构,并创办英格兰银行,为国家债务提供主要资金来源,从而将宪制推上一个新台阶。这一段描述英国计划的起源,和我们在上文的说法并不完全一致,但是有充分的证据表明斯威夫特相信这种说法。对于斯威夫特来说,辉格党的典型特征是为了纯粹的政治利益(或仅仅是个人利益)愿意出卖国家经济。在斯威夫特看来,正是这一点,使辉格党成为一个派系(faction),而非一个政党(party),也使头号奸商沃顿伯爵(Wharton)成了辉格党的傀儡。此外,辉格党的政治根源,他们的贿赂腐败行为,以及剥削整个国家的目标都令人讨厌,而他们最新最可怕的计划则与此完全一致。当然,这就是南海泡沫事件,在第三段航行中贵族孟诺第(Munodi)

---

① *Prose works*, VI, 10。这几乎是对早期 *Examiner* 中一篇论文的解释,详见 *Prose Works*, III, 6-7。

② *Prose Works*, VII, 68.

磨坊的故事里，斯威夫特再现了这一事件。

凯斯将这一事件解读为哈雷领导建立（establishment）这个公司，这当然不正确：不是十五年前，"而是七年前，一个策士向他提议毁掉这个磨坊，再重建一个"。① 也就是说，不是在 1711 年，而是在 1719 年，正是在这一年里，辉格党决定将托利党无懈可击的公司变成一个夸张的、令人迷惑的腐败的发源地，并陷入灾难性的债务转换危机。② 斯威夫特描述了计划现象的起源以及它最新的表现，即南海泡沫事件，他指出这是腐败的政府和国王（在南海泡沫时期国王是南海公司的管理者）面向全体人民施行的全面计划。在《宗教发展与礼仪改革计划》中，斯威夫特的建议充满轻佻的反讽，基于这一反讽，此处"更高级"的计划对于学院里罪行较轻的人来说是一个糟糕的榜样。因此，这是一个有其秩序的过程，从最严重的大规模公众计划，到小的投机计划，而这正是完全愚蠢的慈善型策士的"责任"。

在学院的第一部分［情节］中，我们会发现"泡沫"时代那些较低级的策士的影子，他们的计划是对他们"知识"世界的模仿，这还会让我们想起《木桶的故事》中的疯子。尽管斯威夫特对这个群体有意使用了"策士"一词，但批评家们还是仅仅视他们为表演家（virtuosi），批评家们仍然没有注意到，当戏仿走向极端时，策士和表演家的疯狂计划会趋于相似。尽管已有很多人指出策士和皇家学会的联系，但我赞同凯斯③的观点，即他们首先代表了 18 世纪 20

---

① ［译按］斯威夫特，《格列佛游记》，张健译，页 154。
② Case, *Four Essays*, pp. 88 – 89. 仅仅从失败的大多数来看，南海泡沫事件才是一场灾难。对于少数有内幕消息的人，尤其是政府的金融机构来说，该事件却是有利可图的，也是成功的。认识这一点非常重要。参看 P. G. M. Dickson, *The Financial Revolution in England*, London：Macmillan, 1967, pp. 93 ff. 。
③ Case, *Four Essays*, p. 90.

年代早期的投机者。疯狂的表演家,即使在最极端的情况下,也只是对他自己有威胁,而拉格多的策士就像他们的伦敦同行,因其欲望和毁灭而威胁到整个国家。举个例子,从黄瓜中提取阳光的做法很著名,它可能源于一些科学上的愚狂,但它也许与土地安全(Land Security)和石油专利(一种从萝卜中提取石油的方法)等广为宣传的泡沫有着同一渊源,在经过几个月的新闻报道之后,1723年,法庭终于结束了这一切。① 面对来自斯威夫特式对手的抱怨,现实生活中的策士当然有充分的理由来回应:"他的股票跳水了。"

然而,我关心的不是学界经常研究的这些"机械学"(mechanic)策士,而是跟随他们的"知识分子"(intellectual)策士。很明显,他们之中的一些人是斯威夫特研究者们的目标;写作架子的发明者和那位教学生摄食来获取知识的数学学校校长,都以最大的热诚寻找知识上的无用之物。但是,在语言学校,我们发现一个稍微不同的线索:

> 他们的第一个计划是简化言辞。他们的方法就是把多音节词缩为单音节词,把动词和分词省掉,因为事实上可以想象的事物都是名词。②

这明显将攻击的矛头对准了当时某些哲学和语言学走向,学校里的其他计划也全是愚蠢的想法。但是,在开怀大笑之前,我们还必须意识到,拉格多学院那些计划使我们稍稍想起斯威夫特自己的

---

① 在1722年7月到12月,设计家拼命在 London Journal 之类的杂志上刊登广告,他们拼命回购股份(以低价)来防止被起诉。判决书参见 Reports of Cases in Chancery, ed. William Peere Williams, London, 1740, II, 154–157。

② [译按]斯威夫特,《格列佛游记》,张健译,前揭,页165。

语言修正计划。诚然,策士的目的是人为地迫使语言发生变化,但人为地保护语言,就其内在而言,难道不是更愚蠢吗?斯威夫特的经历告诉他,无论如何,两者都是异想天开,我们必须记住,哪怕计划的意图良好,只要不切实际,就是荒谬的。

正是这种不切实际、荒诞而愚蠢的感觉,让讽刺的基调和焦点发生了根本转变,这种转变发生在学院那两个章节第二章的开头。

> 我在政治策士学院受到了冷遇。照我看来,学院里的教授已经完全失去了理性,看到这种情景我不由感到悲伤。这些郁郁不乐的人正在提出规划:劝说君王按照个人的智力、才能和德行来选择宠臣;教导大臣考虑公共利益;奖励立下了功勋、才能出众和做出出色贡献的人;指导君王把自己的真正利益与人民的利益放在同一基础上加以认识;提拔能力胜任工作的人担任官职。他们还提出了一些荒诞不经、无法实现的空想,都是以前人们从来没有想到过的。这使我更加相信一句老话,这句话就是:凡是夸张悖理的东西,无不被一些哲学家视为真理。([译按]同上,页167)

在这里,斯威夫特将他全部的讽刺力量转向了自己,还有那些愚蠢地在人类身上寄托不合理希望的潜在改革者。无需提醒,我们就会想起,"劝说君主按照个人的智力、才能和德行来选择宠臣",这正是斯威夫特自己在《宗教发展和礼仪改革计划》中所做的,而其他项目也都是依据他自己的政治信条。讽刺的目标清晰无误,这个目标将我们带回了访问学院之前那个奇怪的句子:

> 我的贵人向朋友称道我是一位崇拜发明,好奇而轻信的人。他这话的确不无道理,因为在青年时代,我自己也是一个策士之流的人物。([译按]同上,页159)

格列佛的职业生涯中没有任何东西能支撑这样的自述，但斯威夫特的一生中有很多这类东西。我们也许会期待，格列佛出于自己的立场对学院部分第一章（［译按］即第三卷第五章）中的计划幼稚地表示认同，但奇怪的是，他并没有认同。他的叙述几乎都没有表示赞同或者反对，相反，他只是简单模仿目标，没有刻意突出讽刺。我想其中的原因现在已经很清楚了，讽刺在政治型策士部分才开始出现，他们的乌托邦计划使人想起了斯威夫特自己的计划。格列佛对这群人只是嘲笑，因为在某种程度上，他和他们一样。但是，他讥讽这部分的政治型策士："他们都没有远见"；最终，他转向了讽刺以天真和热情认可纯粹愚蠢的行为，而这是斯威夫特最喜欢的讽刺策略之一。格列佛的立场从中立到拒绝善意，再到空洞的赞同甚至是参与其中，"作者提出了一些改进意见，并受到了好评"，这个过程对《格列佛游记》作为一个整体来说非常重要，因为这预示着格列佛在面对慧骃的时候会转变成一个拥有改造世界计划的慈善型策士。

最终赢得格列佛认可的那些政治型策士的计划，也是学院提供的最有趣的计划，这或许是因为，斯威夫特在这里提供的反讽性的解决方案，是针对他亲眼所见的问题，而不是嘲笑他只在远处了解的科学世界和金融世界。① 例如，那场邻居征收的罪恶税或自己征收的美德税之间相对收益的辩论，是在模仿当时每一个政府都关心的重要税收辩论。各种各样的策士都特别关注新的征税方法，斯威夫特亦然，哈雷不可能没有和斯威夫特分享他作为财务大臣收到的一些更滑稽的提议。实际上，学院的许多计划都与斯威夫特自己努

---

① 例如，参见斯威夫特1714年7月3日对阿布斯诺特（Arbuthnot）关于斯克里布勒斯（Scriblerus）项目的抗议："与科学有关的一切都来自你。"（*Correspondence*, IL 46）

力解决的问题有关。例如，斯威夫特认为党派或派系问题是政治冲突的根源，而小说就以18世纪的裂脑手术解决了这个问题，其中最有趣的是如何解决健忘的问题：

> 医生就又建议：任何人谒见首席大臣，简单明了地报告完公事之后，要辞退的时候，应该拧一下这位大臣的鼻子，或者踢一下他的肚子，或者踩一下他脚上的鸡眼，或者把他的耳朵扯三下，或者把一根针扎进他的臀部，或者把他的手臂拧得青一块紫一块，这都为的是使他不至于忘记。每当他上朝的日子就来上这么几手，一直等到他把公事办好，或者坚持拒绝办时才停止。（[译按]同上，页 167–169）

每一位《致史黛拉书》(Journal to Stella) 的读者都知道斯威夫特对这个问题感受有多深，那些只在《格列佛游记》中看到斯威夫特赞扬其政治战友的批评家应该注意，使斯威夫特受伤的是哈雷，而非沃波尔（Robert Walpole）。

这是斯威夫特最后一次在格列佛角色转变的过程中详细提及自己的政治计划，即那些现实问题的反讽性解决方案。在对情节的总结性讨论中，格列佛"提出改进意见"，这时，他转变成了一个政治型策士，而且，在《格列佛游记》接下来的部分中，尤其是最后回家的时候，他也会偶尔扮演这一角色。当然，第三次航行在任何意义上都不是一个统一的整体，试图将其中所有事件，哪怕只是学院那几个章节都归入一个讽刺计划是愚蠢的。但是，忽视斯威夫特在讽刺策士时所使用的自我模仿同样是愚蠢的，尤其是这种自我模仿具有延续性，它是第三次和第四次航行之间的纽带。

格列佛在学院中接触到了政治计划，在他与斯特鲁布鲁格相遇时，他第一次感受到了计划的狂热。他认为那是人类智慧的宝库，并对此欣喜若狂，在解释它们的巨大吸引力时，他表现出天真的理想主义：

> 特别对我来说，更是如此，因为我常常喜欢设想，如果自己是一位国王、一位将军或是一位大贵族，我应该做些什么事。（［译按］同上，页188-189）

这不是格列佛第一次作为一个"好奇而轻信的人"出现，只是这次他改造社会的雄心体现得最明显。此外，他承认自己渴望"培养、教导有希望的青年的心灵"（［译按］同上，页189），这是一个新的令人不安的注意点。实际上，格列佛已经坦率地转变成了政治型策士，斯威夫特在他的雄心壮志中加入了策士的梦想：

> 我一定会看到黄经、永恒运动和万应灵药等等的发现，以及其他许多尽善尽美的发明。（［译按］同上，页190）

幸运的是，周围有人指出斯特鲁布鲁格人远不是什么智慧的宝库，他们只是古老而已。在第四卷中，格列佛应该知道慧骃们只是马。格列佛认为他在第四次航行中发现的东西等于伦理上的万灵药或哲学家的炼金石。对他来说，慧骃代表了道德上的万能药，他寻求这种万能药，就像贝克莱（Berkeley）主教专注于提取焦油水（Tar Water）。① 当然，在慧骃国，格列佛那自己承认的自卑和他对雅虎的厌恶，意味着他和策士一样为成见（idée fixe）所拘囿。然而，在他被迫返回英国之后，道德的平衡颠倒了，至少在格列佛自

---

① ［校注］1740年代，爱尔兰饥荒疾病流行，贝克莱在美洲殖民地听说的"焦油水"可以治病，甚至是一种万灵药。所以贝克莱专门研究了提取和治疗方案，详参贝克莱的《西利斯》（曹曼等译，北京：商务印书馆，2000）以下几个章节："焦油水的制作、服用与性能""焦油提取法""植物解剖学和生理学""焦油水的药用功效"等。

己看来,比起他的同伴们,他在处理人类事物上要高明得多。因此,他出版了自己的游记:

> 我著书的目的是极为高尚的,我向人类报导所见所闻,并且教导他们。我说这样的话并不能算是不客气,我可以说自己比一般人要高明一些。([译按]同上,页270)

就像他之前或之后数以千计的策士那样,他"唯一的意图是公共利益",他和他们一样大声疾呼自己的无私。他自己说:"我著书既不为名,也不为利。"([译按]同上,页270)格列佛的"最高"计划与伪科学和商业欺诈无关。尽管《格列佛游记》结尾受到嘲笑的那些计划不够谦虚,但完全是出于要改造我们同胞并使其变得更好的善意。格列佛在出版游记时之所以感到愧疚,不是因为那是伍德的计划,而是因为那是斯威夫特自己的计划。

我们在上文已经指出斯威夫特如何在第三卷的学院章节中嘲笑自己的政治计划,但是在第四次航行的结论部分,他自我讽刺的程度更深了。作者在这里嘲笑的与其说是《关于纠正、改进和规范英语的建议》的作者,不如说是《格列佛游记》的作者——不仅仅是策士,也是作为策士的讽刺作家。最后,讽刺作家将矛头对准了典型的策士空想的计划,幻想破灭的格列佛说道:"不然我就不会想出这样荒谬的计划,企图改造这个王国里的'雅虎'种。"([译按]同上,页5)斯威夫特正是以如此愤世嫉俗的心情完成了《格列佛游记》的创作,无论从外部证据,还是内部证据,我们都能看出他讽刺作家的角色。正如他在1725年8月写给福特(Charles Ford)的那段极具讽刺意味的话:

> 我已经完成了我的游记,我现在正在抄写它们。它们令人敬佩,并将奇妙地修复世界。(*Correspondence*, III, 87)

作为讽刺作家，修复世界是斯威夫特的隐含目标，但是，格列佛在经历了六个月的失败之后已经"完全放弃这样虚妄的计划"，①而斯威夫特却永远无法放弃他明知无望的计划。格列佛在慧骃中找到动人之处后变得憎恨人类，斯威夫特则没有这么容易的解决办法。如果说他也能"憎恨和厌恶那个叫人的动物"，那他仍然面对着一个不可回避的事实："我热爱约翰（John）、彼得（Peter）和托马斯（Thomas）等人。"② 这使他注定成为一个策士。众所周知，《格列佛游记》最终的讽刺具有种超凡脱俗的力量，这力量来源于它的"普遍性"。这个词不太明显的推论是：它必须包括可怜的、被欺骗的讽刺作家本人，因为讽刺本质上是所有计划中最疯狂的一个——它是一个改造世界的计划。

---

① ［译按］斯威夫特，《格列佛游记》，张健译，前揭，页5。
② ［校按］斯威夫特致蒲柏信，1725年9月29日。

古典作品研究

《克力同》中的守法与正义

张 逸

问题的提出

苏格拉底,这个最好、最明智、最正义的人,[①] 因受败坏青年和渎神的指控而被雅典人投票判处死刑。苏格拉底的朋友克力同在苏格拉底行将被执行死刑前到监狱劝其逃亡,两人此时的对话触及一个对于法哲学而言具有根本性意义的问题:为什么每个人都要服从法律?

柏拉图在他的哲学戏剧《克力同》中让克力同以友爱、家庭、大众意见和德性之名劝苏格拉底越狱,但是苏格拉底并没有被克力

[①] 《斐多》118a15。参见刘小枫,《柏拉图四书》,北京:生活·读书·新知三联书店,2015,页552(柏拉图作品随文标注斯特凡编码,下同)。

同说服。即使苏格拉底毫不怀疑针对他的判决是不公正的,① 他还是决定留在监狱以生命为代价成全对法律的服从。苏格拉底似乎在该篇对话中提出了一种关于公民服从的理论,这一理论允许公民对城邦法律提出异议,但绝不允许公民不服从城邦法律。然而,这就与《申辩》(Apology of Socrates)中的苏格拉底产生了不一致。在《申辩》中,苏格拉底相信从事哲学是"神派给他的职务",他不会因为雅典法律的要求而放弃哲学。②

此外,三十寡头曾命令苏格拉底将萨拉米斯的赖翁处死,苏格拉底认为这是不正义的,因而拒绝执行命令。假如不是三十寡头很快被推翻,苏格拉底很可能为此付出生命的代价(《申辩》32b-d)。就此事而言,苏格拉底不正是在以正义之名拒绝服从法律吗?如果以《克力同》中法律讲辞的正义标准审视苏格拉底的这次行动,它不就是不正义的吗?再者,《克力同》自身是前后一致的吗?因为即使是恶法也应无条件服从这一观点,显然与苏格拉底在该篇对话中提出的以下两个原则相冲突:在任何事情上我们都应当听从内行

---

① 据色诺芬的《苏格拉底在法官前的申辩》,苏格拉底曾以一种极具悲剧色彩的幽默表达了他对判决公正与否的看法,"这时在场的阿帕拉多拉斯是一个非常热爱苏格拉底的人,但在其他方面头脑却很简单,就说道:'可是,苏格拉底,看到他们这样不公正地把你处死,这是令我最难忍受的。'据说苏格拉底用手抚摸着他的头,同时微笑地问道:'亲爱的阿帕拉多拉斯,难道你希望看到我公正地而不是不公正地被处死吗?'"参见色诺芬,《回忆苏格拉底》,吴永泉译,页196(以下简称《回忆》,随文标注编码)。在《高尔吉亚》521e,苏格拉底将对自己的审判比作一个治病者受到一个烹调师的指控,而法官则由一群小孩子组成。参见李致远,《修辞与正义——〈高尔吉亚〉译述》,成都:四川人民出版社,2021,页534。

② 《苏格拉底的申辩》29c-d。参见柏拉图,《苏格拉底的申辩》,吴飞译、疏,北京:华夏出版社,2017,页111。

而非大众的意见以及绝对禁止作恶。①

如果《克力同》的目的，如多数读者的理解，是要确立对法律的严格服从，那么前述问题就难以回答。难道柏拉图能允许他的恩师在他笔下出现如此明显的矛盾吗？答案显然应当是否定的。因此，如何理解《克力同》就成了一个严肃的问题，它将直接影响到我们对柏拉图法哲学核心问题的理解，亦即在柏拉图笔下的苏格拉底那里，哲学、正义和法律的关系究竟是什么。

《克力同》的文体

一般而言，我们可以通过一个人说过的话和写下的文字来了解其思想，如我们可以通过亚里士多德的著作了解他的思想和观点，但对于柏拉图，这种方式就失效了，因为柏拉图本人从未在他的对话录中说过一句话。② 当柏拉图笔下的波勒马霍斯说正义就是扶友损敌时，我们不能据此认为，这就是柏拉图本人的观点。

就文体而言，《克力同》并非一篇论文，而是一部哲学戏剧，展现了对苏格拉底和克力同之间对话的摹仿。③ 戏剧形式的一个特有优点是它为各种观点有说服力的表述提供了机会，而无需迫使作者对其中任何一种观点表态或给予系统性答复。④ 但相应地，在这样

---

① 《克力同》46e–48b，49b–e。参见程志敏、郑兴凤，《克力同章句》，北京：华夏出版社，2017，页11–13，14–15。

② Leo Strauss, *The City and Man*, The University of Chicago Press, 1964, p. 50。

③ 《诗术》1447b10。参见陈明珠，《〈诗术〉译笺与通绎》，北京：华夏出版社，2020，页138（以下随文标注编码）。

④ 布伦戴尔，《扶友损敌：索福克勒斯和古希腊伦理》，包利民等译，北京：生活·读书·新知三联书店，2009，页12。

的对话里，我们就很难分清什么是"柏拉图的观点"——除非我们是指柏拉图认为有哪几种观点，以及如果选择其一就要放弃什么——这本身也不是一件简单的事情。我们时常总得进一步问柏拉图的观点是什么，他更倾向于哪一种选择，放弃这种讨论柏拉图的方式无疑是错误的。① 因此，为理解柏拉图潜藏在戏剧面纱下的真实观点，我们至少应当注意如下两点。

第一，我们从对话中解读出的内容应当与对话参与者的性情相一致。对于一部戏剧而言，人物的性情预示了其可能作出的抉择（《诗术》，1450b）。柏拉图显然深刻地意识到了这一点，因此在他的一系列作品中，对话参与者都不是随意安排的。在两篇狱中进行的对话中，柏拉图安排苏格拉底与西姆米阿斯（Simmias）和刻贝斯（Cebes）讨论死亡的本质，是由于这二人属于毕达哥拉斯学派成员，柏拉图试图向我们暗示毕达哥拉斯学派的科学精神对于我们反思人生问题同样具有重大意义。

> 当柏拉图让濒临死亡的苏格拉底与代表当时科学的毕达戈拉斯主义者进行谈话时，其用意非常明显。它表明柏拉图看到，把苏格拉底所代表的道德反省与毕达戈拉斯所代表的科学知识结合起来，这是他自己的任务。实际情形将会证明：毕达戈拉斯派的科学对于苏格拉底让我们慎重思考的重大人类问题来说并不是无足轻重的。②

与克力同讨论是否有必要遵守法律，则是考虑到克力同与苏格

---

① 纳斯鲍姆，《善的脆弱性：古希腊悲剧与哲学中的运气与伦理》，徐向东、陆萌译，南京：译林出版社，2018，页128。
② 伽达默尔，《伽达默尔论柏拉图》，余纪元译，北京：光明日报出版社，1992，页26。

拉底的特殊关系以及克力同本人属众的性情。关于这点，笔者将尝试在后文作更具体的解释。总而言之，把握克力同的性情对于理解这篇以其名字命名的对话具有与把握苏格拉底的性情同等的重要性。

第二，由于柏拉图的哲学戏剧将人们生活的具体处境与哲学论说连接起来，这就要求其读者不但要具备逻辑的敏锐，更需要诗性的敏感。① 作为读者，我们必须意识到自己只是戏剧的听众，无法完全设身处地理解对话的语境。任何戏剧都只能部分地揭示参与者的性情，因为戏剧的发展是动态的，它的内容取决于参与者之间的互动。参与戏剧的角色和戏剧的背景一旦被设定，戏剧的发展就主要是自我推动的，甚至是作者本人都不能任意设计情节。

就此而言，戏剧并不是阐释哲学的理想文体。在戏剧进行的过程中，角色通常只能在语境允许的范围内有限地明示他们的处境，读者作为戏剧的听众，只能间接地参与到戏剧中。因此，我们必须对言辞不同层面的含义保持敏感，通过字里行间的阅读，意识到什么是作者已经说出的，什么是作者未能说出或刻意不说出的，以及它们之间的关系。这样，我们才可能理解《克力同》中"被表现并同时被隐藏的真正意义"。②

苏格拉底之梦

柏拉图的作品中，场景总是预示着内容。③ 在《克力同》的开篇，我们看到苏格拉底刚睡醒，克力同此时为自己的朋友即将被处

---

① 郝兰，《哲学的奥德赛：〈王制〉引论》，李诚予译，北京：华夏出版社，2016，页26。

② 伽达默尔，《真理与方法：哲学诠释学的基本特质》（上），洪汉鼎译，上海：上海译文出版社，2004，页217。

③ 郝兰，《哲学的奥德赛：〈王制〉引论》，页58。

死而感到十分痛苦，苏格拉底告诉克力同，他刚做了一个梦，这个梦预示行刑的具体时间应在后天而非明天，梦中一个白衣丽人说："苏格拉底，你第三天就到富饶的佛提亚来吧。"（《克力同》44a10–44b）克力同认为这是一个怪梦，而苏格拉底却认为这个梦非常明晰。然而，正当我们期待苏格拉底对这个梦作进一步解释时，关于梦的讨论却戛然而止，克力同没有追问苏格拉底为什么说这个梦是明晰的，相反，他放弃了自己关于这是一个怪梦的观点，并对苏格拉底的相反观点表示赞同，然后马上将话题转向劝苏格拉底逃亡。

苏格拉底的梦通常都具有非同寻常的意义。例如，在《王制》中，苏格拉底认为普通人进入睡眠时理性就沉睡了，这时其非理性的原始本性就会在梦中展露无余，而哲学家由于能在入睡前把自己的理性唤醒，并使自己的欲望和激情沉静下来，就能在梦中让自己的理性把握到真理；① 在《申辩》中，神通过托梦指示苏格拉底投身哲学事业（《申辩》33c5 以下）；在《斐多》中，苏格拉底相信他的梦在鼓励他从事哲学（《斐多》60e1）。由此，我们有必要追问，苏格拉底，作为一个哲人，他在《克力同》中的这个梦又隐喻着什么呢？

《克力同》中的这个梦的一个显白意义，如苏格拉底已经提到的，在于它预示了自己的死亡时间，但如果这个梦的意义仅止于此，那么它就是可有可无的，而在一篇短小精悍的哲学戏剧里，不大可能出现可有可无的文字。就这个开篇场景而言，显而易见的是，如果真如梦中所预示的，苏格拉底的行刑时间是在两天后，那么克力同就不必急迫地劝说苏格拉底逃亡。然而，克力同没有意识到这一点，他仍然迫不及待地将话题转向劝苏格拉底逃亡。当苏格拉底否

---

① 《王制》571c–572b。参见柏拉图，《理想国》，王扬译，北京：华夏出版社，2017，页 324–325（以下随文标注编码）。

认这是个怪梦时,克力同立即放弃了自己的观点,且未追问苏格拉底为什么这么认为,显然,苏格拉底一句简单的否认并不足以回答关于这个梦的所有疑问。

可见,克力同是一个缺乏好奇心和想象力的人,他似乎并不具有在日常生活中发现问题、提出问题所需的敏感,而哲人苏格拉底最显著的特征恰恰是能于最平常的生活中意识到问题。如果我们同意将苏格拉底的这一特征作为判断一个人是否具有哲学素养的标准,那么克力同显然不是一个具有哲学素养的人。但正如我们看到的,克力同至少算是一个正派的常人。和许多人一样,他的观点很容易受他人意见左右。

对苏格拉底之梦的不同理解构成了本篇对话的第一次观点冲突,尽管这个冲突被略过了,但仍足以为后来苏格拉底与克力同之间观点的不一致以及克力同不理解苏格拉底埋下伏笔,而这可以说是大众与哲人,进而言之,城邦与哲人之间冲突的一个缩影。

克力同代表了真正非爱欲或曰平庸的灵魂,那种不能被虔诚、诗歌以及奇迹所深深感动和触动的灵魂。[①] 这一特征在本篇对话中至少还有两处体现。其一是克力同的言辞中充斥着死亡焦虑,他将苏格拉底的死视作一桩难以接受的不幸,但对于哲人而言,死亡正是他期待已久的终点:

> 那些碰巧正确地把握热爱智慧之人,他们所践行的不过就是去死和在死。(《斐多》64a)

克力同无法理解"那些碰巧正确地把握热爱智慧之人"对待死亡的态度。其二是当克力同在场时,苏格拉底就避免使用"灵魂"

[①] 潘戈,《〈柏拉图式政治哲学研究〉导言》,胡艾忻译,收于施特劳斯,《柏拉图式政治哲学研究》,张缨等译,北京:华夏出版社,2012,页22。

一词，相反只提那"不义可损毁之、正义则可帮助之"的部分（《克力同》47e5）。施特劳斯在这里提醒我们，这是为了"暗示克力同特有的局限"。①

在其他有克力同出场的对话中，他的性情也与本篇对话相一致。如在《斐多》中，关于死亡的哲学讨论是在克力同离开后才开始的（《斐多》63e）。在《欧蒂德谟》（*Euthydemus*）开篇，克力同本想去听苏格拉底和欧蒂德谟等人的哲学对话，却因为围观的人群太拥挤而没能挤进去。② 这岂不是在暗示克力同"进入哲学的通道被堵塞了"？当苏格拉底以其惯常的反讽口吻称赞欧蒂德谟时，克力同也并没有意识到苏格拉底是在反讽。③ 柏拉图写作的缜密可见一斑。

克力同与苏格拉底性情上的距离也暗示了他们理智上的差距，意识到这点对于我们理解这篇对话的真实意图非常关键，它为后来克力同先后质疑和接受法律的讲辞埋下了伏笔，同时也暗示了作为大众一员的克力同在后文中面对苏格拉底的初次反驳将显示出的困惑，苏格拉底无法用他惯常使用的辩证法说服克力同，因为克力同无法理解作为哲人的苏格拉底，这才有了人格化法律出现的必要。④ 彼时，法律将取代苏格拉底，以智术师的方式使得克力同彻底哑口无言。

关于《克力同》开篇的苏格拉底之梦还有许多疑问有待进一步思考，如情节既然是对行动的摹仿（《诗术》，1450a），那柏拉图安排这样一个梦是为了暗示苏格拉底即将采取何种行动呢？此外，苏格拉底为什么对克力同说这个梦是明晰的？要知道，梦本质上是模

---

① 施特劳斯，《柏拉图式政治哲学研究》，前揭，页82。
② 《欧蒂德谟》271a，万昊译文，未刊稿（以下随文标注编码）。
③ 施特劳斯，《柏拉图式政治哲学研究》，前揭，页93–94。
④ 维斯，《不满的苏格拉底——柏拉图〈克力同〉疏证》，罗晓颖译，上海：华东师范大学出版社，2011，页125。

糊和令人费解的，正如柏拉图在《治邦者》中所言，梦中所知的一切，在清醒时就会瞬间忘却（277d）。①这些问题对于我们理解《克力同》绝非无关紧要。

为理清这些问题，我们有必要对这个梦做一番考察，虽然苏格拉底描述这个梦只用了一句话，但这并不妨碍我们追问这个梦的深层次意义，因为我们知道，梦中的白衣丽人对苏格拉底所说的话引自荷马《伊利亚特》中阿基琉斯对奥德修斯等人所说的台词。②

在特洛伊战争期间，阿基琉斯由于遭到希腊联军统帅阿伽门农的不公对待，③一怒之下率部退出联军。由于阿基琉斯的罢战，希腊联军节节败退，阿伽门农遂命奥德修斯等人备厚礼力劝阿基琉斯回归行伍。怒气未消的阿基琉斯愤然拒绝了他们的请求，并表示自己正打算扬帆起航，三天后就会回到自己的家乡佛提亚。在这之后，直到阿基琉斯的挚友帕特洛克罗斯（Patroclus）战死沙场，阿基琉斯才决心重返战场，即使他已经知道若回归则难逃战死的命运。④

《克力同》中苏格拉底的处境和阿基琉斯非常相似。首先，二者都受到了所在共同体政治权威的不公对待，并且都被要求履行他们

---

① 柏拉图,《政治家》, 洪涛译, 上海: 上海人民出版社, 2006, 页42。
② 《伊利亚特》9.362-363: "震撼大地的海神赐我顺利的航行, 第三天我会到达泥土深厚的佛提亚。"参见荷马,《伊利亚特》, 罗念生、王焕生译, 北京: 人民文学出版社, 1994, 页201（以下随文标注编码）。
③ 阿基琉斯受到的不公正对待主要是在战利品分配问题上。由于阿伽门农拒不归还被俘的女奴——这个女奴本是阿波罗的祭司的女儿——导致阿波罗降灾给希腊联军。阿基琉斯为此向阿伽门农进言, 建议阿伽门农归还女奴。阿伽门农极不情愿地归还女奴的同时, 还命令阿基琉斯上交自己的女奴以弥补他的损失。参见《伊利亚特》1.1-170。
④ 阿基琉斯的母亲、海洋女神忒提斯曾向阿基琉斯预言了他的命运, 如果阿基琉斯选择继续参加对特洛伊的战争, 那么他必死在战场上, 而如果他选择避战返乡, 则可尽阳寿。参见荷马,《伊利亚特》前揭, 9.410-416。

作为共同体一员的政治义务，就此而言，苏格拉底和阿基琉斯都面对着一个同样的法哲学问题：服从抑或不服从一项不公正的判决？而服从的代价都是牺牲自己的生命。

其次，二者都有朋友相劝，只不过苏格拉底是被劝说不要服从，而阿基琉斯则被劝说应当服从。由于这种情节结构的高度相似，因此有学者认为《克力同》整体上是对《伊利亚特》第九卷的模仿。①因此，对观《伊利亚特》第九卷对于我们理解《克力同》将有所助益。

对于柏拉图的灵魂学说有所了解的读者通常会认为，苏格拉底引用阿基琉斯这句话不过是在委婉地向克力同表示死亡对于他而言只是灵魂的回归，并不值得为之恐惧和心伤。然而，既然意识到这篇对话与《伊利亚特》第九卷的高度相似，我们就有理由认为苏格拉底引用这句话的意图不仅只是表达自己对死亡的一种乐观态度，它还在暗示苏格拉底将要采取某种行动去解决他与阿基琉斯共同面对的问题。

当荷马笔下的阿基琉斯说出这句话时，他的态度十分明确，即他拒绝履行自己的参战义务。但在苏格拉底这里，由于克力同的介入，我们就无从得知梦中的苏格拉底对关于他的判决的真实态度和意图采取的行动。对观《伊利亚特》第九卷，这个梦似乎主要预示着两种可能：或许它暗示了苏格拉底将会像阿基琉斯一样拒绝来自朋友的善意请求，亦即苏格拉底将服从法律，拒绝逃亡；抑或相反，苏格拉底将会像阿基琉斯一样拒绝服从法律。后一种猜测的可能性似乎更大，因为克力同安排苏格拉底逃亡的目的地之一是色萨利

---

① 佩恩，《作为神话拟剧的〈克力同〉》，罗晓颖译。载戈登等，《戏剧诗人柏拉图》，张文涛选编，刘麒麟、黄莎等译，上海：华东师范大学出版社，2007，页295–327。

(Thessaly)，而这恰恰是阿基琉斯的故乡佛提亚的所在地。

"白衣丽人"这个细节同样不容忽视。衣服的颜色意味着她并不是在哀悼，① 但我们仍然无从得知苏格拉底是否打算服从判决。她的身份未见明示，但极有可能是阿基琉斯的母亲海洋女神忒提斯（Thetis），② 她曾建议阿基琉斯返乡并试图确保他在战争中的安全。宙斯和波塞冬都曾想娶忒提斯，但有预言称忒提斯所生之子将比其父更强大，宙斯若娶忒提斯，那么他的王位必将被其与忒提斯之子推翻。宙斯和波塞冬为此都放弃了娶忒提斯的打算，并安排忒提斯嫁给色萨利国王裴琉斯（Peleus），阿基琉斯即裴琉斯与忒提斯之子。③

这个神话不由得让人联想到阿里斯托芬在《云》中刻画的那个教导雅典青年殴打其父的诡辩家苏格拉底。阿里斯托芬对苏格拉底的讽刺显然反映了部分保守的雅典人对苏格拉底的负面看法，却也从侧面体现了苏格拉底的哲人本性。此外，在《克力同》中，雅典法律也将自己比作苏格拉底的父亲，借此向苏格拉底说明即使法律对自己做出了不公正的判决，苏格拉底也不得因此拒绝服从法

---

① 柏拉图在《法义》（947b4-6）中设想审查官的特殊丧葬仪式时指出，审查官在逝世后，其葬礼应与其他公民不同，以彰显其荣耀，主要表现在：其遗体要着白衣，现场不应出现挽歌和哀悼等。据此我们有理由推测，白衣在当时的雅典并不是有哀悼意味的衣着。参见林志猛，《柏拉图〈法义〉研究、翻译和笺注》（第二卷，《法义》译文），上海：华东师范大学出版社，2019，页251（以下随文标注编码）。

② 在《申辩》中，苏格拉底也提到一位丽人，且明示其身份就是海洋女神忒提斯。忒提斯对她的儿子阿基琉斯说，他在杀死赫克托后马上就会丧命，但阿基琉斯仍然选择高贵地死去，这个故事同样引述自《伊利亚特》，苏格拉底在申辩中将阿基琉斯视作高贵的典范（《申辩》28c-d）。

③ 阿波罗多诺斯，《希腊神话》，周作人译，北京：中国对外翻译出版公司，1998，页191。

律（《克力同》50d–51a）。如此看来，关于阿基琉斯身世的故事同时影射了苏格拉底的过去和未来，既回顾了苏格拉底对雅典传统道德观的挑战及雅典对苏格拉底做出的不公正判决，也预示了苏格拉底将要对克力同做出的论证。柏拉图的"春秋笔法"跃然纸上。

值得注意的是，苏格拉底并不只是在《克力同》中将自己与阿基琉斯作类比。在《申辩》中，苏格拉底表示对自己因从事哲学而丧命问心无愧，因为对于一个人而言，与有限的生命相比，更重要的是他的生活方式是否正义。任何认为苏格拉底的行为是可耻的人都必须同时否定为友爱付出生命的英雄阿基琉斯，因为苏格拉底和阿基琉斯的行为本质上是相同的，他们都选择为自己所信仰的一种更高的价值而赴死。

但和阿基琉斯不一样，苏格拉底从未因受到城邦的不公正对待而放弃他的哲学事业。当苏格拉底在《申辩》中使自己等同于阿基琉斯时，他在试图使听众加深对他献身于哲学的印象；再没有什么比这样一个为了理想而愿意去死的人更令世俗之人印象深刻的了。[①]在《王制》中，苏格拉底也把阿基琉斯带到台前，但这一次，他的目的在于分析阿基琉斯的性格，并最终废掉他作为年轻人的真正典范的地位（《王制》386a–392b）。

《伊利亚特》中的阿基琉斯是英雄中的英雄，被所有人赞慕、模仿，而这个形象正是《王制》中的苏格拉底希望挑战的。他教导说，如果阿基琉斯成了众人的榜样，那么人们将不会追求哲学，阿基琉斯所代表的东西与最好的城邦以及最佳生活方式的践行相抵触（同上，页81）。正如西格尔所言，

[①] 布鲁姆，《人应该如何生活——柏拉图〈王制〉释义》，刘晨光译，北京：华夏出版社，2009，页85。

  古老的英雄范型重视激情，过分看重自身在他人眼中的表现，具有非理性的悲剧因素，而柏拉图的英雄主义摆脱了这些东西。对战士社会习俗的尊重，让位于对诸神的永恒法则，以及引导我们走向这永恒法则的理性灵魂的尊重。①

  就此而言，苏格拉底超越了阿基琉斯，苏格拉底是理性的朋友，而阿基琉斯则是理性的敌人。正如尼采所尖锐指出的那样，赴死的苏格拉底现在取代了古老的英雄典范阿基琉斯，成为希腊青年所崇拜的新榜样。② 也正是因此，在《王制》的末尾，厄尔在他的冥府之旅中没有看到阿基琉斯。厄尔说，埃阿斯是他看到的第二十个鬼魂（《王制》620b）。在《奥德赛》里，奥德修斯在其冥府之旅中还看到了第二十一个鬼魂，即阿基琉斯的鬼魂，他和埃阿斯的鬼魂在一起。那时，阿基琉斯的鬼魂正在冥府抱怨，说他宁愿活着为奴，也不愿在冥界为王（11. 489－491）。③ 当《王制》中柏拉图的苏格拉底开始攻击诗人时，首先针对的就是就是《奥德赛》中的这句话（《王制》386c）。

  在《王制》第十卷，厄尔没有提及他看到谁和埃阿斯在一起。这意味着，在苏格拉底的世界中，不管活着还是死去，阿基琉斯都不复存在。④ 阿基琉斯不仅在苏格拉底的世界不复存在，而且这种不复存在还必须被指出。这位血气最旺盛的英雄必须被废除，而且他在冥府对奥德修斯的抱怨也必须被忘记，从而服务于关于生命的

---

① 西格尔，《"神话得到了拯救"——反思荷马与柏拉图〈王制〉中的神话》，董赟译。载张文涛编，《神话诗人柏拉图》，董赟、胥瑾等译，北京：华夏出版社，2010，页229。
② 尼采，《悲剧的诞生》，孙周兴译，北京：商务印书馆，2017，页118。
③ 荷马，《奥德修记》，杨宪益译，上海：上海译文出版社，1979，页144。
④ 布鲁姆，《人应该如何生活——柏拉图〈王制〉释义》，前揭，页184。

新教诲：此生是为来世的准备。① 至此，我们就不难体会到柏拉图哲学的宗教意味，只有透过这种宗教式的来世许诺，此生的正义才足以成为我们的向往。

雅典人对苏格拉底的谴责同时意味着对作为一种生活方式的哲学的谴责，这种哲人的生活方式，依柏拉图在他一系列对话里所作的诠释，是对自荷马以降在诗人教导下形成的大众正义传统的继承和超越。正因为如此，虽然我们有理由认为《克力同》整体上是对《伊利亚特》第九卷的模仿，但是这种模仿并不是直接的，而是反讽的，并且是在哲学的影响下经过修正的模仿。②

无论从整篇对话的形式还是内容看，这个被一笔带过的梦都绝非只是一个优雅的引文。我们看到，它既暗讽了雅典人对苏格拉底已经做出的不公正判决，也预示了苏格拉底可能采取的行动。

法律对决哲人

当苏格拉底开始假借法律之名作出一系列关于公民应当无条件服从法律的论证时，这篇对话的价值被推向了新的高度。《克力同》的多数读者倾向于相信这就是本篇对话的核心立意，即苏格拉底在主张公民应当严格守法，但反观前文对苏格拉底之梦的解读，我们应当注意，在尝试理解这篇对话时，我们凭直觉产生的第一印象应当被谨慎地检验，因为潜藏在字里行间的细节可能会导向完全不同的结论。

在《克力同》中，苏格拉底对克力同的反驳大致可以分为两个

---

① 朗佩特，《哲学如何成为苏格拉底式的：柏拉图〈普罗塔戈拉〉〈卡尔米德〉以及〈王制〉绎读》，戴晓光等译，北京：华夏出版社，2015，页451。

② 佩恩，《作为神话拟剧的〈克力同〉》，前揭。

阶段，第一阶段的反驳是苏格拉底以自己的名义作出的，第二阶段的反驳则是苏格拉底假借雅典法律的名义作出的。因此，法律的讲辞是否代表苏格拉底的观点就成了理解《克力同》的关键问题。确有一个检验法律讲辞是否代表苏格拉底观点的方法，那就是对观它与苏格拉底在第一阶段的反驳中所提出的两项正义原则是否一致。在此我们有必要回顾下这两项原则：第一项原则教导我们，对于任何事情，我们应当在意的是内行的意见而非众人的意见；① 第二项原则教导我们，在任何情况下人都不应当作恶，以恶报恶因此也是不当为的。② 这两项原则是苏格拉底正义观的集中体现。直到这两项原则被提出之时，《克力同》里的苏格拉底与柏拉图其他对话录（尤其是《申辩》）中的苏格拉底仍相一致。我们有理由期待《克力同》中法律的讲辞也与这两项原则相一致，否则要么柏拉图出现了错误，要么本篇对话的立意并不像它表面看上去的那么简单。

第一项原则主张大众的意见不值得尊重，大众"草菅人命，也起死回生，只要他们能够办到的话，毫无理智可言"（《克力同》48c）。但立法须尊重传统和习俗（《法义》793b–d），从这个角度看，法律本身即是大众意见的体现。尤其是当我们注意到，在对苏格拉底的审判中，雅典人是以民主投票的形式判处苏格拉底死刑，如此法律与大众意见之间的关系就显得更为密切。然而，根据第一项原则，法律的讲辞既然也是大众的意见而非内行的知识，那么法律的讲辞就不值得听从，或者说，它至少应当接受理性的检验。

克力同同意第一项原则，但是他没有意识到这项原则可以轻而

---

① 关于听从内行的意见，苏格拉底在很多地方提到过，如《拉凯斯》184e，《高尔吉亚》452a、464b，《智者》228e，《王制》341e以下、406b等。

② 显然，苏格拉底的第二项原则涉及柏拉图在稍后的《高尔吉亚》508e中进一步推导出来的正义原则，即行不义比受不义更加可耻。

易举地为己所用。克力同没有意识到这点并非完全是因为他智识层面的不足,更重要的原因或许是,对克力同而言,苏格拉底所受的待遇公正与否对他而言无关紧要,因为他请求苏格拉底逃亡主要是基于他与苏格拉底之间的友谊而非这项判决本身的非义。即使对苏格拉底的判决是公正的,我们也有理由相信,只要有可能,克力同仍然会劝苏格拉底逃亡。在法律讲辞的最后部分,法律指出,苏格拉底若是逃亡,那么他就应当为自己的知行不一而感到羞耻,而这种羞耻感是来自色萨利人的鄙夷(《克力同》53e),亦即大众的意见,这显然也与第一项原则相悖。

大众的意见之所以不应被当然地听从,乃是基于一个简单的事实:人事繁杂,而个人的精力又有限,这样,在不同的领域有各自领域的内行,正如苏格拉底经常举的例子,在大海航行时我们不是应该听舵手的吗?生病了不是应该听医生的吗?但具备驾船、治病这样专业知识的人都必然是人群中的少数,因为一个人必须投入大量的时间和精力,有时甚至需要具备一定的天赋,才能成为一个领域的内行。那么对于政治领域,沿着这个思路,我们当然也应当听从这个领域的内行,也就是政治家或者说治邦者。

由于城邦的目标是正义,这就意味着,治邦者必须具有关于正义的知识。但关于正义的知识是如此的深奥,以至于无数人,甚至像苏格拉底这样的哲人,终其一生,也只是在无尽地探索中。由此可见,大众的意见距离正义的知识是何等遥远。然而,在雅典这样一个民主社会,公权力恰恰是掌握在"众人"手中,由此,苏格拉底为反驳克力同提出的第一项原则,就直接动摇了雅典民主政治的正当性。[1]

---

[1] 对这一问题更细致深刻的探讨,参见刘小枫,《王有所成:习读柏挂图札记》. 上海:上海人民出版社,2015,页 3-29。

苏格拉底的第二项原则指出,"既不应当反行不义,也不应该对任何人干坏事,即便受到他人怎样的伤害。"(《克力同》49c10)苏格拉底认为这一原则至关重要,他意识到克力同对这一原则的抵触情绪,因此小心翼翼地劝克力同真诚对待这一原则:

> 你看,克力同啊,你在逐渐同意这些道理时,可不要违心地同意哟——我清楚得很,某些少数人相信这些话,而且也只有少数人才会相信。有的人这样相信了,而有的人不相信,他们之间没有共同的看法,反而必然在审视对方的定论时互相轻贱。你且好好地考虑一下,你究竟是否跟我有共同的想法,并且一起认为,我们应该从这里决议的原则出发,任何时候都不要把行不义、反行不义以及遭受祸害以怨报怨来保护自己视为正确之举。(《克力同》49d)

强调了第二项原则的重要性且得到克力同的赞同后,苏格拉底转而问克力同:"假使有人同意某种原则乃是正义的,究竟应该付诸行动还是拿来骗人?"(《克力同》49e5)克力同表示有诺则应必践。接着苏格拉底请克力同考虑下述问题:"假如我们没有说服城邦同意就从这里离开了,我们是不是就对那些最不应该伤害的人干了坏事?我们是不是还要坚持自己同意为正义的原则?"(《克力同》50a)克力同表示他无法回答这个问题,因为他不理解苏格拉底的意思,苏格拉底方才将法律召唤出来,详细解释他所提出的每一个问题。

我们不难理解克力同的困惑,他不理解逃亡何以会使得苏格拉底背信负诺,又会伤害到哪些人。在对话的第二部分,他就向苏格拉底扼要地论述了留在监狱里对自己、朋友及家庭的危害,这些似乎都是苏格拉底"最不应该伤害的人",而此时苏格拉底却说,他若逃了,那他就将"对那些最不应该伤害的人干了坏事"。显然,苏格拉底所说的这些人比克力同所认为的那些人更不应伤害,那么他们是谁呢？

尽管苏格拉底从来没有直接明示他对这个问题的回答，但在克力同看来，"最不应该伤害的人"显然应该是我们自己以及我们的家人和朋友。克力同无法理解，挽救自己的朋友苏格拉底的生命，并因此也保全了自己的名声，如何可能"对那些最不应该伤害的人干了坏事"？或者换个角度说，苏格拉底怎么能认为，任凭自己被不公正地处死以及自己朋友的名声受到污蔑，他就不是"对那些最不应该伤害的人干了坏事"？

正当克力同感到困惑时，拟人化的法律登场了。法律开始论证苏格拉底不应该逃亡，它提出的第一个理由是，苏格拉底若是逃亡，那么无异于置法律于死地（《克力同》50b）。从表面上看，这似乎是苏格拉底第二项原则的运用，但严格地说，并不是，因为苏格拉底提出的第二项原则禁止的是对任何人为恶，而这里的法律尽管以人格化的姿态出现，但它只是服务于一个修辞的目的，法律不是一个现实且具体的人。① 无论法律在何种意义上说它们将会被摧毁，都与破坏苏格拉底的第二项原则无关。

这样的反驳或许略显牵强，似乎在法律是否应当被视为一个真实的人这一问题上，我们根据是否对自己的论辩有利而采取了双重标准。但即使抛开这个反驳，苏格拉底和克力同也都明确对法律的这个理由表示了反对，并且他们一致赞同这样一个反对的理由：城邦对苏格拉底做出的这项判决是不公正的（《克力同》50c）。

然而，法律对此的反驳并没有诉诸苏格拉底提出的人不应当以恶报恶的原则，而是另辟蹊径，法律将自己比作苏格拉底的父母，因为法律为苏格拉底的诞生、成长和教育提供了制度环境，在这

---

① 施特劳斯，《柏拉图式政治哲学研究》，前揭，页89。

层意义上，法律对苏格拉底亦有父母般的恩情，且"与你的母亲、父亲和其他所有祖先相比，祖国更受尊重、更庄严肃穆和更神圣纯洁"（《克力同》51a5），既然父母与子女之间的地位不是平等的，父母可以惩罚子女而子女绝不能反过来报复父母，那么同样，法律也可以惩罚苏格拉底，但苏格拉底不能反过来破坏法律。

我们应当注意，苏格拉底提出的人不得以恶报恶的原则是绝对的，无论法律与公民之间的地位是否平等，这一原则都得适用，"这一前提几乎将逃跑的可能性排除在外"。① 显然，利用这一原则反驳克力同的前述观点显然更强有力且与前文的关联更紧密，但法律却没有这样做。法律一再强调自己有恩于苏格拉底，且这种恩情比父母的养育之恩还大。这番论证显示了逃亡的非正当性不是建立在绝对禁止伤害他人的基础上，而是建立在禁止伤害有恩于己的人之上。因此逃亡所违背的并非苏格拉底的第二项原则，而是传统的扶友损敌原则。

正如苏格拉底所言，他的第二项原则只有少数人同意，但关于父母对子女的恶行不能正当化子女对父母的报复这种观念，却不难得到众人的赞同。父母对子女的爱毫无疑问是人类最强烈的自然情感，② 因此尊敬父母是雅典社会最为严格的个人义务之一，违反这一义务会被视为一个人最大的耻辱，甚至与父亲顶嘴也被视为很丢脸的事情。子女赡养年迈的父母通常被视作对父母养育之恩的回报，这一点庄严地体现在雅典法律中。③ 梭伦的立法还体现了父母和子女之间的互惠关系，根据梭伦的法律，如果一个人没有教会他儿子

---

① 特拉夫尼，《苏格拉底或政治哲学的诞生》，张振华译，上海：华东师范大学出版社，2014，页164。

② 《尼各马可伦理学》1155a15。参见亚里士多德，《尼各马可伦理学》，廖申白译，北京：商务印书馆，2017，页249（以下随文标注编码）。

③ 布伦戴尔，《扶友损敌：索福克勒斯和古希腊伦理》，前揭，页53。

一门谋生的手艺，那么他就不能强迫儿子赡养他。① 不过，虽然子女与父母之间的关系可以是互惠的，但绝不是平等的，如果说对友人的忘恩负义是一种道德层面的罪过，那么伤害父母则是应当受到法律制裁的罪恶，用色诺芬的苏格拉底的话来说，是唯一要受城邦惩罚的忘恩负义（《回忆》2.2.3–2.2.7）。这也显示出法律的这个论证是基于大众的意见而非苏格拉底提出的第二项原则。

"同意某种原则乃是正义的"这种表述也存在一些问题。做正义的事当然包括践行自己的允诺，但让人感到疑惑的是，这里的允诺是如何推进正在进行的论证的？苏格拉底的意思似乎是，一项为正义之事的允诺应当被践行。克力同对这个原则表示赞同。然而，苏格拉底和克力同要达成一致的问题，是逃亡对于苏格拉底而言是否正义，而非苏格拉底和克力同是否应当为正义之事，但这个原则无法告诉我们如何行动才是正当的。② 如果说一件事独立于我们的允诺本身就是正当的，那么这个论断显然是正确的，但却使得允诺这个前置条件本身失去了意义。

为推进正在进行的对话，证明允诺是正义的构成要素是必要的，也就是说，允诺的存在必须能够将一件无所谓正义或非义的行为转换为正义的行为，那么，是什么使得允诺可以实现这种转换呢？由于克力同此时已经跟不上苏格拉底的思路了，这个原则并没有如前述两项原则那样经过讨论的检验，因而存在许多问题。当法律试图在这一原则的基础上论证苏格拉底不应该逃亡时，它将不可避免地暴露出更多的问题，虽然，这已经足够说服克力同了。

---

① 普鲁塔克，《希腊罗马名人传》（上册），陆永亭等译，北京：商务印书馆，1990，页190。

② Young, Gary. "Socrates and Obedience". *Phronesis* 19, no. 1（1974）：1–29.

苏格拉底对于法律所提出的契约服从论的真实观点，必须结合《王制》中的一段话才可能被推知。在《王制》中，哲人对城邦的服从并不来自任何契约，而是出于一种自然的义务，因为《王制》中的城邦是最好的城邦，这种城邦培育出哲人，所以哲人必须下到洞穴中统治其他人，回馈培育他的城邦，这是理所当然的。但雅典及其民主制，从柏拉图的角度看，是乏善可陈的（《王制》519d–520d）。只有对于这种较低劣的政治共同体的忠诚才能来自契约。①这是因为，在柏拉图看来，正义并不是经由某种习俗约定而生效的东西，它是绝对真实的，是一种理念，它的存在超越一切为社会约定所确立的行为以及一个社会的全部信念。②

哲人反讽法律

我们看到苏格拉底这样描述他对法律讲辞的反应：

> 亲爱的老伙计克力同啊，你要知道，我认为自己所听到的那一切，就好像参加科吕班特祭仪的人认为自己听到了笛声一样，而且这些言辞的回声本身还在我耳中隆隆作响，让我无法听到其他的。你要知道，这就是我眼下的想法，假如你要反驳那些话语，说了也是枉然。（《克力同》54d2–d5）

这个比喻似乎意味着苏格拉底赞同法律的讲辞，但如果我们加以深究，就会意识到对于一个时刻准备投入辩证式对话的哲人而言，这是一个奇怪的反应。

---

① 施特劳斯，《自然权利与历史》，彭刚译，北京：生活·读书·新知三联书店，2016，页120。
② 伽达默尔，《伽达默尔论柏拉图》，前揭，页5。

在古希腊神话里，由于克洛诺斯（Cronus）生怕自己的政权如预言所说的那样被自己的儿子夺取，便把自己刚生下的孩子都吞吃了。他的妻子瑞亚于心不忍，于是在宙斯出生时将其托付给科吕班特（Corybante）女神照顾，在克洛诺斯试图寻找并吞吃婴儿宙斯时，科吕班特女神用枪撞击盾牌产生的鼓噪声掩盖住了宙斯的哭喊声，使得克洛诺斯未能找到宙斯，宙斯因此逃过一劫。①

抛开这个神话又让人联想到儿子以暴力反抗迫害自己的父亲是否具有正当性这一问题，但抛开这一点，比喻似乎也在暗示法律讲辞的目的在于隐藏某些东西，正如科吕班特女神制造喧嚣以遮掩宙斯的哭声一样。此外，在当时的希腊，参加科吕班特祭仪的人，往往是那些为各种精神紧张和歇斯底里症状所困扰的人，他们将在狂暴得震耳欲聋的笛声和鼓声中舞动，变得兴奋异常直至精疲力竭，然后便陷入"从中醒来时可得净化和治愈的睡眠"。②

特拉尼（Peter Trawny）认为，这个比喻意味着对于苏格拉底而言，

> 法律具有一种超出一切的效力，这种效力作为祖国的伦理规范而存在，因为法律安排了城邦中的生活秩序，就像它也安排了在冥界中的过渡和逗留。法律因此深入到了人类的章程设定的背后，并且超越了人类的章程设定。从这一方面看，法律在言说时仿佛操着诸神的语言。③

这种观点值得商榷。首先，值得注意的一个细节是，长笛在柏

---

① 罗多诺斯，《希腊神话》，前揭，页22。
② John Burnet, *Plato's Euthyphro, Apology of Socrates, and Crito*, Oxford: Clarendon Press, 1924, p291.
③ 特拉尼，《苏格拉底或政治哲学的诞生》，前揭，页188。

拉图的作品中经常出现，并且扮演着算不上高贵的角色。例如，在《会饮》中，它们伴随着喝醉的阿尔喀比亚德出现在晚宴上，打乱了谈论爱欲的次序（《会饮》212d-e）。在《王制》中，相比马叙阿斯（Satyr Marsyas）的长笛，苏格拉底更赞美阿波罗的乐器七弦琴。完美的城邦会赶走长笛制造者和演奏者（《王制》399d-e）。在《高尔吉亚》中，苏格拉底称七弦琴为自己的乐器；吹长笛是只追求快乐而不顾及其他的低劣行为（《高尔吉亚》482b，501e）。考虑到柏拉图作品之间的高度一致性，此处的比喻应当同样具有贬义。

其次，在《欧蒂德谟》中，苏格拉底也提到了科吕班特祭仪，在那里，苏格拉底将智术师欧蒂德谟兄弟利用诡辩技巧盘问克雷尼阿斯（Cleinias）的过程比作科吕班特祭仪，个中褒贬不难揣测（《欧蒂德谟》277d）。综上所述，我们更有理由相信，苏格拉底使用这个比喻可能有三重意谓。

其一，苏格拉底借这个神话暗示法律的讲辞是在制造幻觉，因此他实际上拒绝接受其观点。于是有趣的现象出现了：这篇对话始于一场梦，而终于一个幻觉。

其二，暗示法律的讲辞所面向的听众是克力同而非苏格拉底。法律的讲辞具有驱散常人对死亡的恐惧的作用，但对话开篇柏拉图就已经通过苏格拉底的安睡强调了苏格拉底面对死亡的冷静，因此法律的讲辞并不是为苏格拉底所作，而是为克力同。克力同的表现体现了大众在面对死亡时的普遍焦虑，相对于理性的论证，狂热的仪式更容易感染到他们。

其三，当克力同发表完自己关于苏格拉底应当逃亡的讲辞后，苏格拉底回答说他将要用理性检验克力同的讲辞，但在对话的最后，苏格拉底似乎在暗示法律的讲辞并不是理性的论证，而是在制造迷乱。这意味着苏格拉底借法律之口做出的讲辞并不是他自己信服的观点。

无论如何，要么这个比喻不恰当，要么苏格拉底并不信服法律的讲辞。

从形式上看，法律的讲辞并非由苏格拉底直接做出，也没有采用苏格拉底常用的辩证法。因而法律的讲辞是修辞性的而非辩证性的，这不是苏格拉底表达其思想的惯用方式，而是智术师的方式。① 修辞术的特点在于能用华丽的外观吸引大众的注意力，并可能将大众引向歧途，因为形式的华丽往往是实质的贫乏的矫饰。

辩证法的缺席不大可能是柏拉图的疏忽所致。首先，这是一篇直接关系到自己的恩师苏格拉底之死的对话，其内容必然会对苏格拉底的后世评价产生影响，这意味着这篇对话有必要以最大的谨慎着笔。其次，这篇对话的疏漏之处过多又过于明显，这绝不可能是柏拉图这样的哲学家可能轻易犯下的错误，且如前文已经发现的，柏拉图在多处暗示我们这篇对话可以做与其字面完全不同的理解。因此，我们更有理由相信这是柏拉图精心设计的结果，关于公民应严格服从法律的讲辞不直接以苏格拉底的名义做出是因为这种观点与苏格拉底的哲学理念不一致，不采用辩证法式的写法是因为辩证法会破坏柏拉图的这种精心布局。

至此，我们不难发现，法律讲辞的基础并非苏格拉底所秉持的正义观，而是以克力同为代表的大众所秉持的正义观，这就是克力同被彻底说服的原因。大众正义的核心命题"扶友损敌"处于希腊主流伦理的中心。② 人应当扶友损敌意味着个人只有对朋友为善的

---

① 在《高尔吉亚》449b、461d、466a 中，苏格拉底在与高尔吉亚、波卢斯展开对话之前，一再要求他们不要作长篇大论，而是以一问一答的方式讨论问题，并且对答要尽量简洁。

② 布伦戴尔，《扶友损敌：索福克勒斯和古希腊伦理》，前揭，页30。

道德义务，而这恰恰也是苏格拉底的第二项原则所拒绝的。柏拉图在其他对话中也曾借苏格拉底之口质疑将扶友损敌原则作为正义或德行的标准的观念（《王制》332a10 – 336a10）。

《克力同》开篇间接提到的阿基琉斯就是诗人塑造的践行这种大众正义观的英雄典范。首先，由于受到阿伽门农的不公待遇，阿基琉斯不仅拒绝参战，还通过其母忒提斯鼓动宙斯降灾给希腊军队，以彰显他之于希腊联军的不可或缺性。其次，阿基琉斯返回战场是为了向赫克托复仇而非觉悟到自己应当履行作为军队一员的政治义务。面对阿伽门农派来的劝说团，阿基琉斯告诉他们：

> 请不要哭泣悲伤，扰乱我的心灵，
> 讨那个战士、阿特柔斯的儿子喜欢；
> 你不该珍爱他，免得令珍爱你的我憎恨你。
> 你同我一起使令我烦恼的人忧心。
> 你同我一起为王，一半尊荣赠给你。
> （《伊利亚特》9.612 – 616）

显然，阿基琉斯是在以恶报恶，并且他是通过阿伽门农的在先恶行证成自己在后报复行动的正当性的。此外，我们也可以看出阿基琉斯行动的反复性，这是因为阿基琉斯在决策时过多考虑他人的意见，这与克力同非常类似。

苏格拉底之所以拒绝并力图改造以扶友损敌为核心的大众正义观，首先是由于这种正义观并不坚实，且极易使人陷入道德死结。扶友损敌的逻辑前提是敌友之分，敌友之分则主要依据友爱的有无及程度。一个置身于社会中的人，无论是在古代城邦还是现代国家，都不可能仅仅与一个人产生友爱的联结，而友爱的各种联结将不可避免地导致各种忠诚之间的冲突。

其次,"扶友损敌"还会与其他的道德规范相冲突。阿里斯托芬笔下的斯瑞西阿得斯(Strepsiades)要求其子服从他的命令去作恶。① 亚里士多德指出,在错误行为的受害者中,有一类是因为帮助朋友而受到伤害的。② 最后,"扶友损敌"原则也存在与个人品格难以协调的问题,我们的朋友可能有坏的品质,而敌人可能有好的品质,但是根据"扶友损敌"这一简单公式,我们的行动和这些品质毫不相关,因为重要的只是个人之间友爱的有无及程度。

"扶友损敌"的内在困难深深植根于这种正义观的相对性。申言之,这一原则倾向于通过他人和自己关系的亲疏来决定自己的态度和行动,而不考虑他人的德性。所有具有类似相对性特征的事物、情感都短暂且易于流变。柏拉图对此显然感到厌倦和不满,他的哲学的全部努力,在某种意义上,都是为了寻找和确立某种永恒的价值,或者说,是为了走向他透过理性之光看到的那个永恒的理念世界。

为友爱而守法

对话结束时,克力同被法律说服了,他不再劝苏格拉底逃亡,苏格拉底继续留在监狱里静待死亡。但若像我们前面所推测的,苏格拉底本身并不认同法律的讲辞,那么他究竟为什么还要服从判决?换句话说,既然苏格拉底能够清楚明白地说明,如他在《申辩》中已经做出的,城邦的判决是堕落而恶劣的,那为何他不以正义之名

---

① 阿里斯托芬,《云》80–118,参见阿里斯托芬,《阿里斯托芬喜剧六种》,罗念生译,上海:上海人民出版社,2007,页163–164。
② 亚里斯多德,《修辞学》,罗念生译,上海:上海人民出版社,2004,页191。

拒绝服从城邦的这一错误判决？这个疑问构成了《克力同》的核心问题。为回答这个问题，我们就要把注意力从拟人化法律身上转移到真实的对话参与者克力同身上。

我们不应该忘记，正是克力同的劝说促使苏格拉底提出前述两项道德原则予以回应。克力同举出的所有支持苏格拉底逃亡的理由都准确地体现了大众的意见，克力同对正义的理解就是传统的理解：人应当扶友损敌。在克力同看来，苏格拉底的选择恰恰与此相反，由此苏格拉底就将伤害到那些他最不应该伤害的人，而这种行为是荒谬且可耻的。尽管克力同的讲辞和法律的讲辞被苏格拉底提出的两项原则分隔开来，但苏格拉底的两项原则对两造的观点都不支持。法律非但没有加入对克力同观点的批判，反倒扩展了克力同讲辞中的正义原则。

根据拉尔修的记载，克力同"在感情上对苏格拉底最为挚爱，他对后者的照顾无微不至，甚至于没有一件必需品没有为其准备好。而且他的几个儿子克里托布洛斯、赫尔谟格涅斯、厄皮戈涅斯和克特希珀斯，全都是苏格拉底的学生"。[①] 正如我们所见，苏格拉底临死前把自己的后事托付给克力同；苏格拉底饮鸩而死后，也是克力同为他合上双眼（《斐多》118a14）。但克力同并不是一个和苏格拉底类似的哲学家，因此他虽然同意苏格拉底提出的两项原则，但却无力使这两项原则为己所用；他面对法律慷慨激昂的演讲时也无力反驳。仅仅是因为克力同的这种非哲学性，苏格拉底才能同时反驳大众的意见又利用大众的意见。

苏格拉底和克力同之间的友谊是一个哲学家和一个非哲学家之间的友谊。克力同爱苏格拉底但不理解苏格拉底。他跟随苏格拉底，

[①] 《名哲言行录》2.121。参见拉尔修，《名哲言行录》，徐开来、溥林译，桂林：广西师范大学出版社，2010，页123。

不是为了成为好智的哲人，而是为了成为对城邦和同胞有益的人。①这种不理解在克力同对苏格拉底的指责中体现得尤为明显：

> 我还认为，你也把你的儿子们一并断送到那些人手中了，而你本来能够把他们抚养长大、教育成人，你却一走了之，把他们丢在身后，对你来说，他们似乎就只能如此听天由命了：他们很可能会成为那种在孤苦无依中习惯于孤儿生活的可怜虫。要么就不该生下这些孩子，要么就该与他们始终共患难，抚养和教育他们，但我认为，你却选择了最漫不经心的道路。相反，一个男人如果选择当善良而勇敢的人，就应该选择这些辛劳，尤其对一个终生都在宣谕要关心德性的人来说，更应如此。（《克力同》45c5 – d5）

克力同所认为的"善良而勇敢"其实是一种经由阿基琉斯体现的属众的正义观，而这种正义观恰恰是苏格拉底哲学的最大敌人。也许有人会奇怪这样不同的两个人如何可能成为莫逆之交，这是柏拉图以及亚里士多德将在其他地方处理的问题。这里我们需要注意的只是，苏格拉底与克力同的关系足以表明，好智的哲人与不好智的常人可以超乎寻常地亲密无间，这种亲密甚至超过智性的朋友（同上，页12）。

《克力同》的核心问题是公民服从，但和这个问题分不开的是友爱对于政治共同体的意义。因为对于苏格拉底而言，逃亡还是不逃亡，取决于何种选择符合正义的要求，而友爱和法律一样，也是我们在认识正义时必须考虑的因素。在希腊社会和政治生活中，友爱这个主题极为受人关注，因为它力图克服各部族和阶层之间彼此分

---

① 刘小枫，《王有所成：习读柏拉图札记》，前揭，页 11 – 12。

裂的忠诚。① 正如伽达默尔所言，"我们一定不要忘记，从根本上说，友谊问题旨在揭示什么是正义的社会"。②

然而，对于我们当代人而言，友爱与正义似乎是无甚关系的两个概念，前者属于个人私密的情感领域，而后者属于公共领域或者说政治领域，一般来说，现代的政治，特别是法律，都在尽量避免直接调节个人之间的情感关系，因为情感内在于人心之中，不具有法律可明确探知的外在意思。换句话说，在当代，友爱与政治、法律的关联实际上被理性割裂了。我们有必要考察古典时代的友爱如何与正义及共同体发生关联，理解这个问题，既是理解苏格拉底拒绝逃亡的真实原因的基础，也是我们反思现代政治的一个必要镜鉴。

尼采曾言，

> 希腊人是如此清楚地了解一个朋友是什么——所有民族中只有他们对友谊有一种深入的、多方面的哲学探讨——以至于自始至终在他们看来，朋友都是值得解决的问题。③

这种特征突出体现在柏拉图和亚里士多德对友爱的思考上。如果说扶友损敌是古希腊正义观的核心命题，那么如何区分敌友则是其中的首要问题，柏拉图在《吕西斯》中讨论了这个问题的其中一面，即友爱如何可能。在这篇对话里面，首先被抛出的是诗人荷马的观点，这种观点似乎最符合我们的常识，即同性相吸，"神总是把相似的引到相似的眼前"。然而这一观点被苏格拉底否定了，原因在于坏人与坏人之间不能产生友爱，而好人又是自足的，这种自足性

---

① 布伦戴尔，《扶友损敌：索福克勒斯和古希腊伦理》，前揭，页57。
② 伽达默尔，《伽达默尔论柏拉图》，前揭，页10。
③ 尼采，《人性的，太人性的》，杨恒达译，北京：中国人民大学出版社，2011，页168。

使得好人于自身之外再无所求，从而也就不需要朋友。同时苏格拉底还引用了同样是诗人的赫西俄德的相反观点，来加强自己论证的说服力。① 于是，关于友爱如何可能的第二种观点也自然地被引出来，即友爱存在于对立的人之间，这等于说，好人和坏人将成为朋友，公正的人与不公正的人会成为朋友，节制的人将与放纵的人成为朋友，这显然在经验上和理论上都是无法让人接受的悖论，这种观点也很快就被放弃了（《吕西斯》215d – 216b）。

那么，一个介于善恶之间的人，与一个善人或恶人是否会成为朋友呢？这似乎是最后的可能了，但苏格拉底认为他们之间同样不能产生友爱，例如一个善恶之间的人喜爱一个善人，必然是因为他自身存在恶的因素因而欲求善，那么当这种作为友爱的原因的恶消失时，友爱又如何能存在呢？显然友爱不能建立在任何偶性的东西的基础之上。另外，假设这种友爱的诞生不是因为恶而是因为欲望，而欲望必然是对自身所需的欲望，这就又落回了同类喜爱同类的窠臼。至此苏格拉底只好无奈地表示，"如果说这一切都不能成为朋友，那么我就不知道还有什么话可讲了。"对话的最后，苏格拉底似乎是在自嘲：

> 现在，吕西斯和默涅克塞诺斯啊，我们——我，一个老头儿，还有你们——把自己弄得很可笑，因为，我们离开的时候，在场的这些人会说："我们当然认为，我们都是另一个人的朋友。"毕竟，我也把自己算作你们中的一个。可什么是朋友呢？我们至今还没有找到答案。（《吕西斯》223b）

---

① 《吕西斯》214a – 215d，参见柏拉图，《吕西斯》，贺方婴译，北京：华夏出版社，2020，页103 – 115（以下随文标注编码）。显然，诗人之间观点的不一致性还暗示了诗人教诲的不可靠。然而，值得注意的是，扶友损敌这种正义观正是诗人的教诲。

然而，可笑的并不是苏格拉底，而是自以为知道如何划分敌友的大众。如果我们还不能理性地把握什么是所谓的朋友，那还何谈扶友损敌呢？《吕西斯》在反思友爱本质的同时，不可避免地冲击了当时主流正义观的基础。

实际上从古至今，划分敌友的问题都绝不仅仅是一个属于私人领域的问题，它也是一个政治问题。这种古典政治观在近现代的一个极端体现就是施米特（Carl Schmitt）的法哲学，施米特旗帜鲜明地主张，"所有政治活动和政治动机所能归结成的具体政治性划分便是朋友和敌人的划分"。[1] 但伴随着现代性的影响，施米特对古典政治观有了一定的改造，他试图剔除敌友之分中的感性因素，以使政治秩序更为理性化，因此在施米特那里，敌友都不是私人的，而是共同体的：

> 朋友与敌人这对概念必须在其具体的生存意义上来理解，不能把它们当作比喻或象征，也不能将其与经济、道德或其他概念相混淆，或被这些概念所削弱，尤其不能在私人—个体的意义上将其理解为某些私人情感或倾向的心理表现……敌人并不是指那些单纯的竞争对手或泛指任何冲突的对方。敌人也不是为某个人所痛恨的私敌。至少是在潜在意义上，只有当一个斗争的群体遇到另一个类似的群体时，才有敌人存在。敌人只意味着公敌，因为任何与上述人类群体，尤其是与整个国家有关的东西，均会通过这种关系而变得具有公共性。广义地讲，敌人乃是公敌，而非仇人。（同上，页36-37）

例如，一个苏联人可以和一个美国人私交甚笃，但他们仍然是

---

[1] 施米特，《政治的概念》，刘小枫编，刘宗坤等译，上海：上海人民出版社，2018，页32。

政治上的敌人，因为美苏作为政治共同体，彼此之间的利益诉求和意识形态都是敌对的。然而，即使在施米特那里，如何区分他所认为的敌友仍然缺乏一个显明、可操作的标准。此外，个人对敌友的选择将不可避免地在不同程度上影响到共同体的敌友选择，我们实际上很难将这二者完全区分开来，尤其是当一个共同体的规模并不是特别大的时候。

无论我们是否赞同施米特所谓的政治就是划分敌友，敌友划分都始终是迄今为止所有时代政治问题的核心。[1] 紧接着敌友之分的是要在行动上打击敌人、扶助朋友。然而，苏格拉底的正义观的一个核心命题，如前所述，是不允许以恶报恶，这个听上去充满善意的句子，此时就彰显了苏格拉底的思想与政治的距离，以及他的哲学的反政治特征。[2] 这种特征在《王制》的第一卷，比在《克力同》中更清楚地体现出来（《王制》332d – 334d）。

亚里士多德首次明确地指出了友爱、正义与共同体之间的关系。首先，友爱与公正都同共同的东西相关，一个政治共同体内的公民在何种范围内共同活动，就在何种范围存在着友爱，也就在何种范围内存在公正问题。其次，友爱的强烈程度直接影响到我们对公正的诉求（《尼各马可伦理学》1159b25 – 1160a10）。例如同样是杀人，杀害一个朋友或亲人比杀害一个陌生人或战场上的敌人显然更为罪大恶极；在交易中，陌生人之间的交易需要法律的介入来保障交易的安全，但若是存在强烈友爱的两个人或一群人之间，便不需要法律的介入，因为友爱使得他们相互信任，即使交易出现了问题，他

---

[1] 正如施特劳斯所言，城邦通过反对和抵制其他城邦将自己与其他城邦区分开来，"我们和他们"的对立正是政治联合体的本质。见 Leo Strauss, The City and Man, p. 111。

[2] 费格尔，《苏格拉底》，杨光译，上海：华东师范大学出版社，2016，页135。

们往往也不需要诉诸法律就可以协商解决。

法律强迫人们违反其意愿地、不完满地履行正义,而爱对方如己的朋友却能在没有劝诫或惩罚的情况下完满地履行正义。① 换句话说,法律只是试图在更大的人群中通过赏罚形成某种近似于朋友和爱人无需赏罚就能形成的联系(同上,页320)。正是在这个意义上,我们可以说友爱成全或超越了法律。② 由于友爱高于法律,故法律的重要核心目的之一,就在于守护共同体成员彼此间的友爱(《法义》628a-c,862c,880e)。亚里士多德精辟地总结道:

> 友爱还是把城邦联系起来的纽带。立法者们也重视友爱胜过公正。因为,城邦的团结就类似于友爱,他们欲加强之;纷争就相当于敌人,他们欲消除之。而且,若人们都是朋友,便不会需要公正;而若他们仅只公正,就还需要友爱。人们都认为,真正的公正就包含着友善。(《尼各马可伦理学》1155a21-25)

从更宏观的角度看,友爱还同政体相关,三种优良的政治体制——君主制、贵族制和资产制(或共和制)——会因为友爱的匮乏而分别蜕变为僭主制、寡头制和民主制,在这三种变体里,最坏

---

① 布鲁姆,《爱的设计——卢梭与浪漫派》,胡辛凯译,北京:华夏出版社,2017,页300。

② 爱与法律的这种关系集中体现在了后来新约的教义里,应该说,倡导用爱实现法律所力图实现却又不可能完全实现的人类社会的普遍和谐与善,是耶稣对旧约教义的最大改造之一,所以耶稣说"莫想我来要废掉律法和先知;我来不是要废掉,乃是要成全"(《马太福音》5:17,和合本译文,下同)。使徒保罗在多处强调,"凡事都不可亏欠人,惟有彼此相爱,要常以为亏欠,因为爱人的就完了律法。"(《罗马书》13:8)"爱是不加害与人的,所以爱就完全了律法。"(《罗马书》13:10)"因为全律法都包在'爱人如己'这一句话之内了。"(《加拉太书》5:14)奥古斯丁认为,法律的目标就是纯洁的爱。参见奥古斯丁,《忏悔录》,周士良译,北京:商务印书馆,2015,页304。

的是僭主制,亚里士多德指出:"在僭主制中,只有很少的友爱,或是不存在友爱。因为,在治理者与被治理者没有共同点的地方,就没有友爱,也没有公正。"(《尼各马可伦理学》1161a31 – 34)非理性的大众正义是僭政诞生的温床。众人既羡慕又嫉妒僭主,对于他们而言,僭主是最后的赢家,僭主对权力的掌控使得他有能力满足自己的一切欲望(《王制》575e – 576a)。

克力同本人虽然善良而正派,和其他人一样憎恨僭主,但苏格拉底深知大众朴素的正义感易于败坏成为残暴和贪欲,因为他们的道德观缺乏坚实的基础。正如在厄尔的神话中,大多数人灵魂的善恶出现了互换,一个"曾只靠习俗而不靠哲学占有过美德"的人选择来生做一名僭主,因为仅仅是在法律和习俗的约束下,他在尘世生活中才循规蹈矩,但他在欲望主导下的真实的幸福观却使他向往僭主的生活(《王制》619b – c)。

僭主以自私为前提的个体性容易与城邦生活所需要的以友爱为前提的公共性发生冲突。修昔底德告诉我们,希腊城邦的僭主们只在乎自己的私利,除了和邻邦打仗,他们从未达成任何重大成就。①僭主会害怕比自己优秀的人,藐视比自己低劣的人(《高尔吉亚》510),"他不会有同伴,而在没有同伴的地方,也就不会有友谊"(《高尔吉亚》507)。但对于一个城邦而言,友爱是秩序的来源之一(《高尔吉亚》508)。亚里士多德把公民之间的团结规定为政治的友爱(《尼各马可伦理学》8.9)。就此而言,大众道德观的不稳定性始终是城邦秩序的潜在威胁。因此,友爱还是对抗僭政的积极力量。

对苏格拉底的审判是哲人与城邦之间紧张关系的集中爆发。"任

---

① 《战争志》1.1.17。见 Simon Hornblower, *A Commentary on Thucydides*, Volume I, Oxford: Oxford University Press, 1991, p. 50。

何人干预社会大厦的基础，就很难逃脱企图推翻它的指责。"① 稳定的政治秩序建立在对习俗和法律的尊重之上，而哲人始终在反思和拷问这些习俗和法律的合理性及效力来源，在这个过程中，古老的权威很难不受到动摇，而人类理性固有的局限又使得哲人往往无力提出一套新的价值理念以安放大众受到惊扰的灵魂。惊恐的大众这时候宁愿待在洞穴，而试图用理性之光照亮他们生活的哲人就不可避免地将成为他们的敌人。

哲人与城邦的对立，亦即哲人与大众的对立，而这种对立本质上是知识与意见的对立，哲人追求的是具有永恒性的知识，而大众秉持的是极易随境况流变的意见——

> 正确和公正的必须要有持久性；持久的事物，人们才不会现在认为是正确的，之后又认为是错误的。如果这才是问题的关键所在，那么苏格拉底就是用持久性和自己生活的一致性来对抗意见的漩涡和混乱。②

持久地、统一地去生活，意味着尽可能地去接近神，也就是说在智慧的指引下过一种正义的生活。③ 然而，这种对立是否绝对不可消解呢？其实并不然。苏格拉底与克力同的友谊就彰显了友爱消解哲人与大众对立的可能性，克力同虽然不理解苏格拉底，但他爱苏格拉底，无论他如何不赞同苏格拉底，无论苏格拉底的哲学活动如何挑战了他固有的生活信念，他都不至于对苏格拉底产生敌意，相反，这种友爱使得他始终不遗余力地支持苏格拉底。即使整个城

---

① 泰勒、龚珀茨，《苏格拉底传》，赵继铨、李真译，北京：商务印书馆，1999，页120。
② 费格尔，《苏格拉底》，前揭，页134。
③ 《泰阿泰德》176b. 参见柏拉图，《泰阿泰德》，詹文杰译，北京：商务印书馆，2015，页74。

邦都与哲人为敌，只要还有一个从属于大众的人是哲人的朋友，大众对哲人的敌意就有消弭的希望。

哲人与大众之间对立的消解也是实现哲人为王的知识专政的前提。在柏拉图看来，只有知识取得统治地位，正义才能得以完全。正因为如此，苏格拉底不能因为克力同无法理解他就放弃对克力同的说服，既然不能用哲人的方式说服克力同，那就用克力同能理解的方式说服克力同，尽管这种方式他自己并不接受，这就像《王制》中所谓的"必要的谎言"（《王制》414b）。

克力同没有明确提出一套法哲学理论，但他的讲辞代表着大众的意见，体现了大众所持有的一种不稳固的正义观。由于大众的任意性和非理性，他们的行动缺乏一致性，因此他们可以在判决苏格拉底死刑的同时责怪苏格拉底的朋友们没能帮助他逃亡。这种行动的不一致性由他们的双重身份相互作用而导致，一方面他们每个人都是自私的个体，另一方面他们又是城邦共同体的一员。

如果对苏格拉底的判决也是任意性的产物，其中毫无理性可言，那么苏格拉底就有理由逃亡，而这也恰恰是大众所期待的。或许基于苏格拉底的第一项原则我们可以提出逃亡的正当性可由判决的荒谬性来证成，但对于大众而言，这二者之间实际上没有关联，大众期待苏格拉底逃亡只是因为苏格拉底有条件逃亡，与对他的指控是否符合事实无关。对于克力同而言也是一样，苏格拉底完全可以逃亡所以苏格拉底就应当逃亡，他所理解的正义就是人应当扶友损敌：

> 苏格拉底啊，我认为你打算要做的事情乃是不正义的——在能够有救的情况下断送自己的性命，而且，你渴盼为自己达到的那些结果，正是你的敌人所渴盼的，他们一直都渴盼着能够想方设法毁灭你。（《克力同》45c5）

正是考虑到友爱对于政治共同体的深刻意义，苏格拉底在决定自己是否要服从法律时，也必须将他与克力同之间的友爱纳入考虑的范畴。克力同是以朋友的身份恳求苏格拉底的，但他的讲辞显示了大众正义观的任意性不仅会破坏法律的安定性，也将无关因素纳入了对正义的考量。在苏格拉底看来，对于非哲人而言，信守与城邦的契约，服从城邦的法律，而非用自己的判断来随意地毁坏法律，这是更为重要的。

对于克力同而言，整个雅典的法律体系除了是自己营救苏格拉底的一个阻碍外别无所是。克力同小心翼翼地向苏格拉底论述了逃亡的可行性，但在某种程度上，恰恰是克力同所代表的大众对苏格拉底逃亡的这种期待使得逃亡不可能。因为苏格拉底若是选择逃亡，那么大众将从苏格拉底的逃亡中加深他们对自己所秉持的传统正义观的确信，这种确信将个人的私利凌驾于共同体的法律之上，就此而言，拟人化法律断言苏格拉底的逃亡将摧毁它是正确的。苏格拉底的服从，实际上是在用行动来防范普通人对于城邦基石的挑战（同上）。

对于苏格拉底而言，既不能顺从大众的期待从而破坏法律，也不能辜负克力同的苦心从而破坏其与克力同之间的友爱，因为友爱和法律一样，同样是城邦秩序的来源。友爱必须成全法律，而不是破坏法律，否则良序的政治必然在这两种不同秩序来源的内耗中被摧毁。因此克力同关于越狱的请求必须被拒绝，但同时克力同的友爱不能被拒绝。拒绝一个朋友提供的好处可能被认为是"可耻的"，因为它显示了一个人不愿意互相回报，或不愿进入信赖他人的关系。①

正是为了走出这个困境，苏格拉底才将法律召唤出来，并以法律之名以一种克力同能够信服，但又不至于明显与自己之前所提出

---

① 布伦戴尔，《扶友损敌：索福克勒斯和古希腊伦理》，前揭，页43。

的两项正义原则相矛盾的方式说服克力同。就此而言，我们可以说，苏格拉底以法律的名义作出的讲辞是他对克力同之友爱的表达。① 这种友爱一方面意味着缓和哲人与城邦之间固有敌意的可能，这种敌意的缓和是哲人下到洞穴的第一步，也是实现《王制》中那种由哲人王指引大众的完美政制的前提；另一方面，这种友爱又将作为城邦公民之间普遍友爱的一个组成部分，作为对抗僭主专制威胁，或者说更广义的恶的有力武器。

结　语

可以毫不夸张地说，"苏格拉底是第一个从根本上质疑对世界的理解，并要求给出思想上的理由的人"。由此造成的后果是，"天真的确定性"丧失了，随之而来的是不稳定的经验。② 如此苏格拉底就很难逃避来自大众的敌意。同样是被城邦指控渎神，普罗塔戈拉和亚里士多德都选择了逃亡。苏格拉底则考虑到，只有通过服从法律他才能进一步巩固自己所倡导的正义观，只有通过直面死亡他才能确保自己毕生的哲学事业不会功亏一篑。克力同在劝苏格拉底逃亡时并没有意识到这一点。正是通过守法而死，苏格拉底奠定了自己划时代的意义。

行文至此，一个仍然有待讨论的问题是，友爱既然是古典政治哲学中一个如此重要的概念，为何时至今日，关于友爱的探讨几近销匿？这个问题可以简要地从两方面回答。从形式上看，古典时期的"友爱"概念承载的意义过于宽泛，随着历史的发展，学术日益追求专业化和精确化，这个概念注定因其宽泛性和模糊性而渐渐被

---

① 潘戈，《〈柏拉图式政治哲学研究〉导言》，前揭，页22。
② 费格尔，《苏格拉底》，前揭，页3、5。

学术界抛弃。

从实质上看，友爱本身是一种非自然、非本能的情感，它本身并非植根于人的某种生理构造或生存之必须。离开情爱，繁衍就是不可能的，离开亲爱，下一代就无人抚养，但离开友爱，并不会对我们的生存繁衍造成直接的威胁，故友爱在否弃尘世、颂扬禁欲的古代和中世纪会得到重视，而在物欲横流的今天则会受到轻视。[1] 当然，启蒙运动以来的理性主义传统也是使人们逐渐淡忘友爱政治学的一个重要原因，正是启蒙哲学的内在破坏性导致哲学友爱变得不可能。[2] 对这个问题作进一步探讨将大大超出笔者意图研究的范畴，暂且按下不表。

---

[1] 路易斯，《四种爱》，邓军海译，上海：华东师范大学出版社，2018，页 108–109。

[2] 冯庆，《〈扎拉图斯特拉如是说〉中的哲学友爱》，载于《人文》第3卷，北京：中国社会科学出版社，2020，页 250–283。

《威尼斯商人》中的犹太人问题

姚 健

  《威尼斯商人》是讨论最多、最有争议的莎士比亚戏剧之一。使得该剧充满争议的重要原因是其渗透着浓厚的"反犹主义"的色彩。像莎士比亚这么伟大的人物,具有"反犹主义"的偏见吗?这引起了笔者的好奇。

  讨论《威尼斯商人》中的犹太人问题(Jewish question),必须假定犹太人问题是这部剧本身就存在的问题,并且最好是要紧的问题,否则本文对这部剧的解读就没有意义。这个预设需要检验,因此,笔者首先考察:犹太人问题是否该剧的中心问题。即便这个问题得到解决,也并不意味着莎士比亚抱有反犹立场,所以,笔者将在第二部分解决"是否莎士比亚是反犹主义者"的问题。通过细节分析,笔者将在第三部分探究莎士比亚该剧的更深层次意图。

  笔者认为《威尼斯商人》的确处理了犹太人问题,通过讨论各种相反的观点并提出理由,笔者认为莎士比亚不具有反犹主义的立场,他否定了反犹主义背后"字面地"理解宗教规条,标签化、类型化地看待人的行事原则。笔者将借用诺斯鲍姆的理论，指出莎士比亚通过对犹太人夏洛克的描写使读者了解到被歧视的、不同的信仰或种族的人也依然具有同样的人性，依然值得尊重。

莎士比亚引导读者尊重人的内在价值，不因为信仰问题而对另一群体施加歧视、迫害，激发读者成为不带偏见、善良的人。

莎士比亚的作品博大深奥，尤其因为对话体结构的复杂性，我们往往很难判断莎士比亚的立场。这需要我们深入分析戏剧结构和细节，做出格外的努力和探索，对戏剧整体提出融贯性的解释。

解释戏剧作品要注意言辞和细节。在解释为演出而写成的文本时，如果忽视了特定文化所包含的观众能够理解的语言符号和非语言符号，就无法阐明文本的意义。① 解释者要意识到，莎士比亚时代的观众"被戏剧中特定的言辞所激发起来的情感和想象"对于理解该言辞具有重要作用。戏剧作品，特别是用于表演的戏剧作品针对特定的观众，这些观众有自己的宗教信仰和文化认同，忽略了戏剧作品所欲吸引、教育甚或娱乐的对象，就难以理解戏剧作品本身的结构或语言。同样，细节也尤为重要，如果一种宣称有说服力的解释只能得到戏剧作品少部分细节的支持，而其他许多细节却反对该方向的解释，那么这种解释就无法成立。站得住脚的解释必须在整体上得到各关键情节的支持，不能出现内在矛盾。

一 犹太人问题是《威尼斯商人》的中心主题

特蒂认为犹太人在莎士比亚的时代之前三百多年就被逐出了英

---

① 特蒂，《无血之牲：〈威尼斯商人〉的天主教神学》，彭磊、蒋晖译，收于彭磊选编，《莎士比亚戏剧与政治哲学》，北京：华夏出版社，2011，页113。

格兰，实际上不为人知。安东尼奥在剧中从未对一般的犹太人有微词，犹太人问题不会成为《威尼斯商人》的中心主题（同上，页150）。笔者认为特蒂支持这一论断的理由不充分。

爱德华一世在1290年7月18日发布了一条法令，命令所有犹太人在三个月内离开英国，如果返回就会面临死刑，到11月1日，所有犹太人差不多都离开了这个国家。然而，反犹主义观念在天主教的灌输和影响下，依然在普通人的头脑里根深蒂固。天主教教会在中世纪一直不遗余力地向各个国家君主发布训令要求隔离或驱逐犹太人，英国1290年对犹太人的驱逐就是源自1286年教皇洪诺留四世直接向英国教会发布的训令，该训令要求对犹太人采取更为严厉的隔离政策。①

在莎士比亚之前，马洛就写了一部喜剧《马其他的犹太人》表达了对犹太人的讽刺、厌恶，莎士比亚时代的民众依然有反犹太人的情绪。根据夏普洛（Shapiro）的研究，伊丽莎白时代的英格兰有一定数量的犹太人，虽然数量不是很多（not great）。② 在亨利八世、玛丽、伊丽莎白统治时期，伦敦作为西欧的第三大商业中心，因而也是第三大"马兰诺"定居点。所谓"马兰诺"（Marrano）指因宗教迫害表面上信奉基督教、暗地里奉行犹太教礼仪和律法具有犹太血统的人。③ 所以，以莎士比亚所处时代的英国不存在犹太人、犹太人不为人知为由认为犹太人问题不会是该剧的中心主题，缺乏依据。

---

① 罗斯，《简明犹太民族史》，黄福武、王丽丽译，济南：山东大学出版社，2004，页265。

② Nicole M. Coonradt, "Shakespeare's Grand Deception: The Merchant of Venice——anti-Semitism as 'Uncanny Causality' and the Catholic-Protestant Problem," in *Religion and the Arts*, Volume 11, Number 1, 2007, p. 86.

③ 罗斯，《简明犹太民族史》，前揭，页378。

特蒂认为安东尼奥从未对一般的犹太人有微词的说法也与该剧的情节不符。第一幕的第三场，夏洛克谈起安东尼奥，说道：

> 他憎恶我们神圣的民族，甚至在商人会集的地方当众辱骂我，辱骂我的交易，辱骂我辛辛苦苦攒下来的钱，说那些都是暴利。①

第三幕第一场，夏洛克说：

> 他（安东尼奥）羞辱过我，夺取我几十万块钱的生意，讥笑我亏了本，挖苦我赚了钱，污蔑我的民族，破坏我的买卖，离间我的朋友，煽动我的仇敌。他的理由是什么？只因为我是一个犹太人。（《威尼斯商人》，页 432）

朱克特也指出：

> 安东尼奥对夏洛克怀有恶毒的怨恨。尽管夏洛克不可爱，但他最邪恶的行为却是世上存在太多安东尼奥那样的人造成的结果。安东尼奥是虔诚的反犹者。一个真正仇恨犹太人的基督徒。②

安东尼奥的朋友萨拉里诺、萨莱尼奥、葛莱西安诺在剧中都有非常明显的反犹言论，这很难忽视。萨拉尼奥两次说"犹太人以魔鬼的样子出现"（《威尼斯商人》，前揭，页 430、432），这是反犹言

---

① 莎士比亚，《威尼斯商人》，朱生豪译，南京：译林出版社，2013，页 404（以下随文注页码）。

② 朱克特，《新美狄亚：〈威尼斯商人〉中鲍西亚的喜剧性胜利》，阿鲁里斯、苏利文编，《莎士比亚的政治盛典》，赵蓉译，北京：华夏出版社，2011，页 35。

论最通常的说法,中世纪的绘画、壁画等艺术作品中犹太人头上都有角,因为据说魔鬼是头上长角的。① 葛莱西安诺骂夏洛克是狗、豺狼,这也是反犹言论的典型:"犹太人被认为不是人,是畜生。"

有人会反驳说,夏洛克受到"辱骂和攻击"是他的恶劣行为引起的。这种观点没有看到夏洛克行为的报复性质,不公正地给他加上道德上的责难,而忽略了夏洛克受到的对待与"反犹主义"的关联。夏洛克"想要安东尼奥的命"很大程度上是因为他的女儿被安东尼奥的朋友拐跑了,并且偷走了他大量的财富,气愤之下,夏洛克难免认为安东尼奥是这次阴谋的参与者。现代人往往从婚姻自由的角度认为夏洛克阻碍女儿的幸福,却忽略了在以往的时代,一个十八九岁的姑娘很容易被图谋不轨的青年拐跑,最后甩掉。从保护女儿的角度,经由父母的同意是必要的,正如鲍西亚的父亲所做的(他设置匣子测试意图保护女儿免于不良求婚者的伤害)。

朱克特注意到安东尼奥及其朋友们与犹太人夏洛克的冲突先于这场戏剧:

> 一看见安东尼奥,夏洛克就宣布"我恨他",这种仇恨显然是相互的。

夏洛克抱怨安东尼奥对他极不友善,他对安东尼奥说:

> 您曾把唾沫吐在我的胡子上,用您的脚踢我,好像我是您门口的一条野狗一样。②

---

① Pamela Berger, "The Roots of Anti-Semitism in Medieval Visual Imagery: An Overview," in *Religion and the Arts*, 2000, 4 (1), p. 28.
② 莎士比亚,《威尼斯商人》,前揭,页406。

两人水火不容的敌对情绪都与双方的宗教有关。①

有人提出疑问：如果犹太人问题是该剧的中心问题，那么匣子选择的场景和情节就并没有显示出与"犹太人问题"的关联，因此与中心主题割裂，造成该剧在形式上出现问题。这个问题如何解决？侯默尔的研究指出匣子选择的情节并非与该剧设定的中心主题无关，其实它与夏洛克有内在的关系。②

夏洛克像摩洛哥和阿拉贡一样选择了金匣子和银匣子所代表的世俗价值。像摩洛哥一样，夏洛克以身体的词语（physical terms）界定自己，并且被许多人所欲望（desire）的金子的光芒遮蔽了双眼；像阿拉贡一样，他自以为是地假定了应得（desert），而银匣子象征着"尘世中一些聪明人在公正的言辞中闪耀"，紧密联系着夏洛克对尘世智慧的看重，这种智慧在"他审判中依据契约要求严格正义"的言辞中表现得最为突出。像摩洛哥和阿拉贡一样，夏洛克主要被自利的激情和尘世的智慧所驱动。他自以为是的行为就像摩洛哥依照虚荣、阿拉贡依照骄傲行事。夏洛克欲求着（desire）安东尼的肉，他认为依照法律那是他应得的。他不会牺牲任何一丁点他所欲望的东西和他认为自己应得的东西，他做不出铅匣子的选择，给予并牺牲全部（同上）。选择铅匣子象征着一种智慧，这种智慧理解爱的矛盾性质，只有在给予和牺牲全部的时候爱才是一种获取。正如我们在铅匣子的箴言所看到的，爱作为一种礼物或者牺牲对耶稣所成就的新律法是根本的（同上，页64）。

因此可以说，夏洛克及其所隐喻的犹太人问题是贯穿该剧的一

---

① 朱克特，《新美狄亚：〈威尼斯商人〉中鲍西亚的喜剧性胜利》，前揭，页24。

② Holmer, Joan Ozark. "Loving Wisely and The casket Test: Symbolic and Structural Unity in The Merchant of Venice," in *Shakespeare Studies* 11 (1978), p. 63.

个中心主题。

二 《威尼斯商人》并未表明莎士比亚持有反犹立场

既然犹太人问题是该剧中心主题,莎士比亚必然会对犹太人问题表明自己的态度。前面指出,莎士比亚在剧中展现的许多人物的确持有反犹主义的立场,许多评论者于是认为莎士比亚本人就具有反犹的立场,而且《威尼斯商人》本身就是一部反犹作品。例如,布鲁姆说:

> 一个人如果没有意识到莎士比亚伟大的、模棱两可的喜剧《威尼斯商人》不过是一部极度的反犹作品,那么他就是瞎了、聋了、哑了。

科恩说道:"《威尼斯商人》对我而言是一部深深的、残酷的反犹戏剧。"格阿德·哈蒙德说:

> 他接受莎士比亚的种族主义作为英格兰国家主义意识形态的一部分。《威尼斯商人》是如此麻烦的一个文本,甚至给我们这样一种感觉:无论我们多么想人道地解释它,它仍然强调了一种反犹主义。[①]

然而,剧中人物有明显的反犹主义立场,并不意味着莎士比亚是反犹的,或者该剧最有价值的思想就是为反犹主义提供支持。笔者认为莎士比亚并不持有反犹态度,他对于犹太人持一种宽容、同

---

① Nicole M. Coonradt, "Shakespeare's Grand Deception: The Merchant of Venice——anti - Semitism as 'Uncanny Causality' and the Catholic - Protestant Problem," p. 86.

情和尊重的立场。在此,笔者借用诺斯鲍姆的理论对这一观点进行辩护。诺斯鲍姆认为,

> 文学作品的阅读有助于促使读者产生一种强烈的信念,把每个生命都看作是独特的和独立于其他生命的。群体仇恨和群体压迫常常建立在不能具体化的对待个人之上。种族主义、性别歧视以及许多其他形式的恶毒偏见常常来源于把负面特征归于整个群体。文学性的理解有助于消除那些支撑群体仇恨的僵化形象,因此它促进了通向社会公平的思想习惯。在这些文学体验中,我们首先借助被边缘化或被压迫群体中的个体成员的眼睛去看世界,这样我们就同情地认同了这些个体成员。我们就会学会把人类社会的任何成员都看作是有自身故事的独特个体,而不是以一种模糊抽象的概念来看待人。个体化地看待他人的人性能促使我们认可和尊重他人作为人类社会一员的尊严和权利,并能消除任何形式的种族和群体仇恨的土壤。①

剧中抱有比较强烈的"反犹"观念的那些人,都以一种模糊的抽象概念看待夏洛克。在他们眼里,犹太人的种族特征淹没了夏洛克的个人特征。安东尼奥嫉恨夏洛克,用夏洛克的话说,

> 他(安东尼奥)曾经羞辱过我,夺去我几十万块钱的生意,讥笑我亏了本,挖苦我赚了钱,污蔑我的民族,破坏我的买卖,离间我的朋友,煽动我的仇敌。他的理由是什么?只因为我是一个犹太人。②

---

① 诺斯鲍姆,《诗性正义》,丁晓东译,北京:北京大学出版社,2010,页133、134、137、139、147。
② 莎士比亚,《威尼斯商人》,前揭,页431、432。

剧中萨莱尼奥第一次见夏洛克走过来时说：

  让我赶快喊"阿门"，免得给魔鬼打断了我的祷告，因为他已经扮成一个犹太人的样子来啦。（同上，页431）

抱有反犹观念的人在夏洛克身上所看到的只是"整体犹太人"的模糊特征，而不是一个具体的有独特经历的人。莎士比亚对夏洛克的刻画，使观众以具体化的眼光了解到这个人独特的感情、愤怒、欲望，从而对他产生一种同情的情感。特别是夏洛克这样的对白：

  难道犹太人没有眼睛吗？难道犹太人没有五官四肢，没有知觉，没有感情，没有血气吗？他不是吃着同样的事物，同样的武器可以伤害他，同样的医药可以疗治他，冬天同样会冷，夏天同样会热，就像一个基督徒一样。你们要是用刀剑刺向我们，我们不是也会出血的吗？你们要是搔我们的痒，我们不是也会笑起来吗？你们要是用毒药谋害我们，我们不是也会死吗？那么要是你们欺侮了我们，我们难道不会复仇吗？（同上，页432）

莎士比亚让夏洛克说出这段话，使观众注意到夏洛克也是一个单独的、只有一次生命可以经历的个体，有自己的感情和尊严。莎士比亚迫使观众以夏洛克的眼睛看待这个世界，并想象"他平日做生意受到的侮辱和诋毁，最疼爱的女儿被拐跑"的景象，从而使观众不由自主地对这个独特的生命产生同情和尊重。以抽象的概念看待人的方式会被文学体验所促使的具体化地看待人的方式所代替，而那种"反犹"的种族仇恨就会自然消解。

有一种反对观点认为，莎士比亚在剧中将夏洛克塑造为一个故意谋取他人性命的残酷的人，这和中世纪反犹文学所塑造的犹太人

"杀人犯""罪人"形象相符合，因此该剧的主旨依然是表达一种明显的反犹观念。特别是在伊丽莎白时代，有过这样一个犹太人事件：罗伯茨是个马兰诺犹太人，他当过伊丽莎白女王的私人医生，但他卷入了埃塞克斯伯爵的阴谋，被控投毒谋杀女王，从而以叛国罪被绞死。这个事件使英格兰掀起了一轮反犹热潮，有许多英格兰商人因有信仰犹太教的嫌疑而被驱逐出了这个国家。[①] 就像中世纪发生的典型的反犹事件：某个地方出现了一起谋杀案、小孩失踪，就会栽赃到犹太人身上，从而引起新一轮的反犹行为，最终整个社区的犹太人都被驱逐或杀害。

笔者不同意这种观点，夏洛克的确故意要谋取安东尼奥的性命，但需要注意的是：夏洛克是在复仇。夏洛克参加安东尼奥、巴萨尼奥举办的宴会，就在宴会期间，他的亲生女儿被安东尼奥的朋友罗兰佐拐跑了，因此夏洛克有正当理由认为邀请他参加宴会是安东尼奥和整个基督教世界针对他的一个阴谋。安东尼奥从前就对夏洛克有偏见、厌恶他，这更加深和支持了夏洛克的判断。

犹太教非常看重家庭关系，剧中也提到夏洛克像看待自己身上的一块肉一样看重女儿，失去女儿对夏洛克来说是个沉重打击，因此夏洛克将全部怒气发泄在了安东尼奥身上，意图使安东尼奥失去生命来完成复仇。如剧中所说，基督徒受到伤害时就会复仇，犹太人也会复仇，"复仇乃是属于人性之共同性的东西"。[②] 何况，夏洛克并没有以私力的方式，而是以法律进行复仇，因此完全不同于毫无来由地杀害、侵夺他人生命。夏洛克的行为并没有那么残酷、邪恶，反倒一定程度上引起了观众的同情。夏洛克要求安东尼奥一磅肉，

[①] 罗斯，《简明犹太民族史》，前揭，页378。
[②] 布鲁姆，《基督徒与犹太人》，秦露译，布鲁姆，《巨人与侏儒》，张辉选编，北京：华夏出版社，2007，页151。

此举并没有在观众心里呈现出典型的"罪犯"或"杀人犯"形象。

有人也许会提出这样的疑问：在夏洛克的女儿被拐跑之前，夏洛克就和安东尼奥签订了一磅肉的契约，图谋杀害了安东尼奥，因此夏洛克并非出于复仇才要杀害安东尼奥，而是出于预谋，这凸显了夏洛克的罪恶。笔者不同意这种看法。以立约时的情形来看，安东尼奥能够按期偿还借款的概率非常大。安东尼奥在签约时并没有显示出不能还款的担心，反而两次说到自己的船能够返航，还债的钱两个月内就会有。① 假如夏洛克蓄意谋杀安东尼奥，他就不可能借助于那种微乎其微的可能性。换句话说，安东尼奥的履约能力依赖他的商船安全返航，夏洛克本人没有做任何损害商船返航的事，他本人对于安东尼奥的不能履约并没有"以行动积极地追求"，因此他不是故意借此契约杀害安东尼奥。他的心理状态是：万一安东尼奥能够履约，那么他帮了安东尼奥一个忙，安东尼奥欠他一个人情（以后做生意不会为难自己）；万一安东尼奥不能履约，那么他会依照一磅肉的契约提出要求，看到安东尼奥的恐惧、哀求后，借机奚落、讽刺、侮辱一下他，从而满足一个长期被侮辱、被损害的人的权力感和尊严感。在第一幕第三场，安东尼奥向夏洛克提出借钱的要求时，夏洛克首先谈到的就是安东尼奥之前给自己施加的种种羞辱（同上，页406）。

支持莎士比亚教导反犹的另一种观点认为，法庭对安东尼奥一案的审判影射新约对耶稣的审判，夏洛克象征想致耶稣死地的犹太人，而安东尼奥则象征耶稣基督。夏洛克诉诸法律正义，要求公爵按约割取安东尼奥的一磅肉，这与犹太人按照律法要求彼拉多处死耶稣相似；安东尼奥试图为朋友巴萨尼奥牺牲自己，没有替自己辩护，对自己的命运坦然接受，这与耶稣为了世人的罪牺牲自己并在

---

① 莎士比亚，《威尼斯商人》，前揭，页407。

审判中始终沉默相似；夏洛克要求公爵依照法律满足自己的诉求，并且威胁"你要是不准许我的请求，只怕你的特权，你的城邦的自由，别想保住了"（同上，页451），而那些犹太人也同样威胁彼拉多，喊着说"你若释放这个人，就不是凯撒的忠臣，凡自己为王的，就是背叛凯撒了"；当鲍西亚说，依照法律他有权从安东尼奥的胸口上割下一磅肉时，夏洛克说，"凭我的良心，谁也不能用口舌改变我的决心"（同上，页457），这与圣经中那群迫害基督的犹太人的说法极为相似——彼拉多拿水在众人面前洗手，然后说"流这义人的血，罪不在我，你们承当吧"，这时，夏洛克的那些先辈们异口同声地回答说，"基督的血归到我们和我们的子孙身上"。[1]

反犹主义的最主要原因在于犹太人不承认耶稣基督，并且杀害了耶稣，因而他们要为耶稣的血负责。这种观点的赞同者于是认为，莎士比亚通过对安东尼奥的审判重新再现了对耶稣的审判，从而提醒观众犹太人犯下的不可饶恕的罪行，因而莎士比亚在该剧表达了对反犹主义的一种支持。而且他们认为对安东尼奥审判的结果宣示了安东尼奥所代表的基督教的胜利和犹太教的失败，基督徒才是真正的选民，基督教才是真正的宗教，犹太教是失败的、应该被祛除的宗教，这点更是反犹主义者经常抱有的主张。

笔者不赞同这种观点，虽然《威尼斯商人》对安东尼奥的审判情节和新约中对耶稣的审判有相似的因素，但是两者存在关键不同：对安东尼奥的审判结果是犹太人夏洛克失败了，安东尼奥并没有死，夏洛克并没有沾上安东尼奥的鲜血；对耶稣的审判结果是那群犹太人胜利了，耶稣被处死了。笔者认为安东尼奥隐喻基督是可疑的，安东尼奥最多可以算一个虔诚的基督徒，但身上抱有的激烈的反犹

---

[1] 朱克特，《新美狄亚：〈威尼斯商人〉中鲍西亚的喜剧性胜利》，前揭，页32。

偏见还有其他缺陷，使得他无法代表耶稣基督本人的行事原则。

　　基督教作为从犹太教内部产生的小宗派，为了不断发展壮大，需要主张优越于犹太教的独特性，所以基督教一直很强调自身与犹太教的不同。评论者们都忽略了第二幕第二场朗斯洛特·高波和他父亲老高波对话的情节，也很少对这个情节给出合理的解释。朗斯洛特·高波是个基督徒，在犹太人夏洛克家里做仆人，这象征着基督徒和犹太人生活的某种融合。[1] 朗斯洛特·高波请求老父亲祝福的情节明显模仿了旧约中雅各请求以撒祝福的场景。此外，夏洛克有一次称朗斯洛特是"夏甲"的后裔，夏甲是亚伯拉罕的侧室，亚伯拉罕、以撒、雅各是犹太人最初的三位祖先。笔者认为莎士比亚通过这里的情节想告诉我们的是：基督徒再怎么强调自己的独特性，仍必须认可耶稣基督是犹太人，不得不承认他们也是亚伯拉罕、以撒、雅各的子孙，和犹太人有共同的祖先。基督教和犹太教在很多的时候是混和一致的，二者有共同的上帝，共同的经典《摩西五经》，甚至共同的教义（尽心、尽性、爱你的主和爱人如己）。耶稣从来没有否定过犹太教和犹太人，没有教导否定或者取消律法，他是要实现律法背后的精神——更正错误的行为，教导并引人走更正确的道路。因此基督徒的反犹主义根本上欠缺合理性。从这个角度来说莎士比亚没有教导反犹主义。

---

[1]　尽管整个第二幕的主题是"逃离"：朗斯洛特离开他的犹太主人，跟随了基督徒巴萨尼奥；夏洛克的女儿杰西卡逃离犹太家庭和基督徒罗兰佐私奔。"逃离"加剧了戏剧的冲突，显示了基督徒和犹太人之间的分歧和冲突依旧很难逾越。在戏剧的第三幕第一场，莎士比亚安排夏洛克的同族杜伯尔一边告诉他"他的女儿私奔并在路上不断浪费他财产的消息"，一边告诉他"安东尼奥破产的消息"，而就在那个时候夏洛克下定了决心要"整治安东尼奥""挖出他的心"。莎士比亚，《威尼斯商人》，前揭，页433、434。莎士比亚这样的安排有明显的意图：夏洛克的复仇与得知女儿私奔有密切的关联。

三　莎士比亚的真实意图：表象与实质

莎士比亚《威尼斯商人》有浓厚的反犹主义表象，但莎士比亚并没有鼓励反犹主义，他对于反犹主义抱有相反的态度。莎士比亚的真实意图是表达一种非字面主义（non literalism）、非类型化、非标签化，具体化、精神化（spiritual）看待人的评断和行事原则。依照这种原则，犹太人遭遇到的"歧视、排斥、隔离和迫害"问题，还有一切类似形式的种族主义、宗教迫害等问题都可以得到解决。

正如众多莎士比亚的研究者所指出的，匣子选择的情节是该剧的一个核心，莎士比亚借助巴萨尼奥的正确选择表明了这样的意思：

> 外观或文字（appearance or letter）往往和事物的本质（essence or spirit）完全不符，世人却容易为表面的装饰所欺骗。任何彰明显著的罪恶，都可以在外表上装出一副道貌岸然的样子。多少没有胆量的懦夫，他们的心其实软散如沙，可他们的颊上却长着天神一样威武的须髯，让人们只看着他们的外表，就禁不住生出敬畏之心！再看那些世间所谓美貌吧，那是完全靠着脂粉装点出来的。所以装饰不过是一道把船只诱进汹涛险浪的怒海中去的陷人的海岸，又像是掩盖着黑丑蛮女的一道美丽的面幕。①

铅匣子中内藏的手卷揭示了最核心的东西："你选择不凭着外表，果然给你直中鹄心！胜利已入你的怀抱，你莫再往别处追寻。"（同上，页438）摩洛哥和阿拉贡根据金匣子和银匣子的外表做出判

---

① 莎士比亚，《威尼斯商人》，前揭，页436。

断，认为炫目有价值的外表必然会得到正确的选择，结果他们被事物的外表欺骗，只得到"僵死的骷髅"和"傻瓜的嘴脸"。

审判场景中夏洛克的失败说明了同样的道理。鲍西亚之所以能驳回夏洛克的诉求，正是利用了夏洛克的字面主义（literalism）倾向。夏洛克是个字面主义者（literalist），只把握律法或经文的字面含义（letter），不把握其背后的精神。他引用圣经中雅各牧羊杖的故事为自己利用金钱取利辩护时就说明了这点。[①] 夏洛克字面化地理解经文的意思，误以为雅各凭借自己的盘算和智巧获得了财富，却忽视了经文背后的精神：雅各来拉班家之前是贫穷的、孤单的，返回时则富有且有了自己的伴侣，这全是上帝的恩典和仁慈（beneficence）。

在审判的场景中，夏洛克说：I stand here for law，意思是：法律站在他这边，满足他的诉求才能体现法律。他完全字面化地理解契约的规定，而不能精神性地理解整个规定："一磅肉的借款约定"的实质是"拿他人的性命做当头"，这是摩西律法明令禁止的。

鲍西亚驳回夏洛克的诉求正是利用了夏洛克对契约字面的信赖，"约上允许割一磅肉，但没有写允许留下一滴血"，当夏洛克意识到约上的确没有写允许留一滴血时，他对自己败诉的现实心服口服。正是在字面主义的语境下，鲍西亚的道理才可以成立。如果稍微注意下契约文本背后所隐含的东西，鲍西亚的理由就是可疑的，因为履行契约必然会处分到履行契约所必然附随的东西。莎士比亚告诉我们：字面主义的、教条僵化的行事原则必然面临自我矛盾，这种矛盾既有字面地理解对象会产生的内在矛盾，也有与"具体的、真实的社会情景"之间的矛盾。

[①] Holmer, Joan Ozark. "Loving Wisely and The Casket Test: Symbolic and Structural Unity in The Merchant of Venice," p. 65.

不凭借人的外在特征、标签来选择、评断，正是莎士比亚所要主张的。一个人所属的民族、信仰什么宗教、出身、地位、财富的多寡、英雄还是罪犯都是其外在的特征或标签，是评断这个人的字面上的东西。不根据这些特征或类型来评断和对待他，而是依据这个人作为一个具体的生命、一个有着独立思想和感情的个体来评断和对待他，正是莎士比亚通过这部剧所要告诉我们的最重要的东西。

搞清楚了莎士比亚该剧的真实意图，有助于我们理解该剧存在的一些令人迷惑的问题以及一些剧中人物身上暗含的意象。比如，世界上许多王子贵胄迷恋向往的鲍西亚为什么会选择巴萨尼奥？虽然巴萨尼奥选中铅匣子通过了鲍西亚父亲的考验是个正式的理由，但是剧中告诉我们在巴萨尼奥选择铅匣子之前鲍西亚就喜欢他了，并且唯独希望他通过匣子测试。然而，巴萨尼奥是个极为普通的青年，没有显赫的出身，没有出众的才学，没有多少财富，靠着向朋友借钱才能维持外强中干的体面——鲍西亚为什么会选择巴萨尼奥？

仔细想想就会发现，巴萨尼奥身上有着某种独特的东西，他是唯一"没有反犹主义宗教偏见"的基督徒，也是唯一第一次见面就称呼夏洛克为"大叔"，而不称他为"犹太人"，将夏洛克首先当成一个人来尊重的威尼斯人。就像布鲁姆说的，

> 巴萨尼奥不是狂热分子，他是唯一并非本能地仇恨夏洛克的威尼斯人。他总是像对待一个人一样对待夏洛克，不关心造成他们隔阂的教条。[①]

巴萨尼奥是莎士比亚所主张的非字面化、非标签化、具体化地评断和待人的典型。正因为如此，是他而非别人成功地赢得了鲍西

---

① 布鲁姆，《基督徒与犹太人》，前揭，页154。

亚的芳心。

鲍西亚有一种自由、开阔的性格，她不固守父亲的教条，善于在形式和教条的限制下追求实质性的东西。她不带偏见地看待这个世界。任何人，无论他属哪个国家、哪个民族、哪种肤色、哪种身份，她都给予平等的尊重，给予同等的选择的权利。只要他们遵守规则，一旦选中正确的匣子就会将自己嫁给对方。鲍西亚也具有那种非字面化、非标签化地评断和看待人的眼光，莎士比亚将她树立为最美的瑰宝，无数人梦想和追逐的对象。

正是鲍西亚身上这种对事物和人毫无偏见、能凭借他人自身的特点加以评断的性格，才使莎士比亚让她在剧中改头换面做了安东尼奥一案的法官，并且把她比拟为圣经中的伟大法官但以理。在审判中，鲍西亚运用夏洛克所依赖的原则击败了他，她引用的律法和理由并不是夏洛克不认同的"非犹太性"的东西，她完全凭借犹太法律就了结了该案。[①] 客观地说，在一场绝大部分人胸中填满"反犹"怒气的审判中，她冷静、毫无偏见并不偏不倚地做出了裁断。

再来看一下贝尔蒙特这个地方，按照剧中所告诉我们的，在贝尔蒙特，不同宗教信仰的人，不同国别、肤色的人，主人和仆人都得到同等的看待和尊重。这里是一个没有偏见，没有标签，人与人相互尊重、友爱的国度。正是在贝尔蒙特，基督徒洛兰佐和犹太人杰西卡这两个属于不同宗教的人逃避到这里，幸福地生活在了一起。贝尔蒙特是一个只有爱与欢乐，没有宗教纷争，没有痛苦与哀愁，没有偏见与迫害的地方。莎士比亚所想象的理想国度就是类似贝尔蒙特这样的地方。

[①] 朱克特，《新美狄亚：〈威尼斯商人〉中鲍西亚的喜剧性胜利》，前揭，页31。

安东尼奥是个虔诚甚至有点狂热的基督徒，他乐于帮助他人，甚至为了朋友甘于牺牲自己，但是他和夏洛克一样是个字面主义者，容易被自己所信仰的宗教规条的表面意思所迷惑，看不到其背后的精神性东西。安东尼奥代表了历史上众多虔诚的基督徒，他们坚定、热诚地投身于所坚信的宗教，并且在实际生活中严格履行宗教戒条，但他们太过僵化和狭隘以致对于非我宗教的人不能表现出宽容和理解，这种基督徒是历史上反犹主义和各种宗教战争的积极追随者。

真正基督的宗教是宽容和仁爱的宗教，对于众人所厌恶的麻风病人、残疾人、罪人、税吏，耶稣尚且同情他们，认为他们依然可以得到天国的福音。耶稣基督不鼓励残暴、压迫和反犹主义。鲍西亚在审判说了一段话呼吁"仁慈"，她说：

> 仁慈像甘霖一样从天上降下尘世；它不但给幸福于受施的人，也同样给幸福于施予的人。它有超越一切的无上威力，比皇冠更足以显出一个帝王的高贵；仁慈的力量高于权力至上，它深藏在帝王的内心，是一种属于上帝的德性。①

仁慈正是基督教和犹太教律法规条背后的精神性涵义和实质，安东尼奥和夏洛克都忽略了它。

把握了莎士比亚的意图，戒指事件也就可以得到合理的解释。巴萨尼奥选中正确的匣子后，鲍西亚给了他一枚戒指，象征他们的爱情。他们虽然已有了相爱的形式，但还不具有相爱的实质，因为巴萨尼奥对鲍西亚的爱里面掺杂了别的东西。巴萨尼奥来追求鲍西亚并非爱情这一个原因，追求到鲍西亚从而获取财富偿还安东尼奥的债务也是一个动机。巴萨尼奥的爱不纯净。真正的爱仅仅只有爱

---

① 莎士比亚，《威尼斯商人》，前揭，页455。

这一个原因。

真正的爱的典范是耶稣基督的爱，耶稣基督所宣扬的爱是出于自由的爱，仅仅这一个原因，没有其他。不是因为要面包，不是因为在巨大奇迹面前的惊叹和顺服，也不是热慕权力。① 当鲍西亚帮助巴萨尼奥从夏洛克手里解救了安东尼奥，偿还了巴萨尼奥的债务后，莎士比亚安排鲍西亚追索那枚戒指。直到巴萨尼奥承诺全心全意的爱之后，鲍西亚才重新给了他那枚戒指，这时他们的相爱才有了实质性的内涵，莎士比亚在最高的层次上阐释了爱。

考虑一下莎士比亚生活的时代人们的生存处境，有助于挖掘莎士比亚的更深一层意图。莎士比亚生活的年代在1564到1616年之间：

> （公元1534年）亨利八世抵制罗马对教会机构的控制，与教宗决裂，并以英国君主取而代之成为教会和国家的元首，还在统治期间迫害天主教人士。亨利驾崩后，当局对天主教的迫害变本加厉。亨利九岁的儿子爱德华六世开始按照新教改革天主教教义和礼拜仪式，并迫害那些忠于传统教义或践行天主教崇拜的人。爱德华六世在位六年去世后，亨利的女儿玛丽逆转改革的方向，恢复了罗马天主教。被称为"血腥的玛丽"的她积极恢复英国的旧信仰，严酷迫害宗教改革者。她在位的五年里，273个不遵守她的宗教命令的人被烧死在火刑架上。接替玛丽的是伊丽莎白，她坚定不移地实行宗教改革。那些宣扬天主教信仰的人被迫转入地下。在1584年至1594年期间，至少有50个神父被绞死，另外还有55个被流放，其中就有和莎士比亚

---

① 参见陀思妥耶夫斯基，《卡拉马佐夫兄弟》，耿济之译，北京：人民文学出版社，1981，页368–396。

相识的天主教徒遭到这样的命运。①

天主教徒和新教徒以基督之名进行的流血争斗无所不在，极具破坏性，给人们带来了深深的痛苦。每一个人都担惊受怕，担心在变换不居的宗教纷争中因自己的信仰受到迫害。② 在莎士比亚看来，基督教内部的宗教迫害和冲突都是字面化、标签化的判断和行事原则的结果。当新教在国家占据主导地位时，如果某人的标签是天主教徒，那么不管这个人具体是怎么样的，他都是魔鬼、是谬误，都应该被驱逐和消灭，反之亦然。莎士比亚要强调的是，只要在行动中能把握基督教的核心精神——仁慈和爱，那么无论采取哪种宗教的表现形式，无论是天主教还是新教，都无关紧要。这就能避免那些破坏性的宗教纷争，会减少非常多的冲突和仇恨，并且给尊重、平等和友爱带来真正的可能。

莎士比亚时代的剧院上演的剧目要受到严格审查，一旦发现触犯了政治禁忌，剧院就会被查封，相关的人员也会遭受严厉的处罚（同上）。莎士比亚要对主导的宗教政策表达异议，就不得不用隐喻、暗示等极为隐秘的方法传达真实意图，借助同时代人无论是新教徒还是天主教徒共同的反犹偏见，是个极好的工具。审判夏洛克的结果是强迫他改宗（conversion），当时的观众会极为容易地联想到英国法律强迫天主教徒改信新教，而被强迫改宗是伊丽莎白时代许多人所面对的痛苦现实（同上，页92）。

还有一部分被迫改宗的人暗地里依然坚守原有的信仰，并且日复一日承受着内心的折磨和痛苦，就像那些表面上改信基督教的马

---

① 特蒂，《无血之牲：〈威尼斯商人〉的天主教神学》，前揭，页119。
② Nicole M. Coonradt, "Shakespeare's Grand Deception: The Merchant of Venice——anti-Semitism as 'Uncanny Causality' and the Catholic-Protestant Problem," p. 89.

兰诺犹太人一样。通过描述犹太人因信仰自己的宗教遭到的歧视、嫉恨、排斥、迫害，以及犹太人因为这些遭遇所受的痛苦，莎士比亚使他的观众想到了自己施加给别人的或自己身上所遭受的宗教强制，进而有所反思，从而产生对宗教强制的抵触并抱以更多的宽容和仁慈之心。

结　语

莎士比亚告诉我们应该坚持非字面主义、非标签化、非类型化，将他人当成有感情的、鲜活的个体来看待的判断和行事原则。这是可能的吗？每一个人生下来都属于特定民族、特定地域、特定阶层，他不是拥有属于自己的名称（letter）、标签和类型吗？不基于属于人的这些外在特征来论断和评判他人可以做到吗？尤其是当人们就其所认同的属于最高价值的东西（比如宗教）意见不同时，他们更是很难做到彼此宽容、尊重并和谐相处。布鲁姆提供了一种可能性，并且认为除此之外别无他法，那就是：

> 以另一种具有和宗教一样强烈吸引力的对象，来取代对人之宗教激情的关怀和关注。这种对象恰恰是在对赢利的嫉妒性欲望中发现的，商业的精神使人节制自己的宗教狂热；金钱至上的人不会死在十字架上。[①]

布鲁姆所提出的正是我们熟悉的现代社会的解决方案，然而在现代社会，那种非字面主义、非标签化地看待人的行事原则依然很难找到它的位置——富人和穷人、"有利于自己获利的"和"不利于自己获利的"成了新的标签。

---

① 布鲁姆，《基督徒与犹太人》，前揭，页142。

莎士比亚所主张的原则的现实可能性可以在典范人物的言行中发现，例如陀思妥耶夫斯基《卡拉马佐夫兄弟》的主人公阿辽沙。

"拉基金"，阿辽沙忽然坚定地大声说，"你最好看一看她（格鲁申卡）：你有没有看见她是怎样宽恕我的？我到这里来原想遇到一个邪恶的心灵——我自己这样向往着，因为我当时怀着卑鄙、邪恶的心，可是我却遇见了一个诚恳的姊妹，一个无价之宝——一个充满爱的心灵……她刚才把我宽恕了……"阿格拉菲娜·阿历山德罗芙娜（格鲁申卡），我说的是你。你现在使我的心灵复元了。①

这是阿辽沙第一次与格鲁申卡见面时说的话。格鲁申卡被众人贴上了这样的标签：生活放荡，心地不善，是个典型的女罪人。再加上几天前听说格鲁申卡侮辱了一个正派的女子，所以阿辽沙心里对她产生了偏见。但是一旦阿辽沙和格鲁申卡见面，谈话，了解了她作为一个具体的人所遭遇的事情和她过往的经历，以及她所具有的激烈的感情，他就意识到格鲁申卡也具有一个充满爱的心灵。虽然阿辽沙在言行举止上对她没有任何不尊重的地方，但是，阿辽沙会为自己曾经有过的那种错误的想法，那种根据人们贴在某个人身上的标签，而不是根据她这个具体的、鲜活的人来评断格鲁申卡那样的想法感到羞愧！这正是关键之处。

阿辽沙并非高高在上，普通人不可企及，他会犯和普通人一样的错误，经历普通人一样的痛苦，但他会坚持不懈地反省自己、纯洁自己、提升自己。这正是阿辽沙这样的人物之于普通人的意义。虽然普通人都无法做得那样完美，甚或就像格鲁申卡所说的，"我只

---

① 参见陀思妥耶夫斯基，《卡拉马佐夫兄弟》，前揭，页526。

施舍过一棵葱",善行只有一点点,但是普通人可以时常反省自己:有没有因为自己抱有的偏见,有没有因为他人身上被贴上的标签而在言语和行动中不经意间伤害一个像自己一样有尊严的、值得尊重的个体?

作者单位:中南财经政法大学新闻学院

思想史发微

政治策略与经义分歧
——再论康乾时期官方对胡安国《春秋传》的批评

秦行国

宋儒胡安国的《春秋胡氏传》(后简称《胡传》)于元、明两朝被立为《春秋》科考经目,入清后,无论官方抑或民间,质疑、批驳《胡传》之声此起彼伏,直至乾隆后期科考将之废除。在废除《胡传》之前,康熙的《钦定春秋传说汇纂》和乾隆的《御纂春秋直解》(后分别简称《汇纂》《直解》)皆对《胡传》多有批评,以往研究指出,康乾时期官方对《胡传》采取批评的态度,其批评主要集中在两个方面:褒贬评断的驳正与夷狄文字的删削。[1] 这种看法对官方的批评有所揭示,但尚未能完全呈现其背后的深层原因。

---

[1] 具体参见赵伯雄,《春秋学史》,济南:山东教育出版社,2004,页441-444;刘家和,《史学、经学与思想:在世界史背景下对于中国古代历史文化的思考》,北京:北京师范大学出版社,2005,页243;文廷海,《清代前期〈春秋〉学研究》,北京:中国社会科学出版社,2012,页30-46;梁太济,《乾隆皇帝与康熙〈御批通鉴纲目续编〉》,载于《暨南史学》,2004年第3期,页349;康凯淋,《论清初官方对胡安国〈胡氏春秋传〉的批评》,载于《汉学

本文认为，康乾时期官方在批评《胡传》时，具有强烈的政治倾向，在褒贬问题上，强调据实直书，否定《胡传》的一字褒贬，视《春秋》为史，试图压缩其议论的空间，在夷狄问题上，强调夷夏无别，二者可以相互变化，颠覆《胡传》中坚持的"夷夏之防"论调，乃是为满清统治中国的合法性作出合理言说。在此两个问题上，不可以经义分歧视之，需从清代官方政治统治策略角度来理解。

一 康乾时期官方《春秋》学的总体导向

尊王与忠君这两个关键性的观念始终贯穿着康乾时期官方《春秋》学之中，折射出清廷的政治意志。康熙帝十分着意于《春秋》，于康熙二十五年（1686）编纂《日讲春秋解义》（后简称《日讲》），三十八年（1689）编纂《钦定春秋传说汇纂》。这些钦定或御纂的经籍中都表达着康熙作为圣代帝王的一种诉求与想象，亦表达其作为天下之主，天下民众对其皆要服从的一套价值观念。康熙的《日讲》《汇纂》就十分明显地传递出这种价值观念，在天子与诸侯的关系上，要尊王，在君臣之间，要讲究君臣之伦，要忠君。① 譬如《春秋·隐公三年》："三月庚戌，天王崩。"《日讲》以为鲁君不奔天子之丧，有轻慢之心，故经书崩而不书葬，以讥其罪过，② 亦是在尊王。《日讲》亦强调君臣之伦，批评弑君之举，宣扬讨贼。譬如《春秋·文公九年》："晋人杀其大夫士縠及箕郑父。"《日讲》以为，

研究》，2010 年第 1 期，页 313-317；黄爱平，《试论四库提要对清前期官方经学的解读与评判》，载于《历史文献研究》，2017 年第 2 期，页 1-2 等。

① 参见杨念群，《"天命"如何转移：清朝"大一统"观再诠释》，载于《清华大学学报》，2020 年第 6 期，页 37-38。

② 参见库勒纳、李光地等，《日讲春秋解义》卷1，《文渊阁四库全书·经部·春秋类》，台北：台湾商务印书馆影印，1986，第 172 册，页 37。

经不称国讨，而称人以杀，是在批评大夫专擅，而政不由君（《日讲》卷23，同上，页323），强调君臣之义。再看《汇纂》，譬如《春秋·隐公元年》："春王正月。"《汇纂》对此作了一番解释，并表示"《春秋》为尊王而作，故以王法正天下"，① 意在尊王。

康熙在《春秋》中如此宣扬"尊王""君臣之伦"，显然不是一时兴起，不能作为纸面文章看，他要表明，《春秋》中的这一套价值观念，也适用于本朝，本朝也要"尊王"，也要讲"君臣大义"。十五年（1676），康熙帝在殿试制策中说：

> 且忠孝者，人生之大节也。知之明，则不惑于邪正；守之固，则不昧于顺逆。乃人心不古，奸宄潜滋，所关世道，良非细故。岂亲亲长长之谊，素未讲究欤？抑司教者之训饬未备也。②

明确表示忠孝乃人生大节，"知之明，则不惑于邪正；守之固，则不昧于顺逆"，要求讲究"亲亲长长之谊"。康熙对忠义之举亦大加表彰，康熙十三年（1674），耿精忠参与三藩之乱，拘押了范承谟，范氏乃清廷汉军子弟，尽管遭到拘押，然坚贞不屈，最终为耿精忠所杀。康熙赐予其"忠贞"谥号，亲洒华翰，评价其"舍生取义，流光天壤，古所谓不二心之臣，如此而已"。③

雍正七年（1729），《大义觉迷录》刊刻并颁行天下，其中就有诸多讨论《春秋》大义的问题。在雍正看来，《春秋》大义乃君臣、父子之伦：

---

① 参见王掞、张廷玉等，《钦定春秋传说汇纂》卷1，《文渊阁四库全书·经部·春秋类》，台北：台湾商务印书馆影印，1986，第173册，页94。
② 《清实录》卷60，康熙十五年三月壬寅，北京：中华书局，1985。
③ 参见铁保等，《钦定八旗通志》，台北：学生书局，1968，页111。

孔子成《春秋》，原为君臣、父子之大伦，扶植纲常，辨定名分。故曰："孔子成《春秋》而乱臣贼子惧。"今曾静以乱臣贼子之心，托《春秋》以为说，与孔子经文判然相背，无怪乎明三百年无一人能解。不但元、明之人，即汉、唐、宋以来之儒，亦无人能解也。惟逆贼吕留良凶悖成性，悍然无忌，与曾静同一乱贼之性，同一乱贼之见，所以其解略同耳。曾静之恶逆大罪，肆诋朕躬，已为自古乱臣贼子所罕见。而吕留良讟张狂吠，获罪于圣祖，其罪万死莫赎，宜曾静之服膺倾倒，以为千古卓识。可问曾静，吕留良所说《春秋》大义，如何昭然大白于天下？吕留良是域中第一义人，还是域中第一叛逆之人？着他据实供来。①

雍正驳斥曾静、吕留良的说法，并斥之为"乱臣贼子"，强调《春秋》的君臣大义，实则是尊王。雍正甚至将君臣之伦视为五伦之首：

> 夫人之所以为人而异于禽兽者，以有此伦常之理也。故五伦谓之人伦，是阙一则不可谓之人矣。君臣居五伦之首。天下有无君之人，而尚可谓之人乎？人而怀无君之心，而尚不谓之禽兽乎？尽人伦则谓人，灭天理则谓禽兽，且天命之以为君，而乃怀逆天之意，焉有不遭天之诛殛者乎。朕思秉彝好德，人心所同。天下亿万臣民，共具天良，自切尊君亲上之念，无庸再为剖示宣谕。（《大义觉迷录》卷1，同上，页8）

他指出，天下无君之人不可谓人，怀无君之心谓禽兽，"天命之以为

---

① 中国社会科学院历史研究所清史研究所编，《大义觉迷录》卷1，《清史资料（第四辑）》，北京：中华书局，1983，页36。

君，而乃怀逆天之意"，亦要遭到天之诛殛，并要求民众"尊君亲上"。雍正朱批中亦常常表示君臣之间要讲求"君臣一体""君臣大义"，雍正元年（1723），他在给江西巡抚裴度的御批中表示"内外原系一体，君臣互相劝勉"，要"一心一德，彼此无隐"：

> 内外原系一体，君臣互相劝勉，凡有闻见，一心一德，彼此无隐，方与天下民生有益也。莫在朕谕上留心，可以判得天地神明者，但自放心，有何可畏？①

雍正所念兹在兹的君臣一体、君臣大义，实则是强调君臣之别、君尊臣卑。

乾隆二十三年（1758），敕命傅恒等所撰的《御纂春秋直解》，由武英殿刊行，亦十分强调"尊王"。如桓公五年"夏，齐侯、郑伯如纪"一条，《直解》对经书"朝"与书"如"加以辨析，以为"往其地曰如，行朝礼曰朝"，但是如果是朝王亦曰朝。成公十三年，鲁君从诸侯伐秦过周而朝，只书如，是贬其行礼不专，故只书如也；朝齐、晋与楚亦书如，乃"恶其以王礼事人，而不与其朝也"；他国来鲁书朝，亦表示贬斥之意；外相朝也书如，之所有如此，"盖没其实以见义，皆所以尊王也"。②僖公二十四年"夏，狄伐郑"一条，《直解》引用《左传》的所记之事，狄师乃王所出，"郑虽当讨，用狄则非，不书王命者，讳王之启寇灭亲也"，经不书使狄假王命以猾夏，乃"尊王而讳之"，（《直解》卷5，同上，页93）意在尊王也。

《直解》中亦用"君臣之分""讨贼"等话语来诠解《春秋》，

---

① 中国第一历史档案馆编，《雍正朝汉文朱批奏折汇编》，南京：江苏古籍出版社，1989，第1册，页902。
② 参见傅恒等，《御纂春秋直解》卷2，《文渊阁四库全书·经部·春秋类》，台北：台湾商务印书馆影印，1986，第174册，页25。

一再确认忠君观念。如昭公二十七年"夏四月，吴弑其君僚"，《直解》认为吴王僚被弑罪在公子光，按照继承礼数，公子夷末卒而季札逃国，王位理应由公子光继承，然最终却是僚被立，公子光做了十四年臣子，"君臣之分"早已定下来，公子光却弑君，罪在臣子公子光（《直解》卷10，同上，页243-244）。《直解》除了讲究君臣之分，臣在君上观念，还反复直指"讨贼"。如文公元年"冬，十月丁未，楚世子商臣弑其君頵"，《直解》以为特书楚君，是"以世子大逆而志之"，为了显示"父之亲""君之尊"的笔法，经书世子，是"著元凶而讨之者"，君頵对世子而言"有君之尊，有父之亲"，故据此说明"《春秋》成，而乱臣贼子惧"（《直解》卷6，同上，页106）。

二 视《春秋》为史

《春秋》是经还是史？这看似是一个学术问题，实际上是一个政治问题。胡安国通过褒贬义例来解释《春秋》，立下诸多条例，如天王例、诸侯即位例、王臣名爵例、盟会及书人例等，① 强调《春秋》经的性质。他在《春秋传序》中云：

> 百王之法度，万世之准绳，皆在此书。故君子以谓《五经》之有《春秋》，由法律之有断例也。学是经者，信穷理之要矣；不学是经，而处大事、决大疑能不惑者，鲜矣。自先圣门人以文学名科如游、夏，尚不能赞一辞，盖立意之精如此……庶几圣王竟世之志，小有补云。②

---

① 参见宋鼎宗，《春秋胡氏学》，台北：万卷楼图书公司，2000，页65-99。
② 胡安国，《春秋胡氏传》，杭州：浙江古籍出版社，2010，页2。

胡氏认为《春秋》是经，乃有"圣王经世之志"。

清帝却一反《胡传》的看法，强调《春秋》乃据事直书，旧史之文，否定一字褒贬，有将之视为史。在《春秋》学的解释上，康熙、乾隆皆延续朱熹的看法。朱熹以为《春秋》据鲁史而书，孔子直接记载当时之事，善恶褒贬由事自见，非由字例上推求褒贬，① 康熙讲得十分明朗，他服膺朱子对《春秋》的看法："明道正谊""据实直书"。《汇纂》云：

> 朕于《春秋》，独服膺朱子之论。朱子曰，《春秋》明道正谊，据实直书，使人观之以为鉴戒，书名书爵亦无意义，此言真有得者。（《汇纂》，同上，页1）

同时批评胡安国：

> 迨宋胡安国进《春秋》解义，明代立于学官，用以贡举取士，于是四传并行，宗其说者，率多穿凿附会，去经义愈远。（《汇纂》，同上，页1）

指出宗其说者"率多穿凿附会""去经义愈远"。尽管如此，《汇纂》还是将《左传》《公羊传》《谷梁传》与《胡传》一并列入。《汇纂》对《胡传》的批驳相当之多，语气直切。譬如《春秋·隐公八年》："辛亥，宿男卒。"《汇纂》案云，宿男不书名，《汇纂》以为是"史失之"，《胡传》理解成"圣人笔之"，"恐无可据"（《汇纂》卷3，同上，页138），进一步否定其一字褒贬。《春秋·庄公二十四年》："春，齐人、陈人、曹人伐宋。"《汇纂》指出，《胡传》以为经书人是将卑师少，而《汇纂》则根据经文所书，"亦不尽合"

---

① 参见朱熹，《朱子语类》卷83，北京：中华书局，1986，页2149。

(《汇纂》卷8，同上，页272)，亦否定其一字褒贬。

乾隆虽未明言朱子，亦提倡《春秋》乃"鲁史之旧"，"据事直书"，《直解》云，"矧以大圣人就鲁史之旧，用笔削以正褒贬，不过据事直书"(《直解》卷1，同上，页3)，可以说犹接续朱熹的说法，并由此批评胡安国：

> 左氏身非私淑，号为素臣，犹或详于事而失之诬。至《公羊》《谷梁》去圣逾远，乃有发《墨守》而起《废疾》……。下此龈龈聚讼，人自为师，经生家大抵以胡氏安国、张氏洽最为著。及张氏废，而胡氏直与三传并行，其间傅会臆断，往往不免，承学之士，宜何考衷也哉？(《直解》，同上，页3)

此处将《胡传》与三传之发展加以呈现，指出各自问题，接着批驳《胡传》"傅会臆断"。《直解》对《胡传》不满时，即会直接批评胡安国之说。譬如宣公十一年"夏，楚子、陈侯、郑伯盟于辰陵"，《直解》云：

> 晋不能讨陈，又不足庇郑，故皆折而从楚矣。特序楚子于陈侯、郑伯之上，著其强也。胡安国以楚庄谋讨陈贼而进之，非也。(《直解》卷7，同上，页140)

《直解》以为特序楚子、陈侯于郑伯之上，是为了表明楚之强，批驳胡安国"以楚庄谋讨陈贼而进之"之说，实则是批评其一字定褒贬。《四库全书总目》亦对《胡传》提出批评，"顾其书作于南渡之后，故感激时事，往往借《春秋》以寓意，不必一一悉合于经旨"，"当时所谓经义者，实安国之传义而已"，[①] 可见官方对《胡

[①] 纪昀，《钦定四库全书总目》，北京：中华书局，1997，页345。

传》解经甚为不满。

《汇纂》《直解》在解释具体经文时皆主张"据事直书",[1] 以事而见义。譬如《春秋·宣公十年》:"癸巳,陈夏征舒弑其君平国。"《汇纂》指出,《春秋》直书夏征舒之名氏,是为了"正乱贼之罪",乃"据事直书而义自见"(《汇纂》卷 20,同上,页 583)。《春秋·襄公二十三年》:"晋人杀栾盈。"《汇纂》指出,栾盈为士匄所攻杀,大权在握,经书杀栾盈,"据事直书",而贬晋侯失政、士匄擅权(《汇纂》卷 27,同上,页 761),《直解》亦是以"据事直书"为解释《春秋》之题旨。如《春秋·僖公二十八年》:"春,晋侯侵曹,晋侯伐卫。"《直解》指出,晋侯侵曹、伐卫为救宋,经不书救宋,因"据事书之"(《直解》卷 5,同上,页 96)。又如《春秋·宣公十二年》:"宋师伐陈,卫人救陈。"《直解》指出,经书宋、卫,乃两有罪,此为"直书而义自见"(《直解》卷 7,同上,页 143)。

不仅如此,《汇纂》还否定一字褒贬之例,强调书日、书月、书国次序、书纳币皆仍"旧史之文"。如《春秋·庄公十三年》:"夏六月,齐人灭遂。"《汇纂》案:

> 《谷梁》云:"不日,微国也。"非也。经书灭,不书日者,多矣!亦有书时而不书月者,盖皆因史旧文也。(《汇纂》卷 8,同上,页 270)

《汇纂》对谷梁氏提出批评,以为经不书日,并非所灭之国微贱的原因,书灭而不书日、书时而不书月,都是"因史旧文"。又如《春秋·庄公十三年》:"冬,公会齐侯盟于柯。"《汇纂》案:

---

[1] 参见康凯淋,《论清初官方对胡安国〈胡氏春秋传〉的批评》,载于《汉学研究》,2010 年第 1 期,页 297–298。

隐三年盟于蔑，庄八年盟于蔇，不书日，《谷梁》曰："其盟渝也。"此年盟柯，《公》《谷》皆以不日为信。岂蔑与蔇俱不可信，而柯独不渝乎……朱子谓，以日月为褒贬，穿凿无义理者，此类是也。夫日与不日，皆因旧史，假使旧史所无，则圣人安得而强加之乎？故凡以日月为例者，皆不录。（《汇纂》卷8，同上，页271）

《汇纂》批评公羊氏、谷梁氏的说法，以为盟书日与不书日并无义例，不存在褒贬，并引用朱子的的观点加以申斥，经文书"日与不日"，"皆因旧史"，若为"旧史所无"，圣人是不会强加的，故《汇纂》对以日、月为例的注都不会录之于册。

《直解》亦认为，《春秋》乃"旧史之文"，书氏、书名、书葬、书即位皆因此故。如《春秋·隐公四年》："戊申，卫州吁弑其君完。"《直解》云：

> 凡得其罪名者，书名，不得其名者，在当国者书国，众则书人，公子之亲则书公子，世子则书世子，大夫书氏，不氏，因旧史也。（《直解》卷1，同上，页12）

《春秋·桓公元年》："春，王正月，公即位。"《直解》云：

> 继故不书即位，而桓即位，何也？桓自正其即位之礼，盖以罪归鴐氏，为贼已就讨，又以嫡自居，本宜立也。圣人仍旧史以著实而其罪自定。（《直解》卷2，同上，页21）

桓公书即位是因为隐公见弑，罪在鴐氏，且已讨贼，而桓公又以嫡子自居，此为圣人"仍旧史以著实"。又如《春秋·桓公十八年》："冬，十有二月己丑，葬我君桓公。"《直解》云：

公以丧归而成礼以葬。盖当其时，欲以泯乎被弑之迹，与夫人之与闻乎弑也，《春秋》因鲁史之旧文以著其实之不可掩。(《直解》卷2，同上，页38)

桓公见弑，而书葬，意在掩盖被弑之迹以及夫人知桓公见弑实情，《春秋》如此记载的是"因鲁史之旧文以著其实"。《春秋·成公十五年》："宋杀其大夫山。"《直解》指出，山不书氏，是以为宋人以罪讨之，来鲁赴告不称氏，这是因袭旧史（《直解》卷8，同上，页165）。《汇纂》《直解》坚持将《春秋》视为史，无非是想将《春秋》议论的空间进一步压缩，更有利于其政治统治，看似是《春秋》性质之间的分歧，实则蕴藏着政治策略。

三 夷夏无别

胡安国从种族、地理上强调《春秋》谨华夷之辨、夷夏之防。他指出"韩愈氏言'《春秋》谨严'，君子以为深得其旨。所谓谨严者何谨乎？莫谨于华夷之辨矣"（《胡传》卷1，同上，页7），何莫谨于华夷之辨，要在"明族类、别内外也"。隐公二年"公会戎于潜"，胡安国说：

> 《春秋》，圣人倾否之书，内中国而外四夷，使之各安其所也。无不覆载者，王德之体；内中国而外四夷者，王道之用……以羌胡而居塞内，无出入之防，非我族类，其心必异，萌猾夏之阶，其祸不可长。(《胡传》卷1，同上，页6)

胡安国强调"内中国而外四夷""非我族类，其心必异"，从地理上将羌胡排斥在外。文公五年"冬十月壬午，公子遂会晋赵盾于衡雍。乙酉，公子遂会雒戎，盟于暴"，胡安国说：

《春秋》记约而志详，其书公子遂盟赵盾及雒戎，何次之赘乎？曰，圣人谨夷夏之辨，所以明族类、别内外也。雒邑，天地之中，而狄丑居之，乱华甚矣。再称公子，各曰其会，正其名与地，以深别之者，示中国、夷狄终不可杂也。（《胡传》卷14，同上，页224）

胡安国"谨夷夏之辨"，"明族类、别内外"，批评戎狄居天下之中，乃"乱华甚矣"，表示中国、夷狄不可杂处。胡安国从种族、地理上对华夷严格区分，与清初官方的夷夏观背道而驰，二者形成严重的冲突。

官方虽对《胡传》中的夷狄问题进行了不同程度的删削，① 但是并不避讳《春秋》中的夷狄问题。雍正七年（1729）刊刻的《大义觉迷录》中就多有讨论《春秋》中夷狄的问题。在雍正看来，《春秋》大义乃君臣、父子之伦（《大义觉迷录》卷1，同上，页36

---

① 《汇纂》中对《胡传》申发攘夷之论的地方皆加以删改。如僖公元年"夏六月，邢迁于夷仪。齐师、宋师、曹师城邢"，《胡传》云：

> 书"邢迁于夷仪"，见齐师次止，缓不及事也。然邢以自迁为文，而再书"齐师、宋师、曹师城邢"者，美桓公志义，卒有救患之功也。不以王命兴师，亦圣人之所与乎？中国衰微，夷狄猾夏，天子不能正，至于迁徙奔亡，诸侯有能救而存之，则救而存之可也。以王命兴师者正，能救而与之者权。

《汇纂》中对此文字完全加以删除。如僖公三十年"夏，狄侵齐"，《胡传》云：

> 左氏曰："晋人伐郑，以观其可攻与否。狄间晋之有郑虞也，遂侵齐。"《诗》不云乎："戎狄是膺，荆舒是惩。"四夷交侵，所当攘斥。晋文公若移围郑之师以伐之，则方伯连率之职修矣。上书"狄侵齐"，下书"围郑"，此直书其事而义自见者也。

-37),雍正进一步驳斥曾静、吕留良：

> 而中间有论管仲九合一匡处，他人皆以为仁只在不用兵车，而吕评大意，独谓仁在尊攘。弥天重犯遂类推一部《春秋》也只是尊周攘夷，却不知《论语》所云"攘"者止指楚国而言，谓僭王左衽，不知大伦，不习文教，而《春秋》所摈，亦指吴、楚僭王，非以其地远而摈之也。若以地而论，则陈良不得为豪杰，周子不得承道统，律以《春秋》之义，亦将摈之乎？（《大义觉迷录》卷1，同上，页37-38）

曾静认为"一部《春秋》也只是尊周攘夷"，吕留良在讨论管仲管仲九合一匡之功时，"独谓仁在尊攘"，雍正一并加以反驳，他引用《论语》解释"攘"仅指的是楚国，"谓僭王左衽，不知大伦，不习文教"，"《春秋》所摈，亦指吴、楚僭王"，并不在于地理之远近，他所要突出的依然是君臣大伦、尊王之义。也就是说，夷夏之间的区别根本在于是否讲究君臣、父子之伦。在《大义觉迷录》中，雍正表示"朕于普天之下，一视同仁"，大清乃是"合蒙古、中国一统之盛，并东南极边番彝诸部俱归版图"，故不当"以华夷而更有殊视"，天下一统，华夷一家。② 是故，夷夏之辨的文教意义与地理意义，皆成为清朝统治者反驳夷夏之辨的种族意义，进而论证其统

《汇纂》将《胡传》中讨论攘夷的内容"《诗》不云乎：'戎狄是膺，荆舒是惩。'四夷交侵，所当攘斥"加以删除。具体可参见戴荣冠，《清初胡安国〈春秋传〉中"华夷之辨"论析》，载于《高应科大人文社会科学学报》，2013年第1期，页51-56。

② 参见陈铭浩，《清前期民族关系思想研究》，兰州大学博士论文，2020，页200-201。

治之正当性的理论基础。①

康熙的《日讲》亦表达夷夏之间本没有严格的区分,关键在于是否守礼,夷亦可自进于中国。如僖公二十一年"公伐邾",《日讲》云"邾曰蛮夷,盖近诸戎,杂用夷礼,故极言之"(《日讲》卷19,同上,页255),指出邾称蛮夷,是采用了夷礼之故。如文公七年"冬,徐伐莒",《日讲》云:

> 徐,僭号,即戎也。后自进于中国,数从会伐,经皆称人,以能其附中国也。今以中国无霸,兴兵伐莒,故以举号。(《日讲》卷24,同上,页328)

《日讲》以为徐本是戎狄,"后自进于中国",在于其数从中国会伐,依附中国,可见,夷狄亦可以变为中国。

乾隆对胡安国的华夷之见表现出相当的不满,并斥之为胡说:

> 又是书既奉南宋孝宗敕撰,而评断引宋臣胡安国语,称为胡文定公,实失君臣之体⋯夫大义灭亲,父可施之子,子不可施之父。父即背叛,子惟一死,以答君亲。岂有灭伦背义,尚得谓之变而不失其正?此乃胡安国华夷之见,芥蒂于心,右逆子而乱天经,诚所谓胡说也。其他乖谬种种,难以枚举。②

乾隆批评胡安国"华夷之见,芥蒂于心,右逆子而乱天经"。与康熙一样,乾隆亦表示夷夏之间并无根本区分:

---

① 参见唐文明,《近忧:文化政治与中国的未来》,上海:华东师范大学出版社,2010,页15。
② 参见中国第一历史档案馆编,《纂修四库全书档案》,上海:上海古籍出版社,1997,页1418。

> 大一统而斥偏安，内中华而外夷狄，此天地之常，今古之通义。是故夷狄而中华则中华之，中华而夷狄而夷狄之，此亦《春秋》之法，司马光、朱子所为亟亟也。①

乾隆以大一统自居，持"夷狄而中华则中华之，中华而夷狄而夷狄之"之论，指出中国与夷狄之间是可以相互转化的。其《直解》亦对夷狄多有褒赞，如僖公十八年"狄救齐"，《直解》云"苟有善，虽狄必予之"（《直解》卷5，同上，页88），对狄救齐之举表示赞许。如襄公十八年"春，白狄来"，《直解》云：

> 春秋之时，戎狄错居中国，与之会盟则有讥。若其慕义而来，则容而接之，亦非不可，惟谨所以待之之道而已。（《直解》卷9，同上，页193）

《直解》并不完全按照《春秋》中的理解，对夷狄与中国会盟持批评的态度，相反对夷狄"慕义而来"采取接受的态度。清帝将《春秋》中的"夷夏之防"转变为夷夏无别，实则为满汉、中外一体的民族观提供依据。康熙在满汉、中外关系上，倡导"满汉一体""中外一体"。② 康熙二十四年（1685），他称"满汉人民，俱同一体"（《清实录》卷120，康熙二十四年二月癸巳，同上）；康熙四十三年（1704），他称"朕于满洲、蒙古、汉军、汉人视同一体"（《清实录》卷218，康熙四十三年十一月戊午，同上）；康熙五十年（1711），他称"朕统御寰区，抚绥万国，中外一体"（《清实录》卷248，康熙五十年十月戊寅，同上）。乾隆亦有一样的看法，他表示

---

① 故宫博物院编，《清高宗御制文（第2册）》，海口：海南出版社，2000，页48。

② 参见陈铭浩，《清前期民族关系思想研究》，兰州大学博士论文，2020，页160。

"夫蒙古自我朝先世，即倾心归附，与满洲本属一体"（《清实录》卷489，乾隆二十年五月庚寅，同上），"国家中外一家，况卫藏久隶版图，非若俄罗斯之尚在羁縻，犹以外夷目之者可比"（《清实录》卷1292，乾隆五十二年十一月壬申，同上）。由此，我们不难看出，清代官方对胡安国《春秋》传中坚持夷夏之防的观念进行了颠覆性的改造，强调夷夏无别，从文教、礼仪的角度，打破了胡安国所坚持的夷夏之间以种族、地理为限制的传统壁垒，为满人统治中国的合法性辩护。

结　语

康乾时期官方《春秋》学主要表达的是尊王与忠君观念。康熙的《日讲》《汇纂》就十分明显地传递出一种价值观念，在天子与诸侯的关系上，要尊王，在君臣之间，要讲究君臣之伦，要忠君。雍正在《大义觉迷录》有诸多讨论《春秋》大义的问题，在他看来，《春秋》大义乃君臣、父子之伦，他甚至将君臣之伦视为五伦之首，在朱批中亦常常表示君臣之间要讲求"君臣一体""君臣大义"。乾隆的《直解》，亦十分强调"尊王""君臣之伦"。此乃官方讨论《春秋》的根本出发点。

胡安国《春秋传》采用褒贬义例，申发大义，强调《春秋》为经的性质，遭清代官方否定。康熙的《汇纂》与乾隆的《直解》皆强调据事直书，旧史之文，否定一字褒贬，乃着重强调《春秋》为史的性质，此乃完全为政治统治计，试图进一步压缩《春秋》的议论空间。

胡安国从种族、地理上坚持《春秋》谨华夷之辨、夷夏之防，与清代官方在夷夏观上存在严重冲突。清帝从文教、礼仪的角度表达夷夏无别之义：雍正指出，华夷一家，天下一统，夷夏之间的区别不在于地理之远近,而在于是否讲究君臣之伦;康熙亦表示夷夏之间本没有严格的区分,关键在于是否守礼,夷亦可自进于中国;乾隆持"夷狄而中华则中华之,中华而夷狄而夷狄之"之论,指出中国与夷狄之间可以相互转化,对夷狄采取赞许、接受的态度。清帝否弃《春秋》中"夷夏之防"的观念,表达了夷夏无别之义,并以此为据强调满汉一体、中外一家,亦是完全出于自身政治统治的需要。

乾隆间《御纂诗义折中》的编纂及其四书学特色

周春健　许慧芳

《御纂诗义折中》（以下简称《折中》）二十卷，是乾隆时期的御纂经学系列书籍之一。这部书的编纂，无论从题名还是形式，都受到了康熙时期所编经学书籍的直接影响。但因清初学风的丕变，以及乾隆、康熙二帝对待前代学术观念上的差异，乾隆时期所编诸书，在立意上与康熙时期多有不同。考察《折中》一书的编纂及其内容、体例，可以让我们更清晰地看到这一差别。作为一部属于《五经》体系的著作，《折中》体现出来的浓厚"四书学"特色，则表明了在"四书"时代，"四书学"对"五经学"产生的深刻影响。

一　从"汇纂"到"折中"

清人皮锡瑞（1850—1908）曾将清代经学称为"经学复盛时代"，里面提到康、乾二朝对于群经的整理编纂，云：

经学自两汉后,越千余年,至国朝而复盛。两汉经学所以盛者,由其上能尊崇经学、稽古右文故也。国朝稽古右文,超轶前代。康熙五十四年,御纂《周易折中》二十二卷;乾隆二十年,御纂《周易述义》十卷;康熙六十年,钦定《书经传说汇纂》二十四卷、钦定《诗经传说汇纂》二十卷、序二卷;乾隆二十年,御纂《诗义折中》二十卷;乾隆十三年,钦定《周官义疏》四十八卷;钦定《仪礼义疏》四十八卷、钦定《礼记义疏》八十二卷;康熙三十八年,钦定《春秋传说汇纂》三十八卷;乾隆二十三年,御纂《春秋直解》十六卷。乾隆四十七年,钦定《四库全书总目》,以经部列首,分为十类。夫汉帝称制临决,未及著为成书;唐宗御注《孝经》,不闻遍通六艺。今鸿篇巨制,照耀寰区;颁行学官,开示蒙昧;发周、孔之蕴,持汉、宋之平。承晚明经学极衰之后,推崇实学,以矫空疏,宜乎汉学重兴,唐、宋莫逮。①

皮氏对于清初编定群经的举动极为推崇。他认为编定群经的缘由在于康、乾二帝能"尊崇经学、稽古右文",这是一种"推崇实学"的新学风,一扫"晚明经学极衰"之弊;其经学成果代表,在于二朝所编"汇纂""折中"经籍数种;其效用则在于"颁行学官,开示蒙昧","发周、孔之蕴,持汉、宋之平",从而使"汉学重兴"。

为更醒目,今将康、乾时所编诸经籍以时间为序列表如下:

---

① 皮锡瑞,《经学历史》,北京:中华书局,2004年,页214。

朝代	年份	书籍	卷数
康熙朝	三十八年（1699）	钦定春秋传说汇纂	三十八卷
	五十四年（1715）	御纂周易折中	二十二卷
	六十年（1721）	钦定书经传说汇纂	二十四卷
		钦定诗经传说汇纂	二十二卷，序二卷
乾隆朝	十三年（1748）	钦定周官义疏	四十八卷
		钦定仪礼义疏	四十八卷
		钦定礼记义疏	八十二卷
	二十年（1755）	御纂周易述义	十卷
		御纂诗义折中	二十卷
	二十三年（1758）	御纂春秋直解	十六卷

对于康熙朝所编四部经籍，乾隆帝曾给予很高评价，称：

> 圣祖仁皇帝四经之纂，实综自汉迄明二千余年群儒之说而折其中，视前明《大全》之编仅辑宋、元讲解未免肤杂者，相去悬殊。①

在乾隆看来，康熙下令编纂四部经籍，收罗自汉迄明群儒之说并折其中，这是对明永乐以来《四书大全》《五经大全》《性理大全》三部《大全》的一种反动和进步。从这一点上说，梁任公所谓清代学术的思想特征是"以复古为解放"，且"第一步，复宋之古，对于王学而得解放"，②这一结论大致是不错的。

《御纂诗义折中》的成书与康熙时期的两部书有直接关联，一是《钦定诗经传说汇纂》（以下简称《汇纂》），一是《御纂周易折中》。

---

① 庆桂等，《清高宗纯皇帝实录》卷十七，清钞本。
② 梁启超，《清代学术概论·二》，上海：上海古籍出版社，1998，页7。

《诗经传说汇纂》于康熙六十年（1721）御定编纂，由原户部尚书王鸿绪（1645—1723）等奉敕纂修，刻成于雍正五年（1727）。雍正帝曾为是书作序云：

> 皇考圣祖仁皇帝右文稽古，表章圣经。《御纂周易折中》既一以《本义》为正，于《春秋》《诗经》，复命儒臣次第纂辑，皆以朱子之说为宗。故是书首列《集传》，而采汉、唐以来诸儒讲解训释之与传合者存之，其义异而理长者别为附录。折中同异，间出己见。乙夜披览，亲加正定。书成，凡若干卷，名曰《诗经传说汇纂》。①

由此可知，《汇纂》一书之体例，首列朱子（1130—1200）《诗集传》，其下兼采汉、唐诸说，并折中同异。《汇纂》一书的思想倾向，"皆以朱子之说为宗"。任公所谓清初首先"复宋之古"，在这里得到直接体现。不过三十多年后到了乾隆朝，表面看似延续康熙朝继续编纂群经解说，但无论从体例、内容还从思想倾向，都发生了明显变化。

首先，从书名看，乾隆朝诸书不再用"汇纂"标目，而多采用"义疏""述义""直解"等名称，更倾向于经义的阐发而不是资料的汇编。即便编纂《诗经》时"窃取皇祖《周易》命名之义，命之曰《诗义折中》"，②篇幅也较《汇纂》大大精简。《折中》的体例，先于每章综合诸说，再于每首诗下总括其义。

其次，相较于《汇纂》，《折中》体现出更为浓重的"经筵"色彩。领衔主编者傅恒（约1720—1770），本身即为著名经筵讲臣。

---

① 《钦定诗经传说汇纂·序》，《钦定四库全书荟要》本，长春：吉林出版集团，2005，页1。
② 《御纂诗义折中·序》，《钦定四库全书荟要》本，页2。

书中阐发每首诗之经义时,也更注重揭示《诗经》对治国安邦之教化作用。比如讲到《小雅·楚茨》一篇诗义时称:

> 《楚茨》,天子祭祀之礼也。古者天子为藉千亩,冕而朱纮,躬秉耒,以事天地、山川、社稷、先古,敬之至也。……正君臣,亲父子,明夫妇,贵贵而贤贤,老老而幼幼,先王所以治天下之道,如指诸掌矣。君子是以知祭之为义大也。(同上,页251–252)

又如讲解《鲁颂·駉》一诗:"使读之者感发其兴观群怨之思,油然自得其性情之正,由是以行于人伦而达于庶事,则家道以之兴盛,国运以之昌隆,此实圣人删诗之本意。"① 所讲皆为治理天下国家之道。

再次,对待朱子之态度发生变化。从雍正为《汇纂》御制序文可见,康熙帝对于程朱之说极为推崇,故以朱子《集传》为纲统摄历代众说。乾隆帝则不然,他对朱子之说非但不迷信,反而多加批评,而批评的依据多来自汉代毛、郑之说,《四库总目》称:

> 圣祖仁皇帝钦定《诗经汇纂》,于《集传》之外,多附录旧说,实昭千古之至公。我皇上几暇研经,洞周奥窔,于汉以来诸儒之论,无不衡量得失,镜别异同。伏读《御制七十二候诗》中《虹始见》一篇,有"晦翁旧解我疑生"句。句下御注,于《诗集传》所释《螮蝀》之义,详为辨证;并于所释《郑风》诸篇概作淫诗者,亦根据毛、郑,订正其讹。反复一二百言,益足见圣圣相承,心源如一。是以诸臣恭承彝训,编校是书。分章多准康成,征事率从小序。使孔门大义上溯渊源,

---

① 《御纂诗义折中》卷二十,《钦定四库全书荟要》本,页391。

卜氏旧传远承端绪。因钦定《诗经》以树义，即因《御纂周易》以立名。作述之隆，后先辉耀，经术昌明，洵无过于昭代者矣。①

四库馆臣虽然试图表明自康熙至乾隆"圣圣相承，心源如一"之意，但从所录"晦翁旧解我疑生"的诗句中，已经明显看出乾隆对于作为宋学代表的朱子解说之批评态度。因此《折中》一书的体例，并未像《汇纂》一样以朱子《集传》为本，而是将作为《诗经》汉学代表的毛亨（生卒不详）、郑玄（公元127—200年）之说作为准绳；并在解说每篇诗义时，首举《毛诗序》之说（虽然其取义未必与汉人全同），其后方综合其他诸儒之说。只是对于朱子之说，依然不废，体现出明显的"汉宋兼采"的特色，只不过这时更偏向于"汉学"而已。

此亦正如梁任公所言，与康熙时期不同，乾隆朝已经到了清代学术"以复古为解放"的第二步，其特点在于："复汉唐之古，对于程朱而得解放。"②

二 《折中》编纂思想的四书学特色

相较于康熙朝的《汇纂》诸书，《诗义折中》一书的编纂，固然体现出更多的"汉学"色彩，但对于程朱"宋学"，其实并未偏废，故而全书又体现出明显的宋学甚至是四书学特色。我们先从书名"折中"说起。

虽然乾隆本人曾言"折中"二字取自康熙《周易折中》之名，

---

① 永瑢等，《四库全书总目》卷十六《经部·诗类二》，北京：中华书局，1965，页130-131。
② 梁启超，《清代学术概论·二》，页7。

但其含义实有不同。康熙帝谈及《御纂周易折中》时曾言：

> 大学士李光地素学有本，《易》理精详，特命修《周易折中》。上律河洛之本末，下及众儒之考定，与通经之不可易者，折中而取之。①

由此知在康熙那里，"折中"之义，无非是执其两端而取正。而且这一意义，更多是从面对汉、宋众说时的具体取义之形下操作层面而发的。故而在《凡例》中，较为细致地条列如何对义理象数之异、汉宋之异、程朱之异等不同说法"折中其异同"。而"折中"的标准，全书又显然倾向"折中于朱子"。②

然而乾隆释"折中"之义，与康熙实有别，他在《折中》序文中称：

> 《传》曰："众言淆乱折诸圣。"用中者，圣学之大成也。虽不能至，心向往之。（《御纂诗义折中·序》）

乾隆在这里乃将"折"与"中"分述之。"众言淆乱折诸圣"一语，出自汉人扬雄（前53—18）《法言》。乾隆引用此语表明，面对历代诸说，需要以圣学为标准，取正用弘，此为释"折"。但释"中"时，乾隆帝选择了"用中"的术语，此语出自《中庸》第六章："子曰：'舜其大知也与！舜好问而好察迩言，隐恶而扬善，执其两端，用其中于民，其斯以为舜乎！'"这里的"执其两端用其中"，在朱子看来，"此知之所以无过不及，而道之所以行也"，③ 正是"中庸"之"中"在形上意义上的本质义涵。这一方面表明乾隆

---

① 《御纂周易折中·序》，清文渊阁四库全书本。
② 《御纂周易折中·凡例》，清文渊阁四库全书本。
③ 朱熹，《四书章句集注·中庸章句》，北京：中华书局，1983，页20。

与康熙对于"折中"的理解不同,一方面又体现出清代一部"五经学"著述的"四书学"色彩,这是"四书"时代的"五经学"著述独具的特点。

虽然书名取自《御纂周易折中》,但在体例上,《诗义折中》与《周易折中》却有很大不同。因为《周易折中》虽名"折中",却与《汇纂》之体例基本一致。《周易折中》于经文之下,先列朱子《周易本义》,再列程氏《易传》,次列汉唐以来"集说",乃是对于《周易》历代论说的一个集编。《诗经传说汇纂》之体例,亦是"首列《集传》,而采汉、唐以来诸儒讲解训释之与传合者存之,其义异而理长者别为附录。折中同异,间出己见"(《钦定诗经传说汇纂·序》),从形式上更是主要罗列历代对于《诗经》解说之原文。《诗义折中》则不然,其于每章之下及每篇之末,非仅罗列历代《诗》说原文,而是依照一定学术标准,真正综合"折中"众说,故而篇幅也较《汇纂》诸书精简得多。《四库总目》亦认为:"皇上御纂镕铸众说,演阐经义,体例与《周易述义》同。训释多参稽古义,大旨亦同。"①

就《诗义折中》一书编纂的指导思想而言,主要集中体现在乾隆帝所作御制序文中。序文称:

　　《诗》之教大矣!古今言《诗》者众矣,自小序而下,笺疏传注各名其家,各是其说,辨难纠纷,几如聚讼。曩尝肄业于此,流连讽咏,豁然心有所得。而考之昔人成说,往往拘牵扞格,不能相通。辛未秋间,与尚书孙嘉淦论及诸经,其所见平实近理。因先从事《毛诗》,授以大指,命之疏次其义。凡旧说之可从者从之,当更正者正之,一无成心,唯义之适。视事

---

① 永瑢等,《四库全书总目》卷十六《经部·诗类二》,页130。

余功，亲为厘定，以备葩经之一解。

编既竣，在馆诸臣以序请。夫《诗》之道何仿乎？其在《虞书》，则曰"诗言志"。志者，诗之本也；声与律，其后起者也。其在《鲁论》，则曰"一言蔽之，思无邪"。无邪者，诗之教也；兴观群怨、事父事君，其道不越乎此也。其在子舆氏，则曰"以意逆志，是为得之"。此说《诗》者之宗也。逆志而得其志之所在，则《诗》之本得，而其为教也正矣。

从这段序文，不难推考出乾隆帝对于历代《诗》说的基本态度，以及编纂《诗义折中》的基本思考。其一，乾隆对于《诗经》笺疏传注各家之说之辨难纠纷状况十分不满，以为"昔人成说，往往拘牵扞格，不能相通"，故而需要"折中"其义。其二，《折中》取义，不再像《汇纂》一样标举朱子《集传》，而是汉宋兼采，"可从者从之，当更正者正之，一无成心，唯义之适"。如此，则不仅在收录范围上有所扩大，而且在取义上也真正做到"兼采""用中"。其三，乾隆帝在序言开篇即言"诗教"之大，而于《诗》之道，乾隆在这里撷取《尚书》"诗言志"说、《论语》"思无邪"说及"兴观群怨"说、《孟子》"以意逆志"说，其中《尚书》属于传统《五经》系统，《论语》《孟子》则在宋代之后归属《四书》系统。而当序文最末以《中庸》之"用中"一语作为"圣学之大成"归结"折中"之真正含义时，《诗义折中》一书的四书学特色便更为明显了。

三 《折中》释义中的《学》《庸》思想

尽管《御纂诗义折中》也体现出鲜明的汉宋兼采特色，但无论在文本形式还是编撰目的上，《折中》与《四书章句集注》都有很大差别。《折中》的文本对象是《诗经》，朱子要处理的文本则是

《学》《庸》《论》《孟》四部。朱子要塑造他的"新经典系统",需要将四部不同的书统合起来,而《折中》则只需要完成对于汉、宋诸说的"折中"。不过,既然清朝处在宋代以来的"四书时代",既然历代诸说有汉学、宋学的差别,傅恒、孙嘉淦(1683—1753)等人在处理《诗经》文本的时候,实际也面对着《诗经》文本与《四书》文本的协调统摄问题,甚至也存在如上三个层次的关联问题。比如《折中》在书中不止一处称"《诗》与《春秋》相表里者也",① 又称"《周南》之诗与《大学》同"(同上,页17),这实际正是在做一种打通《五经》之间以及《五经》《四书》之间的工作。这一解释思路,使《折中》在释义过程中自然具备了明显的四书学色彩。

如下分三部分,分别讨论一下《折中》释义中体现出来的《学》《庸》思想、《论》《孟》思想以及作为整体的理学四书学思想。

以《大学》思想释《诗经》

《折中》一书,除去在很多地方以"故曰"的方式直接引用《学》《庸》《论》《孟》的原文,还通常运用《学》《庸》《论》《孟》中的核心思想来阐释《诗经》,甚至在某种意义上将《诗经》义旨的解释纳入到了四书学框架当中。

比如《诗经》首篇《关雎》,在汉唐经学体系里,通常以《毛诗序》所谓"《关雎》,后妃之德也"来解说此诗主旨,且将《周南》《召南》视为一体,以二组诗是"正始之道,王化之基",以为"《关雎》乐得淑女,以配君子,忧在进贤,不淫其色。哀窈窕,思

---

① 《御纂诗义折中》卷四、卷六,《钦定四库全书荟要》本,页53、111。

贤才，而无伤善之心焉，是《关雎》之义也"。① 而《毛诗序》说诗理论的特点在于，它综合了先秦西汉以来的诗教理论，强调《诗》义对于国家、社会层面的教化意义，标志着一种"诗学礼义化"的完成。② 朱子作《诗集传》，已经在一定程度上表现出对于《毛诗序》的批判，他主要以理学观念对《诗经》进行解说。比如解《关雎》，强调"得其性情之正，声气之和"，③ 便带有浓重的理学特征。而到了清代，《诗义折中》解说《关雎》与朱子又有不同，径以《大学》"八目"理论阐释此篇。《折中》云：

> 《关雎》，文王之本也。天下之本在国，国之本在家，家之本在身，格物、致知、正心、诚意，皆所以修身也。"窈窕""好逑"，惟取其德，则贞淫辨而好恶之源清，格致之要道也。"寤寐思服"，不慕其色，则理欲严而幽独之几谨，诚正之实功也。"琴瑟友之"，衽席之上，德业相资，而天命常行，此修身以齐其家也。"钟鼓乐之"，化起宫闱，达于朝庙，有以奉神灵之统而理万物之宜，此齐家以治其国而天下可平也。事不越夫妇之际，而天德王道之始终备焉。故用之闺门，用之乡党，用之邦国，自天子至于庶人，不可一日而不为此也。④

在这里，《折中》未曾直接言及汉代以来的"后妃之德"之说，而突显"文王之本"的意义。亦未言及后妃"哀窈窕，思贤才，而

---

① 《毛诗传笺》，毛亨传、郑玄笺，孔祥军点校，北京：中华书局，2018，页2。
② 参陈桐生，《礼化诗学》第十一章，北京：学苑出版社，2009，页256–272。
③ 朱熹，《诗集传》卷一，北京：中华书局，2017，页3。
④ 《御纂诗义折中》卷一，《钦定四库全书荟要》本，页7–8。

无伤善之心焉"的美德,而是强调"修身"之重要性,而"修身"又是《大学》"格—致—诚—正—修—齐—治—平"八条目中居于中枢位置的重要一环(所谓"壹是皆以修身为本")。解说具体诗句,诸如"窈窕""好逑""寤寐思服""琴瑟友之""钟鼓乐之"等,亦皆归入"八目"体系之中。最后谈到诗教推广,所谓"自天子至于庶人",亦为《大学》之句。很明显,《折中》乃用《大学》"八目"核心思想将《关雎》一诗之诗旨统摄进去,这与汉唐以来甚至宋代以来的解说路径都有不同。

不唯《关雎》一篇,甚至整个《周南》《召南》之"正风",在《折中》看来都"与《大学》同"。比如对于《周南》十一篇,《折中》认为:

《周南》,修齐治平之谱也。天下之道莫先于父子兄弟,故《大学》始教,惟孝、弟、慈。行之于身则身修,施之于家则家齐,以此成教于国,以此絜矩于天下,而其事皆始于夫妇。夫妇和,而后能养父母、育子孙、睦兄弟,故父子兄弟足法,必先以之子宜家也。《周南》之诗与《大学》同。(同上,页17)

对于《召南》十四篇,《折中》认为:

《召南》,化成天下也。《鹊巢》《采蘩》《草虫》,言夫人、大夫妻之德,修身齐家之功也。《甘棠》以下,方伯布化,则国治而天下平矣。(同上,页28)

虽然朱子在解说《诗经》时也受到了《大学》体系的影响,①元

---

① 参林庆彰,《朱子〈诗集传・二南〉的教化观》,载《朱子学的开展——学术篇》,台北汉学中心,2002年,页53-68。

人刘玉汝等人解说《二南》也采用了《大学》八目的框架,①但均未及《折中》如此充分和明显。《折中》所谓"《周南》之诗与《大学》同",便不仅仅是试图找到《五经》与《四书》之间的关联点,而是很大程度上试图将《五经》"四书化"了。

除去《大学》"八条目",《折中》还多以"明德""新民""止善"之"三纲"解《诗》,有每纲分说者,亦有三纲总说者。比如解《卫风·淇奥》,称:

> 《诗序》曰:"《淇奥》,美武公之德也。"《国语》云,武公年九十五,犹箴儆于国曰:"自卿以下,至于师长士,苟在朝者,无谓我耄而舍我,必恪恭于朝,以交戒我。"作《懿戒》之诗以自励,则其终身恪恭以成其德可知也。夫明德、新民、止善,《大学》之道也;致知、力行、主敬,先儒之学也,《淇奥》之诗皆有之焉。②

"《国语》云"以下诸语,出自朱子《诗集传》之解说,但以"明德、新民、止善"之《大学》之道来解说此诗,则是《折中》的发明。这也表明了宋代以来,以《四书》观念解说《诗经》的程度得到进一步深化。

以《中庸》思想释《诗经》

朱子特别强调《四书》的研习次序,《四书》的排列次序问题,

---

① 参史甄陶,《从〈大学〉论〈诗经〉——刘玉汝〈诗缵绪〉研究》,载周春健编,《"四书"系统下的儒家经学与政教秩序》,成都:巴蜀书社,2019,页419-443。

② 《御纂诗义折中》卷四,《钦定四库全书荟要》本,页64。

也是朱子"四书学"的基本内容之一。在朱子看来,《中庸》包含"古人之微妙处",① 故需要放到《大学》《论语》《孟子》之后,作为最后一部书来读。在《中庸》的核心思想中,较为重要者,一为"诚",一为"慎独"。

《中庸》第二十一至二十六章,集中论述"诚"的观念。在朱子看来,《中庸》所谓"自诚明谓之性,自明诚谓之教",是指"圣人之德"具备"德无不实而明无不照"的特点(《四书章句集注》,页32)。汉代《毛诗序》解说《周颂·维天之命》一诗,唯言"大平告文王也",郑玄笺作进一步疏释:"告大平者,居摄五年之末也。文王受命不卒而崩,今天下大平,故承其意而告之。"(《毛诗传笺》,页452)汉人之说一方面点明了《维天之命》作为"颂"诗的祭祀特征,一方面又交待其作诗本事。到了朱子,却体现出明显的以理学解诗的特色,称:"此亦祭文王之诗。言天道无穷,而文王之德纯一不杂,与天无间,以赞文王之德之盛也。"(《诗集传》,页338)所谓"天道无穷",非诗本身所有,亦属理学术语。而《折中》解诗,便直接将《中庸》"诚"之观念贯穿其中,称:

> 《维天之命》,祀文王也。祀文王而言天者,文王之德与天同也。今夫天,其变化无常者,成形成色之用也。其有常不变者,无声无臭之体也。用著于有,体立于无,故法天者,懔于见显之交,尤慎于隐微之际。宥密基命,自强不息,则不显而纯,与"於穆不已"者合德矣。天之不已,文王之纯非作而致之也。天行无疆,由于其德之健;圣功不倦,由于其性之一。健而一者,所谓诚也,《中庸》曰"故至诚无息"是也。"诚

---

① 朱熹,《朱子语类》卷十四《大学一》,朱杰人等主编,《朱子全书》第14册,上海:上海古籍出版社;合肥:安徽教育出版社,2002,页419。

者,天之道也;诚之者,人之道也。"诚之之道,择善固执;固执之功,在于笃行。由是言之,笃者所以固也,固者所以诚也,诚则纯,纯则不已矣。曾孙笃之,教以诚也。诚者造于纯,以配天之实,非徒祝其得福已也。①

不难看出,《折中》解诗受到了朱子之说的影响,而又与朱子之说不同。《折中》不仅引入"诚"之观念,还明确引用《中庸》相关原文。如此,《维天之命》等诗篇,即不仅具有祭祀周代先祖之"以其成功告于神明"的颂诗特征,而且具有了以"至诚无息"来"配天之实"的形上学特征。这是"四书学"理论在"五经学"领域中的一种创造性解释。

至于"慎独",其实不唯《中庸》里讲,如首章云:"莫见乎隐,莫显乎微,故君子慎其独也。"《大学》里也不止一处提到"故君子必慎其独也"(如《传》之六章)。所谓"独",朱子解为:"独者,人所不知而己所独知之地也。"(《四书章句集注》,页7)而所谓"慎独",正是说君子即使在"独"之境地,也需要戒慎恐惧,要把自己的私欲遏止在萌芽状态,这是理学家强调的君子在道德修养上具备的存养省察工夫。

对于《周颂·敬之》一篇诗义的解说,朱子《诗集传》与《毛诗序》之说并无二致,皆以为此诗乃"群臣进戒嗣王也"(《毛诗传笺》,页470);而嗣王所指,朱子与唐人孔颖达(574—648)皆以为指成王。《折中》的解释与汉、宋之说皆有不同,因引入《中庸》"慎独"说以及《大学》"止善"说,而将全诗主旨释为"成王自箴也",并称:

> 周公戒王曰:"皇自敬德。"召公戒王曰:"王其疾敬德。"

---

① 《御纂诗义折中》卷十九,《钦定四库全书荟要》本,页366–367。

今王自警曰："敬之敬之。"是体验有素而见天之不假易也。敬，非寂守之谓，必有资于学焉。今夫天之明命，内丽于人心而外著于事物，所谓至善止而不移者也。学之者必致吾心之知，明于所止而默识之，所谓"缉熙于光明"也；必励吾身之行，得其所止而固守之，所谓"显德"之行也。知止而后敬纯于心，得止而后敬达于事，故致知力行者，主敬之实功也。《大学》言敬止而继以道学自修，《中庸》言慎独而归于明善诚身，皆是道也。①

这里的"致知力行"，作为"主敬之实功"，是一种理学化的表达，其理论来源，正是《大学》的"止善"和《中庸》的"慎独"。尤其是"慎独"，由于所指为朝向自身，故《折中》将全诗主旨由《毛诗序》的"群臣进戒"改易为"成王自箴"，这可以算作对汉、宋《诗序》理论的一种修正。换言之，以四书学理论解说《五经》，有时会带来《诗经》本事的一种改动。这一改动不是发生在考据层面，而是发生在思想层面。

四 《折中》释义中的《论》《孟》思想

《论语》《孟子》是《四书》系统中的核心二部，在《折中》中，也多有以《论》《孟》思想阐说《诗》义者。

以《论语》思想释《诗经》

《论语》之核心思想，无疑是"仁"与"礼"。二者当中，

---

① 《御纂诗义折中》卷十九，《钦定四库全书荟要》本，页383–384。

孔子更重视"仁",比如《八佾》曾言,"人而不仁,如礼何?人而不仁,如乐何",便是对于"仁"作为一种最高德性和人生境界的重视。《折中》在解说《诗经》篇目时,经常会引入孔子关于"仁"的思想,并且与前代诸说有所差别,体现出一种时代特色。

比如《邶风·新台》是一首著名的平民讽刺诗,《毛诗序》解此诗云:"《新台》,刺卫宣公也。纳伋之妻,作新台于河上而要之。国人恶之,而作是诗也。"(《毛诗传笺》,页62)唐孔颖达撰《毛诗正义》,亦仅对诗之本事略加推考。朱子之说与汉、唐基本一致,仅是复述旧说而已:

> 旧说以为卫宣公为其子伋娶于齐,而闻其美,欲自娶之,乃作新台于河上而要之。国人恶之,而作此诗以刺之。言齐女本求与伋为燕婉之好,而反得宣公丑恶之人也。(《诗集传》,页40)

这一思路的解说,更强调"礼义"角度的诗教意义。《折中》则不然,不仅突出卫宣公在此事中的"情欲之感"的德行因素,还将圣人编诗推行教化之义归于"仁天下而救其亡",实则是孔子重"仁"思想的一种体现:

> 《诗序》曰:"新台,刺卫宣公也。"宣公之事,人之所不忍言而经存之者,何哉?淫乱之祸必至灭亡,人知之焉。乃明知而故蹈之,不能自克故也。当其淫乱之初,情欲之感已动,灭亡之事未来,不胜其欲而遂为之。迨底于灭亡,则悔无及矣。圣人于刺淫之诗多存之,使知"籧篨""戚施"之状,行道之人指笑唾骂,无所不至。苟有人心,宁不耻此?果能耻之,则必自克其欲而守礼防淫,祸乱无由作矣。此圣人所以仁天下而

救其亡也，岂徒曰志乱之所由起哉？①

如此解说，便将《诗经》之义放到了理学、四书学的大框架中，与之前五经学角度的解说，旨趣有别。

《折中》解说其他诗篇时，也常将《论语》中的其他思想内容纳入解释框架。比如《唐风·鸨羽》一诗，《毛诗序》的解释是："刺时也。昭公之后，大乱五世，君子下从征役，不得养其父母，而作是诗也。"（《毛诗传笺》，页154）汉人的这一解释，更多是从"以一国之事，系一人之本"（同上，页2）的角度，通过此诗来讽刺晋国统治者政事之败乱。唐孔颖达《毛诗正义》也基本顺沿这一思路解说。到南宋朱子那里，开始从"民性"的角度解说此诗，称：

> 民从征役，而不得养其父母，故作此诗。言鸨之性不树止，而今乃飞集于苞栩之上。如民之性本不便于劳苦，今乃久从征役，而不得耕田以供子职也。悠悠苍天，何时使我得其所乎？（《诗集传》，页109）

这一带有理学色彩的解说，与汉、唐之说已有差别。《折中》则从人伦之"失常""有常"的角度解说此诗，云：

> ……晋人以此之故，征役不已，而至于失所。原其始，皆由于失常。夫常者，人之伦也。君君臣臣，是谓伦常。今曲沃以大夫而篡弑，臣失常矣。王命不能行于曲沃，君亦失常也。至于王命不行，则乱无由定矣。无所可望，故望天也。所望天心厌乱，牖我王心赫然励精以图治，则君能出令，谁敢干之？君令而不违，臣共而不贰，则曲沃之篡弑不作，而虢公虢仲之

---

① 《御纂诗义折中》卷三，《钦定四库全书荟要》本，页50。

征役亦已。民乃得艺黍稷稻粱，以养其父母，上下皆复其常矣。故有常而后有极，有极而后有所，此实拨乱返治之要道，非空言也。齐景公问政于孔子，孔子对曰："君君，臣臣，父父，子子"；有常之谓也。①

《折中》将晋人征役不已的原因归结于"失常"，而所失之"常"，属于"君臣父子"之伦常；又以为有常而有极，有极而有所，此属于"拨乱返治"之要道。"拨乱返治"实带有《春秋》公羊学色彩，而"君臣父子"之说则体现了孔子的君臣政治观。朱子在《论语集注》中解说"君臣父子"一章，以为"此人道之大经，政事之根本也"（《四书章句集注》，页136），《折中》之引用与朱子原意若合符节。

以《孟子》思想释《诗经》

孟子思想之哲学基础，是其"性善论"。他认为人性本身具有"仁、义、礼、智"之善端（四端），这是施行仁义的前提和基础。《折中》在解说《诗经》主题方面，试图以此人性论阐说题旨，体现出明显的四书学倾向。

比如《周南·汉广》一诗，汉人皆强调文王德行教化由北向南之推广。《毛诗序》言："《汉广》，德广所及也。文王之道，被于南国，美化行乎江、汉之域，无思犯礼，求而不可得也。"郑玄笺曰："纣时淫风遍于天下，维江、汉之域，先受文王之教化。"（《毛诗传笺》，页13）唐人孔颖达对汉人之说再详加疏释，云：

> 《汉广》，言德广所及也。……此与《桃夭》皆文王之化，后

---

① 《御纂诗义折中》卷七，《钦定四库全书荟要》本，页126–127。

妃所赞，于此言文王者，因经陈江、汉，指言其处为远，辞遂变后妃而言文王，为远近积渐之义。故于此既言德广，《汝坟》亦广可知，故直云"道化行"耳。此既言美化，下篇不嫌不美，故直言"文王之化"，不言美也。言南国则六州，犹《羔羊序》云"召南之国"也。彼言召南，此不言周南者，以天子事广，故直言"南"。彼论诸侯，故止言召南之国。此"无思犯礼，求而不可得"，总序三章之义也。①

孔氏在这里重点阐说的，依然是文王之道何以推广而及于江、汉南国之地。与汉人一样，这是一种着重《诗经》政治教化推广角度的传统经学立场。

朱子在解说此诗时，其立场亦不反《序》，《诗集传》言：

> 文王之化，自近而远，先及于江、汉之间，而有以变其淫乱之俗。故其出游之女，人望见之，而知其端庄静一，非复前日之可求矣。(《诗集传》，页9)

可见，无论汉学、宋学，解说此诗，皆以江、汉风俗之改变，源自文王教化之推行。清代《折中》则将解释的重点转向了江、汉之人的"人性之善"，这与之前说法颇有不同。云：

> 《诗序》曰："《汉广》，德化所及也。"后妃修德，文王好德，其下化之，自近及远，故江、汉之间民风丕变。出游之女皆能修德，观其致高而神远，非"窈窕"之状乎？行道之人皆知好德，观其悦至而敬深，则与"寤寐求之"相似矣。夫德存于己，人不能见而化之。所及无远弗届者，此非有术以致之也，

---

① 《毛诗注疏》，上海：上海古籍出版社，2013，页69。

人性之善一也。性一则情孚，情孚则神通，故深宫自毖其宥密，而草野群移其性情。起化者不言，被化者亦不知矣。君子是以知明德之果可以新民也。①

在清人的观念中，江、汉南国"出游之女皆能修德"，"行道之人皆知好德"，根本原因并不主要在于文王教化之推行"有术"，而在于"人性之善一也"。因"性一则情孚，情孚则神通"，故虽处江、汉僻远之地，亦可"无远弗届"，草野可"群移其性情"。如此解释，便将周公"制礼作乐"之国家制度层面的意义，转移到了注重成德成圣的"人性论"层面，实际是一种自"五经学"维度向"四书学"维度的递变。加之结语又称"君子是以知明德之果可以新民也"，更以《大学》之"三纲"解说诗旨，其四书学意味便更浓厚。

孟子之"性善论"扩充而体现在政治层面，便是其著名的"仁政"主张。在《折中》中，有多处体现这一思想。比如《小雅·鸿雁》一诗，《毛诗序》以为主旨在于"美宣王也"，曰："万民离散，不安其居，而能劳来还定安集之，至于矜寡，无不得其所焉。"郑玄引用《尚书·泰誓》之文，对所以"美宣王"作出进一步解说："宣王承厉王衰乱之敝，而起兴复先王之道，以安集众民为始也。《书》曰：'天将有立父母，民之有政有居。'宣王之为是务。"（《毛诗传笺》，页245）《泰誓》句意，唐孔颖达释为：

> 言天将有立圣德者为天下父母，民之得有善政，有安居。彼武王将欲伐纣，民喜其将有安居，是民之所欲，安居为重也。（《毛诗注疏》，页946）

至南宋朱子，开始怀疑此诗主题或与"美宣王"无关，称：

---

① 《御纂诗义折中》卷一，《钦定四库全书荟要》本，页15。

"今亦未有以见其为宣王之诗。"(《诗集传》,页187)但对汉、唐旧说,依然采纳并置于前。《折中》的解说,较汉、唐诸说是一种反动,而对朱子之说有更大推进。对于该诗主旨,明确否定《诗序》"美宣王"之说,而以为是"哀流民",称:

> 《鸿雁》,哀流民也。夫始而在野,终而安宅。在上者未尝无安定之功,然与其安于既流之后,不如养于未流之先也。古之行仁政者,八口之家,比户无饥,而鳏寡孤独莫不有养,是遵何道乎?诗人于流民之在野也,固哀其劬劳;于其筑室也,亦哀其劬劳。而终言其作诗,所以告哀,此如后世监门绘图之意,而以哲人望其君也,其旨远矣。①

从"美宣王"到"哀流民",一为颂美,一为哀悯;一者身份为在上者,一者身份为在下者。《折中》在解释路径上,发生了很大程度的转变。与此相应,《折中》释义的重点,便不再放在"天之有立父母"之圣德者上面,而是强调为政者当"以不忍人之心,行不忍人之政"(《孟子·公孙丑上》)。这一"不忍人之政"便是孟子政治哲学的核心观念——仁政,其表现便是"八口之家,比户无饥,而鳏寡孤独莫不有养"。如此解说诗旨,或许又与《折中》撰者皆为经筵讲臣,重视讲解时对帝王的教化有关。

五 《折中》释义中的理学四书学思想

除去运用《学》《庸》《论》《孟》四书之核心思想解说《诗》义,《折中》一书还贯穿着其他一些具有本体论、心性论、认识论等意义的理学四书学观念,比如心性、敬静、涵养、知行、天理人欲、

---

① 《御纂诗义折中》卷十一,《钦定四库全书荟要》本,页201。

道心人心等。虽然朱子在《诗集传》中即有诸多运用，但《折中》中似乎体现得更为自觉和明显。这里主要处理两个重要的四书学观念：一为天理，一为道统。

天理是理学得以建构的前提，理学家将天理视为宇宙本体，这是理学对于传统经学的重要改造与提升，也是理学作为"新儒学"最本质的特征。这一范畴在汉、唐学者那里通常不会提及，而宋代以来理学家，却试图将其作为最高哲学范畴解释整个世界。

比如《鄘风·柏舟》一诗，《毛诗序》以为此诗是"共姜自誓也。卫世子共伯早死，其妻守义，父母欲夺而嫁之，誓而弗许，故作是诗以绝之"（《毛诗传笺》，页65）。朱子于此序并不反对，亦引用《序》说，强调共姜"守义"之行为。而《折中》却将此诗主题解为"美节妇也"，并称：

> 妇从一而终，故夫死不嫁，然或门户衰微无人可依，家道贫窭不能自给。当此之时，能坚其志而靡他，且纯其心而靡慝，此其幽独自盟之衷，实有人不知而天谅之者。若掩没不彰，则无以劝善矣。圣人录《柏舟》于《鄘风》之首，所以发潜德之幽光，使苦节者得以自慰也。抑士庶之家，多有妇欲守志而父母夺而嫁之者。夫其嫁之，所以怜之也。然与其失节而生，何如守节而死？况子本无他而亲夺其志，亦不善爱其子矣。圣人录《柏舟》，使天下之为舅姑父母者，曲谅贞妇之心，而勿夺其志。所以培植人伦，扶持节义，其意远矣。①

解诗语中的"从一而终，夫死不嫁"，"与其失节而生，何如守节而死"，以及称此女子为"节妇""贞妇"，显然是典型的理学家观念。不过，虽然程颐（1033—1107）说过"饿死事极小，失节事

---

① 《御纂诗义折中》卷四，《钦定四库全书荟要》本，页54。

极大"① 的话，但此语出自偶然答问，其本人并未大力宣扬。即使到了朱子，虽然对这一节义观有所强调，但在整个南宋，"从一而终，夫死不嫁"的节义观念并未形成主潮。这一观念得到强化，是在元、明之后，一直延续到清朝。职是之故，《折中》采用此说解释诗义，其实是一种理学视角的断语，与传统经学解说颇不一致。

与此相应，在解释《柏舟》首章时，郑玄、孔颖达都从礼学角度加以阐说，如《郑笺》云："两髦之人，谓共伯也，实是我之匹，故我不嫁也。礼，世子昧爽而朝，亦栉纚，笄总，拂髦，冠緌缨。"（《毛诗传笺》，页65）《折中》则强调"节妇"不嫁之举乃合乎"天理之常存"：

> 此节妇恐父母夺其志也。舟在河中，不复出岸，以兴妇在夫家，不复之他也。两髦之人既为我匹，一与之齐，终身不改，故至死誓无他焉。母犹天也，犹不谅人之心乎？以卫之淫风流行，而独能皎然不污。于此见天理之常存，而人心之不死也。②

在撰者观念中，乃以"从一而终，夫死不嫁"为妇女当遵之"天理"，这其实与《诗经》时代甚至汉唐时期的伦常观念，已经相去甚远了。

"道统"也是四书学中的一个重要观念。先是在《论语·尧曰》一篇，载尧以"允执其中"传舜，舜亦以"允执其中"传禹，这便形成了儒家道统的最初传授。继而孟子在《尽心下》一篇，序列尧、舜至于孔子的承传，并表达了对道统失传的忧虑。中唐韩愈（768—824）在《原道》中，明确列出尧—舜—禹—汤—文—武—周—孔至

---

① 程颢、程颐：《二程集·河南程氏遗书》，北京：中华书局，2004，页301。

② 《御纂诗义折中》卷四，《钦定四库全书荟要》本，页53。

于孟轲的道统传承谱系，建立起来较为成熟的儒家道统论。至于南宋朱子创建四书学体系，道统观也是其中之重要内容，这集中体现在他所作的《中庸章句序》中。朱子所建立的道统论，将儒家道统谱系延至北宋的二程，且首次把"道统"的名词概念与实际内涵结合起来，并"从《论语·尧曰篇》捡来'允执厥中'四个字，从《尚书·大禹谟》捡来'人心惟危，道心惟微，惟精惟一，允执厥中'十六个字，明确标出这就是道统心传，这是一个发展"。①另外，朱子将《学》《庸》《论》《孟》四部书结集一起，也正是试图建立"孔—曾—思—孟"的道统传承谱系。

《折中》在解说诗篇时，不仅特别重视四书学道统论，还时常将道统与天理、性命、明德新民、格致诚正等其他四书学观念统合起来阐说。比如作为"四始"之一的《大雅·文王》一诗，《折中》解云：

> 《文王》，周公戒成王也。天人感应之机，王业兴废之由，反复申明。而其尤切要者，则在"缉熙敬止"一语。今夫人君之有天下，天命之也。天命之者，谆谆然乎？亦视其民而已，能养民斯能得天矣。天下之民非一人，所能养也，故必造士。贤才众多，斯能助王以养民矣。造士养民不可伪为，必设诚而致行之；亦非一日之积也，必不息其诚以行之。故德之不已者尚焉，"缉熙敬止"，所以不已也。何楷曰："文王心通天理，随处发露，皆积累而联续之，以会于一。"乃知事物有异，至善无异。是我所当止之处，不容少有出入，亦不容偶有间断。故一念兢兢，惟期止于是而已。由是言之，则"敬止"者，所谓

---

① 邱汉生，《四书集注概论》，北京：中国社会科学出版社，1980，页125。

"钦厥止"也。能钦厥止,则纯乎至善,纯则自不已矣。至于不已,则心与天通,性与命合。"无声无臭"之载,皆默契而无间,而养民造士,又其余事矣。千古道统之传,开于尧、舜,盛于文王,而集其成于孔子。孔子曰:"大学之道,在明明德,在亲民,在止于至善。"尧之"克明峻德",明明德也;"平章百姓",新民也;"允执厥中",止至善也。文王之"亹亹""令闻",明明德也;"陈锡哉周",新民也;"缉熙敬止",止至善也。析而言之,格物致知,缉熙也;诚意正心,敬止也。缉熙所以知止,敬止则得之矣。故文王之诗,治统、道统俱在焉。为人君者,不可不三复也。①

在对这首诗的解说当中,撰者对文王极度赞美,以为"文王心通天理,随处发露","心与天通,性与命合",因此才有"缉熙敬止"之美好德行。撰者特意强调了儒家道统传承中的"开于尧、舜,盛于文王,而集其成于孔子",以为"文王之诗,治统、道统俱在",可以作为历代人君的楷则,这也正充分体现了《折中》一书的经筵特色。《折中》重视儒家的"千古道统之传",表明了对于四书学道统观的接受与认可。此外,解《周颂·昊天有成命》一诗,亦引入《孟子》"尽心"、《大学》"明明德"观念,强调道统之"薪传",云:

> 因其德之所发而遂明之,以尽其心之量,则充其四端,可以保四海,所谓明明德于天下也。文王缉熙于前,成王缉熙于后,此有周之家法,实千圣之薪传也。(同上,页370)

不仅如此,《折中》在对《文王》诗义的阐发中,还有意识地

---

① 《御纂诗义折中》卷十六,《钦定四库全书荟要》本,页290-291。

将汉学与宋学,《诗经》与《五经》其他经典以及《诗经》与《四书》统合起来。比如开头所谓"天人感应"之说,便来自董仲舒(前179—前104)等汉代经学家的提倡,实质是一种《春秋》公羊学思想。下文又以《大学》之明德、亲民、止善三纲来解说儒家道统的"十六字心传",而所谓"钦厥止"以及尧之"克明峻德""平章百姓""允执厥中",分别出自《尚书》的《太甲》《尧典》和《大禹谟》诸篇。由此可见,《折中》一书在某种意义上确实做到了汉宋兼采、《五经》与《四书》贯通。

六 《折中》编纂与康、乾时期学风异同

皮锡瑞在《经学历史》中又提到,"国朝经学凡三变","三变"分别是指:

> 国初,汉学方萌芽,皆以宋学为根柢,不分门户,各取所长,是为汉、宋兼采之学。乾隆以后,许、郑之学大明,治宋学者已鲜。说经皆主实证,不空谈义理,是为专门汉学。嘉、道以后,又由许、郑之学导源而上。……实能述伏、董之遗文,寻武、宣之绝轨,是为西汉今文之学。学愈进而愈古,义愈推而愈高;屡迁而返其初,一变而至于道。学者不特知汉、宋之别,且皆知今古文之分。门径大开,榛芜尽辟。(《经学历史》,页249-250)

在这里,皮鹿门将清代学术分为国初、乾隆、嘉道三期,三期学术风气实有不同,分别为"汉宋兼采""专门汉学""西汉今文之学"。应当说,从大的趋势来讲,这一划分是符合清代学术实际的。但具体到某一阶段细微处,又当更细致分辨。

就乾隆时期学术而言,即以《诗义折中》《周易述义》等经籍

的编纂为例，我们可以明显看到与康熙时期诸经《汇纂》的密切关联。如前所述，《诗义折中》尽管较诸康熙时期相关经籍更注重彰显汉学，但从整体上来说，理学四书学的特色亦非常鲜明。这也跟清代科考程式依然沿循元、明，以《四书》为先有关。① 可以这样说，至少是在乾隆二十年前后编纂《诗义折中》这一时期，在皇帝和经筵讲臣那里，宋学、理学的观念是受到重视的，甚至可以说依然是一种"汉宋兼采"的学术风气。钱穆先生（1895—1990）也一再强调："清朝初年人并不反宋学，……像顾亭林、阎百诗，他们反的是明学，不是宋学。"② 从这一意义上讲，虽处乾隆时代，但编纂《诗义折中》的这个时期，似乎可以划归到"清初学术"当中。

不过在这之后，情况发生了一定变化，就乾隆帝本人而言，明显地加重了对汉唐五经学的推重，比如乾隆二十五年（1760）五月初五日，"乾隆以经学'源流分合'等内容策试天下贡士"；二十六年（1762）四月二十一日，"乾隆以诸经源流、大义等内容策试天下贡士"；二十九年（1764）七月十一日，"乾隆颁谕命将《周易述义》等三书每省各颁一部"；三十一年（1766）四月二十一日，"乾隆以六经之旨等内容策试天下贡士"。③ 尤其是乾隆三十四年（1769）四月二十一日，乾隆帝以《易》《春秋》等内容策试天下贡士，且发布制词曰：

> 《钦选四书文》颁行已久，而或失之雷同剿说，或失之怪僻艰深，其弊安在？将教之者非欤？抑取之未善耶？夫以帖括为

---

① 参赵尔巽等，《清史稿·选举志三》，北京：中华书局，1977，页3148。
② 钱穆，《经学大要》，台北：兰台出版社，2000，页542。
③ 参杨峰、张伟，《清代经学学术编年》，南京：凤凰出版社，2015，页396、400、410、413。

时文，其说已误，而以词赋取实学，其本已离。不得已而专试策论，又多浮词撦拾之患。今由科举以及朝考，三者皆用之矣，而未收得人之效，何欤？将欲一洗陋习，归于清真雅正，多士其以心得者著于篇。风俗者，教化所蒸也。我国家重熙累洽，承平百余年之久。朕轸念群黎，尤加培养。然而持盈之惧时切者，盖今为治之道较古为难，故化民亦难。①

虽然乾隆帝在这里主要是从批判科举文风的角度来说的（主张从"浮词撦拾"归于"清真雅正"），但所言《钦定四书文》所录皆为八股文，取材正主要是《四书》，这便在一定意义上也是对《四书》之学的一种批判。而且乾隆帝是从"化民"的高度，站在反思清代立国百年政教得失的立场，对前代学术发展作出评判。这也就不难理解，等到三十七年（1772）正月，乾隆帝"命中外蒐辑古今群书"（同上，卷九〇〇），于次年（1773）设立四库全书馆，开启《四库全书》的编纂，这意味着一个新时代的开启。郭伯恭先生云：

> 康熙时代编纂之《图书集成》，虽可谓伴于清初之文化，然却不足以施之于乾隆时代之学风；质言之，乾隆时代，即类书告终之期，而汉学之研究者，乃进于求读原书之新时代也。此汉学家之新要求，即间接为编纂《四库全书》之一种原动力。②

从此以后，清代学术进入到"乾嘉考据学"的鼎盛期，汉学得到更进一步彰显，理学四书学则受到了一定程度的排斥。直到清朝末年，由于政治及学术情势的变化，又出现一个"汉宋兼采"的新

---

① 庆桂，《清高宗纯皇帝实录》卷八三三，清钞本。
② 郭伯恭，《四库全书纂修考》，长沙：岳麓书社，2010，页2。

风潮（比如东塾学派的陈澧）。

结语：也说"经学即理学"

梁任公论及清代学术时，认为昆山顾炎武（1613—1682）是从事于清学"黎明运动"的第一人。但他对于顾氏提出的"经学即理学"颇有微词，称：

> "经学即理学"一语，则炎武所创学派之新旗帜也。其正当与否，且勿深论。——以吾侪今日眼光观之，此语有两病。其一，以经学代理学，是推翻一偶像而别供一偶像。其二，理学即哲学也，实应离经学而为一独立学科。①

钱穆先生对此说不以为然，他认为任公误解了顾氏，也未能真正了解到清初学术的实际面目，他说：

> 梁任公的脑子里只是汉学、宋学，所以他说清朝是中国的文艺复兴。他举顾亭林、阎百诗为例，而顾、阎两人就是讲宋学的，并且讲到元朝，怎么能叫清朝人的学问是文艺复兴呢？再进一步讲，顾亭林、阎百诗讲汉学，也讲宋学；即是讲考据之学，同时还讲义理。我们只能说明末清初这个时代的人是"汉宋兼采"，清朝末年再讲汉宋兼采，只有中间一段大约一百年的时间是只讲汉学排斥宋学。②

在钱穆看来，梁启超不但将"经学"与"理学"对立起来了，并且将顾炎武等清初学人的学术研究简单化了（非宋即

---

① 梁启超，《清代学术概论·四》，前揭，页10。
② 钱穆，《经学大要》，前揭，页543。

汉)。其实就亭林所谓"经学即理学"本意来讲，确乎未曾想"推翻一偶像而别供一偶像"。需知"经学即理学"的表述，来自清人全祖望（1705—1755）的概括，① 与亭林本意略有出入。亭林的原话是：

> 理学之名，自宋人始有之。古之所谓理学，经学也，非数十年不能通也，故曰："君子之于《春秋》，没身而已矣。"今之所谓理学，禅学也，不取之《五经》而但资之语录，校诸帖括之文而尤易也。②

亭林观念中，宋代以来的理学实为经学，《四书》之学与《五经》之学实相通。这不同于明代以来的心学，因不取《五经》而成为无根之"禅学"。在顾氏看来，宋学与汉学并不相背，这确乎是一种"汉宋兼采"的态度。这是顺治、康熙以来以至乾隆早期学术的一个基本特征。从前文对于《御纂诗义折中》一书内容、体例以及思想倾向的分析，我们可以明确看到这一点。这一面目的形成，包含政治、历史、文化、学术上的多重因素，有其一定的"合理性"，无论在诗经学史上还是在四书学史上，都有其特殊的意义。

从这一意义上说，《诗义折中》是清初学术风气下的自然产物，我们不可简单地批评清代的皇帝和儒臣，说他们"完全是蓄意要把它变成一部宣扬伦理道德的教科书，无论上比汉代的《毛传》《郑笺》，还是比较宋代朱熹的《集传》，都大为逊色，这无疑是诗经学

---

① 全祖望，《鲒埼亭集》卷十二《碑铭》，《四部丛刊》景清刻姚江借树山房本。
② 顾炎武，《亭林文集》卷三《与施愚山书》，《四部丛刊》景清康熙本。

史上的一个倒退"。①

＊本文是国家社科基金重大项目"四书学与中国思想传统研究"〔15ZDB005〕的阶段性成果

---

① 洪湛侯,《诗经学史》,北京:中华书局,2002,页484。

尼采思想中的俄罗斯隐喻

弗兰克（Hartwig Frank） 撰

刘学慧 译

尼采很早就开始关注俄罗斯。①据记载，尼采年轻时曾经试图为普希金的一首诗歌谱曲。②19 世纪 80 年代初，尼采曾经断言：不得

---

① 关于尼采在俄罗斯的影响有很多研究。但是迄今为止，关于尼采对俄罗斯的看法却鲜有涉及。迈耶概要点评了尼采关于俄罗斯的各种表述，参 Theo Meyer, "Nietzsches Rußlandbild: Protest und Utopie", in: Mechthild Keller (Hg.), *Russen und Rußland aus deutscher Sicht. 19. /20. Jahrhundert: Von der Bismarckzeit bis zum Ersten Weltkrieg*, München 2000, S. 866 – 903。另外还有 Fritz Ernst, "Friedrich Nietzsche und die Russen. Zur Geschichte der deutschen Russophilie", in: Fritz Ernst, *Aus Goethes Freundeskreis und andere Essays*, Frankfurt am Main 1955, S. 210 – 226。波利亚科娃从哲学方面，也就是基于陀思妥耶夫斯基和托尔斯泰的道德哲学，探讨了尼采对俄罗斯人的看法，参 Ekaterina Poljakova, "Die 'Bosheit' der Russen. Nietzsches Deutung Russlands in der Perspektive russischer Moralphilosophie", in: *Nietzsche – Studien* 35 (2006), S. 195 – 217。

② Curt Paul Janz, "Die Kompositionen Friedrich Nietzsches", in: *Nietzsche – Studien* 1 (1972), S. 173 – 184, S. 180.

不承认，俄罗斯人"非常善于效仿现有的文化"（*Nachlass*，1872/73，KSA 7，19［314］）。这一论断得到普遍认可。陀思妥耶夫斯基也有类似的看法，他认为俄罗斯人具有"理解整个世界的共情能力"，这恰恰是俄罗斯民族性格中"最重要的能力"。①尼采在青年时期可能还对俄罗斯作家屠格涅夫产生过非常大的兴趣。②但是尼采的思想真正受到俄罗斯的持续影响，应该是在 19 世纪 80 年代中期，也就是尼采"发现"了陀思妥耶夫斯基之后。③这段时期，尼采在发表的作品中愈加频繁地评论俄罗斯。尼采之所以关注俄罗斯，一方面是

---

① 1880 年 6 月 8 日，陀思妥耶夫斯基在俄罗斯文学之友学会会议上发表了关于普希金的著名演讲，参见：Fjodor M. Dostojewski,"Puschkin. Essay", in: *Über Literatur*, Leipzig 1976, S. 221（Walter Rudolf 从俄语译入德语）。陀思妥耶夫斯基专门做了如下解释：对俄罗斯人而言，彼得大帝的改革"远远不只是接受了欧洲的服装、习俗、各种发明以及科学"。俄罗斯人民不仅仅是从功利主义出发接受了改革，更是为了追求"真正意义上的联合、全人类团结起来"。"我们并没有敌视别国的天才（别人可能会这样认为），而是友好地将他们纳入我们内心深处。我们也怀着同样的热情接受所有国家的天才"（同上，页 224）——早在此前一个世纪，赫尔德就曾经说过，俄罗斯人的"模仿欲是这个国家非常好的品质，这种品质正在形成，并且以正确的方式逐渐形成"（Johann Gottfried Herder, "Journal meiner Reise im Jahr 1769", in: *Herders Sämmtliche Werke*. Hg. v. Bernhard Suphan, Bd. IV, Berlin 1878, S. 355）。

② 1904 年，俄罗斯人苏肯尼可夫（Mikhail Sukennikow）到访魏玛的尼采档案馆。尼采的妹妹伊丽莎白（Elisabeth Förster - Nietzsche）告诉他，尼采在 1875 年前后对屠格涅夫表示出极大的兴趣。不过，她的说法还存在很多疑点。参 К. М. Азадовский, Русские в Архиве Ницше, in：Фридрих Ницше философия в России（K. M. Azadowskij,"Russen im, Nietzsche - Archiv '"，in：*Friedrich Nietzsche und die Philosophie in Russland*），St. Petersburg 1999, S. 109 - 129, bes. S. 114 - 118。

③ 关于陀思妥耶夫斯基对尼采的影响，参 Renate Müller - Buck,"'Der einzige Psychologe, von dem ich etwas zu lernen hatte'：Nietzsche liest Dostojewskij", in：*Dostoevsky Studies*, New Series, VI（2002），S. 89 - 118。关于尼采和陀思妥耶夫斯基两人之间的关系，书中第 118 页列出了其他相关的研究文献。

由于俄罗斯幅员辽阔，另一方面是由于这个国家机构坚不可摧、充满活力、意志坚强，这些都给他留下了深刻印象（参《偶像的黄昏》，"一个不合时宜者的漫游"，39）。最初，尼采担心欧洲会被俄罗斯征服，之后却希望俄罗斯能够给欧洲带来革新，因为在他看来，欧洲文明过于神经质、紧张忙碌、意志薄弱、带有病态。但是在尼采的思想中，"俄罗斯"及其精神特质也具有哲学维度。也许是因为当时没有其他合适的参照对象，或是因为陀思妥耶夫斯基和莎乐美[1]这样的俄罗斯人给尼采留下了深刻印象，总之，"俄罗斯"及其精神特质成了尼采思想中的隐喻。在他后期的哲学隐喻中，尼采主要将俄罗斯隐喻用于表达权力意志、命运之爱以及酒神精神。通过这样的隐喻，尼采得以在政治和文化批评中找到最新的关联与参照。

19世纪80年代，尼采将俄罗斯喻为"广阔无际的中间帝国"（《善恶的彼岸》，208，*KSA* 5，S. 139）。尼采之所以认为俄罗斯"广阔无际"，一方面是因为它的疆域深深扎根到亚洲大陆腹地，这使它好像亚洲"张开的大口，向前伸着想要吞噬小小的欧洲"（《人性的太人性的》下卷，"漫游者和他的影子"，231）。关于这一点，尼采

---

[1] 参《瞧这个人》，"《扎拉图斯特拉如是说》"，1。尼采与陀思妥耶夫斯基以及莎乐美（Lou Salomé）之间的联系，迈耶（Theo Meyer）视之为尼采思想中的俄罗斯隐喻："在尼采精神生活的最后两年里，正是伟大的陀思妥耶夫斯基影响了他对俄罗斯的认知。尼采通过陀思妥耶夫斯基了解了俄罗斯文学、俄罗斯文化、俄罗斯人民，甚至是俄罗斯的生活感情。但也应该指出，尼采阅读陀思妥耶夫斯基，并不是借此认识俄罗斯，而是为了与这位杰出的作家展开交流。尼采对陀思妥耶夫斯基的兴趣首先是一种主观存在的兴趣。"

尼采与莎乐美的关系也比较类似："尼采并不认为他与莎乐美的感情经历具有特别的俄罗斯风格。当然，莎乐美是俄罗斯人这一事实，的确有助于尼采对俄罗斯形成比较正面的认知。"但是，"在莎乐美身上，真正吸引尼采的，不是因为她的俄罗斯气质，而是因为她身上更多的尼采气质"（Meyer, "Nietzsches Rußlandbild: Protest und Utopie", S. 903 und 882）。

在 1879 年就曾经做过类似的推测。①另一方面，是因为尼采希望在即将到来的 20 世纪，"俄罗斯文化将进入一个新的时期"：这种文化"接近于野蛮"，"各种艺术开始觉醒"，"青年人视野高远"，"热情疯狂"，"具有真正的意志力"（Nachlass, 1880, KSA 9, 7 [111]）。俄罗斯人的所有这些精神特质恰恰就是希腊酒神狄奥尼索斯的特质，这么说来，希腊酒神似乎应该是源自亚洲，并从亚洲传到古希腊的。根据尼采的设想，俄罗斯这个"中间帝国"能够作为欧亚大陆之间的通衢，再一次把酒神精神从亚洲带回到欧洲。但是，这一次应该有所平衡，即要把"俄罗斯农民以及亚洲人的沉思特质"一起带到欧洲（Nachlass, 1876, KSA 8, 17 [53]）。尼采希望这种沉思特质能够"纠正"欧洲神经质的文化，纠正欧洲文化中的"现代动荡"，改变人们"忙碌的工作节奏"，以防"欧洲文明遁入一种新的野蛮"（同上）。②尼采之所以将俄罗斯视为"中间帝国"，是因为他觉得"欧洲仿佛又重新回溯到了亚洲"（《善恶的彼岸》, 208, KSA 5, S. 139）。

在尼采看来，俄罗斯隐喻源于这个国家的陆地-海洋隐喻：虽然俄罗斯在亚洲进行殖民掠夺，并在这片土地上扎下根来，但其骨

---

① 这条格言的全文如下："最危险的流亡。——在俄罗斯，正在发生一场知识精英的流亡：人们越过边境，为了去读那些好书，并能够写出好书。然而，这样一来，被精神所遗弃的祖国就会越来越成为亚洲张开的大口，它向前伸着想要吞噬小小的欧洲。"（同上）尼采后来又强调了另外一种反向的流亡过程："所有真正的日耳曼人都去往国外了。德国现在成了斯拉夫的前站，为欧洲的泛斯拉夫化铺平了道路。"（Nachlass 1884, KSA 11, 25 [419]）。

② "亚洲人也许比欧洲人更能够处于较长、较深的宁静之中。就连亚洲人的麻醉品也是慢慢发挥作用，需要人们有足够的耐心；与此相反，欧洲的酒类毒药，总是瞬间就会见效。"（《快乐的科学》, 42）中国人"大体上应该可以使动荡不安的欧洲获得一些亚洲人的宁静和沉思，甚至最有可能使欧洲具备亚洲的坚韧和耐力"（《朝霞》, 206）。

子里却渗透着欧洲的文化和文明。一方面,俄罗斯是亚洲通往欧洲的必经要道;另一方面,欧洲的河流经俄罗斯流入亚洲大陆。更确切地说,在这里,水陆交汇时激起了汹涌波涛,既有破坏性,又有创造性,而俄罗斯必须以某种方式经受住这一切。尼采的俄罗斯隐喻是一个悖论:对于俄罗斯"不断增强的威胁性",既充满恐惧,又心怀期待(同上,页140),而且人们必须能够忍受这种矛盾心理。因此,尼采的俄罗斯隐喻与其他的悖论隐喻①密切相关,例如有关意志②、命运之爱③以及酒神④的隐喻。尼采似乎对俄罗斯隐喻的两个相关点尤感兴趣:从地缘政治的角度来看,俄罗斯隐喻意味着历

---

① 关于尼采思想中悖论的含义,参 Werner Stegmaier, " , Philosophischer Idealismus ' und , Musik des Lebens '. Zu Nietzsches Umgang mit Paradoxien. Eine kontextuelle Interpretation des Aphorismus Nr. 372 der *Fröhlichen Wissenschaft*", in: *Nietzsche - Studien* 33 (2004), S. 90 – 128, hier S. 90 – 94。

② 在尼采的遗作中,关于"意志"这个概念有一处说明。"意志"这个概念集通俗与深奥为一体,充满了矛盾:"1. 一切都是意志对抗意志;2. 根本没有意志。"(*Nachlass* 1886/87, *KSA* 12, 5 [9])

③ 有关命运之爱的悖论,尼采做了如下极为明确的表述:"我经常问自己,跟其他人相比,我是不是应该更加感谢我一生中最为艰难的岁月?正如我最内在的天性教给我的那样,从高处看,按照一种伟大经济(Ökonomie)的意义,一切必要的东西,本身也是有益的——我们不应该仅仅只是承受,还应该爱我们的命运……命运之爱(Amor fati):这是我最内在的天性。——至于我长年患病,难道我不应该对疾病心存感激吗?我感激它给了我这样一个更高的健康状态:一种它无法扼杀的更强大的健康!"(《尼采反瓦格纳》,后记,1)

命运之爱的悖论之处在于:对荒谬的"伟大经济"之爱,继而带来同样荒谬的"更高的健康状态"。尼采称命运之爱的悖论为"伟大法则",参 Werner Stegmaier, "Nietzsches und Luhmanns Aufklärung der Aufklärung: Der Verzicht auf die Vernunft ' ", in: Renate Reschke (Hg.), *Nietzsche. Radikalaufklärer oder radikaler Gegenaufklärer?*, Berlin 2004, S. 167 – 178, hier S. 177。

④ 尼采认为酒神具有伟大的双重性,"既是魔鬼,又是神"(《善恶的彼岸》,295)。

史哲学和道德哲学的权力意志,足够隐忍坚韧、未来可期;从心理学和形而上学的角度来看,俄罗斯人"勇敢的、不加反抗的宿命论"非常接近命运之爱。

地缘政治、历史哲学以及道德哲学层面的俄罗斯隐喻

19世纪80年代中期,尼采在《善恶的彼岸》中断言:"小政治的时代已经过去了。"新的20世纪将围绕"对地球统治权的争夺",继而"不可避免地出现大政治"(《善恶的彼岸》,208,KSA 5,S. 140)。但是,对于即将发生的争夺,欧洲的准备却非常不足。欧洲文明处于病态之中,主要症状是意志薄弱。不过,这种"意志薄弱病"在欧洲范围内分布不均,在西欧文化"早已根深蒂固"的地方病态最为明显(同上,页139)。因此,法国以其"高于欧洲的文化优势"而显得病态最为严重,欧洲内陆中心比沿海地区更显病态,南部比北部更受其害。当"野蛮人"仍然——或者再次——"披着西方国家的教养这件肥大外衣,越强烈地提出他们的权利要求时",欧洲的薄弱意志就"消失得越快"(同上)。欧洲意志力最强大的地方位于欧洲东北部,也就是俄罗斯"那个广阔无际的中间帝国"。

尼采对于俄罗斯的地缘政治意义做了如下隐喻:俄罗斯的"意志力很久以来都在蓄势待发、韬光养晦";俄罗斯一直都在等待机会,"以危险的方式触动意志力的爆发",只是"不确定,这种爆发是积极的还是消极的"(同上)。俄罗斯对欧洲其他国家构成的威胁是双重的:首先,俄罗斯积累的意志力极具规模,危险性极大;同时,一旦这种意志力爆发,其行动方向将难以预测。这样一来,俄罗斯就成了欧洲"最大的危险"。为了避开危险,欧洲或许可以采取两种化解办法:要么从内部推翻这个国家,使其分裂成"一个个小国家",要么使俄罗斯的威胁调头转向亚洲。但是,尼采还看到了第三种解决办法，并希望能够行之有效：

> 俄罗斯的威胁与日俱增，欧洲也必须变得同样具有威胁性，也就是说，欧洲也应该具备一种意志，利用新的统治欧洲的等级秩序，来形成自己的独特意志，能够设定长达几千年的目标。（同上，页140）①

但是，为此欧洲必须结束"小国林立的闹剧"（同上）。②关于这一点，正如尼采在《偶像的黄昏》里所思考的那样，俄罗斯恰恰相反，它"是可怜的欧洲小国和神经质的对立概念"（《偶像的黄昏》，"一个不合时宜者的漫游"，39）。

这里又是一个悖论：尼采希望俄罗斯的威胁持续加大，使得欧洲产生更大的恐惧，进而迫使欧洲形成一种意志。俄罗斯的地缘政治隐喻随之转入历史哲学层面。在尼采看来，俄罗斯是"当今唯一的力量"，"体内具有持续的力量，能够做出允诺"（同上）。③尼采认为，俄罗斯完全就像古时候的"罗马帝国"，几百年来一直坚持"传统和权威的意志，超越千年的责任的意志，无限的世代相连的团结意志"（同上）。罗马帝国曾经以地中海为中心，征服并统治古希腊罗马世界，从而确保了源于希腊的文化在这一范围内广泛传播。

---

① 对比："俄罗斯是唯一的强大征服者（没有了这种征服意志，俄罗斯就相当于被阉割！所以，俄罗斯只能把过剩的力量对准国外！）鉴于此，欧洲有必要团结一致。"（*Nachlass* 1880, *KSA* 9, 7 [205]）

② 关于尼采建立统一欧洲的构想，参 Werner Stegmaier, "Nietzsche, die Juden und Europa", in: Werner Stegmaier (Hg.), *Europa - Philosophie*, Berlin / New York 2000, S. 67-91, hier S. 79-84。

③ 要想未来能够做成大事，必须满足一定的前提条件。尼采在《道德的谱系》中对此做了说明：成大事者，需要具备"独立的持久意志"（《道德的谱系》，II. 2）。

当今世界，只有俄罗斯能够做到这一点：保证团结、塑造和权力的意志在欧洲文化中得以发展强大。在尼采的一部遗作中，他曾特别补充了如下说明：为此，俄罗斯必须首先"成为欧洲和亚洲的主人——它必须进行殖民扩张，战胜中国和印度"（*Nachlass*, 1884, *KSA* 11, 25 [112]）。与此同时，俄罗斯隐喻又从历史哲学层面转回欧洲，也就是说，"欧洲将意味着罗马统治下的希腊"（同上）。正是在罗马统治时期，希腊文化得以在很长一段时间内受到全世界的重视。根据这种隐喻继而类推，俄罗斯对欧洲和亚洲的统治将使欧洲文化得以复兴，也只有这样，欧洲文化才能够在即将发生的斗争中得以生存。

当然，尼采关于"中间帝国"的俄罗斯隐喻不仅具有地缘政治和历史哲学的含义，他还将欧洲和亚洲之间的关系上升到了道德哲学的层面。一方面，比地缘政治更重要的是，与亚洲大陆相比，"地缘上的欧洲"只是"亚洲的一个小小半岛"（《人性的太人性的》，下卷，"漫游者和他的影子"，215, *KSA* 2, S. 650）；另一方面，比历史哲学更为重要的是，鉴于俄罗斯具有坚强的权力意志，在即将到来的20世纪，俄罗斯隐喻将成为道德形而上学的纽带，使得"我们欧洲人"最终仍将"依赖"亚洲。尼采曾经将扎拉图斯特拉喻为发明者，是他发明了道德-形而上学的善恶对立基本法则，因此，尼采认为，"道德"这个概念实际上是一项"亚洲发明"（*Nachlass*, 1880, *KSA* 9, 1 [90]）。面对即将发生的"地球统治权之争"，正如尼采所预言的那样，欧洲必"将打着哲学基本学说的旗号"（*Nachlass*, 1881, *KSA* 9, 11 [273]），首先彻底澄清与这项"亚洲发明"的关系，包括道德概念及其内涵，还包括欧洲对亚洲的忌恨心理以及原教旨主义思想。尼采本人在19世纪80年代将这一"亚洲发明"视为命运之爱。自从阅读了陀思妥耶夫斯基和托尔斯泰的作品之后，尼采发现，命运之爱在某种程度上就是"不加反抗的勇敢的宿命论"(《道德的谱系》,II. 15),而这正是俄罗斯生活态度的基本特征。鉴于此,尼采也从心理学和形而上学的角度将俄罗斯视为"中间帝国"。

心理学及形而上学层面的俄罗斯隐喻

1887年,尼采在《道德的谱系》中,首次提到俄罗斯人"不加反抗的勇敢的宿命论"。在这本书中,尼采最初是将俄罗斯式的宿命论与斯宾诺莎联系在一起。尼采想弄清楚的是:斯宾诺莎既然认为善恶是人类的幻象,那他"发明了内心的愧疚"也就是"良心之痛"(morsus conscientiae)这样的说法,究竟想表达什么?最终,尼采套用了斯宾诺莎的原话,认为"良心之痛"只能被理解为"欢乐(gaudium)的对立面",是"伴随一件在过去意外发生的事物的意象而引起的一种痛苦"(同上)。①尼采继续他的思考:

> 几千年来,那些受到惩罚的作恶者在提到自己的"罪行"时,与斯宾诺莎的看法完全一样:总是认为"可惜这次不走运",而不是"我真不该这么做"——他们服从惩罚,就像接受疾病、不幸或者死亡一样,这就是不加反抗的勇敢的宿命论。当今世界,俄罗斯人就是通过这种宿命论的生活态度,在我们西方人面前占有优势。(同上)

尼采这一看法在他1880年代后期对俄罗斯的阐释中发挥着关键作用。在这个时期的尼采思想中,相关的重要隐喻都与这一看法有关。关于"作恶者"(Übel-Anstifter)的说法,最初出现于《偶像的黄昏》。尼采在这本书中鉴定了"作恶者"这种"罪犯(Ver-

---

① 参斯宾诺莎《伦理学》,第三部分命题十八,附释1和2。

brecher)类型"。他认为,"作恶者"就是"不利条件下的强者,是被迫致病的强者"("一个不合时宜者的漫游",45)。在"我们这个温顺、平庸、混杂的社会"里,"作恶者"本质上是天然朴实的人,他们"要么从山上来,要么来自凶猛的大海",他们遭到"放逐",以至于背弃了自己的美德、颠倒了自己的根本天性,并转而认为自己的天性就是一种宿命。从此,"作恶者"开始堕落,"沦为罪犯"(同上)。针对这个问题,尼采认为,"陀思妥耶夫斯基本人的经历就是最重要的证明"(同上)。①因为,陀思妥耶夫斯基曾经

> 被流放到西伯利亚多年,他在狱中与犯人们共同生活了很长时间。对那些已经无法重返社会的重犯,有过与他自己的期待完全不同的体验——他们差不多是用生长在俄罗斯土地上最好、最坚硬和最有价值的木头雕刻而成。(同上)②

不过,这些罪犯的宿命论还不是"不反抗的宿命论",因为他们颠倒了自己的根本天性,最终屈服,接受惩罚。③按照尼采的普遍观点,他认为这些罪犯的宿命论源于他们对现实中的一切充满了"仇恨、报复和叛逆"(同上)。

尼采在他的自传中写道:"俄罗斯宿命论"作为一种"不反抗

---

① 参尼采在 1887 年 3 月 4 日写给费恩(Emily Fynn)的信(4. März 1887, KSB 8, Nr. 812):从"杰出的心理学家陀思妥耶夫斯基"这里,人们学会了"爱俄罗斯人——也学会了怕俄罗斯人"。

② 参 Nachlass, 1887, KSA 12, 10 [50]。尼采在此处援引了在一所无人居住的房子里发现的陀思妥耶夫斯基的笔记。参 Müller - Buck, ",Der einzige Psychologe, von dem ich etwas zu lernen hatte': Nietzsche liest Dostojewskij", S. 105 - 113。

③ 其实,这种宿命论更应该被称作"有反抗的宿命论",因为罪犯本身具有"反抗的本能"。参 Nachlass, 1887, KSA 12, 10 [50]。

的宿命论",并不完全是屈服的宿命论。①尼采对此提出了更为恰当的说法:"俄罗斯宿命论"是一种"勇敢的宿命论"。只有与心灵、爱的起源与爱所在的位置(Sitz)② 相联系,"不反抗的宿命论"才能成为俄罗斯的精神特质。"因为有了这种精神特质,俄罗斯士兵在太过激烈的战场上,躺倒在雪地里"(同上)。③正是由于这种"勇敢的精神特质",俄罗斯农民才能在生活方式上具备高于哲学家的美德,"坚决完成一切必要的事情"。尼采援引了陀思妥耶夫斯基和托尔斯泰的描述,认为俄罗斯农民"在实践中更具哲学性"(*Nachlass*, 1888, *KSA* 13, 14［129］)。

俄罗斯式的不反抗的宿命论,就是更加勇敢地去爱一切必要的事情,勇敢地去爱自己的命运,也就是尼采所提出的命运之爱。在尼采的创作后期,命运之爱简直就标志着他的哲学观念:不离弃"生活"("一个不合时宜者的漫游",49)。尼采在陀思妥耶夫斯基和托尔斯泰身上发现的俄罗斯精神特质,他只在西欧少数几位杰出人士的身上看到过,首先是歌德,也许还有黑格尔和斯宾诺莎。④歌

---

① 《瞧这个人》,"为什么我如此智慧",6。尼采在遗作给出了另外一种明确的说法:"这是……一种屈服的宿命论……或者说是一种有反抗的宿命论。"(*Nachlass*, 1887, *KSA* 12, 9［43］)

② 爱与心灵的联系是基督教文化的基本特征,但这种联系在俄罗斯传统中具有特殊意义。按照俄罗斯的传统,哲学不仅是关乎理性与明智的哲学,更应该是关于爱与心灵的哲学。

③ 在尼采遗作中,此处还补充了以下内容:"不加反抗的宿命论是俄罗斯士兵自我保护的本能之一。"(*Nachlass*, 1888, *KSA* 13, 24［1］)

④ "从歌德谈及斯宾诺莎的言论来看,歌德的思维方式与黑格尔的思维方式并没有很大不同。歌德具备神化宇宙和生命的意志,这使他可以在观看和探索中找到和平与幸福;黑格尔在任何地方都看到理性——人们可能会屈从于理性,并且感到满足。"(*Nachlass*, 1887, *KSA* 12, 9［178］, S. 443)。在黑格尔身上,尼采看到了"一种辩证的宿命论,但是为了尊重精神,哲学家实际上屈服于现实"(*Nachlass*, 1885, *KSA* 11, 35［44］)。

德的"宿命论充满欢乐和信任"(同上),尼采认为这是一种"不反抗、不削弱"的宿命论(Nachlass, 1887, KSA 12, 9 [178], S. 443)。由于这种勇敢的、充满欢乐和信任的不反抗的宿命论,"广阔无际的中间帝国"俄罗斯以一种形而上学的方式与歌德产生了交集,而歌德恰恰是"全欧洲范围内"一个"杰出的意外",甚至被称作"狄奥尼索斯"("一个不合时宜者的漫游",49,50)。①最终,这场交集也许能够成为俄罗斯的权力意志与欧洲文化之间发生的交集,而这也使得尼采认为俄罗斯也许能够在即将到来的20世纪为欧洲文化带来希望。

关于"不反抗的宿命论"这个隐喻,尼采首先从斯宾诺莎谈起,接下来是歌德,然后又论及俄罗斯人,最终在自传中又写到他自己:如果生病是对过去痛苦心情的重新感受,那么,"只有一种伟大的良药"可以救治病人,那就是"俄罗斯宿命论"(《瞧这个人》,"为什么我如此智慧",6)。尼采在这里把俄罗斯隐喻首先应用到生理学层面上——"俄罗斯宿命论的伟大理性[……]就在于减少新陈代谢,进而减缓冬眠的意志"(同上)。然后,尼采又把俄罗斯隐喻应用到心理学层面上,形成了关于尼采自己的一个隐喻:

> 我所说的"俄罗斯宿命论"在我自己身上也出现过。对于那些几乎令我无法忍受的情形、场所、住处、团体,哪怕只是偶然出现过一次,我也会常年牢牢抓住而不作任何反抗——因

---

① 尼采在这里把歌德称作德国和欧洲的"一个意外",是为了再次提到欧洲的意志薄弱病:"人们也许可以说,歌德作为个体所追求的一切,从某种意义上看,也是人们在十九世纪尽一切努力想要实现的目标:普遍意义上的理解、赞成、让一切靠近、大胆的现实主义、对一切事实的敬畏。可是,结果却并非如歌德所愿,这究竟是为什么?为什么我们看到的是一片混乱、虚无的叹息、无所适从、疲倦的本能?实际上,这种疲倦的本能一直可以追溯到18世纪。"("一个不合时宜者的漫游",50)

为，与其改变或者觉得可以改变，还不如不变。在我患病期间，我非常反感别人打搅我的宿命论想法，不愿意让别人使劲唤醒我。——实际上，我当时每次都有致命的危险。因此，就像接受命运一样对待自己，不要想着会出现任何其他"不同的情况"，这才是这种宿命论的伟大理性之所在。（同上）

尼采在这里认为，生理学层面上要减缓生命代谢过程，心理学层面上则要牢牢抓住既有的一切，这个观点正是尼采思想中的俄罗斯隐喻。因此，尼采将俄罗斯称作"有时间的帝国"——正因为如此，俄罗斯在对外征服的过程中才能遵循"尽量放慢速度！"这一基本原则（《善恶的彼岸》251，*KSA* 5，S. 193）。①

俄罗斯宿命论与尼采的隐喻不谋而合，至此，尼采思想中的俄罗斯隐喻似乎已经彻底形成。但是，尼采却更进一步将"不反抗的宿命论"扩展为"超乎于屈服和反抗之外的宿命论"。关于这一点，尼采遗作中有专门的说明：在"不反抗的宿命论"中，"伟大理性"之处就在于"不是迫于意志，而是出于本能"地牢牢抓住。牢牢抓住既有的一切，这么做更充满智慧，而不是去改变、去"实验"，因为"实验违背了苦难者的本能"。但是，"从更高的意义来看"，实验恰恰是"力量的证明。用自己的生活来做一场实验——最初是获得精神上的自由，后来则成为我的哲学……"（*Nachlass*，1888/89，*KSA* 13，24［2］）。尼采将这种哲学发展成了"最高宿命论"，也就

---

① 此外，尼采遗作中还提到俄罗斯能够"等待"（*Nachlass*，1884，*KSA* 11，26［5］）。俄罗斯可以"不用着急！慢慢来！首先确保征服成功"。另外，在此过程中，"要做到每一步都保持好心情！"（*Nachlass*，1884，*KSA* 11，25［439］）。

是偶然与创造力的宿命论。以此为基础,尼采创作出了扎拉图斯特拉。①在这个人物身上,正如尼采本人所经历的那样,俄罗斯宿命论最终得以克服,代之以"酒神对世界的接受"、"实验哲学"的命运之爱(*Nachlass*, 1888, *KSA* 13, 16 [32])。②

---

① "扎拉图斯特拉 2。最高宿命论就是偶然与创造力的宿命论(事物中没有价值顺序!首先得创造出来)"(*Nachlass*, 1884, *KSA* 11, 27 [71])。
② 关于尼采哲学作为一种实验哲学的接受情况,参 Friedrich Kaulbach, *Nietzsches Idee einer Experimentalphilosophie*, Köln / Wien 1980。

旧文新刊

《尚書·周誥·梓材》篇義證

程元敏 撰

潘林 校訂

[題解] 陳壽祺《尚書大傳輯校》卷二爲《周傳》，《傳》内《康誥》《酒誥》下，列《梓材》篇。篇内第一條，據《世説新語·排調》篇注引《尚書大傳》曰：

伯禽與康叔見周公，三見而三笞之，康叔有駭色，謂伯禽曰："有商子者，賢人也，與子見之。"乃見商子而問焉，商子曰："南山之陽，有木焉，名喬，二三子往觀之。"見喬實高高然而上，反以告商子。商子曰："喬者，父道也。南山之陰，有木焉，名梓，二三子復往觀焉。"見梓實晋晋然而俯，反以告商子。商子曰："梓者，子道也。"二三子明日見周公，入門而趨，登堂而跪。周公迎，拂其首，勞而食之曰："爾安見君子？"（陳氏又引《文選·王文憲集序》注一條，略同。）

《説苑·建本》篇亦有類似之文。《論衡·譴告篇》約取此文，上有數語曰："子弟傲慢，父兄教以謹敬。"是《論衡》以《梓材》

篇爲周公誥子（伯禽）或弟（康叔）之書。金履祥以爲伏生《大傳》謂本篇周公命伯禽之書（《書經注》卷八頁四一），即據上引《大傳》文論定。孫星衍（《尚書今古文注疏》卷十七頁六三）亦引《大傳》，惟謂與經義絕不相同。案：《梓材》首曰："王曰：封！"必非告伯禽之書。盧文弨以《大傳》此節入《洛誥》，蓋以爲王命周公後之傳，固亦無解於"封"之稱謂。陳喬樅不滿盧說，然亦不免牽引《大傳》文以說本篇，曰：

> 《梓材》一篇，周公誥康叔而并戒成王，皆欲父子相承繼業。《大傳》既載伯禽與康叔見商子，兩觀喬、梓而知父子之道，因并載周公誡伯禽語。（《今文尚書經說考》卷十九頁八）

案：本篇"若稽田"至"塗丹雘"一段，勉受誥者善終其事，陳氏因《大傳》文說爲"皆欲父子相承繼業"，且以概括全書義，失之；又曰"誥康叔而并誡成王"，尤非誥體之常。鄒漢勛謂：

> "王曰封"之封，當是"王曰子才"。子，古文或借㞢爲之；才，近土。古文以㞢、才二字合爲坒，遂爲康叔之名。子謂伯禽爲魯子，才蓋伯禽之名，取有材能則可禽獲醜虜也。（《今文尚書考證》卷十六頁一引）

竟因《大傳》而曲說經義至於害經。愚謂《大傳》誠如《論衡》說，乃父兄教子弟之書，蓋相傳故事，伏氏取以說《尚書》某篇義。喬、梓非關本篇"梓材"之爲篇名（說詳下），亦與本篇內容無涉，棄而弗顧可也。

《書序》以本篇與《康誥》《酒誥》共序，謂成王伐管、蔡後封康叔之命書（詳《康》《酒》二篇）。《史記·衛康叔世家》謂周公旦懼康叔齒少，爲《梓材》示可法則。僞孔《傳》以爲此篇"告康叔以爲政之道",林之奇謂成王欲康叔以德懷撫管、蔡、武庚之餘黨,無所用刑,作《梓材》(《尚書全解》卷二九頁二八—二九)。三説皆不能涵盡本篇内容,然則本篇經文固有錯簡,宋人已備論之矣。

蘇軾謂自"汝若恒越曰"以下多不類,故解此文以意求之(《東坡書傳》卷十三頁二)。朱子謂:

> 稽田垣墉之喻,却與"無相戕、無胥虐"之類不相似。以至於"欲至于萬年,惟王子子孫孫永保民",却又似《洛誥》之文。(《朱子語類》卷七九頁二六)

其説本吳棫,《書纂言》引吳氏曰:

> 王啓監以後,若洛邑初成、諸侯畢至之時,周公進戒之辭,曰"中國民",亦謂徙居於洛,在天地之中也。其曰"若稽田""作室家""作《梓材》",皆爲作洛而言,欲其克終也。(卷四頁六十)

才老①分《梓材》爲兩截,"後半截(案:即自'王啓監'以下,蔡《傳》亦有説。金履祥謂其斷自'王其效邦君'以下,失之)不是《梓材》,緣其中多是勉君,乃臣告君之辭;未嘗如前一半,稱'王曰',又稱'汝',爲上告下之辭。"(《書蔡傳輯録纂注》卷四頁六九轉引)蔡《傳》略師其説,曰:

> 自"今王惟曰"以下,若人臣進戒之辭。以《書》而推之,曰"今王惟曰"者,猶《洛誥》之"今王即命曰"也;

---

① [校按]才老,宋代學者吳棫的字。

"肆王惟德用"者，猶《召誥》之"肆惟王①其疾敬德、王其德之用"也；"已！若茲監"者，猶《無逸》"嗣②王其監于茲"也；"惟王子子孫孫永保民"者，猶《召誥》"惟王受命，無疆惟休"也。反覆參考，與周公、召公進戒之言若出一口。

蔡氏疑是斷簡爛編誤合爲一：前截爲武王誥康叔之書，後截乃周、召進戒成王之言。

至金履祥，綜合先儒之意，別立一說，以本篇爲成王七年三月廿一日周公誥侯、甸、男③邦伯之書，與《多士》篇——誥庶殷之書——爲同時與同事而作。今本《康誥》篇首"惟三月"四十八字乃其敘言，後之人誤冠於《康誥》之首者。《梓材》前章——自"以厥庶民"至"監罔攸辟"，皆周公咸勤諸侯之意；其後章——自"惟曰若稽田"以下，皆"洪大誥治"之辭。且以篇首"封"字爲衍文（《書經注》卷八頁四十）。吳澄略本其說，惟於原文大加改移（《書纂言》卷四頁五七—六十）。魏源（《書古微》卷九頁六）謂四十八字乃三篇總序，非專誥康叔一人。俞樾（《羣經平議》卷五頁八）謂四十八字與《洛誥》不相屬，而與《梓材》合，爲誥五服諸侯臣民之辭，篇首"封"字涉《康》《酒》二誥而衍，其並非誥康叔之文。曾運乾亦引四十八字置於本篇篇首，如金、吳二家所爲（《尚書正讀》卷四頁一八一—一八二）。

案：四十八字非《洛誥》文，因《洛誥》乃"告卜往復，成王往來，周公留後"④之文，非咸勤、誥治之事（金氏、俞氏並有說）。但亦非《梓材》敘言，金、俞二氏強作解人，以牽誥治、咸

---

① ［校按］惟王，原作"王惟"，據《書集傳》《尚書正義》乙正。
② ［校按］嗣，原作"肆"，據《書集傳》《尚書正義》改。
③ ［校按］侯、甸、男，爲殷周外服諸侯之國，其制未確。
④ ［校按］語出金履祥《書經注》卷八。

勤之意，大晦經旨。且《周誥》諸篇、啓篇①莫不先著受命者，《大誥》曰："猷！大誥爾多邦"、《康誥》曰："孟侯，朕其弟，小子封"、《酒誥》曰："明大命于妹邦"、《多士》曰："用告商王士"、《多方》曰："告爾四國多方"、《立政》曰："告嗣天子王矣"。"乃洪大誥治"云云，如同敍言，猶《多士》篇首"惟三月，周公初于新邑洛，用告商王士"。果《梓材》亦爲周公告（侯、甸、男邦伯）書，何不即於下文作"王若曰：爾庶邦君"？而竟突橫出"以厥庶民暨厥臣達大家"之文。（注一）

余以爲當略從吳棫斷分，自"王曰封"至"戕敗人宥"爲一篇。此篇乃成王戒康叔以治道——"以厥庶民"至"惟邦君"，言施政；"我有師師"至"戕敗人宥"，言用刑。康叔嘗爲司寇，《左》僖三十三年《傳》、昭二十年《傳》引天子告康叔，皆與刑法有關；而《尚書》有關康叔三篇（《康》《酒》《梓》）亦頗言律法。意西周成、康之際天子告康叔之書頗多，此篇前七十餘字，蓋其中某篇之斷簡，後之編書者不察，誤與"王啓監"以下合爲一編（誤合之由，甚難言，蔡《傳》有説，可參酌）。

"王啓監"至"合由以容"以上，必缺"某某曰"類字。"無胥戕"云云，皆進戒者述王者啓監應有之宏綱要領，以引起下文"王其效邦君"（王可得要教導諸侯）一番辭語，至"塗丹臒"等譬喻爲止。其下更端爲言，曰"勤用明德"即後"肆王惟德用"，皆酷似臣諫主之辭。末"欲至于萬年惟王，子子孫孫永保民"，似爲戒新君之辭。《召誥》召公已戒成王應如何爲君，《洛誥》周公戒王爲君之道不多。疑此篇自"王啓監"以下百八十字，皆周公進戒成王之詞。諸家或謂康叔戒成王（江聲），或言康叔答武王（高本漢）之詞。案：口氣似召、周，而不應屬之康叔（參蔡《傳》）；且數言

———

① ［校按］啓篇，指《微子之命》。

"先王"，先王指文、武，其非戒武王無疑。吳闓生（《尚書大義》卷二頁十一）謂全篇本戒康叔，而託爲康叔進戒成王之詞，以故文體致爲奇變。簡朝亮（《尚書集注述疏》卷十七頁一）曰："此康叔爲監，武王教以'監者告庶邦之辭'也。"皆不得其解，而妄加臆度之言。

結論：本篇首至"戕敗人宥"，成王誥康叔理政明刑之書，當在親政後不久。"王啓監"以下，周公進戒成王之書：教以爲政之道首在教導邦君於民衆知所愛護；且勿懈于明德懷遠，則遠近臣服，永享國祚。時亦在成王即政後不久。

（注一）《無逸》篇先言君子無逸，次舉殷、周哲王無逸之例，及戒受誥者時，立即有"嗚呼！繼自今王"，末復叮嚀曰："嗣王其監于茲。"若本篇刪去篇首"封"字，下"汝若恆越曰"之"汝"即不知指何人，周之史官之"書法"應不致如此之疎也。

王曰："封！①以厥庶民暨厥臣達大家，②以厥臣達王，③惟邦君。④

① 王，指周成王。封，康叔名（參《康誥》篇題解）。《尚書大傳》謂伯禽與康叔見周公，三見而三受笞。於是康叔與伯禽往見商子，商子教以父子之道（引文已詳題解）。金履祥據此，謂伏生以《梓材》篇爲周公命伯禽之書，曰："《梓材》之書，本出伏生今文，而伏生《大傳》以爲周公命伯禽之書。"（《書經注》卷八頁四一）陳喬樅《尚書大傳輯校》從之列入《梓材》篇内（卷二頁二三），然金氏以《梓材》爲成王七年營洛周公告侯、甸、男邦伯之書，其敍即《康誥》"惟三月"至"乃洪大誥治"四十八字（詳題解），而斷今本《梓材》"王曰封"三字非其本文，曰：

然則篇首"王曰封"之語何也？曰：非《梓材》之本文

也。何以知之？以伏生《傳》知之也。夫《梓材》之書，爲周公道王德意以誥諸侯之書，故伏生誤以爲周公命伯禽之書，則篇首當有"周公曰"之語，無"王曰封"之語矣。縱"王曰"之辭，容或有之，若"封"之一字，注所必無矣，此則安國以後誤之也。（《書經注》卷八頁四二）

又移《康誥》"惟三月"四十八字於《梓材》篇首，削去"王曰封"，而於"大誥治（曰）"下注曰："孔氏《傳》作'王曰封'，按伏生今文作'周公曰'而無'封'字。"（《書經注》卷八頁四十）案：金氏推斷伏生原本篇首當爲"周公曰"，注不應有"封"字。然《梓材》非周公教伯禽之書，亦未必如《史記》《書序》說爲周公教康叔之書，篇首"周公曰"固不應有；而亦非作洛誥諸侯之書。金說誤，已詳題解。俞樾亦疑《康誥》首四十八字當移《梓材》首，而"王曰封"則涉《康誥》《酒誥》之文而誤衍"封"字（《羣經平議》卷五頁八—九），顯係沿金氏之失。

②厥庶民，康叔封國之民衆。厥臣，康叔屬下衆臣。暨，及也。達，通也（《說文》）；無所不通，謂之達（《尚書全解》卷二九頁三十）。下達字同。大家，即《孟子·離婁》上篇所謂之巨室，如晉六卿、魯三桓、齊諸田、楚昭屈景之類（《東坡書傳》卷十三頁一）。〇大家，孔《疏》云："以大夫稱家，對士庶有家而非大，故云。"宋儒幾皆以大家義即孟子之巨室，清人從之。茲棄孔《疏》之說。

③厥臣，臣兼庶民、衆臣、大家而言。呂祖謙曰："自康叔言之，有民有臣有大家；自王言之，則率土之濱莫非王臣，故止謂之臣。"（《東萊書說》卷二一頁十）王，天子也。〇厥臣，僞孔《傳》訓其臣，《書疏》謂即卿大夫及都家（即上述之"大家"），《尚書古

注便讀》曰:"上臣,謂衆臣。下臣,統大家而言。"(卷四中頁十)皆不連庶民。玩經文,當以吕説爲長。

④惟,爲,是。邦君,國君,以指諸侯。○三句意謂使其民衆及衆臣之情通於巨室,復使民衆、衆臣、巨室之情通於天子,如此乃可以爲諸侯。又鄭玄曰:"於國,言達王與邦君。"(《書疏》引)江聲據之,以經文惟當作暨,暨,與也,"王暨邦君"連讀。非是。宋儒於惟邦君,或曰"……此則邦言之任也"(《尚書全解》卷二九頁三十),或曰"……而邦君之責盡矣"(《書蔡傳輯録纂注》卷四頁六九引陳大猷説)。而吴闓生曰:"是乃邦君之道也。"(《尚書大義》卷二頁十)皆近是。

汝若恒越曰:⑤'我有師師,⑥司徒、司馬、司空、尹、旅,⑦曰:予罔厲殺人,⑧亦厥君先敬勞,⑨肆徂厥敬勞。⑩肆往,⑪姦宄、殺人、歷人,⑫宥;⑬肆亦見厥君事,⑭戕敗人,⑮宥。'

⑤若,猶其也(《經傳釋詞》),猶今語"將會"。恒,常。越,語詞(《書纂言》卷四頁四四《康誥》篇)。○越,陳櫟訓發越(《書蔡傳纂疏》卷四頁六十)。西人理雅各(Legge)訓揚,意爲宣揚,高本漢舉《詩・周頌・清廟》"對越在天"以支持其説(《書經注釋》頁六九六),疑皆非是。

⑥上師,衆也;下師,長也(《尚書今古文注疏》卷十七頁六三)。衆長即下文"司徒"至"旅"。

⑦尹,正也,正大夫也。旅,衆也,謂衆士也(《尚書集注音疏》,《經解》卷三九五頁五一)。○林之奇已訓尹爲庶官之正,旅爲衆士(《尚書全解》卷二九頁三一)。

⑧予,司徒、司馬、司空、尹及旅自稱。罔,無……(之事)。厲,殺戮無辜曰厲(《逸周書・謚法解》)。○罔厲殺人,《尚書全解》(卷二九頁三三)曰:

《論語》曰："君子信而後勞其民，未信則以爲厲己也。"（《子張》篇）《孟子》曰："滕有倉廩府庫，則是厲民（而）以自養也。"（《滕文公》上篇）以《論語》之所謂厲己、《孟子》之所謂厲民觀之，則厲殺人者，不以其罪而殺之也。

孫星衍亦引《謚法解》，惟說厲爲虐，與僞孔《傳》同（《尚書今古文注疏》卷十七頁六四）。

⑨ 亦，語詞。敬勞，《尚書故》曰："敬讀爲矜。勞、勤同訓，閔也。敬勞，猶矜閔也。"（卷二頁一三一）下同。○吴氏勤訓爲閔，《詩·豳風·鴟鴞》"恩斯勤斯"，《疏》引王肅勤訓惜。惜猶閔也。下文兩言宥罪，意謂矜閔而寬免罪人，則吴説得之。僞孔《傳》訓"敬勞民"，失經義。

⑩ 肆，故也（僞孔《傳》），下同。徂，且也，語詞。（參《酒誥》"棐徂邦君"注）厥，乃也（《尚書大義》卷二頁十一）。○徂，僞孔《傳》以下諸家絶多訓往，非也。孫氏訓且；惟曰且，此也，①則非是。

⑪ 往，昔日。○往，僞孔《傳》曰："汝往之國……"，義不可通。林之奇（《尚書全解》卷二九頁三二）、陳櫟（《書蔡傳纂疏》卷四頁六一）竝訓往日，是。

⑫ 姦宄，謂作姦宄爲禍他人。殺人，謂殺害他人。歷，亂也（《尚書故》卷二頁一三一）；歷人，謂擾亂他人。○歷，訓過，僞孔《傳》以下諸家多如此，絶非經義。《尚書駢枝》（頁十一）謂歷爲櫪之簡省，櫪乃束夾手指之刑具。案：既已戴刑具，下必不言寬宥，且姦宄、殺人皆就罪行言，不應歷人（依孫説爲戴刑具之人）。語法特異，孫説非也。又説者多主姦宄爲姦宄之人，殺人爲殺人之

①［校按］見孫詒讓《尚書駢枝》。

人，竝乖經義。

⑬ 宥，言寬免之也。

⑭ 亦，承上啓下之辭。見，效也（《尚書今古文注疏》卷十七頁六四）。

⑮ 戕，殘（馬融說，見《經典釋文》）、敗，害也。戕敗人，謂加殘害於他人（參注⑫）。戕敗人，宥：謂殘傷人不至於死（亦效君上薄刑之意），而寬減之也。○自"予罔厲殺人"至"戕敗人宥"，皆天子假設有師師之言如此也。又"戕敗人宥"，或引作"彊人有"，江聲謂"敗"字衍文，竝見下注⑰。案：以上蓋成王誥康叔理政明刑之書。

"王啓監，⑯厥亂爲民。⑰曰：'無胥戕，無胥虐，⑱至于敬寡，⑲至于屬婦，⑳合由以容。'㉑王其效邦君越御事，㉒厥命曷以引養引恬？㉓自古王若茲，監罔攸辟。㉔

⑯ 王，泛言天子。啓，肇也，建立也。監，謂諸侯也。○上脫"某某曰"，說詳題解。啓監，《尚書全解》（卷二九頁三四）曰：

《周官·太宰》曰："乃施典于邦國，而建其牧，立其監。"注曰："監謂公侯伯子男各監一國。《書》曰：'王啓監，厥亂爲民。'"然則監者，蓋指諸侯而言，非三監之監也。啓監云者，正猶曰立其監也。言王者建立諸侯，使之各監一國。

案：啓，僞孔《傳》訓開置，近是。惟謂監爲監官，蔡《傳》謂"監，三監之監"，皆非經義。林氏說啓監得之，故江聲（《尚書集注音疏》，《經解》卷三九五頁五二）、王鳴盛（《尚書後案》，《經解》卷四二〇頁四一五）、吳汝綸（《尚書故》卷二頁一三二）、吳闓生（《尚書大義》卷二頁二）皆是之。王且評蔡《傳》曰："此時武庚已誅,何監之有?"案:《多方》篇"今爾奔走臣我監五祀",監亦指諸侯而言。又《論衡》引"王啓監"作"王開賢",詳下注⑰。又案:"王啓監"以下蓋周公進戒成王之書。

⑰ 厥,其也,將然之辭。亂,率之訛字;率,用也(《詩·商頌·思文》"帝命率育"毛傳)。爲,借爲化。○"戕敗人宥,王啓監,厥亂爲民",《論衡·效力篇》引作"彊人有,王開賢,厥率化民",惠棟以爲古宥字或作有。開本啓字,避漢帝諱,故作開。爲、化古字本相通(《九經古義》,《經解》卷三六二頁六)。江聲補惠氏所論之未備,曰:

戕聲近彊,宥聲同有而字亦相似,……監則以左傍臣而誤爲賢,古亂字或作亂,故誤作率。(《尚書集注音疏》,《經解》卷三九五頁五三)

敗則江氏以爲衍字。王鳴盛説同(《尚書後案》,《經解》卷四二〇頁四)。段王裁説亦同,惟未以《論衡》所引爲誤。案:彊、有、開、賢、率,當如江氏所論,是誤字或諱改之字。化當如《經義述聞》(《經解》卷一一八三頁六)説,讀爲爲。至於亂,古文作亂(《魏石經》),而率,篆作率,甲骨文作率,金文作率;亂、率古字形近易訛,以亂爲率之誤,江説得之。戕敗人之敗,以上殺人、歷人句型況之,應爲衍文。惟以"開賢"代"啓監",由來已久,段氏曰:

《漢舊儀》:丞相、御史大夫初拜策,皆曰"往悉乃心,和裕開賢"。此用今文《尚書》"開賢"字。(《古文尚書撰異》,《經解》卷五八五頁一)

皮錫瑞云:

鄭注《尚書大傳》云："天於不中之人，恒耆其味，厚其毒，增以爲病，將以開賢代之也。"亦用今文"開賢"字。（《今文尚書考證》卷十六頁二）

⑱曰，臣下（周公）戒王以言也。無，毋也，勿也。胥，相也。戕，殘賊也。謂爲邦君勿殘虐民衆也。此至"合由以容"，乃天子建諸侯之宏綱要領，周公舉以告王，欲王教諸侯也。

⑲敬，《書纂言》（卷四頁五八）云："敬當作矜，與鰥同。"敬寡即矜寡，亦即鰥寡。○《古文尚書撰異》曰：

《尚書大傳·梓材傳》曰："老而無妻謂之鰥，老而無夫謂之寡。……"此釋"至于矜寡"。蓋古文《尚書》作敬，今文《尚書》作矜，而矜亦作鰥。《呂刑》古文"哀敬折獄"，《尚書大傳》作哀矜，《漢書·于定國傳》作哀鰥。正其比例。（《經解》卷五八五頁一一二）

案：古籍中敬、矜、鰥通用之例屢見，《尚書後案》以爲音轉相亂，或以致誤（《經解》卷四二〇頁六），蓋是。敬寡，僞孔《傳》訓爲敬養寡弱，蔡《傳》訓哀敬寡弱，王鳴盛曰："此經句皆作對，若上言敬養寡弱，下云至于屬婦，文義偏側，不得帖妥。"案：敬寡、屬婦皆名詞，下句"容"爲其動詞。

⑳屬婦，惠棟曰："孔鮒（《小爾雅》）云：'妾婦之賤者，謂之屬婦。屬，逮也；逮婦之名，言其微也。'"（《九經古義》，《經解》卷三六二頁六。）○屬婦，僞孔《傳》訓妾婦，《疏》云："以妾婦屬于人，故名屬婦。"與《小爾雅》說略同。《小爾雅》蓋晚出之書，說有比附僞孔《傳》者。《說文》引作孎婦，曰"婦人妊身也"。《尚書今古文注疏》（卷十七頁十六）：

屬與媷,聲之緩急,假借字。又《說文》有嬬,云:"弱也,一曰下妻也。"屬、嬬聲亦相近,疑亦弱也。

案:訓弱婦或孕婦,皆不如《小爾雅》說爲當。(參注⑱)

㉑ 合,同也。由,用也。容,保(護)也。○合,《東坡書傳》(卷十三頁二)訓共,共、同一義。由,僞孔《傳》訓用。《尚書今古文注疏》(卷十七頁六五):"合者,鄭注《周禮》云:'同也。'由者,《詩傳》云:'用也。'"容有保義;容保連文同義,見《周易·臨卦·大象傳》。(參注⑱)

㉒ 其,將然之詞。效,教也(《尚書故》卷二頁二三三)。越,及也。○效,僞孔《傳》釋全句曰:"王者其效實國君及於御治事者。"《經義述聞》(《經解》卷一一八三)謂:效實即考實。《廣雅》:"效,考也。"考實國君云云,未得經義。焦循(《尚書補疏》,《經解》卷一一五〇頁八)、劉逢禄(《尚書今古文集解》卷十七頁二)及孫星衍(《尚書今古文注疏》卷十七頁六五)說同,竝失之。

㉓ 命,道也;養,治也。(《尚書故》卷二頁二三三)二引字,皆訓長;恬,安也(竝僞孔《傳》)。言何以能長治久安之道也。○僞孔《傳》從"以"絕句,訓命爲教命,說頗迂曲。養訓治,《周禮·天官·疾醫》:"以五味、五穀、五藥養其病。"注:"養猶治也。"《孟子·盡心下》:"養心莫善於寡欲。"注:"養,治也。"恬訓安,見《說文》。

㉔ 監,與上"王啓監"之監同,亦謂諸侯。攸,所。辟,偏邪也。以上二句,《書纂言》(卷四頁五八)曰:"自古王者皆如此,故其所立之監,皆能遵上意而無有偏邪也。"○罔攸辟,《尚書全解》(卷二九頁三五)訓無所用刑,《尚書集注音疏》(《經解》卷三九五頁五三)、《尚書今古文注疏》(卷十七頁六五)說同,不如吳氏之説爲長。

惟曰：'若稽田，㉕既勤敷菑，㉖惟其陳修，㉗爲厥疆畎，㉘若作室家，㉙既勤垣墉，㉚惟其塗墍茨。㉛若作梓材，㉜既勤樸斲，㉝惟其塗丹雘。'㉞

㉕稽，治也（蔡《傳》）。○稽訓考，常義，以稽田爲考田，非此經義。于省吾謂稽爲籍、藉、耤之借字，古有耤田之制，即稽田（《雙劍誃尚書新證》卷二頁二七），則又求之過深。

㉖敷菑，布種也（《尚書大義》卷二頁十一）。○敷訓布（僞孔《傳》），是。菑，訓發（僞孔《傳》），未的。或訓才耕田曰菑，或云田耕一歲曰菑（參《尚書今古文注疏》卷十七頁六五），皆不若訓種爲當，周富美教授據《説文通訓定聲》、《考工記・輪人》注，證菑借爲植（《大陸雜誌》第三六卷六、七期合刊頁五二），植猶種。又《尚書大傳・酒誥傳》有"王曰封唯曰若圭璧"，《古文尚書撰異》（《經解》卷五八五頁二）曰："今《酒誥》無此語，而句法與'惟曰若稽田'正一例。"

㉗惟其，此猶言"那就應當去……"，下兩"惟其"同。陳、修：皆治也，複詞。○《尚書今古文注疏》（卷十七頁六五）、《尚書今古文集解》（卷十七頁二）及《經義述聞》（《經解》卷一一八三頁七）竝訓陳爲治，《述聞》曰：

陳，治也。《周官・稍人》注引《小雅・信南山》篇"維禹敶之"，《毛詩》敶作甸，云"甸，治也"。《多方》曰"田爾田"，《齊風・甫田》曰"無田甫田"。田、甸、畋、敶、陳古同聲而通用。……《傳》訓陳爲列，失之。

㉘爲，猶治也（《論語・里仁》"能以禮讓爲國乎"皇侃疏）。

疆，界也（《説文》），謂田邊界也。甽（quǎn①），田間溝也。〇《尚書大義》（卷二頁十一）謂陳、修、爲三字一義，是。甽，本作＜，《説文》："水小流也。"古文作畎。上四句，比喻一，與《大誥》"厥父菑"之喻同。

㉙ 室、家一義，指房室而言。《大誥》云"若（考）作室"，"作室"猶"作室家"。

㉚ 垣，牆也（《説文》）；墉，牆謂之墉（《爾雅·釋宫》）。卑曰垣，高曰墉（《經典釋文》引馬融説）。

㉛ 塗，《書古文訓》（卷九頁十六）作斁，《書疏》作斁（下塗字竝同），《説文·臄》下亦引作斁。塗爲斁或斁之訛。敟、斁、度通用，謀也。墍（jì），以塈塗牆也。茨（cí），以茅葦蓋屋也。（《尚書集注音疏》據《説文》，《經解》卷三九五頁五四。）〇上三句，比喻二。塗，《書疏》作斁，謂即古塗字，墍（《書疏》作暨）亦塗也。是《正義》以爲塗、墍同義複詞。案：如所説是塗飾屋蓋，注非經義。《尚書今古文注疏》（卷十七頁六五）塗（涂）、墍義皆塗，謂塗塞孔穴。案：宫室有孔穴待塞，則非新作，孫氏亦失之。《尚書今古文集解》（卷七頁二）曰：

> 《正義》二文皆云斁，即古塗字。夏竦《古文四聲韻》塗字下引籀作斁。莊云隸古定本塗本作斁。……《説文》：斁，終也。言墍茨丹臄所以終垣墉樸斲之事也。

案：劉訓斁曰終，實本《正義》。《正義》謂此段三譬喻曰：

> 此三者事別而喻同也，先遠而類疎者，乃漸漸以事近而切

---

① ［校按］括號内原爲我國舊式漢語拼音，今改爲我國大陸通行的漢語拼音。下同。

者次之，皆言既勤於初，乃言修治於未明。……皆詳而復言之。室、器皆云其事終，而考田止言疆畎、不云刈穫者，田以一種，但陳修終至收成，故開其初與下二文互也。

《正義》謂若稽田等三喻，先遠疎而近切，甚是。其推測稽田不及刈穫之故，則頗傷巧。至謂塗墍茨、丹雘爲作室器之終事，則非。蓋三"惟其"不過謂"於是乎"（那就），故其下之"塗墍茨""塗丹雘"，一如"陳修"云云之於疆畎，明非其事之終，劉氏誤也。《羣經平議》（卷五頁八）曰：

> 《正義》以塗墍爲一事，茨爲一事，塗丹雘共爲一事，兩句不一律，兩塗字又異義。非經旨也。……按《漢書①・張衡傳》"惟盤逸之無斁"，注曰："斁，古度字。"是度、斁通。《說文・丹部・雘》下引《周書》"惟其斁丹雘"，蓋壁中古文叚借爲度，孔安國因漢時斁、度通用，故以斁字易之耳。《爾雅・釋詁》曰："度，謀也。"言既勤垣墉，則惟謀墍茨之事；既勤樸斲，則惟謀丹雘之事也。《說文・土部》"墍，仰塗也"，《艸部》"茨，以茅葦蓋屋也"，是墍茨爲二事。墍者以土塗之，茨者以草蓋之也。丹雘亦爲二事……。

俞氏説大致得之。

㉜ 梓，木名，《詩・鄘風・定之方中》篇"椅桐梓漆"，竝是木，即楸之疏理白色而生子者。"材，木梃也"（《說文》），木之勁直堪入於用者（徐鍇《說文繫傳》），意猶材料。梓之材良美，宜製器，故此言作梓材。○梓，馬融本作杍（《經典釋文》引），宋郭忠恕《汗簡》、《古文四聲韻》皆云古《尚書》作杍（參《古文尚書撰

---

① [校按]《張衡傳》載於《後漢書》，故"漢書"前當脱"後"字。

異》,《經解》卷五八五頁三)。

㉝ 樸,木之質素(《説文》:"樸,木素也");此作動詞,謂去木皮以存質素也。斲,斫也。○樸,馬融曰:"未成器也。"(《經典釋文》引)謂皮已去,猶未製成器用,與《説文》略同。于省吾謂樸當作屏或羧(舉金文爲證),義爲伐,且曰:

> 馬融訓樸爲未成器,孫星衍引《説文》"樸,木素也"爲證,均不諳文理。按樸斲、垣墉對文,二字義旨相仿,……若云既勤樸木斲削,則迂曲甚矣!(《雙劍誃尚書新證》卷二頁二七)

案:垣、墉皆以名詞作動詞用,樸亦如之,于氏過信彝器,不知經無伐砍之義,其自陷於迂曲而不自知也。

㉞ 丹,本爲礦物,色赤(《説文》:"丹,巴越之赤石也");此謂朱色。雘,丹之色青者,此謂青色。○丹,馬融曰:"善丹也。"(《經典釋文》引)鄭玄引《山海經》云:"青丘之山多有青雘。"(《書疏》引)當據鄭説別丹雘爲二色。上三句,比喻三。朱子疑稽田、垣墉之喻却與"無相戕、無胥虐"之類不相似(《朱子語類》卷七九頁二六)。附記於此。

今王惟曰:㉟**先王既勤用明德,**㊱**懷爲夾。**㊲**庶邦享作,**㊳**兄弟方來;**㊴**亦既用明德,**㊵**后式典集,**㊶**庶邦丕享。**㊷

㉟ 今王,周天子,謂成王。惟曰,猶言"應該説"。○本篇"今王惟曰"以下,衆論紛紛,卒無達詁。《書疏》曰:"今者王命惟告汝曰:……"以爲戒康叔,然考下文曰"庶邦享作,兄弟方來",曰"肆王惟德用",皆非君戒臣之語,而似臣戒君之詞。《正義》順文敷衍,不足取。《尚書札記》(《經解》卷一四一一)衍其

誤，云："今王，周公對康叔謂成王也。"江聲（《尚書集注音疏》，《經解》卷三九五頁五五）疑此下爲康叔答戒成王，史官與王之誥詞同錄，而未皇識別。高本漢謂是康叔答武王之語（《書經注釋》卷頁七一三）。案：江謂康叔戒成王，玩經文不似康叔語氣。高云康叔答武王，然經文二稱先王，先王謂文、武，則非答武王審矣。王鳴盛謂此下

> 乃周公因誥康叔而並戒成王之詞，與《康誥》敘首（敏案：指"惟三月"至"大誥治"四十八字）相爲起結，實三篇（敏案：《康誥》《酒誥》及本篇）之大收束也。曰"今王"、曰"王"，謂成王。曰"先王"、曰"后"，謂文王、武王。（《尚書後案》，《經解》卷四二〇頁十）

案：誥臣下又以兼戒幼君，諸誥無此例，（《召誥》召公告周公及成王，情形特殊，例外。）王說失之。皮錫瑞曰：

> 《康誥》篇首"王若曰"，鄭注云："總告諸侯。"此以下當是總告諸侯之詞，蓋封康叔時，侯、甸、任國①、采、衛諸侯皆在，故云"庶邦享作，兄弟方來"。"今王"，周公自謂；所謂命大事，則權代王也。公若以此自儆，而戒成王之意即在其中。（《今文尚書考證》卷十六頁三）

案：皮以今王爲周公（攝位）自稱王，乃誤信王莽之說，害經誣聖，辨見拙作《周公旦未曾稱王考》。且謂封康叔之詞，兼以總告諸侯，已非誥體之正；又謂周公以此詞自儆，且以戒王。一詞而兼誥天下、臣下自儆及戒王三種功能，誠匪夷所思！吳棫最早疑本篇

---

① [校按] 據皮錫瑞《今文尚書考證》卷十七，古文《尚書》"男邦"，今文《尚書》作"任國"，"任""男"古通。

後半截不是《梓材》，緣其中多是勉君，乃臣告言之詞，未嘗如前一半稱王又稱汝，爲上告下之辭。又謂《梓材》前面是告戒臣下，其後都稱王，恐別是一篇。不應王告臣下不稱朕、予而自稱王（同上）。吳說可信，詳見題解。

㊱ 先王，文王昌、武王發也（僞孔《傳》）。用明德，謂依照美德行事。

㊲ 懷，懷柔諸侯使嚮慕而來也。夾，輔也。

㊳ 享，獻也（《尚書集注音疏》，《經解》卷三九五頁五五）。作，起也，興也（《尚書釋義》頁九十）。享作，言興起而進獻（貢）於王朝也。〇作，《尚書今古文注疏》（卷十七頁六六）訓始；享作謂始來享。案："作享"倒作"享作"，《尚書》中無此句法，而作訓興起，謂進獻之事興作（將"享"字提前），語法則古籍中習見。《尚書大義》（卷二頁十一）謂作爲阼，享作爲受位，失之。《雙劍誃尚書新證》（卷二頁二七）曰：

> 作、胙古通，《左》昭二七年《傳》："進胙者莫不謗令尹。"《呂覽·慎行》："動作者莫不非令尹。"《晉語》："命公胙侑。"注："胙，賜祭肉也。"享作，來享賜胙，謂歸順也。

案：如于氏結論，"庶邦享作"是衆諸侯國賜天子祭肉。考本篇殊不見此義。且《左傳》"進胙"注云"國中祭祀也"，亦無歸順之義。

㊴ 兄弟，言友愛也（蔡《傳》）。方，國也（僞孔《傳》）。兄弟方，猶言友邦。來，謂來歸附也。〇方，《易》有鬼方，《詩》有徐方，甲骨文有羌方，方皆國。兄弟方與《易》（《比卦·象傳》）之不寧方、《詩》（《大雅·韓奕》）之不庭方意義正相反，而皆三字相連。《尚書今古文注疏》（卷十七頁六六）訓方爲併（並），《羣經平議》（卷五頁八）從之，且以"作兄弟方來"爲句，云"使兄弟

之國竝來朝享也"。案：上言"庶邦享"，下若更言"使來享"，語涉重複，必不然也。

㊵亦，語詞。既，猶其也（《尚書釋義》頁九十）。其，將然之辭，猶君"要……"。○既、其古音近而通用之例：如《詩·大雅·常武》"徐方既來"，《荀子·議兵篇》一本引"既"作"其"；《書·禹貢》"嵎夷既略"，《史記·夏本紀》"既"，一本作"其"。

㊶后，即《堯典》"羣后四朝"之后，謂諸侯也（《尚書釋義》頁九十）。式，語詞。典，常也（《爾雅·釋詁》）。集，合也，謂來會合也。○諸家后訓君，謂即今王，於義不通。《雙劍誃尚書新證》（卷二頁二七——二八）謂后為司之反文；司，語詞。"司式典集"，用常就也。與《詩·小雅·小旻》"是用不集"文例一致，而意有倒正。案："今王惟曰"下七句所示者為一事，即天子如勤用美德則四方來歸。而前四句云先王既已勤用美德，故四方當來歸；乃引古事以戒今王，《尚書》中習見。後三句云今王（今王承上"今王惟曰"之今王，猶當前而省略）亦應用美德，則諸侯來會，衆國獻貢矣。如于氏臆斷，注不可從。式，僞孔《傳》及蔡《傳》據《爾雅·釋言》訓用，亦通。

㊷丕，語詞（《尚書今古文注疏》卷十七頁六六）。享，與上"享作"之享同。

皇天既付中國民越厥疆土于先王，㊸肆王惟德用和懌先後迷民，用懌先王受命。㊹

㊸付，與也（《說文》）。越，及也。○付，馬融本作附（見《經典釋文》）。王應麟《漢藝文志考》曰："漢人引'皇天既附中國民'。"（見《今文尚書經說考》卷十九頁九）《高宗肜日》漢石經殘字"天既付（命正厥德）"（《隸釋》卷十四），《史記·殷本紀》付作附。附、付二字古通用。此句長，朱子曰："《尚書》句讀有長

者，如'皇天既付中國民越厥疆土于先王'是一句。"（《書蔡傳輯錄纂注》卷四頁七一引）從之。

㊹ 肆，故也（《書蔡傳纂疏》卷四頁六二）。用，以也。上懌（yì），悦也（僞孔《傳》）。先，導於其前。後，助於其後（《書蔡傳纂疏》卷四頁七一引陳大猷説）。迷，惑也。下懌，終也，謂完成也。全句謂故王依照美德（行事），使迷惑之民衆和悦，且導引之、幫助之也。〇僞孔《傳》以肆屬上句，訓遂大。蔡《傳》訓肆爲今，皆未的。陳櫟曰：

> 訓肆爲今，不若云肆，故也，遂也。朱子謂承上起下之辭。《書》中肆字在句首者，如"肆類于上帝""肆嗣王丕承基緒""肆惟王其疾敬德"與上文"肆往姦宄""肆亦見厥君事"，皆故與遂之意。舊讀肆字連上句者尤非。

案：此訓故，是。先後，僞孔《傳》訓教訓，《正義》曰："若《詩》（《大雅·緜》）云'予曰有先後'，謂於民心先未悟而啓之，已悟於後化成之。"與陳大猷説相近。《大雅·緜》毛傳曰："相道（dǎo）前後曰先後。"即陳説之所本。迷民，林之奇曰：

> 迷民，謂殷之餘民。……予嘗聞陳瑩中諫議之説，謂：先迷民者，紂之民也；後迷民者，武庚之民也。蓋當紂之亂，殷罔不小大，好草竊姦宄，而紂又爲天下之逋逃主，萃淵藪，則民之迷可謂甚矣。紂既滅而其餘民之尚存者，當武庚之叛，又皆蓄不軌之志，與之相挺而爲亂。惟其前有紂，而後有武庚，此所以謂之先後迷民也。竊謂此説爲勝於諸家。（《尚書全解》卷二九頁四一）

如其説則懌宜從孫星衍訓服（《尚書今古文注疏》卷十七頁

六六）。

已！若茲監，㊺惟曰：欲至于萬年惟王，㊻子子孫孫永保民。"㊼

㊺已！嘆辭（《書疏》）。監，視也（蔡《傳》）；字義同鑑，猶言借鑑。若茲監，即監若茲，言以此爲借鑑也。〇全句，僞孔《傳》："爲監所行已如此所陳法則"（孫星衍釋已從之），《正義》不盡以爲是，訓已爲嘆辭，諸家多用其說，得之。又此"若茲監"與上文"（王）若茲，監（罔攸辟）"義不一，新安陳氏曰：

"已若茲監"與"自古王若茲監"相似而實不同。上文之監平聲，……此之監去聲，監觀之監。已乎！君其監觀于茲。（《書蔡傳輯錄纂注》卷四頁七一引）

㊻惟曰：只不過是說，猶今"總而言之"。意謂：上舉進戒之言雖多，揆其用心只是……。惟，爲也。

㊼子子孫孫，指天子之後裔。保民，謂保有此民（《尚書集注音疏》，《經解》卷三九五頁五六），意謂保有天下。〇上二句，新安陳氏又曰："臣所祈于君，惟曰：欲自今至於萬年，當爲天下王，王之子子孫孫永保民而已！"（《書蔡傳輯錄纂注》卷四頁七一引）得之。

（載《書目季刊》第八卷第四期，1975年3月出版）

附　引用與參考書目舉要①

《尚書注疏》，僞孔安國傳，唐孔穎達疏，藝文印書館影印清嘉慶二十年江西南昌府學重刊宋本
　　《東坡書傳》，宋蘇軾撰，《學津討原》本
　　《尚書全解》，宋林之奇撰，《通志堂經解》本
　　《書古文訓》，宋薛季宣撰，《通志堂經解》本
　　《東萊書説》，宋吕祖謙等撰，《通志堂經解》本
　　《朱子語類》，宋朱熹撰（後人編集），臺北中正書局影印明刊本
　　《書經集傳》，宋蔡沈撰，世界書局影印本
　　《書經注》，元金履祥撰，十萬卷樓叢書本
　　《書蔡傳纂疏》，元陳櫟撰，《通志堂經解》本
　　《書蔡傳輯録纂注》，元董鼎撰，《通志堂經解》本
　　《書纂言》，元吴澄撰，《通志堂經解》本
　　《尚書古義》（《九經古義》之一），清惠棟撰，《皇清經解》本
　　《尚書集注音疏》，清江聲撰，《皇清經解》本
　　《尚書後案》，清王鳴盛撰，《皇清經解》本
　　《古文尚書撰異》，清段玉裁撰，《皇清經解》本
　　《尚書今古文注疏》，清孫星衍撰，臺北廣文書局影印本
　　《經義述聞》，清王引之撰，《皇清經解》本
　　《尚書古注便讀》，清朱駿聲撰，民國成都華西協和大學活字印本

---

①　［校按］此附録摘自程元敏《尚書周誥十三篇義證》（臺灣萬卷樓圖書股份有限公司 2017 年版）。

《尚書補疏》，清焦循撰，《皇清經解》本

《尚書今古文集解》，清劉逢祿撰，《皇清經解續編》本

《尚書集注述疏》，清簡朝亮撰，鼎文書局影印本

《尚書大傳輯校》，清陳壽祺撰，《皇清經解續編》本

《今文尚書經説考》，清陳喬樅撰，《皇清經解續編》本

《尚書札記》，清許鴻磐撰，《皇清經解》本

《尚書駢枝》，清孫詒讓撰，鉛印本

《今文尚書考證》，清皮錫瑞撰，藝文印書館影印本

《羣經平議》，清俞樾撰，世界書局影印《春在堂全書》本

《尚書故》，清吳汝綸撰，藝文印書館影印《桐城吳先生全書》本

《尚書大義》，民國吳闓生撰，民國刊本

《雙劍誃尚書新證》，民國于省吾撰，藝文印書館影印本

《尚書正讀》，民國曾運乾撰，臺北宏業書局影印本

《書經注釋》，瑞典高本漢撰，陳舜政譯，《中華叢書》編審委員會鉛印本

《尚書釋義》，屈萬里撰，一九六〇年"中華文化出版事業委員會"鉛印本

评 论

评《海德格尔、哲学和政治：海德堡会议》

谢尔（Susan Meld Shell） 撰

文晗 译

Jacques Derrida, Hans‐Georg Gadamer, Philippe Lacoue‐Labarthe,《海德格尔、哲学与政治：海德堡会议》(*Heidegger, Philosophy, and Politics: The Heidelberg Conference*), New York: Fordham University Press, 2016。

有人怀疑，假如不是2014年海德格尔的《黑色笔记》(*Black Notebooks*) 出版，假如不是作品中臭名昭著的反犹和亲纳粹内容引起一片哗然，就不会有人关注2014年在法国出版的德里达（Jacques Derrida）、伽达默尔（Hans‐Georg Gadamer）和拉库‐拉巴特（Philippe Lacoue‐Labarthe）1988年2月的海德堡公开谈话，也不会有人关注本文所评论的英译本。而最近出版的海德格尔在纳粹时期与他兄弟弗里茨（Fritz）的通信，则只是增加了人们对此事的关注。有人不熟悉这些流传甚广的反犹段落，略举几例会有所助益。海德格尔在《黑色笔记》中写道（他曾特别指示，这要在他亲自编订的全集最后一部分发表）：

> 当代犹太人……权力的增加是基于一个事实，即西方形而上学——首先是其现代化身——为传播一种空洞的理性和可计算性提供了肥沃的土壤，这种理性和可计算性以这种方式在"精神"中获得了立足之地，而从未能从隐藏的决断（decision）领域中得到把握。
>
> 即使是在帝国主义"管辖权"（jurisdiction）划分的意义上与英国达成一致这种想法，也没有触及英国当下在美国主义和布尔什维克主义，同时也意味着在世界犹太人（world Jewry）的范围内贯彻到底的历史进程的本质。世界犹太人的角色问题不是一个种族问题，而是一个关于人性种类的形而上学问题，这个问题就在于，人性是否能够不受限地将所有存在者从存在里拔除，作为其世界-历史性的"任务"接管下来。
>
> 庞然大物（Gigantism）最隐秘，或许也是最古老的的形式之一，［是］计算、急迫和混杂的快节奏历史性，犹太人的无世界性也借此确立。

这些段落的主题在海德格尔 1933/1934 年名为《真理的本质》的冬季课程讲稿的以下段落里再次出现，法耶（Emmanuel Faye）在 2009 年的作品中也提到这一内容：

> 敌人是对人民及其成员的生存构成根本威胁的人。敌人不一定是外部敌人，外部敌人也不一定是最危险的。甚至看起来根本没有敌人。根本的要求是找到敌人，让他曝光，**甚至创造敌人**，并与之对抗，以使生存不会变得冷漠。敌人可能已经把自己移植到了一个民族生存的最深处，并反对后者最本质的东西，反其道而行之。由此，更尖锐、更残酷、更困难的便是斗

争，因为斗争中只有很小一部分相互打击；怀着彻底消灭的目的寻找这样的敌人，引导他暴露自己，避免对他产生幻想，枕戈待旦、厉兵秣马、并长期发动进攻，这往往更加困难、更加费力。①

法利亚（Victor Faria）1987年出版的《海德格尔与纳粹主义》（*Heidegger and Nazism*）也曾引起类似的骚动，随后，我们所探讨的海德堡会议就召开了。当时这本书也在相关领域的圈子内引发了相似的不安，早前他们或多或少都赞同阿伦特（Hannah Arendt）1969年在海德格尔80岁生日时对其纳粹问题的开脱——阿伦特认为那仅仅是出于政治幼稚或政治天真的出轨行为（escapade）。一些人匆忙得出结论说，海德格尔不再值得作为一个严肃的思想家来研究了；另一方面，有的人则通过认真考察法利亚的实际发现，超越了法利亚著作中真正的或所谓的缺陷。

近来，越揭露出海德格尔与纳粹主义之间理不清的关系，我们就越是难以否定施特劳斯（Leo Strauss）所说的"归于希特勒"② 的状况。尽管如此，我们还是要抵制这种做法，尤其是对会议记录的阐释，那时人们还并不清楚［海德格尔手稿中的］这些内容。这次会议特意在海德格尔1933年发表臭名昭著的"校长演说"的那间屋子里举行，这表明纳粹主义的历史在当时人们的脑海中有多么触目

---

① 引自 Emmanuel Faye, *Heidegger：The Introduction of Nazism into Philosophy*, New Haven：Yale University Press, 2009, p. 168。重点为作者所加。

② ［译按］翻译沿用《自然权利与历史》中译本，略有改动，参见施特劳斯，《自然权利与历史》，彭刚译，北京：三联书店，2011，页45。特劳斯的上下文是："我们在考察过程中一定要避开这种谬误，它在过去几十年中常常被用作归谬法（reduction ad absurdum）的替代品：归于希特勒（reduction ad Hitler）。不能因为希特勒碰巧也持有某种观点，这种观点就应被驳倒。"

惊心。同样具有暗示性的是，与会者们决定用法语发言，而伽达默尔声称自己不太懂法语，海德格尔关于法语本质上"不哲学"的说法也颇为有名，与他对德语的态度形成鲜明对比。会议由威尔（Reiner Wiehl）主持，他母亲曾被关押于特莱西恩施塔集中营（Theresienstadt），这无疑使这一场合更为庄严。

会议大厅挤满了人，据传，在大厅外，否认大屠杀的福里松（Robert Faurrisson）散发了抗议传单。两位主要发言人已经名声在外，拉库-拉巴特则是一颗冉冉升起的新星；每一位都以重要的方式处理海德格尔遗留的智性之债，尽管没有一个人会被称为不加批判的追随者。事实上，我们可以说，他们每个人都以卓绝的努力发展了自己独特的哲学立场，以便将海德格尔的开创性见解（他们每个人都明白这些开创性见解）与他的错误剥离开来，这种错误导致了他对纳粹主义致命的吸引力。在这三个人中，伽达默尔（1900—2002）是唯一直接和海德格尔一起在弗莱堡和马堡学习过的人。战争期间，伽达默尔在政治上一直不活跃，还因为小儿麻痹症躲开了服兵役，也从未加入纳粹党——尽管他确实加入了国家社会主义教师联盟。德里达（1930—2004）则为战后法国对海德格尔的接受做出了贡献，伽达默尔死前曾特别推荐他接任自己在海德堡的教席。德里达对拉库-拉巴特（1940—2007）产生了重大影响，还支持后者的政治哲学研究中心。① 简而言之，这次会议聚集起来的演讲者来自好几代人，他们（有时）也是朋友兼（至少偶尔）学术盟友，无论他们自己的哲学和个人差异如何，他们都被一种共同的挑战和人们所怀疑的他们心中怀有的不安联系在一起。

那么，对会议记录本身该做些什么呢？南希（Nancy）的前言在这个问题上谈得不多。在承认《黑色笔记》出版后再来阅读会议记

---

① 由拉库-拉巴特和让-吕克·南希共同创立。

录会出现"某种错位"之后,他发现有必要补充说明的是,尽管《黑色笔记》里有很冒犯人的反犹太段落,但其中也包含了"反对反犹主义的声明",所以他同时接受一种"必须加以仔细审查的不一致或扭曲"。但海德格尔后文的评说很容易消除这里所说的"不一致",即他说"世界犹太人"被认定为一种存在论上的邪恶,其深度使得普通的反犹太主义毫无用处,这似乎表明南希需要在没有歧义的地方制造歧义。南希的序言结尾重复了这种半捍卫、半开脱的姿态:"除非和他一起审判我们自己和我们的历史,否则审判海德格尔没有意义。"看来我们似乎都有罪。① 正如组织者卡勒-克鲁贝(Mireille Calle-Gruber)在她自己的开场白中所言,拉库-拉巴特下面这句话是恰当的:

> 纳粹罪行既不是博物馆的展品,也不是他人的过错,而是……揭示了我们西方的极权主义本质。

威尔简短的补充评论②为读者提供了一个类似的后德里达时代的框架,这一框架可以帮助读者接受此处描述的"来自过去的传递",传递出一种典型的对话和团结的伦理意志(ethical will to dialogue and solidarity)。序言已经恰当地指出,这次讨论是在伽达默尔和德里达之间更早、更有争议的公开对话之后进行的,那次对话讨论的是,对话自身根本而言是一种"理解"还是一种"断裂"——德里达称之为权力的善良意志(good will to power),而伽达默尔的回应则是善良意志的权力(power of good will)。然而,其中隐含的

---

① 但是,是否我们所有人,尤其是揭示了我们对存在道路的遗忘的海德格尔应该被单独拎出来?
② 威尔称这一卷为"令人难忘的讨论的踪迹",并将下一卷描述为"真理的档案事件",即"开创未来生活、即将到来的生活的事件"。

"如果要避免海德格尔的政治错误"这层意思,限制了这种"是'理解'还是'断裂'"的选择,这给当代读者带来了风险,即读者至少要拒绝局限于任何这种限制性的"后结构主义"框架。

最后一个预备性的细节(A final preliminary detail)值得一提。假如不是媒体在法利亚的书出版之后炒作起来的争议,会议就不会在这个特定的时间举行,也不会在这样一个论坛出现。法里亚这本书公开指责德里达间接与过去勾结,还顺带批评拉库-拉巴特——原因只是他们未能让公众更加关注海德格尔的纳粹历史。[①] 因此,与那些主要对海德格尔本人感兴趣的当代读者的期望相比,这场讨论更具申辩性的腔调,更关注法国后结构主义思想中哲学与政治的关系。尽管如此,如果人们不愿意把这本书视为讨论海德格尔的专著,而是典型的历史文献,或者在某种程度上看作本书英文标题所预示的困难的一种征兆,那么,从这本篇幅简短的书中也可以学到很多东西。如果一个人已经对三位杰出思想家的著作有所了解,就更是如此。尤其是,他们的"即兴"会议发言没有书面笔记,而且——就伽达默尔而言——说的是一种不熟悉的语言,因此这些背景知识就变得更有必要,这会使他们某些过于具有电报特征的言论不会显得空洞玄妙。

可以说,海德格尔思想中哲学和政治的关系这一理论问题——这个问题好像仅仅可以从理论上解决——从一开始就被优先的或更要紧的海德格尔罪责问题掩盖了(这同样暗示着,为那些没有充分谴责他的人所掩盖),尽管或恰恰是由于海德格尔自己对日常"道德"中罪责概念的"解构"。主要发言人和会场当中压过来的问题一个接一个,它们都紧扣着这一困难,导致尤其严重情形的是这件

---

① 他们的主要原告之一是伊曼纽尔·法耶的父亲让-皮埃尔·法耶(Jean-Pierre Faye),这使得当代的对比更加引人注目。

事：这里的法国人要在一个德国人面前"自食其果",而那些德国人倒是已经很熟悉其中滋味。

贯穿会议始终,并在这一天随后讨论中延续的一个关键主题是"责任"的本质和意义。伽达默尔的开场白已经提出"责任"这个术语,这既关乎海德格尔的责任,也关乎那些以各种方式"回应过"并继续回应他和他的作品的人的责任。对伽达默尔而言,他所谓的"海德格尔事件"中"最大的暧昧"就是海德格尔本人的沉默,尤其是对犹太人大屠杀的沉默,伽达默尔认为这种沉默绝对"不可宽恕"(虽然之后他弱化了这一判断)。然而,伽达默尔也没能解决海德格尔在纳粹时期的沉默,他认为"在面对武器时,不能用说教来对抗武器",即便这么说也许并不太有道理。由此,伽达默尔暗中阐释了德里达著名的双重约束论(double-bind),在"双重约束"下,说和不说都是某种妥协。稍后的讨论会让海德格尔更严肃的"沉默"免罪,① 并使得伽达默尔的开场白更加引人注目。

德里达的回应以规定"讨论协议"开始:

> [这里]没有人……会认为……要赦免、开脱海德格尔的责任,或者认为他的所有这些过错都是无辜的。

德里达也明白,要务仍然是警惕人们简单化极权主义的倾向,以及其他"逻各斯中心主义"的症状,这些症状"渗透并影射到任何地方,将来还会如此"。他指出,同样重要的是,某种特定的"社会-民主话语的价值关涉到人的权利、民主和主体的自由",而这个主体的"脆弱性"使他们无法抵制他们意欲反对的东西(在德国和法国显然都是如此),并且他们很容易成为霸权思想的代言人——德

---

① 德里达提出的理由是,道歉是廉价的,而沉默赋予我们的自我批判的任务才是有益的。

里达这里似乎暗示了他自己最近在法国以及其他媒体上遭到的指责——而被正确理解的海德格尔也许能够从这种民主话语中拯救我们。德里达特有的对海德格尔的恰切理解,源于对海德格尔著名的"追问"本身的追问,该追问揭示了对"他人"的回应这种责任是所有真正追问的前提。

拉库-拉巴特则采取了某种不同的策略,尽管他和德里达在文本解释的一般问题上以及在反对法国近期批评者上持有共同的立场。① 拉库-拉巴特本人与海德格尔的不同之处既不在于沟通的可能性(伽达默尔),也不在于面对先于追问的"不确定性"的责任(德里达),而在于清醒(sobriety),例如,通过荷尔德林的诗歌摆脱海德格尔自己的新浪漫主义和"神话化"居有(neo-Romantic and "mythologizing" appropriations)。

从2017年的有利视野回溯,而且考虑到有关海德格尔与纳粹政治纠缠不清的各种新消息,这里记录的多层次对话(以及相关的跨领域论战)如何能够站得住脚呢?非要说的话,它是否能揭示出哲学上真正重要的东西呢?即:海德格尔的"思"与他的政治是否有内在联系?如果有,是怎样的联系?

就第一个问题而言,鉴于最近的这些发现,我们更难像德里达和伽达默尔在1988年的会议上那样,自信地断言海德格尔不是反犹分子;但我们也不能如拉库-拉巴特一样轻率得出结论说,既然海德格尔在1966年的《明镜》(*Der Spiegel*)杂志采访中宣称,他1933年写的某些东西"不会再写",我们就可以认为他是在"承认"自己"不应该写这些东西"。简而言之,《黑色笔记》和类似的新出

---

① 但在随后的讨论中,他反对伽达默尔和德里达对海德格尔"沉默"的辩护性理解,这是拉库埃-拉巴特个人的观点,人们倾向于补充说这一"沉默""令人震惊"。

的作品不仅质疑了阿伦特对海德格尔参与政治的差强人意的辩护——这种辩护的不足在当时就应该显而易见，而且，我们还需要做出一些更严肃的努力（并且少一些个人的妥协）来处理海德格尔身后的问题。

第二个问题更为困难，需要一个比本文更长的答案，但是提一些建议可能会有所帮助。对于本书的各位作者来说，海德格尔为应对既是哲学的也是政治的危机提供了不可或缺的哲学资源，正如对这一危机的通常理解那样，它破坏了自由的现代性，至少从其主要的智识来源角度看，似乎是如此。本文评述的所有立场都在这个或那个方面应对着德国盛行的新康德主义，当时自由主义的政治体制和思想习惯不仅薄弱，而且很容易被视为"外国"所强加。而对我们来说，一个问题是，作为不那么受历史负担困扰的读者和研究者，我们是否需要形成如此消极的判断，就像这本书在康德或者更广泛的自由传统中所受到的待遇。第二个也是更大的问题当然在于，海德格尔发起的对理性的彻底"解构"（区别于"思"）是否确实合理。

评茨维德瓦特《公共艺术》

奥班农（Cameron O'Bannon） 撰

王涛 译

茨维德瓦特（Lambert Zuidervaart），《公共艺术：政治经济与一种民主文化》（*Art in Public*: *Politics*, *Economics*, *and a Democratic Culture*），Cambridge：Cambridge University Press，2011。

在美国政治生活中，对艺术的公共支持处于一种令人忧虑的地位。围绕美国国家艺术基金会（National Endowment for the Art）展开的激烈公共辩论中，这一点体现得最为明显。这场辩论最早由参议员赫尔姆斯（Jesse Helms）这样的社会保守派人士发起，在20多年前的新闻标题中占据了显要位置。[①] 但是，一个外交冲突和

[①] 1987年9月，得到国家艺术基金会资助的东南当代艺术中心遴选出一批获奖作品，并在洛杉矶、匹兹堡巡回展出。其中，艺术家塞拉诺（Andres Serrano）的摄影作品《尿溺耶稣》（*Piss Christ*，1987）引起了巨大争议。这张照片将一个塑料十字架浸入塞拉诺的尿中拍摄而成。1988年，宾夕法尼亚大学当代

经济衰退的时代似乎只是抑制了但并没有消除文化战争的热情。它会间歇性地再度复燃，例如2010年，美国国家肖像博物馆（National Portrait Gallery）展出了一部名为"腹中的火焰"（A Fire in My Belly）的影像作品，却遭到强烈抗议，① 这表明艺术依然有能力为美国生活在政治和文化上的巨大分歧这堆闷燃的炉火加上一把干柴。

但是，对艺术的公共支持，在另一个更根本的层次上让美国的政治观察家不安：美国政治思想的那些重要思潮，似乎在通过诸多方式反对为艺术提供公共支持。我们的民主政治文化孕育了一种对看上去由小数精英创作或为他们服务的艺术文化的强烈猜疑。我们的市场取向引导我们质疑，为什么我们应当资助那些市场无法忍受的艺术作品。我们根深蒂固的自由主义导致人们普遍怀疑那些似乎

艺术学院得到国家艺术基金会资助，计划在多地举办艺术家麦博索尔普（Robert Mapplethorpe）的"完美时刻"（The Perfect Moment）摄影作品展。但是1989年6月，原定在华盛顿考柯蓝美术馆举行的展览被撤销，原因是其中有不少与同性恋、施受虐、儿童裸体有关的作品。在此背景下，国家艺术基金会成了赫尔姆斯和其他保守派参议员的攻击对象。赫尔姆斯提出了一项国家艺术基金会预算案的修正案，禁止其资金用于促进、散步或制作"淫秽、猥亵材料，包括但不局限于描述施虐受虐狂、同性恋及描绘儿童和个人的性行为的作品"等三类作品。本文注释皆译者所加，下同。

① "腹中的火焰"是美国80年代最具代表性的艺术家沃伊纳罗维茨（David Wojnarowicz）1986至1987年间创作的未完成的影像作品。沃伊纳罗维茨1954年出生于新泽西，父母在他两岁时离异并弃他而去。他整个童年经常遭受虐待。后来，沃伊纳罗维茨从曼哈顿音乐艺术高中毕业，居于纽约东村，成为组成东村艺术盛景的一员。他于1988年被确诊艾滋病，1992年病逝。"腹中的火焰"2010年的展览引发巨大争议，特别是一群蚂蚁从受难基督的身上和脸上爬过的一段17秒的镜头。面对天主教联盟等方面的极力抗议以及可能被削减联邦资助的情况，展览举办方史密森尼学会火速撤下了该作品。

本质上"至善主义的"政策，这些政策倡导不被所有公民接受的美学观和道德价值观。

由于公共艺术触及我们政治文化的众多重要假定，政治哲学在考察文化政策的这块领域时，必须小心处理这些假定。这项任务似乎是严肃地分析这些假定，为我们有关公共艺术支持问题的直觉加上理性的反思。茨维德瓦特（Lambert Zuidervaart）[①]的《公共艺术》就是这样一部政治理论作品。

从法兰克福学派传统入手，茨维德瓦特这本书提供了一个总体而言颇具说服力的新鲜视角来讨论这个有些老旧的争论。他的论证基于他在其早期著作《艺术真理》中提出的一个前提，即艺术具有其独特的能力，即能够塑造他所谓的"富有想象力的揭示"（imaginative disclosure）。茨维德瓦特采用了他在研究阿多诺美学思想时提出的观点，即艺术可以沟通那些有关真理的命题，故而能够定位或重新定位我们有关伦理、社会和意义的基本世界观，而且这将会溢出并影响我们艺术之外的生活。

茨维德瓦特明确将《公共艺术》视为《艺术真理》的续篇，继续研究他对艺术的理解在社会和政治方面有何意义。对茨维德瓦特来说，"富有想象力的揭露"培养的思维方式是其他理性——例如市场和行政国家运用的理性——的必要支持，这些制度自身无

[①] 茨维德瓦特目前是多伦多基督教研究院（Institute for Christian Studies）的荣誉退休教授，研究领域包括真理理论、批判理论和改革哲学等，著有《艺术真理：美学、话语和富有想象力的揭示》（*Artistic Truth: Aesthetics, Discourse, and Imaginative Disclosure*, Cambridge: Cambridge University Press, 2004）、《阿多诺之后的社会哲学》（*Social Philosophy after Adorno*, Cambridge: Cambridge University Press, 2007）、《胡塞尔、海德格尔和法兰克福学派的真理：批判性检索》（*Truth in Husserl, Heidegger, and the Frankfurt School: Critical Retrieval*, The MIT Press, 2017）等。

法产生这种理性。因此，茨维德瓦特有关艺术的社会角色的描述与哈贝马斯的系统和生活世界概念并行，市场和国家都有赖于只有艺术才能提供的富有想象力的揭露，但同时又对后者造成威胁。这一点是茨维德瓦特证成艺术的公共支持的基础。茨维德瓦特指出，对于维系那些缓解现代性的较有害方面所必需的社会资源，公民艺术组织发挥了关键的作用。茨维德瓦特最乐观的说法是，这种组织如果得到恰当的资助，将有助于促进他所谓的社会的"差别转型"（differential transformation）。在这种转型中，不仅国家和市场的伤害性权力将受到限制，而且它们将转向真正公正和民主的模式。

除此之外，茨维德瓦特还如他一贯所为，对当前的艺术政策争论中一些心照不宣的假定提出了常常令人信服的质疑。此书标题中的"公共艺术"这一概念，就意味着这种批判手法。借助这个概念，他谨慎地削弱了当代有关艺术和社会的观点的很多重要假定。我们常常认为艺术创作是私人活动，故而询问国家是否应当资助这种活动，但是茨维德瓦特注意到，所有或几乎所有艺术都以不那么明显的方式接受公共支持。即使没有明显可见的支持，我们也通过给予慈善捐赠上的税收优惠、知识产权保障以及言论自由保护来资助艺术。即使那些显然由私人资金支持的艺术也与公共支持体系关系密切。同样，尽管我们常常将艺术体验视为一种私人化的个体消费，但是许多艺术实际上意在获得且可以获得一系列更广泛的被人们共享的公共意义。因此，今天的大部分艺术具有重要的"公共属性"，它是公共艺术。明白这一点后，许多当代政治理论在分析对艺术的公共支持这个问题时就会变得不一样。

此种对公共话语的假定的缜密重估，是《公共艺术》的一大特色。相应地，茨维德瓦特不仅考察了重要的当代政治理论家——罗尔斯（John Rawls）、德沃金（Ronald Dworkin）、弗雷泽（Nancy Fraser）①、本哈比（Seyla Benhabib）②，还考察了经济学、美学和社会学等不同领域的相关争论。这种全面的分析既令人印象深刻，也颇为恰当——为了考察艺术政策，既要理解政策，也要理解艺术，这点很重要。但是，这个优点同时也是《公共艺术》的一个局限。由于茨维德瓦特在相对较少的篇幅中覆盖了如此众多的争论，读者可能有时候会希望作者为其中某个话题提供更为深入的分析。

茨维德瓦特所有这些分析都采用了一种颇具吸引力且易于理解的文风，即使非专业人士阅读此书也不会感到太困难。这点很重要，因为茨维德瓦特认为自己的作品不仅面向专家学者，也面向艺术活动者。茨维德瓦特本人就深度参与了一个名为"城市当代艺术研究所"（the Urban Institute for Contemporary Arts）的组织。这个研究所是他为之辩护的那种值得国家资助的公民艺术组织的一个典范。茨维德瓦特用了整整一节的篇幅来讲述他在"城市当代艺术研究所"的经历。这不仅为他的论证增加了某种实际可信度，而且为其他艺术活动家提供了一个可以效仿的范例。

有人可能会质疑茨维德瓦特的某些结论，比如艺术组织是否可能像他所说的那样催生某种激进的变革；或者怀疑它的实际说服力，

---

① Nancy Fraser，美国当代政治哲学家，著有《正义的中断：对"后社会主义"状况的批判性反思》(*Justice Interruptus*: *Critical Reflections on the "Postsocialist" Condition*, Routledge, 1997)、《正义的尺度：全球化世界中政治空间的再认识》(*Scales of Justice*, *Re-imagining Political Space In a Globalizing World*, Columbia University Press, 2008) 等。

② Seyla Benhabib，美国当代政治哲学家，著有《他人的权利：外侨、居民和市民》(*The Rights of Others*: *Aliens*, *Residents*, *and Citizens*, Cambridge: Cambridge University Press, 2004)、《身处逆境的尊严：乱世中的人权》(*Dignity in Adversity*: *Human Rights in Troubled Times*, Cambridge: Polity Press, 2011) 等。

比如茨维德瓦特的论证是否能够扭转我们自由主义的、市场导向的文化的发展走向。尽管如此，《公共艺术》依然在政治哲学方面为有关艺术的公共支持的争论做出了巨大贡献。《公共艺术》不仅为一场由来已有的争论提供了强有力的新视角，而且对争论中的诸多假定做出了深入细致且具有说服力的分析，这项分析必然会影响将来有关艺术政策的研究。

译者单位：华东政法大学

图书在版编目（CIP）数据

斯威夫特的鹅毛笔与墨水谜语／娄林主编．— 北京：华夏出版社有限公司，2022.5

（经典与解释）

ISBN 978-7-5222-0154-2

Ⅰ．①斯… Ⅱ．①娄… Ⅲ．①斯威夫特（Swift，Jonathan 1667-1745）-文学研究 Ⅳ．①I561.064

中国版本图书馆 CIP 数据核字（2022）第 015937 号

斯威夫特的鹅毛笔与墨水谜语

编　　者	娄　林
责任编辑	李安琴
责任印制	刘　洋
出版发行	华夏出版社有限公司
经　　销	新华书店
印　　装	三河市少明印务有限公司
版　　次	2022 年 5 月北京第 1 版 2022 年 5 月北京第 1 次印刷
开　　本	880×1230　1/32
印　　张	10
字　　数	233 千字
定　　价	59.00 元

华夏出版社有限公司 地址：北京市东直门外香河园北里 4 号　邮编：100028
网址：www.hxph.com.cn　电话：(010) 64663331 (转)

若发现本版图书有印装质量问题，请与我社营销中心联系调换。

西方传统：经典与解释
Classici et Commentarii
HERMES
刘小枫◎主编

古今丛编

- 欧洲中世纪诗学选译　宋旭红 编译
- 克尔凯郭尔　[美]江思图 著
- 货币哲学　[德]西美尔 著
- 孟德斯鸠的自由主义哲学　[美]潘戈 著
- 莫尔及其乌托邦　[德]考茨基 著
- 试论古今革命　[法]夏多布里昂 著
- 但丁：皈依的诗学　[美]弗里切罗 著
- 在西方的目光下　[英]康拉德 著
- 大学与博雅教育　董成龙 编
- 探究哲学与信仰　[美]郝岚 著
- 民主的本性　[法]马南 著
- 梅尔维尔的政治哲学　李小均 编/译
- 席勒美学的哲学背景　[美]维塞尔 著
- 果戈里与鬼　[俄]梅列日科夫斯基 著
- 自传性反思　[美]沃格林 著
- 黑格尔与普世秩序　[美]希克斯 等著
- 新的方式与制度　[美]曼斯菲尔德 著
- 科耶夫的新拉丁帝国　[法]科耶夫 等著
- 《利维坦》附录　[英]霍布斯 著
- 或此或彼（上、下）　[丹麦]基尔克果 著
- 海德格尔式的现代神学　刘小枫 选编
- 双重束缚　[法]基拉尔 著
- 古今之争中的核心问题　[德]迈尔 著
- 论永恒的智慧　[德]苏索 著
- 宗教经验种种　[美]詹姆斯 著
- 尼采反卢梭　[美]凯斯·安塞尔-皮尔逊 著
- 舍勒思想评述　[美]弗林斯 著
- 诗与哲学之争　[美]罗森 著
- 神圣与世俗　[罗]伊利亚德 著
- 但丁的圣约书　[美]霍金斯 著

古典学丛编

- 赫西俄德的宇宙　[美]珍妮·施特劳斯·克莱 著
- 论王政　[古罗马]金嘴狄翁 著
- 论希罗多德　[古罗马]卢里叶 著
- 探究希腊人的灵魂　[美]戴维斯 著
- 尤利安文选　马勇 编/译
- 论月面　[古罗马]普鲁塔克 著
- 雅典谐剧与逻各斯　[美]奥里根 著
- 菜园哲人伊壁鸠鲁　罗晓颖 选编
- 《劳作与时日》笺释　吴雅凌 撰
- 希腊古风时期的真理大师　[法]德蒂安 著
- 古罗马的教育　[英]葛怀恩 著
- 古典学与现代性　刘小枫 编
- 表演文化与雅典民主政制
  [英]戈尔德希尔、奥斯本 编
- 西方古典文献学发凡　刘小枫 编
- 古典语文学常谈　[德]克拉夫特 著
- 古希腊文学常谈　[英]多佛 等著
- 撒路斯特与政治史学　刘小枫 编
- 希罗多德的王霸之辨　吴小锋 编/译
- 第二代智术师　[英]安德森 著
- 英雄诗系笺释　[古希腊]荷马 著
- 统治的热望　[美]福特 著
- 论埃及神学与哲学　[古希腊]普鲁塔克 著
- 凯撒的剑与笔　李世祥 编/译
- 伊壁鸠鲁主义的政治哲学
  [意]詹姆斯·尼古拉斯 著
- 修昔底德笔下的人性　[美]欧文 著
- 修昔底德笔下的演说　[美]斯塔特 著
- 古希腊政治理论　[美]格雷纳 著
- 神谱笺释　吴雅凌 撰
- 赫西俄德：神话之艺
  [法]居代·德拉孔波 编
- 赫拉克勒斯之盾笺释　罗逍然 译笺
- 《埃涅阿斯纪》章义　王承教 选编
- 维吉尔的帝国　[美]阿德勒 著
- 塔西佗的政治史学　曾维术 编

古希腊诗歌丛编
古希腊早期诉歌诗人 [英]鲍勒 著
诗歌与城邦 [美]费拉格、纳吉 主编
阿尔戈英雄纪（上、下）
[古希腊]阿波罗尼俄斯 著
俄耳甫斯教祷歌 吴雅凌 编译
俄耳甫斯教辑语 吴雅凌 编译

古希腊肃剧注疏
欧里庇得斯的现代性 [法]德·罗米伊 著
希腊肃剧与政治哲学 [美]阿伦斯多夫 著

古希腊礼法研究
宙斯的正义 [英]劳埃德-琼斯 著
希腊人的正义观 [英]哈夫洛克 著

廊下派集
剑桥廊下派指南 [加]英伍德 编
廊下派的苏格拉底 程志敏 徐健 选编
廊下派的神和宇宙 [墨]里卡多·萨勒斯 编
廊下派的城邦观 [英]斯科菲尔德 著

希伯莱圣经历代注疏
希腊化世界中的犹太人 [英]威廉逊 著
第一亚当和第二亚当 [德]朋霍费尔 著

新约历代经解
属灵的寓意 [古罗马]俄里根 著

基督教与古典传统
保罗与马克安 [德]文森 著
加尔文与现代政治的基础 [美]汉考克 著
无执之道 [德]文森 著
恐惧与战栗 [丹麦]基尔克果 著
托尔斯泰与陀思妥耶夫斯基
[俄]梅列日科夫斯基 著
论宗教大法官的传说 [俄]罗赞诺夫 著
海德格尔与有限性思想（重订版）
刘小枫 选编
上帝国的信息 [德]拉加茨 著
基督教理论与现代 [德]特洛尔奇 著
亚历山大的克雷芒 [意]塞尔瓦托·利拉 著
中世纪的心灵之旅 [意]圣·波纳文图拉 著

德意志古典传统丛编
《浮士德》发微 谷裕 选编
尼伯龙人 [德]黑贝尔 著
论荷尔德林 [德]沃尔夫冈·宾德尔 著
彭忒西勒亚 [德]克莱斯特 著
穆佐书简 [奥]里尔克 著
纪念苏格拉底——哈曼文选 刘新利 选编
夜颂中的革命和宗教 [德]诺瓦利斯 著
大革命与诗化小说 [德]诺瓦利斯 著
黑格尔的观念论 [美]皮平 著
浪漫派风格——施勒格尔批评文集 [德]施勒格尔 著

美国宪政与古典传统
美国1787年宪法讲疏 [美]阿纳斯塔普罗 著

启蒙研究丛编
论古今学问 [英]坦普尔 著
历史主义与民族精神 冯庆 编
浪漫的律令 [美]拜泽尔 著
现实与理性 [法]科维纲 著
论古人的智慧 [英]培根 著
托兰德与激进启蒙 刘小枫 编
图书馆里的古今之战 [英]斯威夫特 著

政治史学丛编
克服历史主义 [德]特洛尔奇 等著
胡克与英国保守主义 姚啸宇 编
古希腊传记的嬗变 [意]莫米利亚诺 著
伊丽莎白时代的世界图景 [英]蒂利亚德 著
西方古代的天下观 刘小枫 编
从普遍历史到历史主义 刘小枫 编
自然科学史与玫瑰 [法]雷比瑟 著

地缘政治学丛编
施米特的国际政治思想 [英]欧迪瑟乌斯/佩蒂托 编
克劳塞维茨之谜 [英]赫伯格-罗特 著
太平洋地缘政治学 [德]卡尔·豪斯霍弗 著

荷马注疏集
不为人知的奥德修斯 [美]诺特维克 著
模仿荷马 [美]丹尼斯·麦克唐纳 著

品达注疏集
　　幽暗的诱惑　[美]汉密尔顿 著
欧里庇得斯集
　　自由与僭越　罗峰 编译
阿里斯托芬集
　　《阿卡奈人》笺释　[古希腊]阿里斯托芬 著
色诺芬注疏集
　　居鲁士的教育　[古希腊]色诺芬 著
　　色诺芬的《会饮》　[古希腊]色诺芬 著
柏拉图注疏集
　　挑战戈尔戈　李致远 选编
　　论柏拉图《高尔吉亚》的统一性　[美]斯托弗 著
　　立法与德性——柏拉图《法义》发微　林志猛 编
　　柏拉图的灵魂学　[加]罗宾逊 著
　　柏拉图书简　彭磊 译注
　　克力同章句　程志敏 郑兴凤 撰
　　哲学的奥德赛——《王制》引论　[美]郝兰 著
　　爱欲与启蒙的迷醉　[美]贝尔格 著
　　为哲学的写作技艺一辩　[美]伯格 著
　　柏拉图式的迷宫——《斐多》义疏　[美]伯格 著
　　苏格拉底与希琵阿斯　王江涛 编译
　　理想国　[古希腊]柏拉图 著
　　谁来教育老师　刘小枫 编
　　立法者的神学　林志猛 编
　　柏拉图对话中的神　[法]薇依 著
　　厄庇诺米斯　[古希腊]柏拉图 著
　　智慧与幸福　程志敏 选编
　　论柏拉图对话　[德]施莱尔马赫 著
　　柏拉图《美诺》疏证　[美]克莱因 著
　　政治哲学的悖论　[美]郝岚 著
　　神话诗人柏拉图　张文涛 选编
　　阿尔喀比亚德　[古希腊]柏拉图 著
　　叙拉古的雅典异乡人　彭磊 选编
　　阿威罗伊论《王制》　[阿拉伯]阿威罗伊 著
　　《王制》要义　刘小枫 选编
　　柏拉图的《会饮》　[古希腊]柏拉图 等著
　　苏格拉底的申辩（修订版）　[古希腊]柏拉图 著
　　苏格拉底与政治共同体　[美]尼柯尔斯 著
　　政制与美德——柏拉图《法义》疏解　[美]潘戈 著
　　《法义》导读　[法]卡斯代尔·布舒奇 著
　　论真理的本质　[德]海德格尔 著
　　哲人的无知　[德]费勃 著
　　米诺斯　[古希腊]柏拉图 著
　　情敌　[古希腊]柏拉图 著
亚里士多德注疏集
　　《诗术》译笺与通绎　陈明珠 撰
　　亚里士多德《政治学》中的教诲　[美]潘戈 著
　　品格的技艺　[美]加佛 著
　　亚里士多德哲学的基本概念　[德]海德格尔 著
　　《政治学》疏证　[意]托马斯·阿奎那 著
　　尼各马可伦理学义疏　[美]伯格 著
　　哲学之诗　[美]戴维斯 著
　　对亚里士多德的现象学解释　[德]海德格尔 著
　　城邦与自然——亚里士多德与现代性　刘小枫 编
　　论诗术中篇义疏　[阿拉伯]阿威罗伊 著
　　哲学的政治　[美]戴维斯 著
普鲁塔克集
　　普鲁塔克的《对比列传》　[英]达夫 著
　　普鲁塔克的实践伦理学　[比利时]胡芙 著
阿尔法拉比集
　　政治制度与政治箴言　阿尔法拉比 著
马基雅维利集
　　君主及其战争技艺　娄林 选编
莎士比亚绎读
　　莎士比亚的政治智慧　[美]伯恩斯 著
　　脱节的时代　[匈]阿格尼斯·赫勒 著
　　莎士比亚的历史剧　[英]蒂利亚德 著
　　莎士比亚戏剧与政治哲学　彭磊 选编
　　莎士比亚的政治盛典　[美]阿鲁里斯/苏利文 编
　　丹麦王子与马基雅维利　罗峰 选编

洛克集
　上帝、洛克与平等　[美]沃尔德伦 著
卢梭集
　论哲学生活的幸福　[德]迈尔 著
　致博蒙书　[法]卢梭 著
　政治制度论　[法]卢梭 著
　哲学的自传　[美]戴维斯 著
　文学与道德杂篇　[法]卢梭 著
　设计论证　[美]吉尔丁 著
　卢梭的自然状态　[美]普拉特纳 等著
　卢梭的榜样人生　[美]凯利 著
莱辛注疏集
　汉堡剧评　[德]莱辛 著
　关于悲剧的通信　[德]莱辛 著
　《智者纳坦》（研究版）　[德]莱辛 等著
　启蒙运动的内在问题　[德]维塞尔 著
　莱辛剧作七种　[德]莱辛 著
　历史与启示——莱辛神学文选　[德]莱辛 著
　论人类的教育　[德]莱辛 著
尼采注疏集
　何为尼采的扎拉图斯特拉　[德]迈尔 著
　尼采引论　[德]施特格迈尔 著
　尼采与基督教　刘小枫 编
　尼采眼中的苏格拉底　[美]丹豪瑟 著
　动物与超人之间的绳索　[德]A.彼珀 著
施特劳斯集
　苏格拉底与阿里斯托芬
　论僭政（重订本）　[美]施特劳斯 [法]科耶夫 著
　苏格拉底问题与现代性（增订本）
　犹太哲人与启蒙（增订本）
　霍布斯的宗教批判
　斯宾诺莎的宗教批判
　门德尔松与莱辛
　哲学与律法——论迈蒙尼德及其先驱
　迫害与写作艺术

柏拉图式政治哲学研究
　论柏拉图的《会饮》
　柏拉图《法义》的论辩与情节
　什么是政治哲学
　古典政治理性主义的重生（重订本）
　回归古典政治哲学——施特劳斯通信集
　　　　＊＊＊
　论源初遗忘　[美]维克利 著
　政治哲学与启示宗教的挑战　[德]迈尔 著
　阅读施特劳斯　[美]斯密什 著
　施特劳斯与流亡政治学　[美]谢帕德 著
　隐匿的对话　[德]迈尔 著
　驯服欲望　[法]科耶夫 等著
施米特集
　宪法专政　[美]罗斯托 著
　施米特对自由主义的批判　[美]约翰·麦考米克 著
伯纳德特集
　古典诗学之路（第二版）　[美]伯格 编
　弓与琴（重订本）　[美]伯纳德特 著
　神圣的罪业　[美]伯纳德特 著
布鲁姆集
　巨人与侏儒（1960-1990）
　人应该如何生活——柏拉图《王制》释义
　爱的设计——卢梭与浪漫派
　爱的戏剧——莎士比亚与自然
　爱的阶梯——柏拉图的《会饮》
　伊索克拉底的政治哲学
沃格林集
　自传体反思录　[美]沃格林 著
朗佩特集
　哲学与哲学之诗
　尼采与现时代
　尼采的使命
　哲学如何成为苏格拉底式的
　施特劳斯的持久重要性

大学素质教育读本
  古典诗文绎读 西学卷·古代编（上、下）
  古典诗文绎读 西学卷·现代编（上、下）

柏拉图读本（刘小枫 主编）
  吕西斯　贺方婴 译
  苏格拉底的申辩　程志敏 译
  普罗塔戈拉　刘小枫 译

阿里斯托芬全集
  财神　黄薇薇 译

中国传统：经典与解释
Classici et Commentarii
刘小枫　陈少明◎主编

  知圣篇 / 廖平 著
  《孔丛子》训读及研究 / 雷欣翰 撰
  论语说义 / [清]宋翔凤 撰
  周易古经注解考辨 / 李炳海 著
  图象几表 / [明]方以智 编
  浮山文集 / [明]方以智 著
  药地炮庄 / [明]方以智 著
  药地炮庄笺释·总论篇 / [明]方以智 著
  青原志略 / [明]方以智 编
  冬灰录 / [明]方以智 著
  冬炼三时传旧火 / 邢益海 编
  《毛诗》郑王比义发微 / 史应勇 著
  宋人经筵诗讲义四种 / [宋]张纲 等撰
  道德真经取善集 / [金]李霖 编撰
  道德真经藏室纂微篇 / [宋]陈景元 撰
  道德真经四子古道集解 / [金]寇才质 撰
  皇清经解提要 / [清]沈豫 撰
  经学通论 / [清]皮锡瑞 著
  松阳讲义 / [清]陆陇其 著
  起凤书院答问 / [清]姚永朴 撰
  周礼疑义辨证 / 陈衍 撰
  《铎书》校注 / 孙尚扬 肖清 等校注
  韩愈志 / 钱基博 著
  论语辑释 / 陈大齐 著
  《庄子·天下篇》注疏四种 / 张丰乾 编
  荀子的辩说 / 陈文洁 著
  古学经子 / 王锦民 著
  经学以自治 / 刘少虎 著
  从公羊学论《春秋》的性质 / 阮芝生 撰

刘小枫集
  共和与经纶［增订本］
  城邦人的自由向往
  民主与政治德性
  昭告幽微
  以美为鉴
  古典学与古今之争［增订本］
  这一代人的怕和爱［第三版］
  沉重的肉身［珍藏版］
  圣灵降临的叙事［增订本］
  罪与欠
  儒教与民族国家
  拣尽寒枝
  施特劳斯的路标
  重启古典诗学
  设计共和
  现代人及其敌人
  海德格尔与中国
  现代性与现代中国
  现代性社会理论绪论
  诗化哲学［重订本］
  拯救与逍遥［修订本］
  走向十字架上的真
  西学断章

编修［博雅读本］
  凯若斯：古希腊语文读本［全二册］

古希腊语文学述要
雅努斯：古典拉丁语文读本
古典拉丁语文学述要
危微精一：政治法学原理九讲
琴瑟友之：钢琴与古典乐色十讲

译著
柏拉图四书

经典与解释辑刊

1 柏拉图的哲学戏剧
2 经典与解释的张力
3 康德与启蒙
4 荷尔德林的新神话
5 古典传统与自由教育
6 卢梭的苏格拉底主义
7 赫尔墨斯的计谋
8 苏格拉底问题
9 美德可教吗
10 马基雅维利的喜剧
11 回想托克维尔
12 阅读的德性
13 色诺芬的品味
14 政治哲学中的摩西
15 诗学解诂
16 柏拉图的真伪
17 修昔底德的春秋笔法
18 血气与政治
19 索福克勒斯与雅典启蒙
20 犹太教中的柏拉图门徒
21 莎士比亚笔下的王者
22 政治哲学中的莎士比亚
23 政治生活的限度与满足
24 雅典民主的谐剧
25 维柯与古今之争
26 霍布斯的修辞
27 埃斯库罗斯的神义论
28 施莱尔马赫的柏拉图
29 奥林匹亚的荣耀
30 笛卡尔的精灵
31 柏拉图与天人政治
32 海德格尔的政治时刻
33 荷马笔下的伦理
34 格劳秀斯与国际正义
35 西塞罗的苏格拉底
36 基尔克果的苏格拉底
37 《理想国》的内与外
38 诗艺与政治
39 律法与政治哲学
40 古今之间的但丁
41 拉伯雷与赫尔墨斯秘学
42 柏拉图与古典乐教
43 孟德斯鸠论政制衰败
44 博丹论主权
45 道伯与比较古典学
46 伊索寓言中的伦理
47 斯威夫特与启蒙
48 赫西俄德的世界
49 洛克的自然法辩难
50 斯宾格勒与西方的没落
51 地缘政治学的历史片段
52 施米特论战争与政治
53 普鲁塔克与罗马政治
54 罗马的建国叙述
55 亚历山大与西方的大一统
56 马西利乌斯的帝国
57 全球化在东亚的开端
58 弥尔顿与现代政治
59 拉采尔与政治地理学